La isla de los pregones

La isla de los pregones

Finalista del Premio Azorín de Novela

Marlene Moleon

La isla de los pregones

www.eriginalbooks.com
www.eriginalbooks.net

ISBN-13: 978-0-9829213-4-0
Library of Congress Catalog Card Number: 2012952639

A la memoria de mi padre,
un comandante de la Revolución,
y a mi madre,
quien nunca perteneció al Partido

A Juan Antonio
por su amor y paciencia, y
a Elena,
un desafío para que escriba algo mejor

Cuba es un ajiaco,
ante todo, una cazuela abierta.
Eso es Cuba, la isla,
la olla puesta al fuego de los trópicos...
cazuela singular la de nuestra tierra,
que ha de ser de barro, muy abierta.

Don Fernando Ortiz

¿Ha valido la pena?
Pregunto, no sé
¿Ha valido la pena?
Respondo, no sé.

Pablo Milanés

PRELUDIO

La citación

Un día cualquiera en el primer cuarto del siglo XXI

¿Ya? ¿Esto es todo? En la memoria de María emergieron una tras otra, como si hubiera hojeado con premura las páginas de un libro, las mil maneras imaginadas del gran cambio. María se acordaría siempre de aquel día, o al menos se dijo a sí misma que debía recordar todos los pormenores porque era un día importante: Fidel había muerto.

¿Cuántos cubanos habían deseado vivir ese instante? Quién sabe. En realidad, el deseo común era que terminara su eterno reinado. Unos lo anhelaron con rabia y desesperación; otros rogaron a santos católicos y a dioses africanos a la vez, prometiéndoles cumplir pesadas penitencias si se les concedía lo tan ansiado. Los que esperaron de forma callada, pensando que aquello simplemente no podía durar, vieron pasar con cansancio los primeros tumultuosos meses y después un año tras otro, hasta cumplir diez, veinte, treinta y más de cuarenta. Las expectativas de que abandonara el poder o fuese derrocado se diluyeron como sal en el agua. Algunos sólo tenían la esperanza de sobrevivirlo y llegar a ver al final de aquella perpetua dinastía.

El día que anunciaron su muerte, tan pronosticada por periodistas, especialistas, pitonisas y brujos, todavía nadie lo creía. De esperarla tanto desconfiaban de la veracidad de la noticia; unos cuantos creyeron que era una oculta operación de la Seguridad del Estado para atrapar incautos. ¿Y si el barbudo reaparecía iracundo pronunciando un interminable e incoherente discurso?

Sus más fanáticos seguidores confiaron en la resurrección del líder, incluso hasta tres días después de haberse dado a conocer la noticia de su deceso. No pocos cubanos lo lloraron como si hubieran perdido a un padre. La verdad es que no se sabía a ciencia cierta la fecha del fallecimiento y se murmuraba en toda la isla que no se hizo público hasta varios días después, cuando el ejército y las fuerzas policiales ya habían tomado todas las medidas de seguridad para que no se formara el despelote. Temían un tumulto de marca mayor.

Después de la muerte del Comandante y de la salida posterior de escena de su sucesor, el gobierno provisional prometió a los ciudadanos que antes de los dieciocho meses convocaría a elecciones. La reacción popular fue unánime: «Ya ese cuento me lo hicieron una vez y *la cosa* duró casi medio siglo». Al igual que en 1959, la gente esperaba que cualquier día los periódicos proclamaran «¿elecciones para qué?», como el ciclo maldito y cerrado de una historia que se repetía de manera interminable.

María no puede evitar una sonrisa al recordar, siendo una niña, como justificaba el que no hubiesen elecciones: una Revolución no se puede hacer en cuatro o cinco años, se necesitan veinte o treinta para terminar los planes que transformarán a esta islita en un paraíso terrenal. Pero ahora, contra toda predicción, a los dieciséis meses y un día anunciaron los comicios. Esa misma tarde María recibió la citación que le quebrantó el alma.

Una breve y alucinante pesadilla la sacudió en la madrugada y se despertó empapada de sudor. Un Fidel clonado, joven y seductor, volvía a declamar inspirados discursos que embrujaban a las multitudes. Se estremeció otra vez al recordarlo. Siguió dando vueltas en la cama sin conciliar el sueño. María sabía que no dormiría más en el resto de la noche, por lo que decidió levantarse y colar café.

Asomada al balcón, lanzó una rápida mirada al mar que se atisbaba tras los altos edificios de El Vedado. Amanecía con suavidad, sin el bullicio de las últimas semanas. Todo parecía más sosegado sin la bullaranga de los pregoneros y el ruido sordo de los autos. «Es bueno madrugar para poner la cabeza en orden», pensó mientras inspiraba con avidez el aire salobre. Los blandos matices rosas y dorados de la ciudad se tornaron con rapidez en un intenso reflejo rojo sangre que flameó techos y fachadas, y se sobrecogió como ante un mal augurio. ¡Ay María! ¡Tú y tus supersticiones! Nadie diría que eres una doctora. Sorbió con fruición el café bien cargado y leyó una vez más el enorme letrero en la acera de enfrente *Cuba con todos y para el bien de todos.* ¿Sería verdad esta vez? ¿Para todos?

Todavía a ratos se sorprendía de no ver aquella otra valla eterna que de mirarla todos los días por tantos años se le había hecho invisible. Casi llegó a esbozar una sonrisa al recordar la madrugada en que alguien agregó bajo el inmenso Fidel estamos contigo, con letra pequeña aunque legible al transeúnte, muy, muy disgustados; lo que provocó turnos adicionales de guardias nocturnas para que no aparecieran otras ofensas al Comandante.

Desde que recibió la citación para presentarse a una audiencia del Foro de la Verdad y Reconciliación se sentía embargada con la inquietud antecesora de las catástrofes y a ratos divagando incoherencias, al extremo que más de un conocido le preguntó si estaba enferma. Había oído la noticia de la creación del Foro en un programa radial hacía varios meses, pero en aquel entonces no le prestó mucha atención, y ahora no recordaba del todo los detalles. Una organización formada por excomunistas, periodistas, sindicatos independientes, líderes religiosos, y otras organizaciones políticas de la disidencia y el exilio tuvieron la iniciativa de crear el Foro, hasta tanto el futuro gobierno que emergiera después de las elecciones, diera una respuesta al clamor de justicia que muchos cubanos habían exigido. Las citaciones eran voluntarias, no suponían obligación judicial, y se decía que la cooperación y el arrepentimiento que pudiera llegar a alcanzarse en audiencia privada entre víctimas y victimarios serían tomados en cuenta para una futura amnistía.

«No me siento culpable», dice María en voz alta, sin convicción. ¿De veras? ¿No eres culpable? Puede que sea peor decirlo así, pero lo cierto es que no recuerdas para nada al muchacho que te acusa, ni siquiera su nombre te es familiar. ¿De qué me acusan?, ¡¿por qué tener que sacar la mierda ahora?! «¡Coño, me cago en Dios!» grita con desespero a la ciudad. Se arrepiente de inmediato, mira al cielo, busca al sol naciente en el horizonte y en su hábito idólatra, lanza una oración mirando al astro naranja que ya se iza en plena redondez sobre las aguas doradas del Mar Caribe: «Dios, tú sabes que esto no es contigo».

Con la mirada perdida en remotas memorias parece escudriñar la ciudad, que ya ha suavizado los colores y va despertando con pesadez del silencio tempranero a una increíble algarabía. Desvía los ojos hacia el mar y respira profundamente el salitre de la fresca brisa del amanecer. ¿Cómo hay cubanos que pueden acostumbrarse a vivir lejos del mar? Rectifica: no fue su decisión, no tenían alternativas.

Toma otro sorbo de café que ya está tibio. Sólo quieren conocer la «verdad» para que nunca más vuelva a pasar nada semejante en esta islita que se creyó el ombligo del mundo. ¿Qué es la verdad para quien me acusa? ¿Se tratará de un oportunista de última hora, o de alguna víctima que en realidad me cree culpable de su desgracia? ¿Qué es la verdad cuando hay preguntas que tienen más de una respuesta?, ¿cómo van a saber?, ¿es que hay una sola verdad? ¡Ay María! Querías olvidar, pero el pasado no se puede borrar.

Son las siete de la mañana. Entra a conectar el ladrón de agua para que se llenen los tanques plásticos que instaló hace años un amigo plomero como pago por un viejo televisor a color. El dinero en aquel tiempo no valía mucho, por lo que era común hacer trueques entre mercancías y servicios como en la era prehistórica. Es una de las afortunadas de la Habana que recibe una hora de agua cada dos días. Hay barrios que sólo tienen una hora a la semana, y en otros hace meses que las tuberías están secas.

La ciudad está en ruinas. No sólo edificios y casas muestran un aspecto lamentable; las calles, acueductos, alcantarillados, instalaciones eléctricas necesitan grandes reparaciones; se habla de miles de millones que serán necesarios para la reconstrucción.

Hay proyectos para rescatar el antiguo esplendor de la capital. Unos habaneros irradian esperanza; y otros, escepticismo. Son demasiados años de promesas incumplidas.

Siente palpitaciones y un sabor amargo en la boca. ¿Cuál será la acusación? La cabeza le va a estallar tratando de adivinar. Camina hasta el baño, abre el grifo y deja correr el agua helada sobre el cuerpo. Hace años que no disfruta de una ducha caliente. Los pequeños placeres de la vida diaria desaparecieron poco a poco hasta olvidarlos. Las cosas más simples como darse una ducha, comer un buen pan recién horneado, ir a algún restaurante en alguna ocasión especial resultaban faenas difíciles, cuando no imposibles.

Es increíble con qué facilidad uno puede cerrar moralmente los ojos, taponar los oídos y cruzar los brazos. Ahora es que lo ves. «¿Debo decirlo así?» Ese fue el tiempo en que te refugiaste en el sexo. Buscabas cuerpos jóvenes con un desenfreno y lujuria inusitada. Querías que te empalaran, lamieran y golpearan para aplacar la conciencia. Hacías el amor de forma insaciable y violenta con jovencitos que podían ser tus hijos, como si fuera el último día de tu vida. Casi sonríes al recordar algunos momentos de placer inolvidable. ¿Será por eso que aquí se tiempla y bebe tanto? ¿Para silenciar conciencias sucias? Antes querías olvidar el presente porque no veías un futuro, ahora quieres olvidar el pasado porque compromete tu futuro. Se termina de bañar con el último hilo de agua, y mira el reloj. Fue menos de una hora lo que duró. ¿Se habrán llenado los tanques? Apaga el ladrón de agua.

Al ver el reflejo de su cuerpo flácido en el espejo del baño no puede evitar una mueca y se cubre con rapidez. ¡Qué ironía Doctorcita! Te resistes a envejecer, tú que siempre has estado pregonando a tus pacientes que lo primero es aceptarse a sí mismos. Va a la cocina, pela una naranja, pone el primer hollejo en la boca y chupa el dulce jugo con complacencia. Un colega le recomendó una dieta de frutas y verduras para limpiar la sangre de grasas y toxinas. ¡Ay Doctorcita! ¿Y cómo se limpia el alma? Al final te justificabas a ti misma diciéndote que eras una simple profesional; que estabas por encima de la política. En realidad sólo tenías la ambición de ser una buena doctora, nunca deseaste ser una dirigente política. Entonces, ¿de qué se me acusa? ¿Cuál es mi culpa? ¿Qué delito se me achaca? ¡Ay María! ¿De verdad no lo sabes?

Terminó el último sorbo de café casi frío, se vistió con descuido y salió a la calle. El sol ya estaba fuerte y cuando lo miró directamente le hizo entrecerrar los ojos. La luz púrpura del amanecer se había transformado en una diáfana claridad, como si tras un copioso aguacero el mundo quisiera estrenar nuevos colores.

Capítulo 1

Las Cuatro Marías

1
1960

Eran cuatro Marías, todas tan distintas que el ojo ajeno no sabía encontrar qué las podía apandillar en interminables tertulias y cuchicheos. La amistad se remontaba al tiempo en que madura la memoria. Primero fue una relación difusa, como un sueño de amanecer en que sólo se recuerdan escenas fragmentadas. Rememorando el empezar, todas coincidieron que fue el día en que una lancha arribó clandestinamente a las costas habaneras como la fecha inaugural de la relación intensa, corrosiva y tortuosa que sostendrían por muchos años.

Aquella mañana llegó a la escuela un soldado vestido de verde olivo. Se apostó bajo el dintel de la puerta de entrada, con los pies abiertos, como si de esa manera quisiera cubrir todo el espacio que aún resultaba demasiado ancho para su delgado cuerpo. Las manos sujetaban amenazante una ametralladora y la mirada oteaba sin cesar los intrincados matorrales que colindaban con la escuela.

Lo primero que hizo el joven rebelde fue informarle al director que no se podía salir al patio, hasta que capturaran a los bandidos contrarrevolucionarios que habían entrado al país de forma ilegal en esa madrugada, y ahora, de seguro se escondían como ratas inmundas en el Monte Barreto, bosquecillo que era apenas una espesura donde abundaban las resistentes uvas caletas, el irritante guao y los punzantes zarzales. El ralo monte aledaño a la escuela estaba enclavado en el corazón del barrio Miramar. El viejo director, espantado y jadeante, tras enjugarse el sudor de la frente, informó por los altavoces que no habría recreo en el patio, pero justo cuando comenzaba a repetir lo que le había dicho el militar, aunque en una versión que consideró más apropiada para niños, el soldado en una rápida carrera entró en la oficina y le tapó el micrófono.

—E'pera, E'pera. ¿Uté e bobo o se hace? ¿E' que quiere avisá a lo bandido?

El director balbuceó mil excusas sin concluir ninguna de forma coherente.

A la hora del almuerzo el guardia seguía apostado a la entrada de la escuela, en la misma posición amenazante, aunque ya para entonces su mirada no era tan inquisitiva. La espalda y los sobacos de la camisa delataban enormes marcas de sudor y el continuo acto de humedecerse los labios con la lengua adivinaba a un ser cansado y sediento. El director se acercó risueño, pero con cierta timidez en el caminar, como si le pesaran los años, y le extendió un vaso de agua con trozos de hielo. El militar le devolvió la sonrisa, o tal vez el gesto de satisfacción estaba dirigido hacia el preciado líquido. Bebió apurado y, sin tiempo para dar las gracias, se quejó adolorido mientras se cubría la sien y parte de la nariz con la palma de la mano e inclinaba la cabeza hacia adelante:

—¡Coño, me dio la punzá del guajiro!

—Es que se la tomó muy rápido —se disculpó algo asustado el viejo maestro.

Apenas en un instante el soldado se recuperó y miró con detenimiento por primera vez al director. Era un hombre de mediana estatura, cerca de los cincuenta años. El cabello cano y los ojos escondidos detrás de unos espejuelos de aristocrática armadura dorada con gruesos lentes, le daban un aire de abuelo respetable. Vestía con elegancia una impecable camisa blanca combinada con una sobria corbata y pantalones oscuros. En la mano resplandecía una sortija de oro, recuerdo de su graduación en la Universidad de La Habana. El combatiente de verde olivo vio el anillo, sin embargo no supo su significado. Olfateó sin disimulo, sintiendo un aroma perfumado que supuso caro porque no olía como la barata colonia 1800 de Crusellas que él solía usar desde de su arribo a la ciudad. Su desconfianza radicaba en la presunción de que podía ser el mismo director de cuando el plantel era privado. Se les había permitido seguir trabajando en las escuelas nacionalizadas a casi todos aquellos que quisieran, pero era sabido que no se podía confiar demasiado en ese tipo de gente porque guardaban rencores, cuando no odio, hacia lo que estaba pasando en el país. Como quiera que sea, Miramar era un antiguo barrio de la burguesía y ese que tenía enfrente de sus narices podía ser el mismo director de la otrora escuela para hijitos de burgueses.

El joven soldado era un campesino procedente de una intrincada zona de la Sierra Maestra y todavía un año después de haber llegado a La Habana se azoraba con las luces nocturnas de la ciudad. De familia muy pobre, trabajó desde niño por un salario de hambre en unas tierras que no eran suyas. La suspicacia hacia el director de la escuela se veía fortalecida, de forma inconsciente, por el hecho fortuito de que ese anciano señor le recordaba al dueño del latifundio para el cual sudaban de sol a sol todos los guajiros de la zona.

Un día llegaron al monte unos forasteros diciendo que el mundo no tenía que ser de esa manera. Según afirmaban aquellos barbudos, los campesinos podían y tenían el derecho a tener sus propias tierras y una vida decorosa; a aprender a leer y a escribir y a ir al médico sin pagar por ello. Sin pensarlo dos veces se unió a los rebeldes para convencerse más tarde de que aquella fue la mejor decisión de su existencia. Desde la alborada del primero de enero de 1959 estaban construyendo un mundo nuevo y 1960 fue proclamado Año de la Reforma Agraria. Por primera vez su familia y muchas miles más como ella eran dueños de un pedazo de tierra. Pero había malagradecidos que querían hacer añicos ese sueño, mantener sus riquezas a costa del trabajo ajeno y por eso sentía la obligación de defender a la Revolución de sus enemigos aplastándolos como gusanos.

—¿U'te' e' revolucionario? —le preguntó frunciendo el ceño.

—Por supuesto, compañero... ¿qué pregunta es esa? —musitó algo titubeante el viejo director, que ahora empezó a sudar como si el soldado le hubiera devuelto todo el calor con el vaso vacío.

El joven de verde olivo permitió que los niños fueran a almorzar al comedor con la condición de que debían volver inmediatamente a las aulas. Los maestros para aquel entonces estaban tan nerviosos que no podían seguir impartiendo las clases, así que movieron mesas y pupitres con el propósito de que los estudiantes se apiñaran en grupos de a cuatro para que practicaran juegos de mesa. Los niños estaban acostumbrados a ver armas largas en cualquier lado de la ciudad y ya no sentían temor ante la presencia de ametralladoras, revólveres —ni siquiera ante bazookas, tanques o cañones—, por lo que tomaron con alegría la suspensión de las clases. Esa fue la primera vez que conversaron las cuatro Marías.

—Me llamo Perla María —dijo sonriente una niña de cara luminosa y ojos color miel de azahares.

—Me dicen Toña... bueno, María Antonia es mi nombre completo —respondió una criatura de piel oscura y dientes blanquísimos.

—Yo soy solo María —tras una breve pausa repitió con timidez— María Quiñones —y como si fuera parte de su identidad agregó con resolución— y voy a ser doctora.

— Mariflor de las Mercedes, pero todos en casa me dicen Mery, con «e»como lo dicen los americanos, —exclamó una voz chillona que al suponer que no era del todo entendida agregó—. La *a* se pronuncia *ei* en inglés, es por eso que se dice Mery. Sólo mi abuela me llama Mariflor de las Mercedes, cuando está brava conmigo —dijo la niña regordeta con cara de luna, de pelo ralo y muy lacio.

Perla sonrió. Ella hablaba inglés a la perfección, pero no alardeaba de esa ni de ninguna otra de sus habilidades. Había vivido en New York desde que era una bebé gritona y hambrienta hasta que toda su familia retornó a la isla con gran entusiasmo, en cuanto leyeron las noticias de los barbudos en el *New York Times*. Regresaron para contribuir a la construcción de una nueva Cuba. Su madre, Leticia, promotora del arte naif haitiano y codueña de una galería en la Quinta Avenida, cerca del Museo Guggenheim, no cesaba de repetir en aquellos días que al fin se deslumbraba una esperanza para el país. Su padre, un pintor famoso, consideraba que la Revolución Cubana era el gran acontecimiento del siglo XX. Sería más grande que la propia Revolución Rusa, aseveraba a todo aquel que quisiera oírlo, y también a los que no compartían semejante enardecimiento.

—¡Qué divertido! Cuatro Marías, bueno, —rectificó— casi cuatro si contamos a Meery, —dijo Toña alargando la e— lo que provocó una breve y colectiva risita.

—Seremos amigas —sentenció Perla mientras lanzaba con sus grandes ojos ambarinos una mirada escrutiñadora a Toña, quien sintió un súbito calor interior, y sin poder evitarlo bajo la vista al suelo.

Las cuatro Marías pronto se aburrieron del parchís y prefirieron inventar sus propios entretenimientos. Resultó que Perla María había innovado el juego favorito de todas las niñas de la escuela. En una época en que el sueño de toda chiquilla era casarse, tener muchos hijos y una bonita casa con jardín, «Futuros» —como se llamaba el juego— era la diversión predilecta. Consistía en hacer un repertorio de preguntas, las que se contestaban seleccionando de otro listado con diez posibles respuestas. Las interrogantes solían ser: ¿a qué edad te vas a casar?, ¿cómo se llamará tu novio?, ¿dónde se darán el primer beso?, ¿cuál va a ser su profesión?, ¿cuántos hijos van a tener?, ¿dónde va a ser tu luna de miel?, ¿dónde van a vivir? Algunas respuestas eran buenas y otras ridículas. De acuerdo a los números que apostaras, podías terminar casada con un señor llamado Sinforoso, tener veinte hijos, haber sido besada por primera vez en el cementerio y vivir toda tu vida en Cacarajícara, que no tenían idea dónde estaba, pero sonaba muy primitivo.

Algunos «Futuros» sólo tenían algo más de veinte preguntas, y tras jugarse una y otra vez se lograban memorizar las respuestas apropiadas, algo que resultaba imposible con el de Perla María, porque llegó a elaborar cerca de doscientas páginas. Pero no satisfecha aún con el resultado, hizo todavía más. Modernizó el juego con algunas preguntas escandalosas: ¿dónde harás por primera vez el amor?, ¿con quién engañarás a tu marido?, ¿en qué posición? No comprendían en absoluto el sentido de algunas respuestas, ni siquiera de las interrogaciones, aunque se hacían las entendidas porque les daba vergüenza confesar su ignorancia. La pregunta sobre las posiciones, con expresiones como «el sometido, «la profunda» o «el 69», era un indiscutible jeroglífico. Se reían como si fueran expertas del Kamasutra, sin embargo, no tenían la más remota idea de lo que estaban hablando.

Perla María se hizo muy importante ante los ojos de las demás por tener tanta información sobre sexo. Explicó con lujo de detalles en qué consistía ser «señorita», cómo se consumaba un matrimonio, o en qué circunstancias se podía quedar embarazada siendo virgen, la importancia de aprender a hacerlo por atrás y las consecuencias de un «mal paso». Sus explicaciones no eran muy precisas por lo que, sin saberlo, contribuyó al suicidio de una de sus tantas fascinadas oyentes quien muchos años después, al ser besada y acariciada por primera vez, creyó haber perdido la virginidad y se lanzó al vacío desde el piso dieciséis de un edificio de El Vedado. Eran tiempos en que la virginidad era el bien más preciado de una mujer y todavía no se conocían mucho los trabajos científicos de Kinsey.

Mariflor opinaba que la mujer tenía que resistirse, lo peor que le podía pasar a una dama era ser una conquista fácil, porque los hombres perdían el interés, una vez que alcanzaban lo que querían. A los hombres hay que hacerlos sufrir, afirmaba convencida de su sabiduría. ¿Y qué pasa cuando finalmente te tenga? ¿Se cansaría? Aquí venía la división de opiniones. Hay quienes creían que sí, que se aburrirían y se irían a una nueva presa, así era la vida. Otras opinaban que no soltarían lo que les dio tanto trabajo conseguir. La clave está en embrujarlos. Hacerles un *amarre* siempre funciona, decía otra evocando recetas de santería.

Cuando ya se cansaron de ese pasatiempo, Mariflor propuso el juego de las palabras. Se decía una palabra y se respondía con otra que guardara relación con la primera. Si el vínculo no estaba claro, se debía explicar la lógica del nexo, y por votación se decidía si la respuesta era correcta. Mariflor era muy hábil con las palabras.

—Rosa —Espina.

—Niño —Pelota.

—Paloma —Fidel.

—Amigas —Marías.

—Valiente —Fidel.

—Habana —Malecón.

—Revolución —Patria.

—Estados Unidos —Yanqui.

—Patria —Fidel.

—Comandante —Fidel.

—Sol —Luna.

—Revolución —Fidel.

—Patria —Fidel.

—Mar —Espuma.

—Cuba —Fidel.

Este juego de palabras se convirtió en el favorito de las Marías, y tiempo después, lo hicieron aún más complejo: una componía una oración y las otras Marías añadían toda una parrafada. De esa manera, por muchos años, escribieron juntas más de un centenar de cuadernos, en los que borroneaban todo tipo de historias. Fue tal el disfrute que sentían con semejante diversión que el batiburrillo de escrituras se extendió a sus propios diarios. Cada María enmendaba, daba opiniones y ampliaba las memorias de las otras tres.

Para alivio del viejo director llegó la hora de la salida. Una bandada de chiquillos prorrumpió en gritos de alegría al oír la chicharra que anunciaba el fin de las clases y corrió alborotada hacia la calle. Al mismo tiempo, la maestra de las cuatro Marías repetía a voz de cuello:

—No olviden escribir su opinión sobre la lectura de hoy. Cuatro párrafos —e insistía porfiada en medio de la algarabía—. ¡Recuerden hacer la tarea para mañana!

Muchas madres vinieron a recoger a los niños, otros salieron caminando tras oír las advertencias del soldado de que se acompañaran unos a otros en el caso de los que vivían cerca.

María Quiñones se fue con Perla. Caminaron juntas bajo la sombra de los flamboyanes rojos y amarillos porque resultó que vivían próximas una de otra. Lo inusual del día no les impidió que pararan a comprar un dulce masarreal del vendedor de la esquina. A continuación contemplaron extasiadas por varios minutos una larga fila de hormigas coloradas, y más tarde, se entretuvieron cazando lagartijas que se colgaban de las orejas como pendientes vivientes; no les cortaban el rabo como hacían los varones porque, aunque todo el mundo sabía que les volvería a crecer, les parecía una crueldad innecesaria.

Miramar era uno de los barrios más elegantes de La Habana de los años cincuenta. El olor a salitre se mezclaba con el de los frangipanes y las gardenias. Majestuosas mansiones irrumpían a lo largo de las rectas avenidas que se extendían paralelas al mar. No eran pocos los palacetes neoclásicos con blancas fuentes y esculturas de mármol italiano, rodeados de enormes jardines donde abundaban las rosas, siemprevivas, coronas de Cristo, buganvilias, marpacíficos y azucenas, en medio de álamos podados con caprichosas siluetas y densos setos de adelfas. Sin embargo, predominaban las eclécticas residencias donde el arquitecto mezcló exuberantes ornamentos medievales, renacentistas y barrocos, para satisfacer la suntuosidad de una burguesía floreciente que quería reflejar el prestigio de su posición social. En contraste, otras casas menos suntuosas, pero más hermosas, rescataban los valores de la rica arquitectura colonial; en ellas reaparecían vitrales que difuminaban la cegadora luz del Caribe en tenues rojos y azules; amplios ventanales y puertas ventanas, balcones de hierros forjados y techos cubiertos con tejas catalanas.

El barrio había perdido su antiguo esplendor dando una sensación de total abandono. En muchos jardines, la maleza crecida en libre albedrío ocultaba las suntuosas fuentes de mármol blanco. Nadie podaba los rosales y las flores se marchitaban. Algunas casas mostraban paredes que comenzaban a descolorarse por el sol, ventanas herméticamente cerradas, cristales empolvados y en las puertas principales, varios sellos de papel engomado con cuños oficiales extendidos hasta el marco, dejaban leer: «Zona Congelada. Prohibido el paso».

Perla se detuvo frente a una de las casas selladas. Allí había vivido un médico amigo de su familia, le comentó a María y le tomó de la mano mientras le dijo «ven conmigo». Corrieron juntas por un zaguán entre dos mansiones abandonadas. «Todas las tardes entro en alguna casa vacía. Es divertido».

Se escurrieron por una estrecha ventana del fondo, saltaron al interior y esperaron a que los ojos se adaptaran a la oscuridad. Con los dedos entrelazados, empezaron a avanzar con pasos cortos, tratando de no hacer ruido.

La residencia por dentro no daba la impresión de abandono que se adivinara desde el jardín, a no ser por el olor a encierro que sofocaba la respiración. Estaba decorada con esmero, sólidos muebles de caoba labrada, pesados cortinajes de damasco, grandes pinturas de paisajes exóticos y enormes espejos biselados con elaborados marcos dorados. En la monumental mesa del comedor, sobre un blanquísimo mantel de encaje, todavía resplandecía un servicio de porcelana y servilletas de lino con iniciales bordadas. Tal vez el poso seco de café con leche en las tazas era la única señal del largo tiempo transcurrido desde que se desayunó allí por última vez.

Subieron por una amplia escalera semicircular de mármol de Carrara. En los dormitorios las sábanas estaban revueltas. En el piso, desparramadas, yacían un montón de fotos en blanco y negro, muchas viejas fotos en sepia, y unas pocas de antiguas placas de plata. Señoras elegantes lucían sombreros de pajillas con flores y plumas, chiquillos con trajecitos marineros de pantalones cortos y niñas vestidas con lazos y tules. Todos sonrientes, mujeres y hombres de muchas edades y épocas. En la pintura de la pared se apreciaba la huella de una cruz, hecha posiblemente al quitar un crucifijo que estuvo por mucho tiempo colgado. En el suelo, un osito de peluche y una cajita de música.

—Sólo les permiten llevarse una maleta por persona —dijo Perla mientras echaba un vistazo algo distraída a las fotos del piso—. Cuando te vas —no era necesario agregar «de Cuba», *irse* había tomado la fatal connotación de una acción irrepetible, *irse* no tenía vuelta atrás—, si las sortijas tienen muchos brillantes te las quitan. Una señora se tragó el anillo de matrimonio para podérselo llevar —quedó en silencio y luego preguntó con pena, casi para sí misma—: ¿Dónde estarán ahora?

María no respondió.

Se deslizaron por las escaleras y entraron en la biblioteca. Altos estantes de madera, repletos de libros en perfecto orden, cubrían las paredes. Todos impecablemente encuadernados: varias enciclopedias, novelas, poesía, muchos libros de medicina y algunos tomos con títulos en inglés y francés. En un librero cerca de la entrada se apreciaban unos pocos espacios vacíos.

—Faltan cuatro libros —dijo María— ¿Cuáles te hubieras llevado tú?

—Tres —respondió Perla— faltan tres, el cuarto me lo llevé yo —María lanzó una mirada de reproche por lo que Perla agregó:

—No lo robé, lo tomé prestado para leerlo. Cuando lo termine lo devuelvo y cojo otro.

Perla tenía tres pasiones: la lectura, el mar y una precoz curiosidad por el sexo. Era una lectora insaciable que permanecía hasta la madrugada devorando páginas. Algunos libros los leía despacio para no extrañar después a los personajes. Demoraba el placer restringiéndose a un cierto número de páginas por día, pero la más de las veces no podía contenerse y los terminaba en un par de noches de lectura. Al año siguiente obtendría el diploma de «alfabetizadora», porque con apenas once años enseñó a leer a Cacha, la vieja empleada de la casa, y a Pancha, la abuela de Toña. En esos tiempos se sintió dichosa: se veía a si misma como una suerte de Prometeo de las letras. Por muchos años creyó que la mayor desventura era no tener acceso a libros, y no podía imaginar que muchos años más tarde sufriría esa desgracia.

—Escoge uno, ya vuelvo —dijo Perla al mismo tiempo que se escabullía de la biblioteca.

María trataba de decidir cuáles se hubiera llevado ella de estar en la misma situación. Recordó sus últimas lecturas: *Las mil y una noches*, los libros de Julio Verne, *Corazón*, *Mujercitas*, *La Isla del Tesoro*, *Los Tres Mosqueteros*. «¿Sólo tres?», pensó. No sabría escoger.

Perla subió por la fastuosa escalera y fue directamente al dormitorio principal. Registró varias gavetas de una pesada cómoda ornamentada con paisajes orientales y taraceas de plata. Contempló con detenimiento un *déshabillé* de seda negro y elaboradísimos conjuntos de lencería. Luego se engalanó con collares de perlas y aretes dorados extraídos de un antiguo cofrecillo que hacía las veces de joyero. Fue entonces que sintió un ruido al fondo del pasillo. Primero creyó que era María y continuó ataviándose con brazaletes y gargantillas. Cuando volvió a oír el sonido, como el de una pesada puerta al abrirse, sintió curiosidad y fue a indagar. La única luz en la segunda planta entraba difuminada por una ventana de ojo de buey que irradiaba un resplandor cobrizo en el corredor. Entró con cautela en el vestidor, al final de la galería, y casi tropieza con dos hombres; uno de ellos portaba una cámara fotográfica y el otro le apuntaba con un revólver.

Al principio, Perla quedó dominada por una sensación de confusión e inmovilidad, aunque lo que siguió fue inesperado. El hombre de la cámara fotográfica se inclinó con lentitud hasta quedar en cuclillas y comenzó a dibujarse en su rostro una mueca que a Perla se le antojó entre burlona y amarga. La niña entornó los ojos, como si de esa manera quisiera confirmar que no se equivocaba de lo que veía.

— ¡Tío Julián! ¿Qué haces aquí?... ¿Tú no estabas en Miami? —gritó con sorpresa mientras se abalanzaba sobre él.

— ¡Qué grande estás! —dijo Julián que respondió al abrazo con ternura.

Perla miró con curiosidad al otro hombre que no compartió la alegría del encuentro y mantenía un aire sombrío, a pesar de que intentó esbozar una sonrisa al guardar el arma en la espalda.

Julián fue el primer hombre en fotografiar a Perla María, tal como vino al mundo, a los seis meses de edad. El tío Julián, ante la insistencia de su hermana Leticia, retrató a su bella sobrina entre pañales y sonajeros. Como era hombre de buen humor bromeaba luego con Perla de que si no se portaba bien le daría las fotos al novio cuando fuera grande.

Julián Cepeda del Valle no era un tío cualquiera; era un tío especial. Para empezar, era el único en la familia que no le advertía que tenía que portarse bien antes de salir a los paseos. Tenían mucho en común, la risotada abierta y atronadora, y la alegría de vivir.

A Perla le gustaba cabalgar en sus hombros y halarle el cabello de voluptuosos rizos ensortijados que enloquecía a las mujeres porque les despertaba la ternura. Los rizos de Julián Cepeda eran como un talismán para las intimidades; él lo sabía y se aprovechaba de tan extraña virtud. Facilitaba su trabajo de fotógrafo. Después de hacer el amor, las amantes ocasionales le hacían confidencias insospechadas mientras con los dedos enhebraban suavemente aquella melena acaracolada.

Era famoso por sus fotografías a artistas, coristas y bellas mujeres, también a políticos y celebridades. Lograba captar imágenes que despertaban los más diversos sentimientos y críticas. Tenía, como todo el que hace algo fuera de lo común, fervientes admiradores que llamaban arte a su trabajo y aferrados detractores que lo enjuiciaban con una palabra lapidaria: pornografía. Al cabo de veinte años, todas esas fotografías que en aquel entonces habían sido catalogadas como escandalosas e indecentes, fueron publicadas bajo el calificativo de «desnudos artísticos» en un libro de bellísima edición y se consideraron vanguardistas; algunos las llegaron a llamar obras maestras.

Tras el abrazo inicial, Julián tomó por los hombros a la sobrina, y con una voz casi suplicante le pidió que guardara el secreto de haberlo visto. Era una visita muy corta; le explicó que no tenía tiempo de ver a toda la familia por lo que prefería que nadie lo supiera; además, algunas personas podían hacerle daño si se enteraban que estaba en Cuba. Perla juró haciendo la señal de la cruz que sería un secreto.

—Nada a tu mamá, y mucho menos a tu papá —le pidió una vez más, a lo cual Perla asintió con la cabeza—. ¡Estás muy bonita! —dijo Julián suavizando el tono de voz y tomándola de las manos. Ella sonrió coqueta.

—¿Perla? —se oyó la voz lejana de María.

Los dos hombres se sobresaltaron e intercambiaron miradas inquietas. Perla les explicó que era su amiga María. El tío Julián le rogó que se fueran enseguida de la casa y que recordara su promesa.

—Váyanse por favor. ¡Ahora mismo! —suplicó Julián, dándole un beso y un fuerte abrazo—. Recuerda: ¡A nadie! — Cuando Perla asintió con la cabeza y comenzó a alejarse, los hombres fueron hacia el fondo del vestidor y oprimieron un botón imperceptible, con lo cual una pesada puerta se deslizó para cerrarse ante ellos.

Perla, asustada, corrió escaleras abajo, casi se cae de bruces y dejó escapar una maldición. Se encontró a María en el rellano de la escalera en la planta baja con una mirada de interrogación:

—¿Qué es eso? —inquirió María haciendo al mismo tiempo un gesto con el índice que señalaba los collares y anillos con los que Perla todavía estaba ataviada.

Perla se miró a sí misma, y riéndose algo nerviosa preguntó:

—¿Te gusta? —e hizo un breve giro para exhibir mejor las alhajas.

María no contestó. Perla miró las manos vacías de María y le increpó:

—Decídete por algún libro. ¡Rápido, que tenemos que irnos! —dijo, mientras volvía a la habitación para dejar las joyas.

Salieron tan sigilosamente como entraron.

— ¿Cuál escogiste? —preguntó Perla cuando ya caminaban por la acera a la sombra de los flamboyanes.

María extendió la mano mostrando el libro. *Ganarás la luz* de León Felipe leyó y abrió una página al azar.

—Poesía, ¿eh? ¿Nada infantil?... Está bien —replicó mirándola con algo de admiración.

Mientras tanto, Julián y su amigo Ramón Ruano se miraban en silencio, cada uno absorto en sus pensamientos. Ramón preguntó:

—¿Tú crees que diga algo? —tras una breve pausa agregó con preocupación—. Es una niña.

—No lo sé. Nos iremos esta noche. Al amanecer —contestó Julián con cansancio.

2
Un día cualquiera en el primer cuarto del siglo XXI

«¡Mira, ya se ve!», dijo la señora que iba sentada al lado de Perla María con una gigantesca mariposa amarilla y dos flores azules en la cabeza, mientras con el dedo apuntaba insistente a la ventanilla de la aeronave y señalaba un pedazo de tierra que todavía no lograba ver con claridad. Todos estaban muy excitados, algunos lo lograban disimular con medias sonrisas nerviosas. «¡Sí, sí, ahí está Matanzas!», volvió a señalar la floreada señora mientras se enjugaba una lágrima. Varios gritos similares se solapaban unos a otros. A los pocos minutos el avión comenzó a descender sobre el aeropuerto de La Habana, provocando una transitoria sordera, por lo que no pudo saber con exactitud lo que decían. Perla abrió una polvera y se retocó el maquillaje para tratar de esconder las pequeñas arrugas que inundaban desdeñosas sus ojos ambarinos y la comisura de los labios.

El aterrizaje arrancó aplausos de casi todos los pasajeros. El aeroplano se detuvo por varios minutos en una de las pistas secundarias hasta que finalmente se acercó con lentitud a la terminal aérea. Eran tantos los vuelos que los viajeros de los aviones pequeños desembarcaban por la tradicional escalerilla para ser trasladados en ómnibus al edificio del aeropuerto. Algunos hombres se arrodillaron en el piso y con las manos abiertas besaron el caliente asfalto ¿Habrían besado igual el piso de la terminal construida por los canadienses si hubiesen salido por la pasarela?, se preguntó Perla.

El trámite en los controles de entrada fue raudo, sin molestas preguntas adicionales, sólo las rutinarias de cualquier puesto de inmigración. El taxi tomó con prontitud la Avenida de Rancho Boyeros. Perla echó una mirada por la ventanilla del auto. Todo lo veía encogido y sucio, muy sucio. Cuando se vive rodeada de la mugre, el hollín y el polvo cubriéndolo todo, llega un momento en que las percepciones se acostumbran a la inmundicia y no se ve más: todo desaparece como en un acto de Mandrake. Perla lo había olvidado. Ahora, tras una ausencia por más de diez años, la suciedad le golpeaba con dureza todos los sentidos. Experimentaba un creciente regocijo y una exasperante amargura al mismo tiempo. Una extraña incertidumbre le apretaba el pecho ¿Será posible finalmente?

El taxista no demoró en entablar conversación. Tal vez la gran diferencia entre un chofer de taxi en Cuba con el de otra parte del mundo era que el de la isla, como un Merlín tropical, ofrecía soluciones para cualquier problema. Sus consejos abarcaban temas tan variados como la manera de ganar el campeonato de béisbol o el remedio para el efecto invernadero. Perla escuchaba con atención la perorata del chofer, aunque hizo algunas preguntas para conducir el coloquio hacia cuestiones que le resultaban de mayor interés. ¿Cómo se sentía la gente? ¿Qué pasaría en Cuba? A esta última interrogante el Merlín mulato, con sabiduría popular le respondió:

—Oiga si yo supiera lo que va a pasar no estaría manejando un taxi.

Sin embargo, estaba en contra de su naturaleza no dar opinión de todo lo divino y humano, por lo que se exprimió las neuronas por unos breves segundos y agregó—: Después de tantos años se abren muchos caminos a la vez. El problema es que siempre se quiere coger por uno solo. Hay que dejar que la gente se *desarrolle*. Mira a los cubanos de Miami, muchos hicieron su negocito y ahora vienen a invertir, pero los de aquí no tenemos en dónde caernos muertos.

Perla le preguntó por los proyectos para la creación de cooperativas y servicios de microcréditos, a lo cual el chofer le respondió con entusiasmo lo esperanzado que estaba con esos planes. Cuando empezaba a explayarse sobre los peligros de la corrupción arribaron al hotel.

Dejó el equipaje en la habitación y sin descansar ni cambiarse de ropas, decidió salir a caminar. La Habana estaba en ruinas. Y el ruido, ¡que bochinche! Música por doquier a tal volumen que no permitía oír o ser escuchado. Tal vez eso es lo que quieren, atontarse para no pensar. Bailes en parques y plazas irradiaban un ambiente festivo. Se detiene a ver una pareja joven que se zarandea serpentinamente al compás del guayo, el cencerro y el bongó. Los movimientos, aunque acompasados y por instantes frenéticos, sudan sensualidad. Las caderas revueltas, los pies vuelan, hombros y pechos se estremecen con compulsión mientras la boca entreabierta y los ojos, a ratos entornados, reflejan el placer natural de la danza. Perla María se sintió melancólica, hacía muchos años que no bailaba de esa manera.

Se cruza con unos chiquillos que conversan animadamente, empleando gestos bruscos con las manos, tal parece que discuten por la agitación al mover los brazos para reafirmar lo que expresan. Escucha algunas palabras sueltas: «Eso fue así mismítico», «De eso nada, estás totalmente equivocado», y se sume en las evocaciones de otros tiempos, cuando era una niña.

En la primera asamblea pioneril ibas a recitar «Morir por la patria es vivir», un poema que escribiste inspirándote en esa estrofa del Himno Nacional. Recreaste hasta el delirio el honor de morir por la patria y por los ideales. No sólo la propia muerte, sino dar la vida de toda la familia, incluso de los hijos. En aquel tiempo te intrigaba Mariana Grajales, la Madre de la Patria, por su reacción cuando le fue anunciada la muerte de un hijo a manos de los españoles y, sin vacilación, urgió al vástago menor para que fuese rápido a la campiña a liberar el país de la tutela española, o corriera igual suerte. Aunque nunca se lo dijiste a nadie, te parecía monstruoso que una madre mandara al fruto de su vientre a morir. Por eso querías ver el efecto en el público, para saber si alguien más sentía horror o miedo, porque debías estar equivocada: *morir por la patria es vivir*.

El bicho raro eras tú, que no te sensibilizabas con los sacrificios que la patria demandaba, pensabas en aquel tiempo. Creías que morir por una causa no tenía sentido, preferías una invitación a vivir por algo. Aún así, estabas muy orgullosa del poema aprendido y recitado decenas de veces. Lo repetiste en silencio, hasta en sueños, querías estar segura de que no olvidarías ni una palabra y que le darías la entonación adecuada con las pausas necesarias, para aumentar el dramatismo de tanta sangre, muerte y dolor.

Llegada la tarde, cuando todos fijaron la vista en ti, la mente quedó en blanco y sólo atinaste a decir: «!Ay, Dios mío!», lo cual provocó una exclamación unísona de sorpresa, porque Dios no era bien visto en esos días. Todos te miraron como una alimaña perversa y sonrieron nerviosos. Todos. No comprendías con exactitud las razones por las cuales Dios fue proscrito, pero lo cierto es que la abuela mudó la imagen del Sagrado Corazón que estuvo por más de veinte años en la sala de la casa para su dormitorio. Eso fue lo máximo que tu mamá pudo negociar con tu ofuscado padre. Sin embargo, como recuerdo eterno a la ofensa infligida, el vestigio en la pared del cuadro desplazado quedó indeleble, y poco a poco se transformó en una mancha con la forma parecida a la de un corazón, ante la cual la abuela se persignaba cada vez que atravesaba la habitación.

¡Ay, Dios mío! El espanto de que pudieras ser considerada una traidora movió resortes inauditos en tu memoria, y comenzaste a declamar los versos con un énfasis tal vez demasiado pomposo que, no obstante, logró cautivar a la audiencia de inmediato. Recuperaste la confianza y continuaste con las pausas ensayadas, entonando con dramática modulación las palabras importantes. Los aplausos cerrados te hicieron sonreír. Cuando te inclinaste a saludar al público te sentiste feliz y susurraste para ti misma: «¡Gracias Dios mío!».

Un claxon hizo que volviera a prestar atención por donde caminaba. Un muchacho, casi un niño, se le encimó mostrándole un papel moneda rojizo.

—Billetes del Che, baratos —proponía el adolescente—. En unos años van a valer una fortuna —insistía.

¿Cuándo te despertó el deseo de morir por la patria? No lo sabes con certeza si fue de a poco o de súbito. Crees que ocurrió durante un programa de televisión. Fue en aquel mes de octubre cuando se esperaba un holocausto nuclear. Oíste una voz convulsa y ronca declamar: *¡con el escudo o sobre el escudo!,* y todos en la familia te abrazaron y te ciñeron con tristeza.

En aquel entonces, te sentías genuinamente desdichada de que el país hubiese sido liberado y no pudieras demostrarle su amor. Trabajar en el campo de sol a sol, no te parecía tan heroico. En realidad querías morirte. Para ser más precisa: el sueño secreto era que «el enemigo» te matara, y así poder vivir por toda la eternidad. Todavía no pensabas en matar a alguien, sólo en defenderte del enemigo que tantos males había traído al mundo: el imperialismo, personaje siniestro de mirada perversa, barba puntiaguda, cubierto por un sombrero a rayas rojas y blancas con estrellas blancas en un fondo azul. Ese era el enemigo: los yanquis, y también los cubanos traidores y apátridas que querían volver a traer la miseria al primer territorio libre de América.

Soñabas con la muerte con ecuanimidad de anciana. Morir era la gloria. «Lo mejor sería un tiro; es fulminante», solías decir. No tenías miedo a irte de este mundo, pero sí a las torturas. Rogabas al cielo que no te torturasen, como las imágenes que aparecían en las revistas que denunciaron las atrocidades del gobierno anterior. Quemaduras de cigarrillos, uñas arrancadas y ojos sangrantes en las manos del verdugo. ¡Qué horrible! ¡No! ¡No! Un tiro era lo que deseabas, o una ráfaga de ametralladora todavía mejor. ¿Morir quemada?, podía doler.

Una vecina había rociado con alcohol al marido prendiéndole un fósforo después. El pobre hombre murió. Tu abuela fue al velorio y te contó que en todo el salón se respiraba un olor inconfundible a carne chamuscada. Quemada tampoco, aunque la peor desgracia que podía acontecer era convertirte en una traidora. ¡Eso nunca!, ¿aguantarías las torturas?

Al llegar al Malecón, la sorprendió una gigantesca pantalla luminosa —como las que se confunden unas con otras en Times Square, o en las grandes ciudades japonesas—anunciando rones, cervezas, televisores y otros muchos productos extranjeros que empezaban a inundar el mercado cubano. Siguió transitando entre la multitud de vendedores ambulantes de todas las edades.

Tomó un taxi y pidió que la llevaran a la Habana Vieja. Esta vez Perla eludió la conversación con el chofer imitando un falso acento gringo: «No hablar español». Quería concentrar toda su atención en la vista de la ciudad. El taxista cariacontecido se resignó a su suerte y subió el volumen de la radio que dejó escuchar una rítmica música salsa. A pesar de que los vetustos edificios mostraban el maltrato de muchos años, el Malecón conservaba su encanto. Pagó al chofer dejándole una generosa propina, y el hombre, encantado, insistió en esperarla. Perla rechazó con energía la oferta, y por último, ante su tozudez, aceptó tomar su tarjeta y prometió llamarle. «Cualquier cosa que necesite la señora, estoy a la orden...puedo hacer descuentos», oyó como despedida. Paseó desde la Avenida del Puerto hacia la calle Empedrado y llegó a la Plaza de la Catedral rodeada por una multitud variopinta.

Una rápida mirada le bastó para percatarse de que La Habana Vieja renacía con un falso esplendor de ciudad antigua. Pese al fuerte ambiente turístico, estaba hermosa. Dos enormes cruceros anclados se alzaban imponentes en el puerto y varios veleros se veían a lo lejos en la bahía. Desde un ferry desembarcaban los pasajeros con incontables equipajes y cajas de todo tipo. Después de cincuenta años se restablecieron los viajes diarios a Miami. El decreto de una excepción de impuestos, para aliviar de algún modo la carestía de casi todo, generó un trasiego diario de cubanos abasteciéndose de lo necesario y lo superfluo. Turistas de todo el mundo pululaban por doquier lanzando furtivas miradas a las mujeres que se cruzaban a su paso. Trataba de evitar hacer comparaciones, aunque era inevitable. Ella misma era una turista en su propio país.

Caminó hasta la Plaza Vieja. Tríos de músicos con mangas de vuelos, dos guitarras y un par de maracas, cantaban viejas guarachas de amores traicioneros y pérfidas mujeres que se oían por toda la explanada. Le llamó la atención un estribillo nuevo:

Ya no somos faro ni guía
Vamos a vacilar como todos los demás
El Morro se apagó para poder gozar.

Durante muchos años, Cuba había llevado la carga de ser la esperanza del inmenso universo de pobres y oprimidos. Socialistas de champán, tras el confort de placeres mundanos, les pedían a los cubanos que resistieran. Cuba tenía que ser un ejemplo. Cuba se pensaba siempre en mayúsculas, oyó decir a una socióloga en Miami. Los cubanos tenían que sacrificarse. Fue un pesado fardo arrastrado por medio siglo. «Ahora la Isla tendría que pensarse en minúsculas, sin ninguna misión histórica trascendental», había escrito Perla a María hacía algunos meses.

Los olores inconfundibles de la ciudad despertaron la terrible nostalgia. La tierra que la vio nacer, la pisoteada por unos, exaltada por muchos y añorada por casi todo el exilio cubano. Era su tierra, no escogida, pero era el lugar donde vio la luz por primera vez. ¡La Habana nunca olvidada!, a veces pensaba que sólo su cuerpo había emigrado.

¡Oh Habana! La Habana es más que una ciudad: abanicada por la Corriente del Golfo, es un espíritu flotando a la entrada del océano; olor a sal, humedad y tabaco; brujería y poesía bajo un sol que raja las piedras. Un recinto ignoto lleno de historias ocultas y fantasmas etéreos. La capital en el país del más o menos. Ni siquiera la fecha de la fundación de San Cristóbal de la Habana era precisa. Hubo tres intentos de crear la ciudad: primero al sur, donde está hoy Batabanó, pero las plagas de alacranes, mosquitos y hormigas hizo que se moviera hacia la desembocadura del río Almendares. El nuevo sitio, a pesar de su hermosura, era vulnerable a los ataques de corsarios y piratas por lo que, finalmente, mudaron la villa cerca de la bahía. ¿Pasaría lo mismo con la República de Cuba? Primero la llamaron mediatizada, después socialista y ahora, ¿qué sería ahora? ¿A la tercera sería la vencida?

Llegó a El Templete, donde a la sombra de una mítica y frondosa Ceiba se había consumado el primer oficio religioso de la ciudad. *La ceiba siempre cumple* decían los cubanos, en un culto al árbol milagroso bajo el que comulgaban por igual, con similar fervor, negros, mulatos y blancos. Un guajiro te diría que *la ceiba está bendita,* por eso la respeta el rayo y no la despedaza el huracán más bravío. La ceiba es como la siguaraya: *no se pué tumbá.*

Cada 15 de noviembre, a medianoche, la Ceiba de El Templete acepta confidencias y concede peticiones. La Ceiba de los deseos y los castigos. La ceiba lo mismo mata que da luz, aunque dicen que llora cuando le piden algo perverso. Nadie sin consultar a los orishas se atreverá a derribar uno de estos árboles majestuosos que mueren centenarios, venerados y temidos en toda la isla. Andar tres círculos en silencio a su alrededor y suplicar un deseo mientras se acaricia al áspero tronco. No son necesarias oraciones preaprendidas. *Iroko, ayúdame, Aggayú, tú sabes lo que yo quiero.* ¡Se agolpan en su corazón tantas revelaciones!, pero ella siempre cumple. A Perla también le había cumplido.

—¿Señora, puedo ofrecerle mis servicios? Conozco todos los secretos de la Habana Vieja, los que no cuentan a los turistas —dijo un joven trigueño, bien parecido, aunque algo musculoso para su gusto.

No pudo dejar de sonreír. ¿Secretos? ¿De verdad?, dijo para sus adentros y siguió caminando.

—¿Se quedará mucho tiempo en La Habana? Es única en el mundo, ¿no le parece?

Era inevitable. Demasiados años creyéndose el ombligo del universo tenía que dejar huella. Cuba, según la teología oficial, había sido el primer territorio libre de América, con el pueblo más culto, las putas más ilustradas, vaquerías comparadas al Partenón, el mejor sistema de salud del mundo, las mejores playas y el cielo más azul. Los cubanos eran los guerreros más temerarios, los mejores machos y los más fogosos amantes; las cubanas, las mujeres más calientes y tiernas.

—Ese es el Hotel Santa Isabel, que fue antaño el palacio del célebre Conde de Santovenia, quien reunía a lo ilustre de la sociedad habanera en suntuosas fiestas. No hay mejor experiencia que dormir en una mansión criolla del siglo XIX —dijo de carretilla el musculoso cuando Perla echó una mirada al lateral de El Templete.

—¿Te pagan comisión? —preguntó Perla, y sin darle tiempo a responder continuó—. ¿Cuánto pides por tus servicios?

El muchacho sonrió. Había ganado la entrada que era lo más difícil.

—Depende de qué servicio requiera la señora —dijo con lentitud enfatizando cada una de las palabras.

Perla lanzó una estruendosa carcajada. Rondaba cerca de los sesenta años y a pesar de que mantenía una figura esbelta, gracias a largas sesiones en el gimnasio y a una rigurosa dieta, ya no se sentía todo el tiempo interesada en menesteres sexuales, al menos no ese día.

El muchacho se cohibió por la risa, no obstante se recuperó enseguida.

—Tú eres cubana...Esa risa es cubana. No me puedes engañar —afirmó con gran seguridad—. ¿Cuándo te fuiste?

Perla evadió la respuesta, no quería hablar de sí misma. Acordaron el precio por acompañarla el resto del día incluyendo el pago de la cena. Quería saber lo que estaba pasando ahora, quería detalles, todos los pormenores posibles. Hizo mil preguntas.

Cruzaron la bahía de la Habana en un nuevo servicio de lancha que iba continuamente del Castillo de la Fuerza al Castillo del Morro. En medio de la bahía, cuando Elián, —así se llamaba el musculoso— se alejó para comprar unas cervezas, Perla María murmuró «Quien mal me desee, mi mal se lleve y que yo lo vea».

Esa fue la oración que le recomendó la santera a quien consultó poco antes de irse de Cuba. Debía rezarla sobre el agua porque ella era hija de Yemayá. Hacía casi veinte años ya que había implorado aquella plegaria, en esa misma bahía a bordo de la lanchita de Regla. Pensó que al final había funcionado. Allí estaba ella otra vez en La Habana, libre y con deseos de vivir.

3
1960

María regresó a la casa justo a la hora que empezaban *los muñequitos*. En aquellos inicios de los sesenta se televisaba a las seis de la tarde, un programa por media hora con el Pato Donald, el Gato Félix y la pequeña Lulú; todavía pasaban algunas veces a Supermán, que poco después sería censurado porque decían que les envenenaba la mente a los niños, al hacerles creer en la supremacía yanqui.

A su hija le tocaría mirar los animados rusos, que no tenían la gracia del Ratón Miquito o del Pájaro Loco. Su hija Luz crecería con el Tío Stiopa. O con El Lobo y la Liebre, donde el lobo era el retrato típico de un sinvergüenza, incumplidor de las leyes, fumador, bebedor y excéntrico, mientras la dulce liebrecilla representaba al héroe bueno y puro, que siempre estaba amenazada por el vandálico lobo. O fábulas tristísimas que de ser comparadas con los cuentos de Andersen, este hubiera quedado catalogado como un autor cómico; el estilo doliente del «alma rusa» traumatizó a más de un niño cubano, aunque se adueñó de la imaginación de muchos.

La programación terminó con un muñequito de Tuco y Tico, las urracas parlanchinas, y luego, María y su mamá, Carmen, se encaminaron a visitar a los vecinos que se habían mudado recientemente para una de las casas vacías.

Era la primera familia negra en el barrio de Miramar. Carmen llevaba un pudín de pan como obsequio de bienvenida. Madre e hija atravesaron el jardín. Todavía se veía cierto abandono, aunque eran evidentes los cambios: plantas podadas, ausencia de malas yerbas y la tierra removida de los canteros; en vez de flores, crecían tomates, y matas de ajíes y plátanos. Al costado, la huerta se extendía hasta el fondo con plantas aromáticas. Casi al final, en medio del orégano, la yerbabuena, las vicarias, la albahaca y la pasiflora, María vio a la niña más rara del mundo: toda de blanco, un pañuelo del mismo color le cubría el cabello, y de su cuello colgaban largos collares de minúsculas cuentas azules, rojas y amarillas. María se aferró al brazo de su madre con cierto temor, había algo raro en esa niña, tal vez la suavidad de sus lentos movimientos, o el que le estuviera hablando a las plantas. Pero más se asustó cuando la niña se volvió hacia ellas y les mostró una sonrisa sin dientes y un rostro cubierto de arrugas.

—Debe ser la abuelita —la tranquilizó Carmen casi en un susurro mientras le devolvía la sonrisa a la viejecita sin dejar de caminar hacia el portal.

En la entrada principal, a la altura de los ojos, refulgía una pequeña placa de metal con los colores de la bandera, que decía en alto relieve «Fidel, esta es tu casa». Pocos segundos después de haber pulsado el timbre, abrió la puerta María Antonia, quién con aire curioso miró a las visitantes.

—Buenas tardes. Yo soy Carmen, la vecina del 106 y la presidenta del Comité. —saludó con formal cortesía. De inmediato, el rostro de Toña se iluminó al reconocer a María, y tal vez eso fue lo que animó la voz de Carmen en un tono más cordial cuando agregó—. Quería darles la bienvenida al barrio.

—¡Mamaaaaá, te buscan! —gritó Toña con total desenfado desde el alféizar del recibidor, invitándolas a pasar.

Cecilia, la mamá de Toña era oriunda de Baracoa. Una hermosísima mujer con inconfundibles facciones indias en las que no se apreciaba mezcla de razas. Sus cabellos brillantes y lacios olían a azahares; y su cuerpo moldeado por redondeces, sin que se le pudiera llamar obesa —una fina cintura lo desmentía—, exudaba una cándida sensualidad.

El pueblo de Baracoa, donde Colón pisó por primera vez tierra cubana, era uno de los pocos lugares donde todavía se encontraban descendientes de los habitantes originales de la isla. Con la llegada de los españoles, los indígenas quedaron virtualmente exterminados y sólo en la recóndita Baracoa se apreciaba esa herencia ancestral.

La familia de Cecilia se había mudado para Santiago de Cuba cuando ella era todavía una adolescente. Allí se enamoró de José Manuel, un enorme negro retinto que sólo tenía ojos para ella. Aunque era legendaria, en todo Oriente, la fuerza descomunal de José Manuel y su disponibilidad para los trabajos duros —se rumoraba que podía desbrozar un monte de marabú en una jornada—, era un amor imposible porque, al decir de los padres de Cecilia, casarse con alguien de piel más oscura atrasaba la raza. Pero a ella le gustaba su mirada mansa; le parecía radiante su piel negra y lustrosa; y romántico, su tamaño de gigante. Le desagradaban los otros pretendientes, con quienes su familia pretendía casarla, a los que consideraba alfeñiques pálidos y mojigatos, que no lograban hacer que su sangre hirviera, ni siquiera que borboteara un poquito, como le pasaba con José Manuel, nada más de oír su respiración profunda de animal salvaje . Fue por eso que huyó con él en una noche de verano.

En poco tiempo nació Antonio, quien heredó la piel canela y el pelo lacio de la madre. La niña nació tres años más tarde, larga como un güin, con el cabello ensortijado y la misma piel negra y lustrosa de su padre. Vivieron en un bohío en medio del monte, hasta que José Manuel se fue con los rebeldes a la sierra y Carmen bajó a la ciudad con el pequeño Antonio de la mano y la recién nacida Toña en el regazo.

Se mudaron para La Habana al triunfo de la Revolución y José Manuel se sintió inquieto. Cecilia era una mujer llena de curvas y a sus ojos La Habana era Sodoma y Gomorra: pululaban los machos peligrosos como lobos feroces acechando a su Cecilia. él podía ver cómo se les caía la baba ante el espectáculo de tan buena hembra. No bastaba que Cecilia le demostrara su amor y le jurara fidelidad. José Manuel pensaba que ella no tenía idea de cómo podían actuar los sabandijas para levantarse a una rica mulata.

Cuando Cecilia compró a plazos una máquina de coser y algunas telas llenas de flores y paramecios, José Manuel presintió que no era una buena idea, sin embargo, no dijo nada. A los pocos días, Cecilia modeló orgullosa ante su marido el nuevo vestido. «Parece una estrella de cine», pensó. Pero al reparar que el vestido acentuaba aún más todas las protuberancias de Cecilia, José Manuel montó en cólera y lo destrozó de dos manotazos. Cecilia fue llorando con rabia a su cuarto mientras le decía negro bruto. José Manuel fue casi corriendo tras ella implorándole perdón.

La tarde en que Carmen y María fueron de visita, Cecilia las recibió luciendo un nuevo vestido de flores y paramecios. Se ofreció a hacer café y fueron sin ningún preámbulo al fondo de la casa. La mansión olía a limpio. A Cecilia, la mamá de Toña, le gustaba baldear los pisos con muchos cubos de agua. Pancha, la abuela que había asustado a María en el jardín, ya estaba allí, poniendo en orden un mazo de yerbas. De cómo tan diminuta mujer había parido al gigante José Manuel era uno de los misterios inexplicables de la naturaleza.

Desde el amplio ventanal de la cocina se veía el patio con una piscina vacía, en forma de riñón, que amontonaba pencas de palmas, cocos secos y donde dos puercos gruñían apaciblemente. En el salón principal, José Manuel con su uniforme verdeolivo y sus grados de capitán hacía compañía a un juez de los Tribunales Revolucionarios. Cuando María husmeó con disimulo desde la cocina, el magistrado escogía con cuidado un tabaco de la caja que le ofrecía José Manuel. El primero que palpó no le satisfizo. Se decidió por otro, lo desperilló y encendió con una fosforera dorada que sacó del bolsillo de la camisa militar, giró la breva para que prendiera con uniformidad. El aroma dulce del habano se extendió por la habitación.

—En una sola noche —afirmó mientras daba una larga chupada al habano y exhalaba con languidez las volutas de humo— ordené el ajusticiamiento de diecisiete contrarrevolu-

40

cionarios y no tuve problemas para dormir a patas sueltas. ¿Sabes por qué? —no esperó respuesta para continuar—. Porque tenía la conciencia tranquila de que estaba cumpliendo con el deber de la Revolución. Juzgué y condené a los que cometieron crímenes, tenían planes o pensaban ejecutarlos.

José Manuel asintió con la cabeza. El juez, que parecía necesitar aprobación, se entusiasmó con la aquiescencia recibida y continuó:

—No podemos actuar sólo con un estricto criterio de responsabilidad jurídica, sino con convicción revolucionaria. La gravedad de los casos está dada por el daño potencial que puedan hacer a la Revolución. Las leyes son un invento burgués.

—Sí, pero... es que... —José Manuel no se atrevió a llevarle la contraria, recordó al sobrino de su compadre que era un militar del ejército de Batista, allá en Oriente, y fue condenado a muerte por el delito de asesinar a un joven rebelde. Días después de ejecutada la sentencia, el revolucionario presuntamente asesinado reapareció sano y salvo— es que hay veces... —repitió titubeando.

—Lo mejor es acabar con los hijo'eputas —lo interrumpió el juez, en un tono seco, tajante, tal vez se percató de su acento intransigente porque, tras una pausa en la que parecía estar escogiendo las palabras, agregó sin levantar la voz, casi con dulzura—. A las malas yerbas es mejor arrancarlas de raíz.

María alcanzó a oír la última frase cuando irrumpió en la sala acompañando a Toña, quién llevaba una pequeña bandeja con dos minúsculas tazas de porcelana china casi rebosantes con el café recién colado por Cecilia. A pesar del tono suave del juez, María sintió achicársele el alma.

Una extraña sensación de angustia la abrumaba. ¿Algo en el aire? «Es que me pongo nerviosa ante desconocidos», se justificó a sí misma para darse coraje. Toña, sin parecer percatarse de nada raro, presentó a su nueva amiga. El juez preguntó —improvisando sin éxito una expresión afable—, si ya era pionera y la exhortó a que se preparara porque la patria necesitaba del esfuerzo de todos.

Para María, el juez encarnaba una visión de los bravos rancheros mexicanos, con pistolones al cinto, que lograban lo que querían con la persuasión de la pólvora, lo cual no estaba mal, porque en las películas eran buenos personajes que siempre tenían la razón y no les quedaba más remedio que usar la fuerza para vencer a los villanos.

María no sabía que estaba frente a *Charco de Sangre*, juez de los Tribunales Revolucionarios, quién cargaba sobre sus hombros la responsabilidad de decenas de ejecuciones. Los juicios demoraban veinte minutos y a veces menos. La frase de quien acusaba sin vacilación, «él lo hizo», bastaba para condenar a muerte por fusilamiento en un juicio sumarísimo donde el tiempo transcurrido entre el veredicto y la ejecución de la sentencia era apenas unos días y, a veces, unas horas. Pero María no lo sabía en aquel entonces, aunque la desagradable sensación no había desaparecido.

«Pregunta algo, cualquier cosa», se le ocurrió en un instante como idea salvadora. Era lo que acostumbraba a hacer cuando sus padres discutían: lanzar una interrogante cualquiera, mientras más tonta, mejor. Ningún adulto podía resistir la tentación de ilustrar con su sabiduría a un niño ingenuo.

—¿Quién es Huber Matos? —indagó con la voz más inocente que pudo entonar, porque ya en su casa había recibido una respuesta poco esclarecedora.

—¡Un traidor! —chilló iracundo del juez, y sin poder controlar del todo su indignación, continuó—: Es un traidor a la Revolución y a Fidel... Como esos desgraciados que entraron anoche en una lancha para poner bombas y asesinar niños.

A María se le hizo un nudo en la garganta, aunque sus padres decían lo mismo de Huber Matos, se asustó de la fiereza de la respuesta.

—¿Y quién te habló de Huber Matos? —inquirió el Juez, bajando la voz hasta situarla en un tono dulzón, casi zalamero.

—Niñas, váyanse a jugar al patio —interrumpió José Manuel algo molesto, sin esperar a que la niña contestara.

Debía dejar de preguntar. La actitud lisonjera del Juez la atemorizó más que su dureza. ¡Si se entera mi mamá, me va a castigar! No intentaría otra vez conocer los misterios que envolvían a aquel nombre. Se prometió a sí misma en ese instante que nunca, nunca más volvería a ser curiosa. Los niños desarrollan una intuición natural para saber que hay cuestiones que no pueden expresarse en público —aunque a veces sus padres las hablen a escondidas—. Existen verdades absolutas, incomprensibles e inamovibles que no se discuten.

En aquel entonces María no tenía envenenada el alma. De su corazón emanaban buenos sentimientos hacia el mundo y quería hacer algo por su país. ¡Ay María, que preguntona eres! ¿Qué pensarán? ¿Creerán que eres una *gusana*? ¡Ay María! Si tienes la suerte de vivir en el primer territorio libre de América, donde no existe la explotación del hombre por el hombre y no hay capitalistas que se enriquecen con el sudor de los obreros. La Unión Soviética, conquista la naturaleza y cambia el curso de ríos y montañas. En La URSS está el futuro y Cuba será parte de ese mundo. Quieres poner tu granito de arena en la construcción del paraíso en la tierra y ahora te sientes muy desgraciada porque puedan pensar que eres una *gusana*. Tienes que hacer algo, y pronto, para demostrar a todos que eres revolucionaria.

4
1960

Mariflor de las Mercedes se mecía acompasadamente en un sillón del portal de su casa mientras releía el manual de cómo hacerse pionera. La Unión de Pioneros de Cuba era entonces una organización selectiva y tenía que cumplir con un sinnúmero de requisitos para poder hacerse miembro. Era una gran mezcolanza que a ratos le recordaba las clases de catecismo a las que la llevaba la abuela a escondidas los sábados; sólo tenía que cambiar la palabra Dios por patria. Aunque conservaba también algo de los *scouts:* un inventario de buenas acciones a realizar junto a instrucciones para hacer una hoguera o nudos marineros. Hacía unos meses habían cambiado el lema de ¡Venceremos!, a ¡Siempre listos! Ser pionero era un honor. «¡Es difícil cumplir con todo lo que piden!», se quejaba Mariflor. En una solemne asamblea recibiría una pañoleta blanca y azul que debía usar siempre con el uniforme. Sin embargo, en menos de cinco años la organización se hizo masiva y todos los niños al cumplir los siete años obtuvieron la pañoleta sin ningún esfuerzo. Cuando se impuso esa nueva regla, pensó que no era justa: mucho trabajo le costó ser pionera.

La tarde llegaba a su fin y Mariflor no acababa de realizar ninguna buena acción. Caminó hasta el jardín en espera de alguna anciana para ayudarle a cruzar la calle. Ese era uno de los ejemplos que aparecía en el manual. ¿A quién ayudar? Miramar estaba desolado: calles y aceras totalmente vacías, ni siquiera un gato andariego. Ya estaba cansada de esperar que alguien apareciera: una viejecita o un ciego, cuando vio a Perla y a María salir de uno de los jardines de las casas selladas. Iban conversando, más bien secreteando y riéndose, al menos eso parecía desde la lejanía. María le enseñaba un libro a Perla, quien lo hojeaba con indiferencia. Mariflor se extrañó. «¿Qué harán estas dos en esa casa?». Una voz la tomó por sorpresa:

—¿Te gusta? —escuchó a sus espaldas al mismo tiempo que emergió ante sus ojos un ramo de flores que Reinaldo acababa de arreglar en una perfecta combinación de colores y texturas.

Mariflor asintió con la cabeza y le sonrió a su hermano. Reinaldo tenía un don natural para encontrar y crear hermosura. Le gustaban la armonía de los colores, los perfumes florales y la poesía. A pesar de que tenía cinco años más que ella, uno de los juegos favoritos que compartían a escondidas era disfrazarse, maquillarse y lucir las joyas de la madre y de la abuela. Una tarde al llegar más temprano que de costumbre sus padres a la casa, lo encontraron vestido como una bailarina oriental. El padre enfurecido le despedazó la ropa, mientras gritaba:

—¡Esos no son juegos de hombres! —y volviéndose directamente a la madre, le espetó— ¡Es tu culpa, que lo malcrías! ¡Lo vas a convertir en maricón!

En ese momento Reinaldo no sabía lo que significaba ser maricón, aunque comprendió que era algo terrible a los ojos de su padre. Después lo supo. Llegó a creer que lo era, y luchaba con tenacidad para librarse de esa enfermedad despreciada, temida y odiada a la vez. Practicaba deportes fuertes a pesar de que aborrecía estar sudado y hasta tenía una noviecita, pero en las noches lloraba en la almohada y ansiaba curarse de ese mal.

Es casi una desgracia cuando en dos hermanos el varón es el hermoso y la hembra no sale agraciada. Reinaldo era muy atractivo, sus grandes ojos, cálidamente negros, inspiraban confianza, y unos labios bien dibujados, casi femeninos, le daban un aspecto angelical. Mariflor tenía cara de rana asustada, un cuerpo rechoncho de cortas extremidades, y un pelo lacio y tan grasiento que parecía una bestiecilla mítica bajo un aguacero. A pesar de ello, existía una fuerte relación de amor y complicidad entre ellos.

—Ven conmigo; hice champola. La guanábana estaba bien madura —pero Mariflor seguía con la vista a sus nuevas amigas mientras se alejaban sin prestarle atención—. ¿No quieres acompañarme? —casi suplicó Reinaldo a su hermana.

Mariflor tomo medio vaso de champola. Estaba sabrosa, con el punto exacto de dulzor. Reinaldo cocinaba muy bien, sin los excesos de azúcar, grasa o ajo que caracterizaban a los platos cubanos. Cuando el padre no estaba en la casa, le gustaba experimentar con nuevos sabores y usar yerbas para aromatizar lo que guisaba. El padre celebraba la receta pensando lo bien que su mujer cocinaba, a lo cual madre e hijo sonreían en secreta confabulación.

Bebieron la champola y luego, Mariflor fue a las clases de piano a las que asistía dos veces por semana. De regreso, pasó frente a la vivienda de donde había visto salir a Perla y a María, y volvió a despertarle la curiosidad. ¿Qué estarían haciendo esas dos? Se quedó por unos instantes mirando ensimismada hacia la puerta sellada y el abandonado jardín. No observó ningún movimiento. Era una de las tantas casas clausuradas que abundaban en el barrio. Sin embargo, hubiera podido asegurar que las vio saltar la reja del zaguán. Siguió camino con el ceño fruncido. Al llegar, dejó los cuadernos de música sobre la antigua consola victoriana situada en el vestíbulo. Por el silencio adivinó que todavía los padres no habían llegado. Era un tiempo de frecuentes reuniones, guardias o trabajos voluntarios que empezaban una vez finalizado el horario laboral, por lo que muchas veces se iba a la cama sin ver a sus padres.

Esther, la mamá de Mariflor, fue en otros tiempos una eficiente ejecutiva de una agencia de turismo en La Habana. Cuando los norteamericanos dejaron de viajar a la isla, la agencia cerró sus puertas, pero Esther no quiso marcharse a pesar de que le ofrecieron empleo. Quería a Cuba y tenía grandes esperanzas en un mundo mejor.

«Marx auguraba no sólo el triunfo del socialismo, sino la superación del sistema capitalista, con un pleno desarrollo de las fuerzas productivas que conduciría al reino de la abundancia y la igualdad social», recitaba con convicción lo aprendido en un manual de marxismo. Muchos profesionales se exponían a sospechas y desconfianzas por su origen pequeño burgués y se obligaban a proletarizarse si querían demostrar su lealtad a la Revolución. Trabajar como obreros, cortar caña, o barrer las calles, era algo que podían hacer para que se les bajaran los humos burgueses. Usar las manos y sudar la frente ennoblece, era una máxima en esos tiempos.

Esther comenzó a trabajar en una oficina mal oliente y poco iluminada de una fábrica de aluminio y hojalata. Más que fábrica era un taller con antiguas maquinarias donde el calor pegajoso, el ruido ensordecedor y el aire asfixiante por la poca ventilación, hacían de cada jornada una proeza. Quería demostrar que a pesar de su origen pequeño burgués era digna de confianza de la Revolución.

Mariflor cenó lo que Reinaldo le dejó en el horno y tomó de postre algo más de champola. Hizo varias llamadas telefónicas y después de darle las buenas noches a su hermano se retiró a su habitación. Se quedó dormida leyendo una vez más el manual para futuros pioneros; pero un ruido la despertó en la madrugada, primero escuchó los chirridos de los frenos de un auto, y luego, fuertes portazos confundidos con palabras fragmentadas. Se incorporó algo aturdida, dio unos pasos inseguros, y sin estar del todo despierta, restregándose los ojos con los nudillos, se asomó a la ventana. Lo que vio la hizo perder el sueño al instante: en una camioneta del ejército, parqueada frente a la casa sellada, obligaban a entrar con los brazos amarrados a la espalda y una capucha negra en la cabeza, a dos hombres.

Capítulo 2

Las dos caras de la luna

1
1962

Los judíos austriacos y alemanes sufrieron la noche de los cristales rotos. Los homosexuales y putas cubanas tuvieron «la noche de las tres P»: prostitutas, proxenetas y "pájaros" —como se les llama a los *gays* en Cuba—.

Aquel infausto día Reinaldo planeó ir al teatro, sin tener la más remota idea de lo que iba a acontecer. Más tarde recordaría, en momentos de desespero, toda la cadena de sucesos que se desencadenaron. ¿Habría sido otra su vida si no hubiese ido al teatro esa noche? ¿Quién sabe? Si no hubiera ido al teatro no habría quedado fichado por la policía con un expediente por «peligrosidad», invención que algunos juristas aseguran fue de Mussolini y era ahora importada al Caribe, mediante la cual cualquier persona terminaba en la cárcel si las autoridades sospechaban que era propensa a cometer algún acto criminal. Absurdo tropical: la condena antes del delito. ¿Quién sabe? De no haber ido al teatro tal vez hubiera quedado atrapado en otra hélice de eventos.

Reinaldo amaba las artes escénicas. Tenía especial predilección por el teatro bufo y los espectáculos musicales, aunque consideraba al ballet como el arte supremo. Sufrió mucho cuando no lo escogieron durante una captación masiva para la escuela del Ballet Nacional dirigido por Alicia Alonso. «No reúnes las condiciones físicas adecuadas», le dijeron. Se presentó a escondidas de su padre porque tenía la certeza de que no obtendría su consentimiento para ser bailarín. De todas formas no fue seleccionado, así que jamás sabría su reacción aunque la

48

imaginaba. Una de las tantas frustraciones de su vida era que nunca aprendió a tocar el piano. Ricardo, su padre, le suspendió las clases desde edad muy temprana, a pesar de que tocaba mejor que Mariflor.

—¡Se va a volver maricón! El piano es cosa de mujeres y de maricones —vociferaba Ricardo alarmado ante cualquier acción que no contribuyese a una hombría bien definida, como jugar a la pelota, practicar boxeo o tirar al blanco. Veinte años más tarde, Reinaldo le comentaría a Daniel:

—Mira tú, hoy soy maricón, pero por la testarudez de mi padre no sé tocar el piano.

Esa infausta tarde Reinaldo vestía una ancha camisa de brillantes colores, obsequio de un amigo por su cumpleaños, y un viejo pantalón vuelto a confeccionar después de poner la tela al revés para que diera la apariencia de la mezclilla de los pantalones *pitusa*, los *jeans* criollos. Lo cosió tan ajustado que ponérselo y quitárselo era una faena difícil. Sólo lo lograba echándose abundante talco en las piernas. El cabello peinado a lo Elvis y un toque de perfume completaban sus preparativos. Se miró satisfecho al contemplarse en el espejo. La camisa estaba regia. Era un espléndido presente. El mejor regalo de todos los tiempos. ¡Le asentaban tanto esos colores! Detestaba los grises de su diario uniforme escolar. «La vida es color», solía decir. ¿Debo echarme algo de brillo en los labios? Le gustaban las bocas brillantes. No, mejor no. Puede ser muy llamativo.

Salió de la casa sintiéndose contento y magnífico. La caída del sol y una suave brisa refrescaron la tarde. Sonrió, no sudaría. No le gustaba el sudor. Iba a ver una obra de Antón Arrufat, quien, según todos afirmaban, era un genio del teatro cubano. Miró el reloj. Tenía tiempo para buscar a la novia. Elisa era una linda muchacha, tímida y modosa, tan callada que casi pedía permiso para respirar. Reinaldo siempre le celebraba la combinación de colores de su vestimenta y le sugería nuevos peinados. Ella sólo tenía ojos para él: ¡tan atractivo y tan culto! Acordaron que se verían a la entrada del teatro, pero le daba más seguridad ir acompañado de una mujer, por lo que cambió de idea y decidió recoger a Elisa en su casa. A pesar de que el viaje en ómnibus demoró casi media hora consiguieron arribar con tiempo suficiente para comprar las entradas.

Frente al vestíbulo del teatro estaba parqueado un carro jaula de la policía y se extendía un cinematográfico despliegue de guardias por toda la cuadra. Tuvo un ligero temblor; apretó algo más firme el antebrazo de su novia y caminó hasta llegar a los bajos de la marquesina. Se dirigió a la tiquetería y, justo cuando había sacado la cartera para pagar las entradas, oyó a sus espaldas:

—¡Oye tú, el de la camisita de florecitas! Ven acá.

Reinaldo no se movió, su novia le apretó con fuerza el brazo. Tras un momento de titubeo, decidió hacerse el desentendido, por lo que el soldado repitió su llamado, esta vez más alto. Dio media vuelta y preguntó casi en un susurro, con un gesto de extrañeza en el rostro mientras se llevaba la mano al pecho:

—¿Es conmigo?

—¿Tú ves a otro con alguna camisa maricona por aquí? —dijo guapetón el policía mientras aguantaba con firmeza una ametralladora.

—¡Oiga oficial, no le permito ni a usted ni a nadie que me ofenda! —protestó sin mucha firmeza. Temblaba de miedo y la voz le salió desafinada.

—¿Sí? ¿y qué vas a hacer? —sonrió desafiante el policía—¡Mariconzón!

Reinaldo no podía permitir que le llamaran así en público. ¡Era la perdición! No le quedó más remedio que responder al ultraje y sin pensarlo dos veces se acercó para darle un puñetazo al guardia:

—No te permito que me ofendas. ¡Maricón será tu padre! —gritó esta vez con más dureza.

El policía se sorprendió con la respuesta, no la esperaba, dio un paso atrás y logró esquivar el golpe. De la nada salieron dos guardias que tiraron a Reinaldo al suelo, le pusieron unas esposas a la espalda y le clavaron una pesada bota en la nuca. El policía ofendido le dio una patada en las costillas y le dijo:

—Naciste hoy mariconzón. Si me llegas a tocar la cara, no haces el cuento. ¡A la jaula!

Elisa, histérica y espantada, gritaba como una poseída de los demonios desde que Reinaldo intentara golpear al representante de la autoridad. Cuando levantaron a su novio del piso éste sólo atinó a decirle:

—¡Avísale a mi mamá!

En el carro jaula se apretujaban ya varios jóvenes esposados. Subieron a tres más y el camión echó a andar. No podían distinguir por dónde iban porque la pequeña ventana con barrotes estaba tapiada. El aire era caldeado. Nadie hablaba. Reinaldo tenía miedo y no sabía qué iba a hacer. Fueron haciendo paradas en distintos puntos de la ciudad para detener a más y más jóvenes hasta que ya no hubo espacio.

Cuando llegaron a la estación de policía le vaciaron los bolsillos, le quitaron el cinto y el reloj. Fue a parar a un calabozo atiborrado donde apenas podía sentarse. Entonces comenzaron a llamarlos uno a uno.

Reinaldo fue de los primeros. Lo obligaron a desnudarse. Los uniformados se reían mientras forcejeaba para quitarse el apretado pantalón. Tuvo que permanecer de pie completamente desnudo, mientras tras un mostrador un policía llenaba un formulario con torpe caligrafía. En el fondo de la habitación bullía un enorme trasiego de personas. Lo hicieron inclinarse. «ábrete las nalgas. ¡Rápido!, que no tenemos toda la noche». Reinaldo se sentía avergonzado, más bien humillado. Después que le permitieron vestirse, lo llevaron por un estrecho pasillo y lo encerraron en una celda tan minúscula que era difícil acostarse. Tuvo que permanecer de pie y a ratos semisentado apoyando la espalda contra la pared. No supo cuánto tiempo estuvo allí. Sin el reloj estaba desorientado. Pensaba en su mamá, ¿le habrían avisado?, ¿lo estaría buscando? Pidió llamar por teléfono y ni siquiera le respondieron. ¿Qué diría su padre? Tenía razón. Ser maricón es una desgracia, ni siquiera puede uno parecerlo. Cuando lo sacaron de la minicelda, lo condujeron con un paso rápido por pasillos estrechos, obligándolo siempre a tener la vista al frente. Lo dejaron aislado en una oficina que tenía un buró y dos sillas. ¿Me estarán vigilando?, pensaba, mientras miraba las paredes tratando de descubrir por dónde lo estarían observando. Un gran cansancio se apoderaba de todo su ser, contradictoriamente cada músculo de su cuerpo estaba tenso y expectante. ¿Qué pasará ahora?

Un oficial entró en la habitación con un cartapacio lleno de papeles. Sin saludar se sentó frente a él y se dispuso a ordenar los documentos. ¿Será un primer teniente o un capitán? Nunca llegó a aprenderse el simbolismo de los grados militares. ¿Dos uves, es capitán? No sabe. La estrella es comandante. ¿Qué importancia tiene?

El oficial leyó con lentitud extrema el montón de papeles hasta que luego de un carraspeo le dirigió la palabra. Hizo mil preguntas: «¿por qué te vistes así?, ¿por qué te gusta el teatro?, ¿sabes cuál es la historia de Manolito Aguiar, el nombre del preuniversitario donde estudias?, ¿quién es tu pareja?, ¿eres pasivo?». El teniente o capitán se enfurecía con las respuestas. No quería aceptar que tuviese novia y que estaba con ella en la entrada del teatro. «¿Pasivo? ¿Qué es pasivo?». El oficial daba trompones en el buró, despotricando maldiciones y gritando que había que acabar con todos los lumpens y lacras sociales que manchaban a la Revolución. Cuando el militar perdió definitivamente la calma lo mandaron de vuelta a la minicelda.

Los interrogatorios se repitieron a intervalos irregulares. «¿Así que te gusta el teatro?». «¿Por qué no me cantas como Rosita Fornés?». Tenía sed, mucha sed. En algún momento le dieron de beber en un vaso de aluminio grasiento con varias abolladuras. El agua tenía un gusto metálico y amargo. Al rato le ofrecieron un poco de espaguetis hervidos con mucha sal. Los devoró en dos bocados. No le trajeron más agua pese a que la comida salada le encendió una sed abrasadora que le quemaba la garganta. Dormitó en la mínima celda sobre el cemento rugoso y frío. ¿Cuánto tiempo ha pasado? No sabe. Tenía ganas de llorar, pero los hombres no lloran. Tenía mucho miedo, pero los hombres no tienen miedo. ¿Qué pasará ahora? Su vida estaba acabada. No tenía espacio en este mundo.

No recuerda el momento en que lo volvieron a sacar del calabozo. Los músculos entumecidos le dificultaban caminar erguido. Esther, su mamá, lo esperaba en el vestíbulo. Tuvo que pagar una multa de 300 pesos, más que su salario del mes, para que lo pusieran en libertad. Antes de salir le advirtieron que ahora estaba fichado y que la próxima vez sería peor. Ya en camino a la casa Esther le contó que había ido a varias estaciones de policías y en todas le aseguraron que no estaba. Desesperada fue a la morgue y cuando rompió en llanto, alguien que se compadeció de ella hizo un par de llamadas y le dijo que su hijo estaba en la estación de 29 y D en el Vedado.

«Alteración del orden», indicaba el recibo de la multa pagada. «Se salvó de ésta porque es menor de edad», le explicaron. Reinaldo supuso que el policía guapetón no se atrevió a reportar que fue agredido por un «pájaro». Fueron en silencio camino a la casa. Esther sólo abrió la boca para sugerirle que no era necesario contarle nada de lo sucedido al padre. Reinaldo asintió con la cabeza. Anochecía. Por la ventana del ómnibus miraba cómo todos los colores iban desapareciendo con la oscuridad de la noche. Menos de cuarenta y ocho horas atrás veía el mundo radiante. Ahora todo se volvía gris y triste. Sentía que el alma se le apagaba. Las sensaciones son arbitrarias, ¿quién lo puede cuestionar? Cuando llegaron, Reinaldo fue directo al patio, y en el horno abierto donde solían asar los puercos, roció con alcohol la camisa floreada. Prendió un fósforo. Hasta la víspera había sido el mejor regalo de su vida. Una lágrima rodó por su mejilla mientras las llamas crecían en las sombras.

2
1960

Lo último que vio Julián antes de que le pusieran un maloliente gorro negro que le cubría toda la cabeza, sin siquiera orificios para respirar, fue la mirada de reproche de su amigo Ramón Ruano. Te lo dije, expresaban sus ojos. Los tiraron al piso de una camioneta cerrada. Trataron de seguir atentos cualquier ruido exterior. Creían seguir en la ciudad, aunque no pudieron ubicarse hacia dónde los llevaban. Dieron vueltas en círculos para desorientarlos. Los corazones latían apresurados, sentían pulsaciones en las sienes que les provocaron un fuerte dolor de cabeza y ganas de vomitar.

Se decía que en la esquina de 5ta Avenida y Calle 14, en una de las exclusivas residencias del reparto Miramar, la Seguridad del Estado tenía uno de los principales centros de represión. ¿Sería ese el destino, o tal vez el siniestro Punto X? El recorrido les pareció interminable. La camioneta se detuvo por un breve instante, y sintieron una puerta de garaje que se abría y cerraba otra vez. El gorro en la cabeza les dificultaba la respiración. Un gran temor los fue invadiendo. Estás temblando, reconoció Julián. Tuvieron miedo a lo desconocido.

Conocían los riesgos que corrían al infiltrarse en Cuba, sin embargo, una cosa era saberlo y otra muy distinta vivirlo. Habían leído y oído sobre otras situaciones semejantes y peores. Pero hay experiencias sobre las cuales la preparación teórica no sirve de mucho; enfrentar la realidad era otra historia. Ambos sabían que debían controlar el miedo. Alguien los tomó del brazo para bajarlos de la camioneta y subieron una breve escalera. Oyeron algunas voces a su alrededor: «¡Arriba, que llegaron los Tíos Sam! ¡Aquí les vamos a partir los cojones!». Finalmente, cada uno quedó en una pequeña habitación por separado y les quitaron la capucha. Unas pesadas puertas de hierro se cerraron con un triste eco.

Julián miró a su alrededor las paredes despintadas y sucias. La única puerta y las dos ventanas estaban cubiertas por planchas metálicas que no permitían el paso de la luz. Lo que antes era el cuarto de baño no tenía inodoro, un mero hueco en el piso que expandía un olor nauseabundo de heces y orines en toda la celda; ni lavamanos, ni ducha, sólo una tubería rematada con un grifo casi a la altura de los ojos era el único indicio de que esa azulejada habitación fuera alguna vez un baño. Giró la llave, en lugar de agua brotó un ruido sordo. Del techo colgaba una lámpara con cuatro bombillos de mucha intensidad que desprendían un calor sofocante. Ni una sábana, o una silla, sólo esa luz cegante que le impediría conciliar el sueño. Comenzó a sudar a mares. Necesitaba poner sus pensamientos en orden, pero no le dieron tiempo. Un miliciano entró de súbito y le pidió la ropa, el pantalón, la camisa, los zapatos, hasta que quedó desnudo.

Pasaron varios días. Perdió la cuenta porque la lámpara permanecía encendida día y noche. Las tres comidas diarias tampoco le permitieron orientarse sobre el tiempo transcurrido porque tenía la impresión de que las servían a deshoras. Menos aún podía dormir. A ratos golpeaban con fuerza la superficie metálica de la puerta con un ruido ensordecedor, y otras veces abrían el mirador con un agudo chasquido para escudriñar lo que estuviera haciendo. El agua brillaba por su ausencia por lo que no se bañó desde que lo encerraron. Lo aplastante era que sus captores tenían todo el tiempo del mundo. No existían leyes que lo protegieran, ni instituciones con capacidad de venir en su socorro. «Tienen impunidad total», pensó Julián.

En lo que creyó era la madrugada de cierto día —había perdido la cuenta— se produjo el primer interrogatorio. Fue conducido a un cuarto pequeño, muy frío. Como estaba desnudo hizo un esfuerzo para no temblar. Un bombillo incandescente, colgado de un largo cordón desde el techo, derramaba una luz mortecina, aunque también proyectaba extrañas sombras en los rincones de la habitación. La improvisada oficina ofrecía un aspecto siniestro. En las paredes se veían salpicaduras de color pardo que supuso fueran de café. ¿Sangre seca, tal vez? Una mesa y dos sillas constituían el único mobiliario.

Un viejo conocido del Partido Socialista, Isidro Malatesta Peonza —¡tener que cargar con semejante nombre a cuestas!— se presentó ante Julián vistiendo una colorida camisa checoslovaca adquirida durante el entrenamiento con la KGB moscovita. Sacó una pistola Makarov del cinto y la puso sobre el buró.

—Julián Cepeda del Valle, ¡cuánto tiempo sin verte! Vi tus últimas fotos en la revista *Life*, ¡muy buenas! —exclamó Malatesta en tono campechano, como si hubieran sido dos amigos de toda la vida que se encontraban después de una temporada sin verse. Julián se mantuvo en silencio y le lanzó una mirada medusiana. Malatesta no se dio por enterado y continuó—. Realmente me apena verte así... Pero tienes suerte; yo voy a llevar tu caso. Eso es una ventaja para ti, porque yo sé que no eres mala persona. La Revolución va a ser generosa contigo —tomó aire y aprovecho la pausa para observar el efecto de sus palabras—. Con una condición: tienes que cooperar. Lo sabemos todo. Sólo hay algunos detalles que queremos verificar.

Silencio. Malatesta dirigió su mirada a un punto en medio de las manchas de la pared y segundos más tarde, entró un oficial con uniforme de gabardina verdeoliva. Se recostó en el buró y dijo:

—Soy el Capitán Alfonso —señalando a Malatesta con el dedo dijo—: El compañero dice que te conoce y ha pedido tu caso. Afirma que apoyaste al Movimiento 26 de Julio dando dinero en varias ocasiones —quedó contrariado al decirlo y con auténtica curiosidad preguntó—: ¿cómo es posible que te hayas sumado a apoyar a la dictadura?

Julián olvidó su intención de mantenerse en silencio y no pudo evitar responderle:

—¿A cuál te refieres, a ésta o a la pasada? —el fuerte puñetazo en la oreja fue inesperado. Lo dejó aturdido, aunque logró recuperarse con relativa rapidez, y dirigiéndose a Malatesta gritó—: ¡Chico, tú no le has explicado al ignorante éste que existe la dictadura del proletariado! —Malatesta no pudo reprimir una carcajada que no le gustó mucho al Capitán, por lo que recobró casi al instante la seriedad habitual y en tono de disculpa le contestó:

—Perdona al capitán. Es que perdió el control porque creyó que estabas ofendiendo a la Revolución. Los batistianos mataron a su mejor amigo, era como su hermano... Le sacaron los ojos y lo dejaron desangrar. ¡Tienes que entender su indignación! —tras un breve silencio, siguió conciliador— ¿qué dices? ¿Vas a cooperar con la Revolución?

Julián permaneció en silencio y lo volvieron a llevar a la celda. Pocos minutos después un guardia le lanzó desde la puerta un calzoncillo enorme que tuvo que anudarse a la cintura para que no se le cayera. Lo sorprendieron los gritos que escuchó a través de la puerta: «¡Cooorre, cabrón! ¡Más alto, levanta las rodillas hijo'e puta!». A sus pies llegaron unas rítmicas vibraciones que venían del suelo. ¿Quiénes serían? ¿Ramón? La última mirada de su amigo taladraba recurrente sus pensamientos.

Se debería limitar a una sola acepción las palabras trascendentales para evitar confusiones semánticas, discurría Julián en su soledad. ¿Qué es Revolución? ¿Para qué lucharon contra la tiranía de Batista? Para muchos la Revolución era restablecer la democracia y hacer una distribución más justa de las riquezas creadas. *¡Esta vez sí que es la Revolución!* declaró Fidel al hacer su entrada en Santiago de Cuba el primero de enero de 1959. ¿Qué había querido decir?

Sus reflexiones fueron interrumpidas al recibir, a gritos, la orden de ponerse de pie frente a la pared. Al hacer resistencia, varios culatazos lo obligaron a obedecer. Horas y más horas de pie, sudando profusamente por el calor desprendido de los bombillos y la falta de aire. Las piernas se le empezaron a inflamar y tuvo mucha sed. Fue a la puerta y reclamó agua dando puñetazos en la plancha metálica; un soldado irrumpió de nuevo en la habitación, chillando como un endemoniado y dando nuevos culatazos. Otra vez de pie frente a la pared. La nariz rozando el áspero muro. A ratos levantaba un pie para descansar el otro, como hacen los caballos, hasta que se enfureció consigo mismo y se sentó. Cuando uno de los vigilantes se percató de que estaba sentado, entró golpeando con firmeza el metal de las ventanas lo cual producía un ruido ensordecedor. Se cubrió la cabeza con las manos en gesto instintivo para protegerse de los culatazos y siguió sentado. Aparecieron dos guardias más que lo tomaron por los brazos y lo obligaron a ponerse de pie. Julián volvió a sentarse. La escena se repitió como una macabra comedia por varios minutos hasta que uno de los soldados salió tras susurrarle algo al otro en el oído, y regresó poco después con unas sogas. Le amarraron los brazos al dintel de la ventana y no le quedó más remedio que permanecer de pie.

Los guardias estaban convencidos de que lo que hacían no era tortura. La Revolución les ilustró que torturas eran las que hacía Batista: sacar ojos y uñas, cortar testículos. Sin sangre no hay tortura. Tal vez ellos mismos no se percataban de cuánta rabia encerraban sus acciones. Era un odio sólido, corpóreo, tan palpable como los gritos de desespero que salían de algunas de las celdas.

Julián perdió el conocimiento y tuvo una vaga noción de que desamarraron las sogas y lo tendieron en el suelo. No sabe cuánto tiempo transcurrió. Le parecieron minutos cuando lo reanimaron lanzándole un cubo de agua fría. Empapado, lo levantaron en brazos y lo llevaron al cuarto de interrogatorios. No podía evitar los temblores. El cambio de temperatura entre la celda y el cuarto era abismal. Las gotas de agua se le empezaron a enfriar sobre la piel. Malatesta y Alfonso entraron juntos. Esta vez fue Alfonso quien habló:

—Julián, tienes que dejarte de boberías. El tiempo corre... No hemos anunciado la noticia de la captura de ustedes —y como si no tuviera importancia, le propuso—: Tengo una oferta que hacerte.

Sacó de una caja de cartón la planta de transmisión rápida que Julián había dejado en el closet de la casa de Miramar. Le propusieron que enviara un mensaje donde pediría ayuda para salir clandestinamente del país. Debía sugerir un lugar para esperar una embarcación, y así capturarla. Era importante poder demostrar la complicidad de Estados Unidos con la contrarrevolución. A cambio de la colaboración salvaba la vida y la de Ramón. Malatesta continuó con los detalles a incluir: «las cosas no salieron como esperaban... están huyendo». Julián lo interrumpió.

—No tienen pruebas para fusilarme. Yo vine a hacer un reportaje para varios periódicos americanos —se atrevió a protestar.

—¡Ay Julián! —Malatesta le sonrió conciliador, fingiendo un falso enfado—. Sigues con la legalidad burguesa metida en la cabeza —hizo una pausa y luego suspiró como un maestro cansado ante un estudiante moroso que no acaba de aprender su lección—. Sabemos que tú no eres parte de los alzados y que cuestionas la violencia, pero aceptaste manejar la planta de comunicaciones para que te incluyeran en la infiltración y así dar el palo periodístico. Ramón lo ha confirmado. —Julián no estaba preparado para ese acercamiento amigable, prefería las amenazas. Tal vez Malatesta lo adivinó por lo que prosiguió en un tono avieso—: Aquí no importa lo que declares, tampoco interesa lo que diga tu abogado, ni las pruebas que presente... Ni siquiera nos incumbe lo que diga el fiscal, o lo que opine el presidente del tribunal. Lo único que importa es lo que digamos nosotros: el G-2. Métetelo bien en la cabeza. Si decidimos que sean 30 años, eso será. Podemos también decir paredón o libertad. Si lo mejor para la Revolución es fusilarte, lo haremos. Si a la Revolución le conviene que vivas, vivirás. —Terminó el implacable discurso y por alguna razón creyó necesario suavizar la dureza de sus palabras—. Por supuesto que sería estúpido de nuestra parte condenar a un inocente. Sólo buscamos la verdad —tras una larga pausa en que tomó aire, finalizó—: Tienes dos horas para pensarlo. Si no te interesa tu vida hazlo por la de Ramón. Su suerte está en tus manos.

Lo regresaron a la celda. Ahora, recostado contra la pared, vislumbró un camastro con un colchón, muestra de los posibles beneficios que pudiera recibir si aceptaba cooperar. ¿Qué hacer?

¡Julián, en que lío te has metido! No querías tener la responsabilidad de la muerte de Ramón. Ya te pesaba demasiado su mirada de reproche cuando los apresaron. Por otro lado, ¿qué pasará con los que vengan? Tampoco puedes ayudar a tenderles una trampa. A pesar del camastro y el cansancio no dormiste. Retorcías tu mente tratando de encontrar una solución a una situación sin salida. Estabas atrapado. Tu vida o muerte estaban en las manos de Malatesta. La culpa o el perdón. La verdad o la justicia. No, ni la justicia ni la verdad eran importantes. Lo trascendental era lo que, según ellos, convenía a la Revolución. Lo habían dicho. Pero, ¿qué es la Revolución? ¿Quién es la Revolución? No llegaste a saber si transcurrieron dos horas cuando te llevaron de vuelta al cuarto de interrogatorios. Esperaban callados tu respuesta. Julián se tomó su tiempo para contestar, extendió el calculado silencio como si estuviera interpretando un papel dramático sobre un escenario.

—¿Y la vida de los que vengan? —preguntó al fin.

—Garantizada. No nos importa un muerto más o menos. El objetivo es demostrar la complicidad de Estados Unidos —aseguró Malatesta.

Una condición pidió Julián: redactar el mensaje. Ellos podían revisarlo y suministrarle los detalles, pero advirtió que debía usarse un lenguaje coloquial y de ser ellos lo que redactaran el correo podrían levantarse sospechas. Aceptaron la explicación. Julián quería incluir una frase muy cubana: «le zumba el mango». Esa era la señal para que desecharan el mensaje. Era uno de los códigos para comunicar que se había escrito bajo presión. Propusieron la salida por Santa Cruz del Norte y especificaron mediante coordenadas el lugar exacto. Hubo una segunda discusión para exigir que vinieran en cuarenta y ocho horas. Julián quería simular que cooperaba y argumentó que era muy breve el plazo. Debían ser al menos setenta y dos horas, y sugirió dar dos opciones de fechas de recogida por si no podían organizarlo en tan poco tiempo.

De regreso a la celda tuvo una grata sorpresa. Del grifo brotaba un chorro de agua, y un pedazo de jabón reposaba como regalo magnánimo sobre el camastro. Dejó que el agua corriera por el cuerpo por un largo rato. No llegó a usar el jabón, de lo cual se alegró porque como un embrujo desapareció de improviso el preciado líquido y volvió a escuchar por la tubería un sordo ruido como el estertor agónico de un monstruo marino. Se secó al aire. Ese día la comida fue abundante, le trajeron cigarros y varias revistas chinas y soviéticas. A la noche, lo dejaron dormir tranquilo, por primera vez desde que estaba detenido. Su cuerpo maltratado agradeció la tregua.

Durante los dos siguientes días le prodigaron nuevas atenciones. «Te pusimos cómodo», dijeron. Pasó el primer plazo y por supuesto la lancha no llegó. A la mañana siguiente notó cierta tensión, a la cual Julián respondió recordándoles su advertencia: setenta y dos horas era muy poco tiempo. ¿Qué pasaría cuando se venciera el segundo plazo y verificaran que no llegaba ninguna lancha? Como fotógrafo estaba acostumbrado a buscar diferentes ángulos, pero no le veía ninguna salida a su situación. Seguía en una ratonera, sólo tenía a su favor dos días más. ¡Si pudiera hablar con Ramón! La ansiedad lo consumía. Llegó la noche del segundo plazo. ¿Qué haría mañana?

Lo sacaron al amanecer de la celda. Casi lo arrastraron por los estrechos pasillos y lo tiraron como un bulto en la silla. Malatesta, sentado tras el buró, intentaba dominar una auténtica indignación:

—Nos engañaste...Es una pena —y sin poderse controlar más, estalló con una violencia inusual, casi con desesperación le increpó—, pero ¿quién tú te crees que eres? ¡Traidor de mierda, te vamos a partir los cojones hoy mismo!

Todavía mucho tiempo después, Julián no supo de dónde le vino la inspiración, cuando exclamó con mucha furia:

—¡Yo no los engañe! ¡Revisen ustedes quién sabe que estoy aquí! El traidor está entre ustedes. ¡Yo cumplí y mandé el mensaje! ¡La filtración la tienen adentro! —y sin apenas recuperar el aliento lanzó una bravuconada—: ¡No quieran hacerme pagar las culpas de ustedes!

«Increíble. ¡Funcionó!» intuyó Julián. Algún resorte de desconfianza hacia alguno de sus colegas surgió en la cabeza de Malatesta. Julián se lo pudo ver en la cara, antes de que saliera como un bólido de la habitación.

«Quizás alguno de los del 26 de Julio que no está formado en la disciplina marxista cometió una indiscreción», rumiaba el interrogador, horas más tarde. «Yo sí soy un cuadro», reafirmaba bravucón en su mente. De cualquier manera, le convenía traspasar su fracaso a otro cofrade. Su prometedora carrera podía truncarse si se verificaba que «su caso» le había tomado el pelo. Alguna que otra duda hacia su persona, fomentada por cualquiera de sus compañeros, tendría la posibilidad de crecer como una ola devastadora, igual que él las hacia surgir, de cuando en cuando, sobre otros.

Malatesta, como todos, era hijo de las circunstancias. Si bien era cierto que no pocos de sus propios compañeros de la Juventud Socialista lo consideraban un escalador sin escrúpulos, también era una verdad inobjetable que las coyunturas históricas fomentan lo peor o lo mejor de los seres humanos.

En el caso de Cuba las circunstancias parecían potenciar ambas cosas a la vez. Muchos obreros y estudiantes desde las décadas de los 20 y los 30, inspirados por los efluvios que llegaban desde el país de los soviets, abrazaron la causa del comunismo con total vocación; querían para Cuba el paraíso prometido en las estrofas de la Internacional. Otros, como Malatesta, se acercaban al marxismo llenos de rencor y envidia hacia quienes disfrutaban posiciones sociales que siempre desearon tener. De niño fantaseaba con llegar a ser un renombrado cirujano. Quería tener en sus manos el poder de salvar vidas y destripaba ranas y lagartijas para hacerse diestro en las artes de la cirugía. Pero su familia lo enfrentó a la dura realidad de que no podían pagarle una carrera universitaria. Tuvo que aprender un oficio, y con un amigo de su padre se hizo carnicero. Su resentimiento hacia la forma en que estaba organizado el mundo crecía con furia incontenible en cada hachazo que descargaba sobre los huesos de puerco y en cada vaca que trozaba. Por años fue acumulando una sorda rabia que le endureció el alma. Su desprecio no se detenía ante los enemigos de clase. Sus propios compañeros de viaje durante la lucha contra la tiranía de Batista, socialcristianos y socialdemócratas, le resultaban ahora un estorbo.

«La Revolución está llena de improvisados y pequeño burgueses, faltan los verdaderos comunistas. Hoy tenemos la oportunidad de llegar lejos y de hacer que triunfe el comunismo en la isla», compartía Malatesta con un grupo cerrado de amigos. Para ese propósito se preparó toda su vida. Si bien no creía en Dios eso no quería decir que no tuviese su propia iglesia y religión. De adolescente se unió a la Juventud Socialista y comprendió la necesidad de poner fin al diablo capitalista. Ya lo decía Marx, *el capitalismo vino al mundo chorreando lodo y sangre por todos sus poros*. «Los comunistas debemos vencer al capitalismo con fuerza, sin miramientos. Es una lucha a muerte, y si hay que ser despiadados, pues lo seremos. Para eso es la dictadura del proletariado», aseguraba a sus subordinados.

Las diversas situaciones de este mundo las explicaba a través de la lucha de clases y de la abolición de la propiedad privada. Los entrenamientos de la KGB le evaporaron cualquier sentimiento de piedad ante el enemigo, o compasión hacia el prójimo que todavía pudiese guardar su espíritu. La piedad era un prejuicio pequeño burgués, afirmaron sus entrenadores. Todo aquello que sus doctrinas no explicaran quedaba fuera del alcance de su comprensión.

«No; definitivamente, nadie me va hacer cargar con el sambenito de este fracaso. Lo que importa es tener clara la perspectiva histórica», concluyó ensimismado mientras firmaba una orden de investigación sobre todos los que conocían del caso de Julián. «Mira que el mundo tiene cosas raras. A la larga, sin ser cirujano tengo el poder de salvar vidas... o de terminarlas».

Por su parte, Julián, a decir verdad, no sentía ningún remordimiento de que alguno de ellos pasara por lo mismo que él estaba sufriendo. ¿Y si lo fusilaban? No sería Julián quien lo condenó. Sería la justicia revolucionaria, que hacía el máximo esfuerzo para no cometer errores. Repasó de nuevo su conciencia: no, definitivamente no tenía el menor remordimiento. No son más que una banda de cuervos que se sacan los ojos, unos a otros. ¿Por qué sentir misericordia?

3
1962

Uno de los mayores placeres de Perla era leer en su dormitorio que tenía un gran ventanal con vista al mar. De esta manera combinaba dos de sus pasiones: la lectura y el mar. Cada persona se identifica con algo en este mundo: flores, bosques, lagos, animales, iglesias, plazas, o ciudades. Para Perla era el mar, siempre el mar, ya fuera el verde azul infinito de un mar en calma, el suave y crispado oleaje de las tardes al cambiar la dirección de los vientos, o las majestuosas olas en los días de invierno. Uno de los momentos más emocionantes de su vida fue cuando descubrió las interioridades del mar. Era salvaje y seductor, pero eso pasaría después, por ahora, le gustaba escuchar las olas romper contra las rocas, por lo que en aquella calurosa noche de octubre abrió la ventana, respiró el aire salobre y volvió a echarse en la cama. Ya acostada, movió el dial del viejo radio para buscar KAAY, Little Rock, Arkansas. Era una estación americana donde podía oír rock and roll.

En la radio cubana estaban prohibidas las canciones en inglés. Era el idioma del enemigo. Al comenzar los acordes de «Rock-a-hula Baby», Perla dio un salto de la cama y cantó al unísono, algo desafinada, «RRRAAAA a hula-baby rraaaa» mientras se movía frenética al compás de la música. Estaba de suerte: un especial de Elvis. Después de los comerciales empezó una de las melosas baladas que la transportaban en sueños románticos. Interrumpieron la canción justo cuando Elvis entonaba: *Oh how I wish I never had caused you sorrow. But don't ever say for us there is no tomorrow.* El locutor anunció con voz gangosa que el presidente Kennedy se dirigiría a la nación.

—¡Maldita política! —se quejó Perla cuando fue interrumpido el concierto radial.

Se sentó desconsolada en la cama injuriando por igual a Estados Unidos y a Cuba, estaba empachada de la política, la guerra y los odios. Era joven y sólo quería divertirse. ¿Es que nadie lo podía entender? La vida no podía ser tan dramática; así no merecía la pena vivir. Cuando iba a apagar la radio oyó la palabra *Kiuba* y prestó atención. Kennedy anunciaba un bloqueo naval a la isla porque los rusos estaban construyendo bases de cohetes con ojivas nucleares. Quedó con la boca abierta, y con el corazón en la boca, continuó escuchando durante diecisiete minutos hasta las palabras finales «God bless América!» Acto seguido corrió despavorida gritando:

—¡Vienen los yanquis! ¡Vienen los yanquis!

El alboroto hizo que del susto a Cacha se le cayera una fuente de potaje de frijoles colorados. Fue un estruendo como si se tratase del tradicional disparo de cañón que marcaba puntualmente las nueve de la noche desde la muralla de una vieja fortaleza habanera. El piso de la cocina se cubrió con innumerables salpicaduras, y lo que hasta ese momento había sido una cocina pulcra se convirtió en un estercolero.

Perla explicó sin mucha coherencia las noticias, Caridad, o Cacha, como le decía Perla, se persignó y sin recoger el reguero de frijoles se fue a rezar a sus santos católicos y dioses africanos. Cacha fue casi una madre para Perla; cuando era una bebita la protegía con azabaches para el mal de ojo, y de las personas que trasmiten daños con oraciones de San Luis Beltrán. La dormía contándole *patakines* de los orishas, leyendas que fascinaban a Perla y la mantenían soñando toda la noche con las travesuras de Ochún y Changó. Cacha quería a Perla como la hija que nunca tuvo y era un amor correspondido, porque Perla le daba más muestras de cariño a Cacha que a su propia madre. Siempre la llenaba de besos y le encantaba buscarle las cosquillas. Para colmo de bendiciones Cacha nunca la regañaba.

Caridad no tenía edad, uno no podía imaginarse que alguna vez fue una niña y tampoco que podía envejecer. Nunca daba consejos. Decía que quién querría estar aprendiendo de los viejos si nadie escucha. Se atribuyó la función de proteger a la familia, por lo que solía frotar las paredes y limpiar los pisos con grandes trozos de hielo para que se llevaran todo lo malo que se hubiese acumulado en la casa.

Perla estaba anonadada. No sabía qué hacer cuando Cacha se fue a rezar muerta de miedo. Conectó la radio local y encendió la televisión, y se sorprendió que no anunciaran ningún reportaje especial, continuaba la aburrida programación habitual.

No fue hasta el siguiente día que Fidel declaró que Cuba nunca se desarmaría mientras Estados Unidos continuara con su política de agresión y hostilidad. Pero a pesar de las firmes palabras del Comandante, los soviéticos empezaron a negociar con los americanos. «Los rusos están cancaneando», afirmaron los rebeldes verdeolivos, «Nikita, mariquita, lo que se da no se quita», coreaban a ritmo de conga los cubanos en las calles al rumorarse que retirarían los cohetes. Luego de trece días de exaltación al chovinismo nacionalista, al líder cubano le dio una perreta cuando se logró la solución al conflicto sin que él hubiese participado en las negociaciones. Como niño malcriado, trató con mucha frialdad a los dignatarios soviéticos que lo visitaron para tratar de arreglar las relaciones con Cuba.

Muchos años más tarde, cuando Perla supo lo que realmente había pasado en esos días, se enfureció de forma mayúscula porque no entendió hasta entonces que Fidel había tomado una decisión que exponía a siete millones de cubanos a ser borrados del mapa, sin siquiera decir toda la verdad. No se trataba de una agresión de los yanquis, sino de un juego macabro de equilibrio entre las dos grandes potencias nucleares.

La islita, reducida a cenizas radioactivas, hubiera quedado como ¡un ejemplo para los pueblos pobres del mundo!; y ni siquiera a los que iban a morir les preguntaron su criterio para emplazar los dichosos cohetes, ni para ceder territorios de Cuba al Ejército Rojo, ni para exhortar a Nikita a iniciar una guerra nuclear contra Estados Unidos en el momento de mayor tensión de las negociaciones «Siempre hay alguien decidiendo qué es lo mejor para ti», refunfuñó Perla muchos años más tarde, cuando conoció toda la historia.

Pero en aquellos días vivió con la sensación de que había llegado el momento final. Siempre tuvo la impresión de que vivía de prestado. Hay quien dice que los jóvenes no piensan en la muerte. No es verdad, para Perla era una presencia permanente desde que tuvo raciocinio. Su segundo pensamiento, tras la tristeza inicial al saber que todo podía terminar en apenas unos días fue repasar en todas las cosas que le quedarían por vivir. ¡Si por lo menos la hubieran besado! Ella ensayaba besos frente a un espejo con los ojos abiertos para estudiar cómo se veía su cara mientras besaba a la fría superficie. Experimentaba imitando expresiones de las estrellas de cine, aunque la realidad era que no la habían besado nunca. ¡Quedaban tantas cosas por hacer! Visitar lugares remotos y exóticos. Explorar el fondo del mar. Bailar en un salón con luces multicolores. Montar en globo como decían que hizo un tal Matías Pérez. Sembrar un árbol, escribir un libro, tener un hijo. ¡Ni siquiera sus pechos crecieron! ¿Cuánto tiempo le quedaba? ¿Cuántas horas? ¿Daría tiempo a que alguien la besara?

4
1963

Cecilia quiso encargarle a Concha la confección de un vestido para el cumpleaños de Toña. Concha era la costurera más cotizada de media ciudad. Ya no era posible comprar ropa en ningún lugar de La Habana. Aquellos que no sabían coser tenían que terminar en manos de una costurera para poder estrenar algún ajuar.

Los cubanos se enfrentaron a problemas inmediatos, desde encontrar comida hasta buscar quién les proporcionaba cualquier servicio. El gobierno culpó al bloqueo norteamericano de la escasez total en el país. Desde hacía más de un año existía una cartilla de racionamiento para los alimentos. Era una medida provisional que llegó a durar más de cuarenta años. El régimen aseguró que de esta forma se garantizaba la igualdad en el consumo y se evitaban los acaparamientos de revendedores. Meses más tarde, la distribución de cualquier producto industrial se incluyó en una tarjeta adicional; a cada una se le llamaba eufemísticamente *libreta de abastecimiento*. Se repartían de forma racionada algunos metros de tela al año por lo que casi siempre los encargos para un nuevo vestido se justificaban por alguna celebración, por lo general una boda. Además de la tela, era necesario «conseguir» de algún modo, el hilo, la entretela, el zipper o los broches, elásticos y cualquier adorno que requiriera el diseño. Los modelos casi siempre eran copiados de viejas revistas de los años cincuenta. La revista *Vanidades* se convirtió en *Mujeres,* pero los figurines de la nueva publicación estaban tan mal ilustrados, que les resultaba difícil a las costureras hacer el patrón de cualquier modelo.

A Toña le gustó el ambiente en la casa de Concha, y se ofreció a auxiliarla con los dobladillos y el planchado de las confecciones terminadas, a lo que la costurera aceptó encantada. A partir de entonces Toña no perdía oportunidad para ir a casa de Concha. Le fascinaba la textura de las telas, las tijeras de varios tamaños, las reglas y escuadras, y las sesiones para probarse los vestidos una vez cortados e hilvanados antes de la costura definitiva. Le gustaba también fisgonear a las mujeres mientras se desvestían para probarse el vestido todavía lleno de alfileres. En poco tiempo Toña cortaba patrones y diseñaba sus propios modelos.

El cumpleaños de Toña fue una ocasión propicia para convidar a amigos y parientes. José Manuel trajo del campo un chivo, medio saco de yuca, un racimo de plátano macho y una docena de malangas. Los dos cerdos criados en la piscina se asaron a fuego lento de carbón en el patio. Los invitados, doblemente golosos por la escasez, saboreaban el inusual festín: chilindrón, caldosa, bocaditos, croquetas, tortas de merengue y un ponche de frutas. No sólo los niños se divertían con las actuaciones del mago, la piñata y los juegos de poner rabo al burro, los adultos también estaban pasando un buen rato. Un tocadiscos difundía la música de la Orquesta Aragón. Algunos cantaban boleros desafinadamente. Un gran grupo de oficiales reía con estruendosas carcajadas de los chistes verdes que contaba el chofer de José Manuel, algunos de ellos, casi doblados por la cintura, hacían un esfuerzo para que no les saltaran las lágrimas provocadas por la risa incontenible. Otros intercambiaban chismes entre generosos tragos de ron, botellas de cerveza y masas de puerco. Como la prensa no publicaba lo que sucedía, el intercambio de noticias de boca en boca se hizo imprescindible para conocer los acontecimientos del país.

Muchos de los invitados vestían el uniforme verdeolivo porque en ese tiempo no había horarios establecidos. Movilizaciones, trabajos voluntarios y acuartelamientos eran el pan de cada día. Tenientes, capitanes y algunos comandantes hacían un círculo junto a José Manuel, el padre de Toña, quién en medio de la algarabía, se puso serio y mirando al piso, sin dirigirse a nadie en particular, más bien como una reflexión para sí mismo, admitió despacio, como si las palabras se le atragantaran:

—Saben lo que me preocupa: yo no tengo cabeza para el marxismo. Todo eso de las tres leyes de la dialéctica es muy enredado... Para defender la Revolución lo único que me hace falta es tener buena puntería y los cojones bien puestos, pero quieren que estudie marxismo... —tras una pausa, confesó con la cara asustada de un niño cogido en falta—: Yo no puedo con eso.

Nadie se atrevió a abrir la boca. El capitán Gutiérrez, un amigo de Santiago, exagerando el tono y dedicándole una franca sonrisa, tal vez porque había detectado cierta incertidumbre en la voz de José Manuel, lo tranquilizó dándole palmadas en la espalda al mismo tiempo que exclamaba con un acento risueño y despreocupado:

—¡Compadre, no te angusties! Los teóricos siempre terminan complicando y enredando todo. Lo único que necesitas es ser fidelista. Cágate en lo demás.

La conversación se interrumpió cuando Toña le pidió a su padre que le dejara usar el fusil automático calibre 22, su regalo de cumpleaños. Juan Manuel había dispuesto una boya en el mar, con una diana de tiro al blanco, a cincuenta metros de distancia del muro que lindaba con los arrecifes costeros. Todos los chiquillos gritaron de alegría e hicieron turnos para disparar el fusil. A pesar de que Toña era una niña extremadamente alta, su antebrazo era corto para poner la culata del fusil en una posición correcta, aunque ello no le impidió disparar mejor que muchos de los niños invitados a la fiesta, y se pavoneó ante ellos de su destreza.

Toña nació sabiendo la diferencia entre hembra y macho. La primera noción del sexo la tuvo al ver correr un gallo detrás de las gallinas, cuando vivía cerca de los montes de Oriente. Casi sin saber hablar, le llamó la atención a su mamá de que el gallo quería matar a las gallinas. La madre rió y le dijo que estaba equivocada. Era algo natural, siempre ha sido así. Así se ponen los huevos y nacen los pollitos. Aquello la confundió mucho y no hizo más preguntas. Toña tenía un instinto para amar que no correspondía con el papel de «señorita» que se esperaba de ella. Le gustaba besar en los labios, como veía en las películas. Cuando lo hacía con algún niño todos reían como una gracia. Pero cuando quería besar de igual modo a alguna amiguita, le decían que no, en la boca no, en la mejilla. A pura práctica de prueba y error aprendió qué era lo permitido y qué lo prohibido.

Pese a saber ya de besos prohibidos, en su cumpleaños besó a Perla en la boca escondida en un closet. Perla le devolvió el beso, y se continuaron besando y acariciando hasta que la abuela Pancha las encontró, justo cuando iban a empezar a quitarse la ropa. Le dijeron que estaban jugando a los escondidos. ¡Fue tan fascinante sentir los suaves labios de Perla en su boca! No se sintieron malhechoras, pero de alguna manera ya las dos sabían que debían guardar el secreto. Días más tarde, le preguntó a su abuela Pancha qué era ser «tortillera», y esta además de darle un coscorrón, le dijo que era una mala palabra. Poco después Toña supo lo que significaba y pensó que ella era una mala palabra.

5
1962-1965

Antonio, el hermano de Toña, salió pendenciero, según el decir de su abuela Pancha. Lo cierto es que no le gustaban las regulaciones. Siempre estaba argumentando para obtener lo que consideraba eran sus derechos. «Abogado debías ser», exclamaba rendida Cecilia cuando ya no le quedaban recursos para ripostar los argumentos de su hijo. No lo hacía con tozudez; era el rey de la persuasión, lo cual le ganó entre sus amigos el apodo de «El Perico».

Era muy popular con las muchachas, pero cuando llevó a casa de sus padres a su primer amor, Nivea, su primera noviecita, se sintió profundamente herido por la cara de desagradable sorpresa que puso la que creía su enamorada al presentarle a José Manuel y a su hermana Toña. Por si le quedaban dudas acerca del desprecio de Nivea por el color negro de la piel de su familia, dos días más tarde rompió con él sin ninguna explicación. Una amiga común le dijo que la ex-novia andaba rumorando que Antonio estaba «de chuparse los dedos» pero de inmediato agregaba justificativa: «¿qué voy a decirles a mis hijos si nacen prietos y con pasas?» El dolor se convirtió en ira que, sin embargo, no descargó en venganza.

Cuando años más tarde, el «dúo de crecimiento» —responsable de procesar a Nivea para otorgarle la militancia en la Juventud Comunista— fue a ver a Antonio como «fuente de verificación», este no denunció los prejuicios raciales de su antiguo amor. De haberlo hecho, le habría impedido pertenecer a la organización.

Antonio comprendió que el racismo y los prejuicios no se borran con leyes. Es un proceso mucho más lento. Cambiar la manera de pensar es la verdadera revolución, razonó, aunque no tenía la menor idea de cómo lograrlo. Como escasa referencia estaban los héroes de su niñez, Robin Hood, el sheriff de Tombstone en Arizona, Boston Blackie, El Zorro, Antonio Maceo

—en su honor llevaba su nombre—, El Llanero Solitario y muchos más que luchaban contra el Mal y hacían justicia con sus propias manos. Antonio encontró en la Revolución la vía para construir un mundo más justo. En definitiva, las palabras de Fidel Castro en sus años de juventud se parecían a la de sus personajes infantiles: *las ideas nuevas se imponen a puñetazos*. Pero, eran tiempo de sacrificios y renuncias para erigir el paraíso en la Tierra, por eso no dudó en responder al llamado que hacía la Revolución para crear las Tropas Coheteriles Antiaéreas, que por aquel entonces se llamaban «armas estratégicas».

La Crisis de Octubre, que tuvo al mundo al borde de un holocausto nuclear, fue resuelta cuando los soviéticos retiraron los cohetes con ojivas nucleares que llegaban hasta New York. En la isla sólo quedaron los misiles para la defensa antiaérea. Dijeron habérselos entregado a los cubanos, lo cual era inexacta verdad. Los nativos no disponían de los conocimientos necesarios para controlar tan complejas técnicas armamentísticas, ni siquiera conocían el alfabeto ruso para estudiar sus manuales de funcionamiento. La primera opción fue entrenar a miembros del Ejército Rebelde, en los cuáles se tenía plena confianza política, pero los que estaban disponibles apenas sabían leer o escribir. Como todavía no existía el servicio militar obligatorio, era difícil encontrar soldados con algún nivel de enseñanza en las fuerzas armadas. El ejército estuvo obligado a reclutar jóvenes.

Antonio y su amigo El Loco respondieron al llamado de «la patria los necesita» y, cuatro meses más tarde, vistiendo el uniforme verdeolivo se trasladaban en un camión a una remota base aérea, construida por Estados Unidos desde los años cuarenta en la provincia de Pinar de Río. Después de la campaña de alfabetización, esta sería la segunda convocatoria que la Revolución les haría en aras de un futuro luminoso, aunque no sería la última.

El Loco introdujo a Antonio en los menesteres del sexo. No es que él lo hubiese iniciado personalmente, sino que lo llevó a uno de los bayuses que abundaban alrededor del Mercado de Carlos III. El Loco era dos años mayor que Antonio, manejaba el

Cadillac del padre y era asiduo parroquiano del barrio de Pajarito. Cuando firmaron para integrarse al ejército, Antonio le confesó a su amigo que nunca había hecho el amor. Según sus propias palabras, «no me he templado a una jeva». Luego de Nivea, jugueteó con varias novias, pero al decir de Antonio, todas eran unas calienta pollas. El Loco, sonriente, le dijo que el problema se resolvía con cinco pesos en Pajarito, y le recomendó que escogiera a Isabel quien daba las mamadas más ricas de toda La Habana. Contrario al consejo, cuando entró al vestíbulo del prostíbulo, Antonio escogió a Lucía, una muchacha muy joven de una cara tremendamente linda. Todavía en aquel entonces su primer punto de atención en una mujer era el rostro, al cabo de unos años su interés se desplazó a los traseros.

La muchacha no hizo la molesta interrogación de si era la primera vez, tal vez porque era algo tan evidente que no hacía falta preguntar. Lucía primero le pidió el dinero por el servicio, una vez cumplimentado el pago lo llevó al baño y le lavó con esmero el pene. Al pasar los años Antonio llegó a la conclusión de que lo estaba revisando para detectar alguna posible enfermedad venérea. Cuando Lucía lo acarició con suavidad no pudo evitar una vigorosa erección.

Los recuerdos de lo que pasó a continuación son borrosos. Aunque no lo quiso reconocer en aquel entonces, siempre tuvo la impresión de que duró menos de un round, como sucedía años más tarde a los contrincantes del famoso boxeador Teófilo Stevenson. No obstante, a la mañana siguiente, al entrar orondo en el plantel de estudios, tuvo por primera vez en la vida la sensación de ser adulto. Trató de ver a Lucía otra vez antes de irse al ejército, pero no la encontró nunca más, y la olvidó pronto, aunque luego, en medio de la soledad de Pinar de Río con los hermanos soviéticos, el recuerdo volvió para convertirse en parte de Antonio para siempre.

En la cuna del danzón, el chachachá, el bolero, la rumba, la conga y el mambo, los rusos eran una nota discordante y fuera de lugar. Aparecieron poco a poco, y llegaron a inundar el país. En medio de la vorágine de acontecimientos, sólo los temerosos del comunismo siguieron los pasos de la intromisión rusa, es decir, de la soviética, como era correcto nombrarlos, aunque todos les llamaban «los rusos» o «los bolos» mientras se mofaban de su idioma inextricable y de su olor a cebolla rancia.

En la Base Militar de San Julián, en la provincia de Pinar de Río, Antonio tropezó cara a cara por primera vez con los hermanos soviéticos. Le parecieron unos osos bonachones. Los militares eslavos no hablaban español y la única manera de comunicarse era mediante traductores, aunque al cabo de unos meses todos los nuevos soldados chapurreaban el ruso, sobre todo las malas palabras. Luego, en las unidades de combate convivirían con los camaradas soviéticos por un año más. Allí hizo amistad con Petrovich, un coronel que ostentaba el reconocimiento de «Héroe del Ejército Rojo» por el valor demostrado durante la segunda guerra mundial. Le gustaba mucho hablar con él compartiendo tragos de ron. Cuando el ron se terminaba, el coronel bebía agua de colonia, exceso al cual Antonio no se sumaba.

Petrovich era oriundo de una minúscula aldea cercana a Minsk, en Bielorrusia. Toda su familia había muerto en la guerra. Su pequeño pueblo fue uno de los primeros en ser arrasado por los tanques del ejército nazi. Hoy es un museo donde hay numerosas tarjas con nombres de los caídos, junto a esculturas que simbolizan puertas abiertas por las cuales todos los aldeanos salieron y nunca regresaron.

Al acercarse Vladimir Borovski a las tertulias de los cubanos con el Héroe Petrovich, éste callaba o cambiaba de conversación. No importaba que Jruschov hubiese denunciado en el XX Congreso del PCUS los crímenes de Stalin, todavía el miedo se extendía incluso entre los héroes soviéticos. Borovski era el oficial de la KGB que en aquella base vigilaba a los militares internacionalistas, incluyendo a sus héroes. Borovski había llorado como un niño la muerte de Stalin, «ese gran georgiano», solía decir. A Antonio aquello le clavó una espina de desconcierto que, sin embargo, su mente se negó a descifrar.

—No cometan los mismos errores que nosotros— le advertía con frecuencia Petrovich a Antonio con voz estropajosa por el exceso de alcohol.

Los entrenamientos eran agotadores y las largas clases aburridas. Al amanecer solían correr por una hora; y luego devoraban una comida escasa y mal cocinada. Antonio padecía un hambre eterna; estaba a todo momento ansiando dormir una mañana completa y contaba los días para los permisos de salida que les concedían muy esporádicamente. Gastaba casi la mitad del tiempo de los pases en los traslados hasta La Habana y en el regreso a Pinar de Río. Disfrutar de una comida casera, y dar un paseo por El Vedado en busca de alguna joven con quien divertirse por una noche, eran los objetivos de las pocas horas de libertad de que disponía. Los prostíbulos fueron clausurados, por lo que era imprescindible conquistar a alguna muchacha para calmar la impetuosidad que Lucía le despertó. Aunque, las más de las veces el tiempo se le iba en paseos, calle arriba y calle abajo, sin lograr acercarse a nadie del sexo opuesto.

El Loco fue más pragmático. Se buscó una novia en Pinar de Río, una divorciada, bicho raro y muy apetecido en la isla de los años sesenta. Una noche, en que debían trasladar «la técnica» de una unidad militar a otra, para protegerla de un fuerte ciclón que se aproximaba a la provincia, El Loco convenció al que iba con él en el camión de hacer un pequeño desvío para visitar a la novia. «No voy a demorar mucho. Es sólo un momentito», le aseguró. Pero El Loco se quedó dormido en los brazos de la divorciada, y ante los ojos atónitos de los pinareños, a la mañana siguiente apareció en el Parque Central un camión con un espectacular cohete, como los que algunas veces se habían visto en la televisión durante los desfiles en la Plaza Roja de Moscú. Muchos pensaron que tendría alguna ojiva nuclear y no es descartable que algún informante de la CIA sembrara la alarma en Langley aquella mañana. No se sabe a ciencia cierta con qué astucias salió del apuro y no llegó el percance a la Corte Militar. Tal vez porque era uno de los mejores estudiantes que comprendió y dominó con asombrosa rapidez las complicadas tecnologías soviéticas, o simplemente por su fama de orate. Era un loco genial y lo demostró en la patria de Lenin.

Los superiores lo seleccionaron para ir a estudiar a la URSS con el objetivo de elevar sus conocimientos en aquellas y otras técnicas más sofisticadas. Al cabo de cuatro meses en una Academia Militar en las afueras de Odessa, cuando le expusieron con orgullo infantil los detalles de un nuevo cohete anti aéreo diseñado por los ingenieros soviéticos, El Loco con desparpajo declaró:

—¡Ese cohete es una mierda!

Antes de que los osos lanzaran el zarpazo y se lo comieran vivo, El Loco se paró y avanzó resuelto hacia el pizarrón donde comenzó a hacer correcciones a los planos, resolvió algunas ecuaciones y dibujó una parábola muy abierta, para poco después agregar en perfecto ruso:

—Con estos arreglitos ese cohete tiene doble alcance.

Lo abrazaron y besaron —inevitablemente a la usanza rusa—, y un año más tarde estuvo propuesto para recibir una alta condecoración del Ejército Rojo. Este inesperado honor no se le subió a la cabeza, El Loco, como todos los genios creativos, no aceptaba ataduras. Todavía en San Julián, antes de integrar el grupo que luego fuera a estudiar a Odessa ya había sufrido algunos tropiezos. En un turno de guardia, durante una alerta combativa, encendió un pequeño radio que construyó en los ratos libres, capaz de captar las señales de estaciones estadounidenses, y se puso a oír las tonadas de un grupo rock, música entonces prohibida. El Jefe de la Unidad Militar, un oficial cubano que no fue escogido por su bajo nivel de escolaridad para el curso en la URSS, lo increpó con energía:

—Suárez —ese era el apellido de El Loco—. ¿Qué haría usted si vienen los americanos tirando discos con esa música del imperialismo? ¿Dejaría usted la técnica para recoger uno de esos disquitos?

—¡Nunca mi capitán! Un oficial de las Fuerzas Armadas jamás abandonaría la técnica.

El rostro del capitán se iluminó satisfecho. Sin embargo, su sonrisa fue breve y se convirtió en perplejidad cuando con absoluta seriedad El Loco agregó:

—Pero mandaría a un subalterno a recoger dos discos. Uno para él y otro para mí.

El capitán se retiró frustrado. Sabía que los profesores soviéticos tenían un alto aprecio por El Loco. La tolerancia que mostró el capitán cubano no la manifestaron los generales de Odessa, quienes no pudieron resistir su mayor acto indisciplina y lo regresaron de inmediato a La Habana sin entregarle la condecoración del glorioso Ejército Rojo. A El Loco lo encontraron uno de aquellos fríos amaneceres, borracho, desnudo y feliz en una *datcha* con dos esplendidas rusas, una de las cuales resultó ser la mujer del general director de la Academia Militar.

6
1960

Perla aprendió una dura lección: disfrutar de libertad requiere a veces de las mentiras. Aunque no llegó a esa conclusión en aquel entonces, sino muchos años más tarde, cuando no estuvo dispuesta a callar. A Perla la castigaron cuando le contó a su madre que vio a Julián en la casa de la esquina. Leticia le aseguró que era una historia inventada o soñada y la obligaron a que aclarara a cualquiera que se lo hubiera dicho que aquello era puro embuste. Perla negó haberlo contado a persona alguna, no obstante, la castigaron una semana entera, sin salir a jugar después de la escuela. Estaba muy aburrida mientras miraba por la ventana corretear a los chiquillos del barrio. En un día normal, si no la hubieran castigado, tras una frugal merienda, habría ido a su dormitorio a leer o emborronar cuartillas.

Las Marías seguían con el hábito de escribir, y en un esfuerzo socializador, acorde a los tiempos que vivían, querían acabar con el escritor solitario. Lo mejor era escribir colectivamente, así no sería un reflejo individual y egocéntrico de la realidad, sino un verdadero calidoscopio de la sociedad. Ese sería el futuro. Ya las Marías estaban experimentando, aunque el resultado hasta ahora era desalentador: un engendro alucinante en el que Toña aportaba la magia; María, la objetividad; Mariflor, el pragmatismo, y Perla, la desinhibición y el libertinaje. Pero ese día no tenía el ánimo para escribir, la prohibición de salir de la casa hacía que se muriera de las ganas por estar afuera.

Decidió que la libertad merece cierto sacrificio y mintió diciendo lo que su madre quería escuchar: «todo es un cuento. Puro invento». La madre sonrió triste, le dio un abrazo y la dejó ir a jugar diciéndole que estaba muy contenta, que a veces los niños creen de verdad que han sucedido cosas que sólo han estado en su imaginación.

Cuando Leticia pudo ver a Julián de visita en la cárcel supo que Perla no había mentido. Sin embargo, nunca reconoció ante la niña haber sido injusta. Es mejor para ella que siga pensando que lo soñó. La detención de Julián provocó severas discusiones entre sus padres. Enrique hablaba de Revolución y sacrificio, mientras la madre argüía acerca de los valores de la familia y la lealtad.

Leticia estaba en un dilema: por un lado, no podía abandonar a su hermano y por el otro, podía perjudicar a su hija porque la intolerancia comenzaba a expandirse como densa oscuridad por todo el país. Decidió mudarse para el apartamento de sus padres en el Vedado. Antes de irse, le aseguró a Perla que el tío Julián no era un asesino ni un traidor, aunque esto no coincidía con lo que la niña oía en la escuela.

En una de las pocas mañanas frías, con molestas ventiscas, de La Habana, mientras caminaba hacia el bufete del abogado, Leticia leyó en un muro de la calle 27 del Vedado: «La Revolución es como el melón, verde por fuera y rojo por dentro». Hasta el 59 las arengas de Fidel se acercaban a las de un iluminista francés despotricando contra los males del absolutismo. La restauración de la Constitución del 40, elecciones libres, el fin de los crímenes políticos, la eliminación de la dictadura de Batista y la vuelta a la normalidad, eran los anhelos que simbolizaba el joven rebelde cuando bajó de la Sierra. Todo aquello cambió en algo más de un año.

Para muchos cubanos, la ilusión de la revolución democrática con justicia social, se desvaneció con tanta rapidez, que todavía no atinaban a comprender lo que estaba sucediendo. Aunque medidas populares como la reducción de los alquileres y las tarifas telefónicas, de gas y electricidad, la reforma agraria y los cuarteles convertidos en escuelas, hinchaban la popularidad y el encanto de los barbudos a los ojos del mundo y de millones de cubanos. Al año siguiente, en abril de 1961 se declaró el carácter socialista de la Revolución y se enterraron las promesas democráticas de apenas dos años antes.

Cualquier tradición, institución o propiedad, de la noche a la mañana desaparecía por decreto. Fidel declaró una nueva guerra al turismo y culpaba a esa industria de fomentar la afición al juego, la holgazanería y la prostitución. Fue la sentencia a muerte de la ciudad de La Habana.

La capital de la República fue la gran urbe de América Latina en los años cincuenta. Desde su fundación, como ciudad de servicios de la flota española, fue cosmopolita y mundana. Como era el emplazamiento preferido de Estados Unidos para experimentar los adelantos tecnológicos, disfrutó del teléfono, radio y televisión antes que cualquier otro país latinoamericano. Pero de reina del Caribe, La Habana se tornó en gris cenicienta; quedó en el abandono total. La atmósfera de recelo que además se respiraba en ella se tornó sofocante. El miedo transformó el aire en densa bruma, casi palpable; era algo sólido, enfermante y opresivo como un corsé de ballenas.

Leticia suspiró con cierta amargura al leer nuevamente el cartel en el muro: «La Revolución es como el melón, verde por fuera y rojo por dentro». Caminó unos pasos más y entró en el vestíbulo de un gran edificio de oficinas; abrió la polvera que guardaba en la cartera y retiró varios mechones que el viento había revuelto sobre su cara. Se miró de nuevo y casi dibuja una sonrisa.

La mamá de Perla no era lo que se dice una belleza, no resaltaba nada extraordinario en sus facciones, aunque resplandecía donde quiera que llegase por su refinada elegancia, no la estridente de los nuevos ricos, sino la natural que pudiera ostentar una sosegada dama inglesa. Tal vez el brillo de los ojos, el arco perfecto de las cejas, las maneras pausadas, o sobre todo, el mágico timbre de la voz, que solía inspirar una espontánea ternura, pudieran anunciar la belleza oculta. En una foto era imposible adivinar sus encantos secretos: el ingenio y la dulzura. En realidad era preciso conocerla para valorar la dimensión de su personalidad seductora. Su calidez era tan grande como su inteligencia, por lo que no soportaba ninguna manifestación de mediocridad.

Aquella mañana Leticia tenía una cita con el abogado Fernández Caubí. Supo de él por un excelente reportaje en el periódico *El Mundo,* sobre una causa por conspiración y tenencia de propaganda enemiga donde ofició como defensa. El abogado refutó el delito de conspiración porque el acusado sólo había criticado al gobierno. «Criticar no es conspirar. En definitiva, criticar es un derecho amparado por la Constitución del 40». Fernández Caubí pidió la absolución del defendido porque no fue posible, con las pruebas presentadas, configurar ninguno de los delitos. «La jurisprudencia establece el delito de propaganda subversiva cuando la cantidad del material revela la intención de distribución. El acusado sólo tenía un ejemplar, lo que revelaba curiosidad, pero no tenencia».

El vestíbulo estaba lleno. Ancianas y jóvenes, campesinas humildes y elegantes señoras, esperaban en el pequeño recibidor. Desde que el diario publicó la noticia de que el Dr. Fernández Caubí iba a defender a presos en La Cabaña, fortaleza al este de la ciudad donde se celebraban los juicios sumarísimos, la antesala de su oficina permanecía atestada. El abogado se veía algo cansado. Luego de escuchar la exposición de Leticia dijo con voz opaca:

—No quiero darle falsas esperanzas —hace un esfuerzo por no decir todo lo que quisiera—, puede decirse que, en este momento, el sistema judicial es prácticamente una farsa. Desde febrero del 59 fue revocada la Constitución, y fue sustituida por una Ley Fundamental. La vaguedad de los términos utilizados deja a los ciudadanos indefensos ante cualquier falsa acusación. —A Leticia le comenzaron a sudar las manos, sin embargo, el abogado no se percató del creciente nerviosismo de la mujer y continuaba su exposición—. Los registros y detenciones se producen sin ninguna autorización judicial. En las estaciones de policías casi nunca existen listas de presos. Suelen reírse a carcajadas cuando se hace la exigencia del *Habeas Corpus* y cualquiera puede estar incomunicado durante semanas. Puede que lo sometan a torturas y...

—¡Ay Dios mío! Calle, calle ya —Leticia rompió en sollozos.

—Perdone, perdone usted, señora —agregó disculpándose—: Tanto terror a mí alrededor me está volviendo insensible. ¿Quiere un poco de agua?

Sin esperar respuesta, se alejó unos pasos. De una panzuda jarra vertió agua helada con trozos de hielo en un vaso de cristal transparente. Leticia aceptó dándole las gracias y bebió algunos sorbos antes de excusarse:

—Disculpe mi reacción. Es que he oído rumores... pero es primera vez que me enfrento a esta pesadilla.

—Entiendo —con una voz compasiva continuó—. ¿Está usted bien? Porque quiero serle franco... —hizo una pausa; Leticia acercó un pequeño pañuelo blanco a la nariz y asintió con la cabeza, sólo entonces el abogado añadió en un tono pausado, tratando de que sus palabras no sonaran terribles—. Por la experiencia que ya tengo de casos anteriores es casi imposible que su hermano salga absuelto —esperó a ver la reacción. Leticia palideció por lo que el abogado lanzó un opaco rayo de esperanza—: La pelea será para que no lo fusilen, creo que la podemos ganar porque no portaba armas, aunque... de seguro le espera una condena en prisión. Pero, no quiero crearle falsas ilusiones... El año pasado se impusieron cientos de penas de muerte, y sólo cuatro sentencias fueron conmutadas por treinta años de prisión.

—¿Tantos fusilados? —atinó a balbucear Leticia con el corazón agitado.

—Mussolini necesitó asociar 23 figuras de delito con la pena capital para poder consolidar el fascismo en Italia. Ahora en Cuba hay 47 delitos que se sancionan con la pena de muerte.

Leticia tragó en seco y abrió los ojos de manera desorbitada, como si estuviera a la espera de oír algo distinto, alguna ilusión de que todo iba a salir bien, pero el abogado sólo añadió, como quién da un pésame en un funeral:

—Tendrá que ser muy fuerte señora.

—La gente no puede explicarse lo que está pasando en realidad —tras una pausa Leticia inquirió—: ¿Y el caso que mencionaba el periódico? Usted pidió la absolución porque no se pudieron probar los delitos.

El abogado esbozó una sonrisa triste:

—¿Hará falta decirlo? Le impusieron una sanción de nueve años que era lo que pedía el fiscal.

Capítulo 3

El terror

1
1960-1962

La estratagema de Julián con Malatesta parecía funcionar. Durante varios días no hubo más interrogatorios, aunque un constante revuelo de pasos apurados y voces desde otras celdas lo mantenían inquieto por no saber lo que pasaba. Al cabo de una semana, al amanecer, lo trasladaron a un largo salón donde no había estado antes. Lo amarraron a un poste al fondo de la habitación, junto a una pared con varios impactos de balas. Algunas manchas en el suelo y el muro parecían salpicaduras de sangre.

Cuando lo dejaron solo, un sudoroso desasosiego lo inundó, su mente no quería reconocer lo que parecía evidente. Comenzó a sudar a mares. De pronto, un pelotón de siete soldados entró en pomposa marcha militar. Clavaban con firmeza los tacones en el suelo de cemento rugoso y el siniestro ruido hizo temblar a Julián; cada pisotón le taladraba los oídos como si se tratara del redoble de mil tambores. Los soldados siguieron avanzando hasta llegar al otro extremo del salón. «¡Alt!... ¡Izquierda, izquierd!» gritó el primero de la fila. Sin previo aviso dieron las voces de «Preparen. Apunten. ¡Fuego!».

Julián sintió los fogonazos en el pecho. No fue como dicen en los libros, que ante la muerte se recuenta la vida y aparecen todos sus momentos inolvidables, como una película en cámara rápida. No le dio tiempo.

Cuando recuperó el conocimiento, sintió un dolor que le cortaba la respiración. Lo «fusilaron» con balas de salva. No podía saber lo que pasaba. Permanecía confuso y atontado, con la lengua destrozada por la mordida involuntaria que se autoinfligió al sentir los disparos. Pasó varios días sin poder hablar, con una sed insaciable que el agua no lograba calmar. La boca desencajada destilaba una saliva abundante y espesa, como de un cuerpo sin mente. No podía conciliar el sueño. Estaba sobre ascuas, esperando en cualquier momento otro fusilamiento pero con balas reales.

El ministro en persona se le apareció en la celda unos días más tarde. «¡Julián Cepeda del Valle! ¡Nos jodiste!» le espetó al entrar. Julián palideció y se mantuvo en silencio. El ministro comenzó a caminar con pasos apresurados de un lado a otro mientras miraba al suelo. Como si estuviera meditando lo que debía decir, o como si hablara a una pared o para sí mismo, musitaba casi en un susurro:

—Nos demoramos mucho en fusilarte y ya han salido por ahí, en revistitas americanas y periodiquitos del imperialismo, varias protestas y peticiones de clemencia. ¡Hasta tuvimos que soportar el lloriqueo de un embajador europeo con el que no nos conviene pelearnos por ahora!.

En una de las vueltas, se paró en seco. Entonces se volvió y mirándolo fijamente le dijo muy despacio como si masticara cada palabra:

—No vas a coger mangos bajitos —y sin mayores preámbulos continuó con una voz ríspida, tajante, casi sibilante—, ¡te vamos a enterrar en vida!.. Pero, ¿qué te has creído? —. Tras una pausa, en la que aspiró y exhaló aire como un toro preparando la embestida, agregó con un ademán amenazante—: ¡Vas a suplicar que te fusilemos! —y con la misma fiereza que entró hizo mutis.

Al día siguiente fue trasladado a la prisión de La Cabaña. El Castillo de San Carlos de La Cabaña era una de las seis fortalezas habaneras construidas por los españoles para defender la ciudad frente a los ataques de los corsarios y piratas. Debido a su arquitectura medieval, en el siglo XIX comenzó a ser utilizada como mazmorra y lugar de ejecuciones. En el Foso de los Laureles, donde se dio muerte a muchos independentistas, cien años más tarde unos cubanos fusilaban a otros contra aquellos mismos muros de piedra coralina.

A Julián lo destinaron a la galera 7 junto a su amigo Ramón. No se veían desde que los capturaron y se abrazaron con fuerza. El húmedo calabozo hedía a suciedad y estaba atestado. Compartían prisión antiguos oficiales del ejército de Batista y miembros del ejército rebelde. Los ex-compañeros de Fidel guardaban todavía su fresco rencor hacia los ex-batistianos y las tensiones palpitaban entre ambos grupos. Algunos viejos militares llegaron a la conclusión de que ahora todos eran víctimas por igual de un nuevo y mal mayor. Las acusaciones más comunes eran traición, subversión, propaganda enemiga y sedición.

Leticia lo visitó cada semana por tres horas, que era lo establecido. Le llevaba comida y nunca faltaba un flan de huevo, su postre favorito, y libros, muchos libros. En aquel entonces los paquetes no estaban aún limitados y casi todos los días algún que otro preso conocido recibía alimentos que compartía con los amigos.

En La Cabaña conoció a prisioneros de todo tipo. Rolando, uno de los aviadores que bombardeó los montes de la Sierra Maestra durante la rebelión antibatistiana fue sancionado a dos décadas de prisión por el delito de genocidio.

—Algunos amigos me aconsejaron irme del país cuando me absolvieron en el primer juicio —le contó Rolando a Julián en la primera tarde que se conocieron—. ¡Tremenda metedura de pata!... ¡Tremenda! —repetía sin dejar de suspirar, para luego concluir con resignación—: me costó una sanción de quince años.

Se refería al segundo juicio que Fidel, en iracundo ucase, demandó celebrar al no estar satisfecho con la absolución de los 43 aviadores por falta de pruebas. La misma noche del veredicto, Fidel declaró nulo el dictamen y constituyó un segundo tribunal que los condenó con las severas sentencias que demandaba Castro. El Presidente del Primer Tribunal, el comandante rebelde Félix Lugerio Peña se suicidó poco después.

A los quince días de estar en La Cabaña se celebró el juicio de Julián. Veintidós minutos duró el juicio. A pesar de la profesionalidad del abogado defensor la sentencia fue de veinte años de prisión. En realidad, no pudo hacer mucho porque sólo vio al detenido antes de su presentación en corte. La apelación fue rechazada y la condena ratificada al día siguiente.

Su amigo Ramón Ruano no corrió igual suerte: en una misma tarde fue condenado a muerte y confirmada la sentencia. Fue fusilado al amanecer. Julián se sentía culpable. ¿Habría sido alguna indiscreción de Perla lo que ahora le costaba la vida a Ramón? No, no podía acusar a su sobrina, era sólo una niña, y en el supuesto caso de haber sido imprudente ¿acaso era ella la culpable o era el sistema de terror que reinaba en el país? De todas formas, el sentimiento de culpabilidad lo desazonaba. Él era quién había propuesto la casa de Miramar como escondite y él fue quién aseguró a Ramón que su sobrina no sería un problema.

Los condenados a muerte eran trasladados a una galera que le llamaban *La Capilla*. Julián nunca más vio a Ramón, ni siquiera se pudieron despedir. Las ejecuciones se realizaban durante varias madrugadas a la semana. Todos los movimientos de los preparativos se oían desde las celdas: el jeep que iba a la galera para recoger al condenado; la pesada reja que se abría y cerraba con un chirrido escalofriante; los soldados avanzando; los pasos del reo en el camino de gravilla hacia el poste con un bombillo adosado en lo alto para propiciar la puntería de los verdugos; la terrible orden de «Preparen. Apunten. ¡Fuego!»; los gritos de los culpados «¡Viva Cristo Rey! ¡Viva Cuba Libre!» antes de los estampidos de las balas; luego los tiros de gracia. Todo semejaba una representación teatral kafkiana. En las noches que precedían a algún fusilamiento en La Cabaña ningún prisionero podía dormir; el silencio total sólo era interrumpido por alguna tos esporádica que tal vez apagaba un sollozo.

De La Cabaña lo enviaron al Presidio Modelo en Isla de Pinos, una pequeña isla al sur de Cuba. Siguanea o Camarcó la llamaron sus primeros habitantes. En 1494 fue rebautizada por Cristóbal

Colón como La Evangelista, luego fue conocida por la singular denominación de la Isla de las Cotorras, o por la tradicional Colonia Reina Amalia. También le confirieron los exóticos apelativos de la Isla de los Piratas o la Isla del Tesoro y más tarde fue nombrada Isla de los Deportados porque desde los tiempos de la colonia, el infausto Capitán General de Cuba, Don Francisco Dionisio Vives, decidió que poseía condiciones excepcionales para aislar a los presidiarios de la isla grande. Unos diez años después del día en que Julián llegó al renombrado islote, éste sería nominado como Isla de la Juventud. «Nunca en la historia de Cuba otra islilla tuvo tantos bautizos», explicaba Julián a sus compañeros de galera.

El Presidio Modelo fue considerado la cárcel más *moderna* de América cuando fue inaugurado en 1928; aunque pronto adquirió pésima fama por el mal tratamiento que allí recibían los presos. La penitenciaría contaba con cuatro grandes edificios circulares de seis pisos donde vivían los reclusos. El piso de la planta baja, de cemento pulido, se extendía en una inmensa plaza, como un anfiteatro griego. Lo que haría las veces de gradas eran las celdas que daban a corridos balcones interiores en voladizo. En el medio de la plaza se alzaba una torreta cónica desde la cual se divisaba toda el área. Los guardias no tenían que entrar en la edificación para controlar el recinto: el acceso a la atalaya se realizaba por un túnel que finalizaba en el exterior de la circular. La vista desde la torre de observación semejaba un gigante panal de abejas.

Julián conocía el Presidio Modelo por referencias. En él estuvo preso Fidel Castro cerca de dos años, como condena por atacar en 1953 al cuartel militar Moncada en Santiago de Cuba. A Fidel no le fue tan mal según relataba en sus cartas a amigos, familiares y amantes: cocinaba su propia comida, fumaba habanos H. Upmann, no estaba obligado a trabajar, leía, escribía y publicaba en la prensa nacional cuanto quería sin ninguna restricción. Julián tuvo esperanzas de que el «Presidio Modelo» no fuera tan terrible como la prisión de La Cabaña, con la tensión por las ejecuciones, el hacinamiento, la falta de ventilación y la humedad que le calaba los huesos. Se equivocaba otra vez.

Al llegar recibió el número: 26532. Era una numeración corrida de acuerdo a la fecha de arribo al reclusorio. Los 23000 eran los ex-militares del ejército de Batista. Sin embargo, nadie fue el 23113, el 24113 ó el 25113. A ningún recluso se le confirió la centena 113 por ser el número que había correspondido a José Martí cuando estuvo preso en 1869.

En un salón con paredes cubiertas por letreros con consignas de la Revolución, retratos de Camilo y el Che, Fidel y su hermano Raúl, le hicieron las preguntas de rigor: nombre, edad, lugar de nacimiento, estatura y otros datos personales. Le entregaron un uniforme amarillo con una letra «P» en la espalda de la camisa y en cada pernera del pantalón. Las tres «P» estaban dibujadas con algo viscoso que traspasaba la tela y humedecía la piel.

Un barbero lo peló al rape con tal descuido que le produjo pequeñas cortaduras en toda la cabeza. Lo montaron en un auto que rodeó las circulares y se detuvo frente a una construcción levantada apenas a medio metro del suelo. Bajaron varios escalones para acceder a un calabozo pestilente. Luego de encerrarlo, el guardia le gritó desde la puerta:

—¡Te prometimos que te íbamos a enterrar en vida! Ya nos suplicarás que te fusilemos.

Era una jaula de hormigón de menos de tres metros de largo, sin ninguna ventana al exterior. La baja altura apenas le permitía estar de pie y el bombillo que pendía del techo le provocaba quemaduras cuando lo rozaba con la cabeza. La celda daba a un estrecho pasillo que finalizaba con una sólida puerta de hierro. En el dintel, una reja dejaba entrar escasamente algún aire del exterior, pero en el fondo de cada calabozo el hueco que desempeñaba la función de cloaca emitía tal tufo que inundaba toda la edificación. A veces los albañales se desbordaban dejando el piso húmedo de excrementos.

Al cabo de unos días la plancha de hierro se abrió a una hora inusual. Sólo entraba un guardia dos veces al día para dejarle la comida y luego, una vez más, en medio de la noche, con el propósito de interrumpirle el sueño. En esta ocasión Rolando, con su uniforme de las tres P traspuso el portón. Julián le había conocido en La Cabaña. Era el piloto que por terrible pirueta jurídica fue encausado dos veces por un mismo delito. A pesar de la estrechez de la celda se alegró al verlo y poder compartir su cuchitril.

Es difícil mantener la dignidad en circunstancias tan depauperantes. El calor era infernal durante el día y por la noche se sentía un frío de ultratumba: el hormigón es el material de construcción con fama de ser uno de los peores aislante térmico conocido. La falta de aire y luz solar unido a una alimentación escasa, con pocas proteínas, lo debilitó con rapidez. Sin embargo, lo más terrible era el total aislamiento y la incertidumbre respecto a su futuro.

La vida es un camino de infinitas posibilidades. Una permanente sucesión de eventos sobre los cuales quieras o no estás obligado a decidir por una alternativa. Cada decisión puede llevarte por un camino nuevo. No sólo gravan los pasos dados en un sentido, sino las oportunidades que dejas pasar. Las sendas que no escoges. Elegir o rechazar opciones te conduce a finales distintos. La vida es una raíz fasciculada que se mueve como savia inversa, del tallo a las ramificaciones de alguna minúscula raicilla. Todo es consecuencia de nuestra libertad de acción, diría Sartre. En esas elucubraciones envolvía Julián la monotonía de un día tras otro. ¿Cuál fue mi falta?

El mayor error de mi vida, es un bocadillo gastado en novelas y melodramas. Pero Julián se desesperaba porque no podía decir cuál era el mayor error de su vida. Envidiaba a esos personajes que sabían con claridad cuál había sido el gran yerro de sus existencias sin el más leve titubeo, como quién habla del sabor de helado preferido o el pasatiempo favorito en la niñez. ¿Cuál era el mayor error de mi vida? Hervía en preguntas sin respuestas certeras. ¿Haberme involucrado para luchar por la democracia? ¿Volver a Cuba? ¿Confiar en mi sobrina? Por ese camino llegaba a renegar de la secuencia de hechos que lo encerraron en esa jaula como un animal de circo. «¿Por qué volví a Cuba? ¿Por qué me escondí en esa casa? ¿Por qué no nos fuimos al anochecer?». En un conteo contra el tiempo llegó a maldecir la hora en que su abuelo dejó la tierra española para buscar fortuna en esa isla endemoniada.

No enloqueció por los pocos libros que le entregaron —los que Leticia le había llevado a La Cabaña— y leyó montones de veces, hasta casi conocerlos de memoria. Lo ayudó también la tozudez, herencia gallega de su abuelo: estaba decidido a que saldría con vida de ese abismo. Se imaginaba navegando en el Caribe, la brisa acariciándole el rostro y el sol del atardecer cosquilleándole la piel. Otras veces se veía fotografiando de nuevo. Pero no en estudio, ¡no! En ningún espacio cerrado, sino en paisajes exóticos donde la vista se le perdiera en el horizonte.

Al cabo de unos pocos meses Julián despedía un hedor vergonzoso, digno de los establos del Rey Augias. Olía a orines secos, a sudor rancio, a humedad mugrosa y a fétida —casi carroñosa— suciedad. Al principio tenía asco de sí mismo, luego se acostumbró.

En una soleada mañana, dos soldados lo sacaron del calabozo no sin antes cubrirse las caras con pañuelos, aunque no lograron evitar las arqueadas de asco. Tenían repugnancia de tocarlo y lo empujaban a punta de bayonetas. Julián se sintió mareado al ver el cielo y la luz del sol. Sus ojos acostumbrados a la mortecina iluminación del calabozo y a mirar un espacio limitado, fueron incapaces de distinguir los detalles en la lejanía del campo abierto. Le dio un vahído.

A empujones lo llevaron a la enfermería, lo hicieron desnudarse y un chorro de agua fría cubrió su macilento cuerpo. La suciedad era una costra impenetrable que ni siquiera el jabón lograba disolver. Al tocarse la cabeza, pedazos de piel con mechones de cabello quedaron en sus manos. Se estremeció. Un enfermero que lo observaba a media distancia le aclaró:

—Es una infección por la suciedad. Debe tener piojos.

Julián no respondió. Miró sus escuálidos brazos y piernas, y adivinó que su estado era lamentable. Había transcurrido un año y medio desde que lo enterraron vivo. ¿Cuánto pesaría? El enfermero le curó las llagas de la cabeza, le untó un ungüento en la piel y le advirtió que el linimento no olía bien. Julián casi sonrió: no podía percibir ningún olor. La naturaleza le protegió privándole del olfato para que no desfalleciera ante su propia fetidez. Nunca más podría inhalar el aroma de un café recién hecho o un pan acabado de hornear, aspirar el salitre del mar o el perfume de una mujer.

Pasó varias semanas en la enfermería antes de recibir la primera visita de su hermana. Ella, en afanoso e infructuoso viaje desde La Habana, había ido mes tras mes desde que Julián fuera trasladado al Presidio Modelo. Era una crueldad innecesaria hacerle creer que podría verlo, protestaba Leticia.

Al cabo de año y medio sin ver a Julián, armó un escándalo y amenazó a un oficial con denunciar el caso en un ya próximo congreso internacional. Poco después de aquella barahúnda recibió la visita de un militar quien le aseguró que al siguiente mes vería a su hermano. Ese fue el día que sacaron a Julián de la celda de castigo.

Al regresar Leticia al presidio, el oficial al que antes había increpado la recibió personalmente. Le tendió su mano, y ella como una autómata extendió la de ella. Renegó de sí misma por el acto y se sintió irritada. Miró directamente a sus ojos tratando de adivinar qué clase de persona era, pero encontró una expresión impenetrable, fría y a la vez cortés. Le pareció descubrir una angustia encerrada en la comisura de sus labios, pero desechó la idea. «Debe ser mi imaginación», pensó.

Leticia no pudo evitar un alarido de espanto al ver a su hermano. Parecía un muerto en vida. A pesar de haber transcurrido algo más de tres semanas con cuidados en la enfermería, su estado era deplorable. Ella empezó a llorar y fue Julián quien tuvo que consolarla. La visita fue breve y Leticia no se atrevió a darle la noticia de que Arturo, el padre de ambos había muerto.

Arturo, el abuelo de Perla, era un cirujano de renombre que fue consumiéndose lentamente. En sus últimos días apenas hablaba. Murió de tristeza. De ser un hombre vivaz y competente se convirtió en una sombra. Primero, perdió un pequeño edificio de cuatro apartamentos para alquiler, confiscado por la Reforma

Urbana. Luego perdió su cuenta de ahorro en dólares, cuando los convirtieron en pesos cubanos que en lo adelante sólo servirían como papel moneda en la isla porque ya no tendrían validez en ningún otro lugar del mundo. Más tarde, perdió su derecho a tener pasaporte y a viajar. También perdió su vida social: era casi imposible entrar en un restaurante, desaparecieron las tertulias a las que solía asistir y sus amigos se marcharon del país. Le ofrecieron trabajar en un hospital público y aceptó. Sin embargo, tenía que ir a cortar caña dos fines de semana cada mes.

Cuando operó por primera vez con las manos llenas de ampollas, tras haber trabajado el día anterior una jornada de más de diez horas a pleno sol en los cañaverales, por poco mata al infeliz paciente. Lo quisieron culpar de sabotaje al prestigio de la medicina cubana, pero la acusación no prosperó. Pidió la renuncia. La Cuba que él vivió ya no existía y en la nueva no tenía espacio. Rodeado de rumores de que era un «gusano» lograron aplastarlo y condenarlo al ostracismo. Nadie tocaba ya a su puerta. Estaba enterrado en vida.

2
1964

María Quiñones encendió el televisor. La programación habitual fue suspendida para trasmitir otro discurso. Quizás Fidel fue el primer Mesías televisivo: largas y constantes alocuciones trasmitidas en cadena por todos los canales de televisión nacionales y varias estaciones de radio. La leyenda ya había cuajado: Fidel era un elegido. Desde que dos palomas se posaron en su hombro cuando entró en la Habana en 1959 comenzó a crearse el aura de que era un ser favorecido por los dioses.

Nadie tenía dudas acerca de su extrema habilidad para deshacerse de cualquiera que no estuviera dispuesto a seguir sus ideas al pie de la letra. En el mismo año del triunfo de la Revolución, cuando consideró que el primer presidente del gobierno revolucionario no respondía a sus intereses, gestó un golpe de estado sin emplear las armas. Un drama *in crescendo* que culminó con una magnífica puesta en escena televisiva.

Primero, en el diario Revolución, apareció un rótulo que cubría toda la primera plana: «Renuncia Fidel». De inmediato en todo el país fueron convocadas cientos de manifestaciones de apoyo al máximo líder. Los sindicatos lanzaron la consigna de un paro nacional por una hora en signo de advertencia de su disposición militante a respaldarlo. Frente al Palacio Presidencial una multitud iracunda gritaba vituperios al presidente Urrutia. Como desenlace de la comedia negra Fidel se presentó esa noche en los estudios de televisión CMQ y, como un actor shakesperiano, con seductora y ronca voz fue explicando los motivos de su renuncia: tenía las manos atadas, el gobierno limitaba sus planes para una nueva Cuba a favor de los desposeídos. Sus palabras eran interrumpidas por un moderador que anunciaba los cientos de llamadas y mensajes que pedían que no renunciara, quien debía hacerlo era el presidente Urrutia, insistía el locutor. Con suavidad, en un giro imperceptible el Comandante fue variando sus palabras a veladas quejas contra el presidente.

Las llamadas crecían.

Las discrepancias morales entre él y el presidente eran insalvables. Urrutia tiene un salario anual de cien mil pesos —el mismo que tenía el sanguinario Batista—, dijo en inocente comentario. Compró una casa en el exclusivo barrio de Miramar. Más llamadas. Fidel no había terminado su comparecencia cuando el moderador del panel anunció la renuncia del presidente Urrutia. Shakespeare terminó su libreto diciendo que volvería a ocupar el puesto de Primer Ministro si eso era lo que el pueblo le pedía. ¡Aplausos! Baja el telón. ¡Bravo! ¡Bravo! Fidel advirtió a varios de los tramoyistas de la magnífica obra teatral *Todo debe ser hecho para que esto no luzca como un derrocamiento.* No fue un golpe de estado. ¡Claro que no! No hubo tiros. Fue una estrategia genial.

«Fidel no se equivoca jamás», era la frase que se repetía a toda hora y en cualquier circunstancia. Toda la prensa escrita, radio y televisión se desvivían en prodigar elogios a su sapiencia. El máximo líder solía usar el plural mayestático, con lo cual diluía la identidad de quiénes proponían las decisiones que él tomaba. Casi toda Cuba comenzó a imitar el «nosotros» en vez del «yo» porque sonaba menos individualista. Algunos de los que ocupaban algún cargo directivo lo preferían así porque tenía la conveniencia de desvanecer la responsabilidad si algo salía mal.

María miró el reloj y apagó la televisión. No debía llegar tarde a la reunión. La Asamblea de Jóvenes Ejemplares empezaba a las 8 de la noche. Era un importante acontecimiento: el primer paso para llegar a pertenecer a la organización de jóvenes comunistas, la UJC. En el camino hacia la escuela fue oyendo a retazos, canciones y voces de las campesinas que ahora ocupaban las casas vacías de Miramar. Era un plan masivo de becas y se podían contar por miles las felices estudiantes que procedentes de apartadas zonas rurales ahora vivían en el otrora barrio de la clase media habanera.

Al llegar a la escuela, de una rápida mirada, vio que el salón estaba prácticamente lleno. Varias lámparas con largos tubos fluorescentes irradiaban una luz deslumbrante. De la pared central colgaba el enorme logotipo de los jóvenes comunistas cubanos con la imagen de Julio Antonio Mella y Camilo Cienfuegos, y el lema *Estudio, Trabajo y Fusil.* Los susurros de las conversaciones se apagaron cuando entraron a la sala y se acercaron a la mesa presidencial, el secretario general del Partido y el de la UJC, con el director de la escuela y el secretario del sindicato, quienes eran apodados respectivamente —a *soto voce*— como El Ñángara, Lengua de Trapo, Berrinche y Malaleche.

De pie cantaron el Himno Nacional y de inmediato El Ñángara pronunció un discurso enfatizando el honor que representaba llegar a ser jóvenes ejemplares. Sabía que todos los presentes tenían meritos revolucionarios pero sólo debían seleccionarse los mejores entre los mejores: la vanguardia. *La crème de la crème* hubiera dicho un francés. Como era imprescindible citó a Fidel: *Pertenecer a la Unión de Jóvenes Comunistas debe ser el más alto honor de un joven de la sociedad nueva.*

Una de las primeras en ser seleccionadas fue Mariflor. Se puso de acuerdo con otra amiga para que la propusiera y así lo hizo. No tuvo problemas. Si alguien hubiese conocido acerca de sus pasadas clases de catecismo habría tenido problemas ¡Por suerte nadie lo sabía! Estaba contenta: la artimaña con su amiga funcionó sin ningún contratiempo. ¡Qué zorra eres, Mariflor! Pero qué zorra. ¡Y a mucha honra! ¿No tenías ni una pizca de remordimiento? No, claro que no. Pensabas que para tener éxito en la vida tenías que jugar con las reglas establecidas. Al final, tú no las habías hecho. El mundo es como es.

Mariflor decidió aplicar como uno de los principios para la vida, una adaptación del recurso memorístico que aprendió para recordar la suma algebraica de números negativos y positivos: *más con más es más*: el amigo de mi amigo es mi amigo; *más con menos es menos:* el amigo de mi enemigo es mi enemigo; *menos con más es menos*: el enemigo de mi amigo es mi enemigo; y *menos con menos es más*, el enemigo de mi enemigo es mi amigo. Unos años más tarde se percató de que el país se regía con igual política.

Se realizaron otras propuestas que fueron rechazadas porque el candidato padecía —como si fuera un mal incurable— de diversionismo ideológico, o no mantenía una actitud colectivista y afable con los compañeros, o no era suficientemente combativo, o tenía el defecto de tener un problema religioso, o el demérito de mantener relaciones con los familiares traidores de Miami, o vestía de forma extravagante, o le gustaba escuchar las canciones en inglés, o era hipercrítico y no tenía suficiente confianza en la Revolución, o era apático y no asistía a los trabajos voluntarios.

Desde los doce años las cuatro Marías trabajaron en la escuela al campo. Sesenta días labrando desde las ocho de la mañana hasta las cinco de la tarde en las plantaciones de tabaco de Pinar de Río. Nunca San Pedro fue tan llamado como en esos días: todas rogaban porque lloviese antes del amanecer para tener unas horas de sueño extra. Pero el santo caprichoso a veces les concedía el deseo cuando ya estaban en medio de los plantíos y los posibles árboles protectores se alzaban en la lejanía, por lo que no valía la pena correr a guarecerse. Esa lluvia añorada resultaba entonces peor. Debían permanecer recogiendo las hojas de tabaco con la ropa empapada hasta que el sol la secara sobre sus cuerpos. Toña solía advertirles a las demás «cuidado con lo que se desea, porque puede ser tu desgracia».

Se levantaban a las seis de la mañana y salían corriendo para asearse porque los lavabos eran pocos. Formaban en línea para celebrar el matutino donde anunciaban las brigadas vanguardias y las rezagadas que no alcanzaron las metas productivas. Luego de un desayuno frugal, salían en carretas haladas por bueyes o tractores. Si estaban muy lejos del campamento almorzaban en los sembrados a la sombra de algún árbol, o en la guardarraya. Regresaban a la caída del sol extenuadas, sin que ello les impidiera correr para ser de las primeras en tomar una ducha.

Gozaban la prerrogativa de escoger el trabajo: recoger las hojas de tabaco o enhebrarlas en largos palos de madera llamados cujes. Tenían opciones: el frío rocío en las primeras horas de la mañana y el sol implacable más tarde, o permanecer por ocho horas y media de pie, pero a la sombra en la casa de tabaco.

María y Perla prefirieron la recogida y Toña la sombra, decía que ya era muy prieta para coger más sol, y además era rápida con las agujas. Mariflor estuvo indecisa todo el tiempo, a veces optaba por la lobreguez de la casa de tabaco y otros días —cuando estaba nublado—, la cosecha en los sembrados. Mariflor sufría con la extenuante labor diaria y lloraba por las noches. En el primer fin de semana sus padres se la llevaron a La Habana con un súbito ataque de asma. Esa dolencia se repitió oportunamente durante los cuatro años de la enseñanza secundaria, justo un mes antes de la escuela al campo. De veras se ahogaba, no era fingimiento. María comentó muchos años más tarde que tal vez era un padecimiento de origen histérico ante la proximidad de la nueva movilización agrícola.

Toña resultó muy habilidosa ensartando las hojas de tabaco, paso inicial para secarlas y convertirlas en habanos. Tal vez su destreza en la costura le permitió alcanzar, e incluso sobrepasar, a las expertas ensartadoras pinareñas. Llegó a hilvanar más de cien cujes diarios. Por permanecer tantas horas de pie terminaba con las piernas inflamadas. Por los pinchazos de las largas agujas, los dedos se le tornaban redondos y grotescos; y por la resina que exudaban las grandes hojas de tabaco quedaban hinchados y pegajosos. Fue vanguardia en todas las escuelas al campo y ello le dio suficiente mérito para ser electa joven ejemplar.

María generaba confianza para todo tipo de desahogos porque era una buena oyente. Esta virtud, junto al hecho de ser una excelente estudiante, hizo que fuera propuesta para joven ejemplar; aunque se desató una agria discusión acerca de su individualismo porque en una ocasión no le prestó un libro a un compañero. El debate fue muy duro, pero llegó a ser seleccionada por mayoría de votos.

Perla tenía el don innato de acercarse a la gente con facilidad. Despertaba la simpatía de todos cuantos la escuchaban. Para pasar el tiempo siempre estaba haciendo conjeturas acerca de cualquier tema. ¿De dónde viene el Universo? ¿Qué necesito aprender acerca del amor? ¿Qué son el Bien y el Mal? ¿Por qué en la severidad de los internados ingleses para varones germinan tantos homosexuales? En algunas ocasiones eran simples aseveraciones como decir que el primer paso hacia la filosofía es la incredulidad; de las escuelas de monjas salen las peores —¿o mejores?— putas; el arte subsidiado no proporciona obras maestras; desconfía del que quiera persuadirte de su verdad a gritos; las guerras vuelven mentecatos a los vencedores y vengativos a los vencidos; convencer es más difícil y trabajoso que dictaminar.

Eran frases dichas al vuelo para provocar y polemizar. Muchos caían en la trampa y entablaban un debate en el que llevaban las de perder, porque Perla era una refinada oradora con cuantiosos recursos. Sin embargo, para asombro del contrincante, a veces daba la razón a su oponente, sobre todo cuando este no se valía de consignas ni frases prefabricadas de los dirigentes del Partido. Perla no fue seleccionada joven ejemplar. Era «hipercrítica», lenguaraz y tenía el problema de tener familiares «desafectos» a la Revolución.

Lo cierto, opinaba María, es que Perla no se medía nunca en lo que decía, razón por la cual siempre la regañaba advirtiéndole de los posibles problemas que podían provocarle sus polémicas. Los enfrentamientos frontales no eran tolerados. A Perla le molestaba sobremanera no poder decir lo que sentía y no tener la posibilidad de discutir sus dudas. Que su tío fuera etiquetado como traidor la enfurecía, y lo defendía a capa y espada.

—Es un error de la Revolución que pronto se enmendará —solía afirmar, a lo cual usualmente recibía como respuesta:

—La Revolución nunca se equivoca.

La fe ciega en la Revolución era la nueva religión que transformó a los cubanos. Todos habían cambiado. Era un proceso lento e imperceptible sólo apreciado por aquellos que visitaban la isla esporádicamente. Todos veían la transformación ajena pero no la propia. Enrique, el padre de Perla, ya no era el mismo. Perla se sorprendió cuando encontró fotos y recortes de periódicos de cuadros que pintaba antes de que ella naciera, algunos de los cuales fueron vendidos en París a muy buen precio. Trazos enérgicos y colores brillantes lograban una fuerza tal que la composición gritaba vida y exuberancia. Pero ahora volvía a sus años académicos rescatando el arte retratista con delicados detalles. Se convirtió en una especie de pintor oficial con numerosos encargos de imágenes de mártires y héroes, batallas y proezas, esposas, y amantes de algún dirigente enamorado.

Su padre la regañaba también, tal como hacía María. «No debes decir eso, Perlita, puede ser mal interpretado». No importaba si tenía la razón o estaba equivocada. La esencia era que no era conveniente hablar de algunos temas y, para colmo de males, tampoco se podía ser neutral. Ser neutral era muy peligroso, casi tanto como opinar. Cualquier asomo de crítica podía interpretarse como que se urdía un plan enemigo. La gente dejó de mencionar el nombre de Fidel en círculos de amigos y hacían una pantomima con la mano para imitar una barba. A los que ostentaban el poder se les llamó escuetamente: *ellos*. Cuba se dividió en *ellos*: el poder; *nosotros*: el pueblo y los *otros*: el enemigo.

Pese a los consejos que daba a su hija, Enrique hablaba a escondidas de las dudas que le asaltaban. Una tarde Perla oyó una conversación que sostenía su padre con Ricardo, un arquitecto amigo. Éste explicaba que en un proceso creativo solía esbozar tres o cuatro soluciones iniciales y empezaba a jugar con ellas. Escogía una, la que a primera vista le parecía mejor, y empezaba el arduo proceso de ajustar y rectificar. A veces, tras haber estado en esa labor por días, tiraba al cesto esa primera variante y elegía otra que al principio le había parecido demasiado simple. Al encontrar los puntos débiles de su primera idea, reconocía que la segunda tenía más posibilidades, o tal vez buscaba una tercera alternativa que resultaba ser la solución definitiva. No quería decir que los días gastados en estudiar opciones fueran en vano. Sólo al transitar por ese proceso de prueba y error es que podía valorar finalmente las virtudes del diseño escogido. «Es un método válido para ingenieros y arquitectos», afirmaba, «pero es demasiado costoso como procedimiento para dirigir una nación», protestaba. A él, como arquitecto, apenas le costaba algunas hojas desechadas y unas pocas jornadas de trabajo. Para un país significaba varios años irrecuperables y un montón de dinero perdido, seguía explicando. Perla se sorprendió con la respuesta de su padre: «*Ellos* se hicieron populares repartiendo riqueza ajena, pero son incapaces de crearla».

Las notorias acciones de los primeros años de la Revolución: las rebajas de las tarifas de la electricidad, gas y teléfono, así como la reducción de los alquileres no le costaron un centavo al nuevo gobierno. Con la euforia inicial llovieron nuevas esperanzas: Fidel prometió que para 1969 los cubanos tendrían un desarrollo similar al de Suecia. Para ello puso al país patas arriba. *Ellos* confiaron en la pureza de sus intenciones y en su voluntarismo ideológico. No oyeron el criterio de viejos campesinos, ni de especialistas o asesores. Los grandes cultivos de caña fueron replantados con arroz, vegetales y frutas para luego, donde se cosechaban con éxito los vegetales, sembrar café caturra, una variedad mexicana que se decía no necesitaba la sombra para florecer. Se compraron industrias de tecnología obsoleta a los hermanos socialistas donde se producía con un costo mayor que la riqueza creada. Otras fábricas nunca llegaron a funcionar. Como resultado, disminuyó la producción de azúcar, el café caturra se marchitó bajo el implacable sol caribeño y desaparecieron los vegetales. Luego, *ellos* lanzaron la hoja desechada y tomaron un segundo boceto aún más audaz: *Vamos a construir el socialismo y el comunismo al mismo tiempo*.

A esta altura de la vida Perla tenía muchas preguntas que nadie respondía de manera satisfactoria. Sin embargo, todavía se entusiasmaba por vivir en un país que quería estrenarse todos los días. ¡Un verdadero laboratorio humano!, donde se rompían leyes, tradiciones y costumbres a cada paso y en cada esquina; donde se ensayaba con todo lo inimaginable bajo el sol. «Si al menos les diera por experimentar con el sexo», pensaba Perla.

3
1965-1967

Un nuevo experimento estaba en marcha: había que limpiar de maricones a la Revolución. La homosexualidad era una cuestión de voluntad que podía ser modificada por métodos pedagógicos. Cuba debía llegar a ser no sólo *el primer territorio libre de América* o *el primer territorio libre de analfabetismo*, sino también el primer territorio libre de maricones. Todo aquel que caminara raro, tuviera una suave caída de párpados, o se tiñera el pelo, tenía que hacerse hombre. El amaneramiento tenía que terminar. Los hermanos de la Europa socialista ofrecieron su ayuda y se organizó un congreso de psiquiatras de países comunistas para discutir las formas de curar la homosexualidad. Decidieron realizar experimentos similares a los de Pavlov con los perros. Mostraban fotos de hombres forzudos con el falo erecto, al mismo tiempo que se administraban corrientazos que provocaban vómitos. Luego les mostraban fotos de bellísimas mujeres semidesnudas, excitantes y provocadoras, y repartían alguna golosina. El gobierno cubano consideró que esos eran procedimientos acordes a una revolución de profundo sentido humanista: convertirlos en hombres. No querían seguir el ejemplo de China donde, por aquel entonces, los mataban a estacazos. Era necesario «salvarlos».

Reinaldo apenas se aventuraba a salir después de la caída del sol desde el incidente de «la noche de las tres P». Para satisfacción de su padre se inscribió en clases de judo en las que resultó muy habilidoso. Ya lucía con orgullo un rango de cinturón azul. Quizás por todo eso le tomó por sorpresa cuando una mañana de noviembre dos hombres lo fueron a buscar con la orden de acompañarlos. Se marchó sin despedirse, nadie más estaba en casa.

Lo subieron a un tren de carga junto a cientos de jóvenes como él, aunque algunos de los que viajaban en el vagón ya rondaban los treinta años. El tren iba llenos de católicos, bautistas, evangelistas, metodistas, Testigos de Jehová, masones, adventistas, desempleados, sospechosos de no simpatizar con el régimen, otros que sólo habían presentado los papeles para abandonar el país y homosexuales.

Cuando llegaron a la ciudad de Sancti Spiritus, un muchacho se desmayó. En el vagón donde iba armaron tal algarabía que el tren tuvo que parar. El escuálido joven padecía de presión alta, lo reanimaron y lo volvieron a subir al tren. Anduvieron por cerca de quince horas sin saber el destino. Cerca de Ciego de Ávila les ofrecieron una cajita de cartón con un poco de arroz frío y seco; tenían tanta hambre que algunos hasta el cartón se comieron. Otros guardaron las cajitas vacías para escribir mensajes con la dirección y teléfonos de la familia. «Estoy en un tren. Creo que ya

101

pasamos Las Villas pero nadie sabe a dónde nos llevan». Los que tenían algunas monedas las envolvieron junto con el cartón y las lanzaron por las ventanillas con la esperanza de que algún alma caritativa hiciera una llamada telefónica a sus familiares.

Al arribar a la estación de Camagüey, los esperaba un montón de soldados con fusiles y bayonetas. Un oficial se acercó al muchacho que se había desmayado y le preguntó si fue por él que pararon el tren en Sancti Spiritus. «Sí» respondió con inocencia el muchacho, y por respuesta recibió una trompada en la oreja izquierda que lo tumbó al suelo. «Nadie debería ser golpeado por ninguna razón. Pero golpear sin sentido es una crueldad atroz», pensó Reinaldo.

Los llevaron al estadio de Camagüey. En las gradas dos ametralladoras apuntaban a todos los recién llegados. Uno de los que allí estaban se lo contó muchos años más tarde a un chileno y éste no lo creyó. «Eso fue lo que hizo Pinochet, no puede haber pasado en Cuba».

Un comandante les dio las palabras de bienvenida:

—Ustedes van a aprender lo que es ser hombre y van a salir de aquí revolucionarios. Les vamos a enseñar lo que es ser revolucionarios.

Del estadio los trasladaron en camiones checos a las granjas. En el camino, el oficial paró en una cafetería y un grupo de pioneros les empezó a gritar: «¡Fusílenlos, fusílenlos!». Reinaldo llegó a la Granja Purificación junto con otros trescientos sabiendo que eran prisioneros. Cuatro barracas hacían las veces de dormitorios, una para comedor y dos bohíos para los oficiales. No había baños, ni letrinas, mucho menos luz eléctrica, ni siquiera agua potable. Un teniente les anunció: «Van a tener que construir un pozo para tomar agua». Se vieron obligados también a abrir una zanja, en plena intemperie, para que sirviese de letrina. Pronto se acostumbraron a defecar uno al lado de otro como animales. Cuando la zanja se llenaba abrían otra delante y, con la tierra que sacaban del nuevo surco rellenaban el de atrás.

De los oficiales se decía que estaban castigados también. De uno se rumoraba que había matado a su mujer. De otro afirmaban que enloqueció cuando trabajaba en los pelotones de fusilamiento de La Cabaña. Ese, a cada rato hacía que se le buscara un perro, lo amarraba a un poste, daba las voces de mando y lo fusilaba. Uno de los oficiales bebía alcohol desde temprano en la mañana, otro abusaba de las mujeres de los campesinos de los alrededores por lo que fue trasladado de batallón cuando un guajiro se apareció en el campamento con un machete dispuesto a despedazarlo. El teniente Martínez, político del grupo, trataba a todos con respeto y se decía que tuvo discusiones con otros oficiales por los excesivos castigos y maltratos. Martínez sólo se mostraba intolerante con los homosexuales a quienes expresaba un ostensible desprecio.

Perdieron sus nombres. Le asignaron un número a cada uno. A Reinaldo le correspondió el 94 y así lo empezaron a llamar: 94. Alguien sugirió tatuar el número en el brazo pero no lo llegaron a hacer. Tal vez no apareció el instrumental necesario. Lo pelaron al rape. Le dieron un pantalón *caqui*, esos de algodón resistente y color beige; una camisa de mezclilla, un par de botas y otro de medias.

Una pancarta enorme *El trabajo los hará hombres* cubría la alambrada a la entrada del campamento. Alguien recordó que la verja de acceso al campo de concentración de Auswichtz exhibió un cartel similar: *El trabajo os hará libres.*

Durante una formación, mientras pasaban lista, número a número, alguien susurró a la espalda de Reinaldo:

—Sólo faltan el crematorio y la swástica.

—¡No hables tanta mierda! —protestó con verdadera indignación un muchacho muy flaco a su lado, y como si no fuera suficiente, insistió con reforzada beligerancia—: ¡Caballero, no hay comparación!.. ¡Pero mira que eres comemierda!

—Pero por algún lugar se empieza —agregó un tercero con una voz rajada.

Varias risitas ahogadas oyó Reinaldo a su alrededor, pero él no rió, un miedo frío y pegajoso le inundó el pecho. «La lógica del odio es la misma en todas partes. Sólo necesita de circunstancias propicias para llegar al extremo», pensó con tristeza.

La vida de Reinaldo se convirtió en un diario suplicio sin esperanza, porque no tenía idea de cuánto tiempo tardaría en ser reeducado. A las cuatro de la mañana resonaba el infame grito: «¡De pie!». Después de desayunar un líquido a base de fécula de maíz y un pedazo de pan, le esperaban doce a catorce horas de trabajo bajo el sol ardiente, lluvia o frío. Le dieron un machete sin filo y sin limas para afilarlo. Tenía que cortar el marabú sin guantes. Las manos, destrozadas por las espinas, chorreaban sangre. Era necesario darle machetazos por cerca de una hora a un tronco de marabú de cinco pulgadas de circunferencia con aquellas herramientas romas.

Otras veces cortaba caña o regaba sacos de abono que le quemaba la piel. Cuando el fertilizante se filtraba por las botas le dejaba los pies en carne limpia. También trabajaba en pantanos rodeados de mosquitos gigantes, del tamaño de una abeja, que de atacar en enjambre —al decir de algunos— eran capaces de matar a una vaca. A esos mosquitos —los más grandes que Reinaldo hubiera visto en su vida—, les llamaban «matacaballos». En el campo tomaba el agua que se acumulaba en las hondonadas del camino, compartiéndola con perros y bueyes. Regresaba lleno de mugre al campamento, pero como sólo tenía una muda de ropa y bañarse era un lujo esporádico, tenía que usarla día a día, todos los días. Aprendió a comer los gusanos del aguado potaje de chícharos como parte de la exigua comida de la noche. Nunca comió carne, salvo el Viernes Santo, cuando le ofrecieron unos apetitosos filetes de ternera.

Se vivía sin calendarios. Salía antes de que saliera el sol y regresaba cuando ya era de noche. Siempre iba a un lugar distinto. Los jefes no querían que supieran dónde estaban para evitar las fugas. Hubo uno que escapó y la leyenda en todos los campamentos era que había llegado a Miami. Inspirados por esa fábula muchos intentaron escaparse, pero nadie más lo logró. Al ser capturados recibían crueles escarmientos para evitar nuevas deserciones. A los campesinos de la zona les dijeron que eran peligrosos, pero de alguna manera los pobladores comenzaron a desconfiar de los soldados y oficiales mientras miraban con pena a los jóvenes presos.

Nadie en el campamento sabía de las dudas de Reinaldo en cuanto a su sexualidad. Casi de inmediato hizo tres buenos amigos. El 89, un católico, el 34, un bautista, y el 56, que sólo había solicitado el pasaporte para irse del país. A pesar de no tener mucho en común los unía el sufrimiento. En realidad Reinaldo era un joven muy atractivo, con una cara bonita —la que debió haber tenido su hermana Mariflor— y un cuerpo fibroso y flexible, sin llegar a ser musculoso. Era lo que algunas mujeres suelen decir de los *gays* bien parecidos: un desperdicio. El 89 era muy devoto de la Virgen de la Caridad del Cobre, a la que le rezaba a escondidas pidiéndole ayuda para salir de aquel infierno.

—Si hasta tengo su número. El día de la Caridad es el 8 de septiembre. ¿No ves? 8, es el día y 9 por el mes de septiembre: 89 —En aparente milagro, a 89 le llegó la baja el 8 de septiembre de 1966. Cumplió menos de un año.

De los cuatro amigos, 56 era el más fiero. A cada rato lanzaba maldiciones de las cuales las más frecuentes eran un atronador: «¡Me cago en la madre de Fidel!», seguida de un espontáneo «¡Me cago en Dios, cojones!» Cada vez que imprecaba al Creador, 89 y 34 se persignaban y ofendían. 56 trataba de explicar que era sólo una expresión; él no quería injuriar a Dios y ampliaba sus excusas explicando que era algo similar a decir: «¡Ojalá que me parta un rayo!». Ellos lo sabían pero no podían evitar un estremecimiento cada vez que oían la blasfemia. Ya sea por no agraviar a los amigos o a los poderes del cielo, el resultado de las constantes peroratas de 89 y 34, fue que 56 dejó en paz al Señor Todopoderoso y se ocupó más de Lina, madre de Fidel, que tampoco, la pobre, tenía ninguna culpa por las emociones que desataba su hijo.

Las crueldades se concentraron con los Testigos de Jehová y los Adventistas del Séptimo Día. Al que supusieron líder de los primeros lo amarraron desnudo con un alambre de púas a un poste y lo dejaron a la intemperie, día y noche, mientras le decían: *Eres Jesucristo y te vamos a crucificar.* Al atardecer, cuando el sol erigió largas sombras en el patio, la efigie caravaggiana estremeció de estupor al resto de los confinados. No llegó a morir porque en la noche otros prisioneros, arriesgándose a severos castigos, le espantaban los terribles mosquitos con un improvisado y apestoso ungüento, y le llevaban agua y puñados de azúcar prieta, o un pedacito de pan viejo humedecido en agua azucarada.

Un sargento al ver aquellos abusos se quitó la camisa verdeolivo y tirándola al suelo gritó delante de todos: *Yo no fui a la Sierra para que se maltrate a jóvenes que no piensan como nosotros.* Se lo llevaron detenido y nunca más lo volvieron a ver.

Una madrugada los despertaron, lo que no era inusual porque los llamaban a formación a cualquier hora. Tenían que hacer filas para cada comida, para ir al campo, para dormir, para el pase de lista y a veces por ninguna razón evidente. Pero esa noche los oficiales vieron unas sombras acercándose a la cerca donde estaba uno de los Testigos de Jehová castigado. Un sargento vociferante anunció que no irían a dormir hasta que los culpables dieran un paso al frente. Tras una breve pausa los cuatro amigos salieron de la formación. Los hicieron desnudarse y los echaron en «la perra», un enorme hoyo al fondo del campamento. Cuando los castigados se encontraron en aquel hueco, el sargento dispuso que tapiaran el boquete para impedirles la salida. Pusieron unos troncos en la parte superior que cubrieron con unos sacos de yute y encima echaron tierra. 56, 89, 34 y 94 dirigieron una mirada incrédula hacia arriba, el resplandor de las estrellas en el cielo fue desapareciendo entre los intersticios de la rústica tela y quedaron enterrados vivos.

—¡Van a estar ahí hasta que yo me acuerde! —gritó el sargento al echar la última paletada de tierra.

Oscuridad total y pánico. 56 empezó a protestar con terror. Los demás intentaron calmarlo para ocultar su propio desconcierto. Trataron infructuosamente de escuchar algún sonido. Tenían miedo, mucho miedo. ¿Y si se acaba el oxígeno? 89 dijo: «Jesús y la Caridad están con nosotros» a lo cual 56 con una risa medio histérica le respondió: «Compadre, pídeles que salgan de aquí pa' que alcance el aire». Rieron en su desespero y empezaron a orar. Se quedaron dormidos rezando la oración de la Virgen de la Caridad. Salieron del hueco dos días más tarde, cubiertos con sus propios excrementos. Caminaron altivos y fusionados por una nueva hermandad. A los Testigos de Jehová no pudieron doblegarlos. Un día los llamaron a todos a formación para celebrarles un juicio militar. El oficial que actuaba como fiscal les dijo:

—*El dios de nosotros ya bajó, se llama Fidel y está en La Habana.*

Uno de los acusados les contestó que siguieran con su Dios, ellos preferían seguir con el de ellos. Ahí mismo concluyó el juicio. Fueron condenados a tres años en una cárcel militar.

La desesperanza señoreaba en el campamento. Algunos de los confinados se automutilaban con los machetes para poder descansar unos días en el hospital. El grupo autollamado «los cirujanos» eran los especialistas en dar un machetazo a sangre fría donde lo quisieras: en la pierna, en el brazo o en la mano. Se podía escoger. En la tarde de un domingo de diciembre, 56 pidió ayuda a Reinaldo para cortarse el dedo pulgar de la mano izquierda.

—El dedo gordo es el que menos se usa —insistió 56, pero Reinaldo no se atrevió y se lo cercenó él mismo. No le dieron la baja. Con un dedo de menos lo mandaron de vuelta al campamento treinta días después.

Reinaldo perdió la noción del tiempo. Supo que transcurrieron varios meses, porque esperó la llegada del nuevo año 1967 oyendo cantar tonadas tristes a un amigo que llevaba el conteo de los días. No sabía hasta cuándo sería la condena porque no hubo juicio. El servicio militar obligatorio era tres años. ¿Sería lo mismo para ellos? En una carta a Esther y a Mariflor escribió que estaba bien. Evitó explicar sus angustias porque toda la correspondencia tenía que entregarse abierta. Les decían que era para proteger secretos militares.

Reinaldo creía llegar a entender que fuese necesario reeducarlos pero, ¿por qué el odio y los castigos humillantes? ¿Por qué la crueldad innecesaria? Un católico, quien llegó a ser un conocido sacerdote muchos años más tarde, predicaba que no se podía guardar el odio en el corazón, a lo cual 89 le contestaba:

—Martí dice que no hay perdón para los actos de odio.

Al empezar el mes de febrero Reinaldo enfermó. Llevaba dos días con fiebre altísima; sólo al tercero le permitieron quedarse en las barracas. El campamento estaba prácticamente vacío. Unos pocos enfermos con la misma calentura tiritaban echados en las hamacas. Todos los confinados habían partido al campo desde mucho antes que amaneciera. Los oficiales estaban en la ciudad en una reunión con el alto mando. En la cocina un pequeño grupo de escogidos preparaba la comida. Martínez quedó al frente de los albergues. Reinaldo se sorprendió cuando un cocinero le dijo que debía presentarse en la oficina del teniente. Débil y sudoroso se dirigió al bohío situado a la entrada de los dormitorios. Al llegar saludó reglamentariamente, aunque sin ningún garbo militar.

—Confinado 94 ¡presente! —les decían confinados, un eufemismo para no llamarles presos. Tampoco eran considerados soldados aunque podían tener juicios militares en los que la muerte por fusilamiento no estaba descartada.

El teniente se quedó mirándolo con curiosidad. Luego caminó muy despacio a su alrededor haciendo un círculo.

—Así que tú estás aquí por maricón —la pregunta lo tomó desprevenido y Reinaldo todavía hoy no sabe de dónde salieron las palabras prontas, sin pensarlas ni un instante, porque estaba muerto de miedo.

—Perdone mi teniente, yo no sé porqué estoy aquí. —Una bofetada fue la respuesta, pero ésta, de improviso, se convirtió en un amasamiento que le palpó ávidamente toda la barbilla con los dedos abiertos.

—¿No?... ¿A cuántos has mamado? Eh, dime, ¿a cuántos? —Reinaldo tenía pánico a contestar. ¿Qué decir que no enfureciera más a Martínez?, crujían mil explicaciones, sin decidirse por ninguna se mantenía en silencio. Nunca he estado con un hombre... aunque he rabiado de deseos. ¿Cuánto tiempo ha pasado? ¿Dos segundos? ¿Dos minutos? Tengo que decir algo. Pero ¿qué digo?, ¿la verdad?...

El gesto lo tomó por sorpresa. El teniente movió con rapidez la mano de la barbilla a la entrepierna de Reinaldo y lo empezó a sobar con firmeza—. Dime que no te gusta esto, dímelo muchachito—. La respiración de Reinaldo se agitó. Sintió una mezcolanza de emociones y, muy a su pesar, una excitación que no había sentido antes—. Te lo dije. —afirmó con satisfacción. Sin darle tiempo a responder, el teniente se abrió la portañuela y sacó a su guerrero. Empujó a Reinaldo para que se pusiera de rodillas y le introdujo la verga en la boca; éste empezó a lamer, primero con suavidad y cierta timidez, en poco tiempo con un inusitado desenfreno. El teniente le empujaba la cabeza contra sí mientras dejaba escapar breves suspiros. Sin aviso previo lo levantó del suelo y lo volteó en un buró. Le embadurnó las nalgas con besos húmedos y saliva. Dos dedos resbalaron adentro de Reinaldo. Este gimió pero se dejó hacer.

—Me duele —atinó a decir.

—Relájate 94, no te voy a hacer daño. —Volvió a ensalivar los dedos y le escupió las nalgas—. Relájate muchachito que te voy a hacer gozar. —Con un mete y saca rítmico el dolor de Reinaldo fue desapareciendo y se transformó en goce divino. El esfínter se distendió lo suficiente para dar paso al falo ensalivado del teniente.

—Duele —se quejó Reinaldo.

—Así que era verdad —respondió el teniente dando una embestida—. ¡Yo soy tu primer macho! —Descubrir esto lo excitó más y hundió la verga hasta que su pelvis tocó las nalgas de Reinaldo. Los cuerpos se fundieron, piel contra piel. Fuertes sacudidas le hicieron escapar gemidos de dolor y placer. Los testículos del teniente se estrellaban en el trasero de Reinaldo en cada embestida. Reinaldo manifestó su aceptación cuando instintivamente comenzó un vaivén rítmico a las acometidas del teniente. Una poderosa mano envolvió su sexo y le empezó a dar el placer que él solía practicar hasta entonces a solas. Por un instante, Reinaldo olvidó todos sus miedos y angustias, los extenuantes meses de trabajo sin descanso, los insultos y vejámenes, la fiebre que lo consumió por tres días. Todo lo olvidó por las increíbles sensaciones de placer en aquel túnel de gloria. Estaba descubriendo un nuevo mundo impetuoso y trepidante.

—¡No pares, no pares ahora! —suplicó con una voz que no reconoció como suya.

—¡Yo soy tu macho! 94 me tenías loco desde que llegaste. ¡Muchachito, cuando te vi me dije que este culito iba a ser mío! —Le llenó la espalda entre lo que sería un remedo de besos y mordiscos, mientras siguió moviéndose cada vez más y más rápido. Los dos eyacularon casi al mismo tiempo y quedaron extenuados en una grata quietud. El teniente le acarició la cabeza y lo besó en la boca por primera vez. Reinaldo temblaba. ¿Placer? ¿Fiebre?

—Soy tu macho —le susurró al oído mientras le acariciaba las nalgas. Reinaldo sonreía.

Otros intensos encuentros se repitieron en las siguientes semanas, en algunos casi brotó la ternura. Al final el teniente siempre le daba como pequeño regalo algo de comer. Reinaldo lo agradecía porque el hambre era mucha y lo interpretaba como un gesto de amor. Le daba vergüenza mirarle a los ojos cuando estaban en las formaciones; aunque tenía el corazón sediento de placeres prohibidos.

El teniente se las arregló para que Reinaldo se quedara en el campamento varias veces. Una tarde, abrazados y echados sobre una carpa militar extendida en el suelo del bohío, el teniente le preguntó si le hubiera gustado nacer en otra época. Reinaldo, sin pensarlo mucho le dijo que en el futuro cuando ya todo el mundo fuera comunista. «No chico», se impacientó el teniente. «Me refiero a algún tiempo pasado», y sin esperar respuesta comenzó a narrar con cierta ensoñación sobre la etapa cúspide de griegos y romanos, cuando amar a un hombre no era un delito. Mencionó a Sócrates, a quien el Oráculo de Delphos había declarado como el sabio de todos los tiempos y le explicó acerca de la afición de

Sócrates por los hombres jóvenes. También Alejandro Magno, el mejor guerrero de la humanidad, el genio militar que conquistó enormes reinos con un pequeño ejército, tuvo varios amantes; Hefestion, uno de sus generales fue su gran amor. Hizo un silencio y poco después concluyó con resignación:

—Nos jodimos. Nos tocó nacer en Cuba y en estos tiempos. Lo importante no es que te gusten los hombres, sino no parecer maricón —y tras una pausa, Martínez sentenció con cierto aire protector—: recuérdalo si quieres sobrevivir —lo que Reinaldo asumió como un consejo que le salía del corazón y le besó suavemente, por primera vez. Como respuesta a la tierna caricia, el teniente le susurró al oído—: ¡Yo no sé porqué me gustas tanto! Mientras más me digo que no debo gozarte, más deseos me entran de estar contigo.

Un día de septiembre, sin previo aviso, trasladaron al teniente Martínez y Reinaldo nunca más lo volvió a ver. ¿Sabría mi nombre? Siempre me llamó 94. ¿Qué hubiera pasado si yo no hubiese aceptado? ¿Me habría forzado? Sólo muchas semanas más tarde se percató de la paradoja de haber tenido su primera relación homosexual en el lugar donde se suponía que lo reeducaran por ese defecto. Y también, que había vivido los seis meses más intensos de su vida en medio del infierno.

Reinaldo llevaba casi tres años en el campamento cuando enfermó de hepatitis. La enfermedad, por falta de cuidados médicos, le dejó destrozado el hígado. Lo licenciaron. Antes de salir se vio obligado a firmar un documento por el cual se comprometía a no revelar detalle alguno de lo sucedido en las Unidades Militares de Ayuda a la Producción, UMAP, por constituir un secreto militar. Cuando en 1969 cerraron y arrasaron las barracas con camiones *bulldozers,* también se recibió la orden de quemar todos los documentos del experimento educador.

El día que Reinaldo salió de la Granja Purificación, mientras caminaba los diez kilómetros de sendero fangoso que lo llevaría al caserío más cercano, iba tarareando una estrofa del himno que compuso el confinado 118:

Fue tanto lo que sufrí
por las cosas del comunismo
que mi alma esta partida
y ya no puede sufrir más

Llevaba el alma partida en dos, como decía la canción de la UMAP y un popular bolero. Ahora sabía que era maricón, lo cual era una desgracia que llevaría a cuestas por el resto de su vida, porque sabía también que, aunque lo ocultara, nunca dejaría de serlo. En Cuba era la peor de las calamidades, o al menos una de las peores, casi tan mala como ser gusano. En esos días fue publicada la fórmula de un renombrado psicólogo cubano para acabar con la mariconería: *Para la homosexualidad sólo hay una medicina y la tenemos: es la filosofía marxista acompañada de un duro trabajo forzado que los obligará a adquirir conciencia y gestos masculinos.*

Había gozado con otro hombre, pero quería cambiar, o al menos fingir. «Lo importante no es que te gusten los hombres; la cuestión es no parecer maricón», le había aconsejado su primer amor. Sí, decididamente tenía que lograrlo. No por los castigos, ni por el trabajo o el adoctrinamiento del marxismo. Tenía otra razón. Seis meses antes, durante una formación, anunciaron los nombres de los confinados que iban a ser trasladados a otro campamento «especial». Todos los elegidos resultaron ser amanerados u homosexuales, pero por algún motivo desconocido 56 aparecía también en la lista. Gritó y protestó hasta que lo callaron con un golpe plano de la bayoneta. A gritos, le informaron que le gustase o no, daba lo mismo: al final de la semana tenía que trasladarse. A la mañana siguiente 56 amaneció ahorcado. ¡Prefirió morir a estar junto a los maricones!

Reinaldo lloró a solas su muerte y juró que iba a curarse de su enfermedad. En cierta forma la terapia de shock gubernamental había resultado exitosa en su caso. Se avergonzaba de su orientación sexual y en lo adelante lucharía por ser «normal».

4
Un día cualquiera en el primer cuarto del siglo XXI

La doctora María Quiñones todavía no se acostumbraba a los intermedios comerciales en el noticiero de las ocho y se sorprendió al ver un anuncio de Coca Cola en la televisión cubana. Recordó las palabras de un sociólogo búlgaro: «el socialismo es el largo y tortuoso camino que va del capitalismo al capitalismo». El repiqueteo musical del teléfono la sacó de sus pensamientos. El aparato era un reciente regalo de su hija Luz y aún no estaba acostumbrada al tono del nuevo timbre. Se levantó casi de un salto y antes de oír la voz del otro lado, supo que era ella: Perla María.

Perla ya estaba en La Habana y, quería verla esa misma noche. Le preguntó si podía llevar a Karlina, una amiga, de la organización no gubernamental Vida, quien estaba interesada en conocer de cerca la nueva situación en la isla. María aceptó de mala gana, hubiera preferido estar a solas con su amiga, pero no se atrevió a decírselo. «¿Está Luz contigo?», indagó Perla. «Tengo ganas de verla». «A las ocho entonces», acordaron y se despidió.

Llegó puntual. Hubo un largo y fuerte abrazo, sin lágrimas ni palabras. Todo se lo dijeron con el lenguaje de los cuerpos. Los brazos enlazados y el jadeo de las respiraciones en el hombro transmitieron lo que no podía decirse de manera articulada. Luego, Perla abrazó a Luz y no pudo evitar un sollozo breve, casi mudo. Se acordó de su hija Esperanza. «Eres igualita a tu madre», afirmó mirándola con detenimiento. Ella le respondió con una sonrisa amistosa y algo burlona a la vez, que al instante hizo cambiar de opinión a Perla: Luz no se parecía a María, al menos no tenía su aire sufrido y resignado que tantas veces la sacó de quicio. La semejanza era sólo una primera y aparente impresión. Luz mantenía un aire juvenil y fresco a pesar del abigarrado maquillaje. La figura esbelta y las largas extremidades hacían que aparentará menos de treinta años, aunque lo más

113

atractivo era su total desenfado, como si gritase a cada momento que la vida es muy corta para tomarla en serio. Karlina, la representante de Vida, permanecía detrás, contemplando la escena en silencio. Una vez hechas las presentaciones abrieron una botella de ron y refrescos de cola que aportaron las recién llegadas.

—¡Vamos a hacer Cuba Libres! —exclamó Karlina.

—¿Ya no le dicen «Mentiritas»? —inquirió Perla con cierto sarcasmo. Karlina alzó la vista hacia ella con aire de reproche.

—Ese es un chiste muy viejo —aclaró Luz y se echó a reír.

Mezclaron el ron con hielo, cola y limón. Colocaron sobre unas largas bandejas, sin excesiva armonía, lascas de jamón y queso, aceitunas, nueces, pan y bombones, —obsequio de las visitantes—, y fueron hacia el amplio balcón repleto de macetas. Era un jardín encantador: minúsculas florecillas combinadas con pomposas dalias y begonias. Las esquinas, rematadas por arbustos de marpacíficos y tiestos con exuberantes helechos, proporcionaban una placentera sensación de armonía. En un rincón, algunas tomateras mostraban frutos maduros. No era el vergel de un experto horticultor; alguna que otra flor marchita indicaba cierto descuido lo cual le daba una gracia especial.

Se sentaron en rústicos asientos de caña brava y bambú, cada una con un vaso en la mano y pusieron las bandejas con los entrantes sobre una mesa. Karlina fue la primera en hablar. Quería saber del proceso del Foro de la Verdad y Reconciliación. María le explicó que el objetivo del Foro era desmenuzar las violaciones del derecho internacional humanitario en muchas verdades específicas. Abundaban las historias, versiones y visiones de lo que había ocurrido. Era necesario distinguir con certeza lo cierto de lo falso, poner nombres y apellidos a aquellos que realmente cometieron atropellos. Muchos de los propios miembros de las Fuerzas Armadas y del Ministerio del Interior lo habían pedido. También los que se alzaron en armas contra el comunismo y fueron satanizados en colectivo por los crímenes y acciones terroristas, que en realidad sólo unos pocos de ellos consumaron. La responsabilidad individual no debe diluirse en culpas colectivas. Los inocentes no deben pagar por los culpables. Los odios acumulados presentaban una encrucijada para la futura Cuba: exigir responsabilidades o desconocer el pasado. ¿Borrón y cuenta nueva con amnistía general al estilo de las transiciones a la democracia en los países latinoamericanos, o un proceso del corte de Nuremberg, donde se juzgó a algunos de los genocidas nazis?

La verdad hiere pero el silencio mata, se dijo en Sudáfrica. La propuesta del Foro de la Verdad y Reconciliación era una amnistía individual y condicionada, siguió expresando María, como si no fuera la primera vez que hablara del tema, o como si hubiera estado meditando largo tiempo lo que iba a decir. No se podía olvidar, sino revelar, continuó con cierto aire profesoral. No se trataba de encubrir los crímenes, sino hacerlos públicos. Exigir confesiones a los verdugos y explicaciones de los políticos. Hacer transparente el pasado, aprender de él y trascenderlo para comenzar el futuro.

Karlina interrumpió a María para preguntar si fue una iniciativa del gobierno la decisión de crear el Foro.

—El gobierno provisional no tomó ninguna decisión. El Foro de la Verdad y Reconciliación es una iniciativa de la incipiente sociedad civil —le respondió María.

A partir de ese instante, María, Luz y Perla, explicaron de forma desordenada, interrumpiéndose en ocasiones, o agregando algún detalle adicional, lo que sabían del Foro: Se consideraba que la verdad y la justicia eran necesarias para una posible y verdadera convivencia futura de los cubanos. No se trataba sólo de crímenes políticos. Miles de expresos comunes seguían los pasos de quienes antes habían sido sus carceleros. Echarle tierra a las desgarradoras historias podría invitar a más de uno a hacer justicia por su propia cuenta. Sin enfrentar el pasado no era posible construir un futuro. Desde el origen de los tiempos todo crimen merece castigo y las víctimas alguna forma de compensación. ¿Cuál es el castigo apropiado? ¿Hay que buscar una justicia patibularia para los victimarios o una justicia restauradora para las víctimas? *Mucha* justicia es a veces también generadora de injusticia. Desde la Revolución Francesa el problema más frecuente con muchos gobiernos es que no han hecho *suficiente* justicia. ¿Cuándo la justicia es suficiente? ¿Ojo por ojo y diente por diente? El mundo se quedaría ciego de seguir ese camino. La venganza no solucionaba el problema, porque lo que es un ojo para mí puede significar más que un ojo para ti. ¿Hijo por hijo? ¿Padre por padre?, ¿y si el hijo que mataste en venganza era el favorito de tu enemigo? ¿Y si la hija que te mataron estaba preñada? ¿Cuántas vidas segaste en ese caso? No hay tal ojo por ojo. Nunca es ojo por ojo, no puede haber una respuesta igual a la ofensa recibida. Siempre la apreciaremos como un castigo mayor, para entonces convertirse en ojo por diente y todo sigue un ciclo infinito de ofensas y desquites cada vez peores. La historia tiene muchas caras: la de los vencedores y la de los vencidos, los victoriosos y los derrotados. Los ganadores siempre muestran una petulancia irracional y los aplastados una mezcla de odio, miedo y deshonra, que se inflama para comenzar un nuevo período en el que se intercambian los papeles de vencedores y vencidos. Es un juego macabro que se extiende hasta el infinito. Pero cuando vencedores y vencidos son de la misma nación, el país queda herido para siempre.

—¿No podría ser de otra manera? —inquirió al final Karlina, algo aturdida por la exaltación que había despertado en esas cubanas al hacer una simple pregunta. Karlina que era canadiense, a esa altura de la noche debía estar saciada de las pasiones cubanas.

—Creo que sí —contestó sin demasiada certeza—. Se necesita una psicoterapia colectiva para curar el síndrome del odio de una nación entera. Tengo esperanzas de que podamos aprender a desprogramarnos del odio inculcado durante tantos años —María hizo una breve pausa, se llevó la mano a la barbilla y miró hacia arriba, como si en la techumbre de su balcón estuviera escrito el futuro de la isla—. No va a ser fácil. Seguimos sentados sobre un barril de pólvora que puede estallar en cualquier instante.

—El punto de vista de cada cubano es tan intenso que no permite apreciar los matices del opositor —añadió Perla y, mirando a Karlina directamente a los ojos, titubeó—. A ver cómo te lo explico... No sabemos escuchar, por lo que somos incapaces de reconocer algún valor en el adversario, su lógica o intenciones. No emprendemos una discusión pensando en aprender del otro, sino en derrotarlo.

—Dicho de otra manera, siempre decimos: estás total y absolutamente equivocado —completó Luz con un acento risueño.

—Sí, eso es —ratificó Perla con una sonrisa y agregó después, mientras tomaba breves sorbos de ron—. Creo que la esencia del fanatismo está en la aspiración de forzar a los demás a cambiar, en tratar de convertirlos a nuestra verdad, a aquello que a menudo consideramos que es lo mejor para otros, aunque los supuestos beneficiarios no alcancen a comprenderlo. —Y luego de una pausa concluyó—. El fanático es a menudo un gran Quijote.

—¡No me digas! Resulta ahora que el fanático es un filántropo —ripostó Luz casi insultada.

—En cierta manera creen serlo porque desde su perspectiva no lo hacen con malas intenciones. Muchos de ellos creen realmente en lo que predican. Quieren salvarte como la Iglesia quiso salvar con hogueras las almas de los *bárbaros* que habitaban América —ante el silencio de sus interlocutoras, Perla continuó—. El problema vuelve otra vez a la verdad. Si crecemos pensando que hay una sola verdad creamos el caldo de cultivo para un fanático.

—O para un comunista, que es casi lo mismo —advirtió María con aire pensativo.

—Y también para un anticomunista —alcanzó a decir Karlina que abría los ojos con estupefacción, como si el gesto le permitiera comprender mejor. Su español aprendido en Nicaragua y El Salvador no le facilitaba seguir del todo una conversación con la rápida dicción de los cubanos. Quería entender lo que estaba pasando y le preguntó a María como llegó a ser comunista.

—¿Qué cómo me hice comunista?... —repitió en un dejo zumbón que cambió con rapidez a un tono amargo—. Te lo voy a decir, el odio me hizo comunista. El odio a los que hacen de este mundo una mierda y el creer que todo, hasta el paraíso de los oprimidos, se puede lograr por la fuerza; que sólo yo tengo la razón y los demás están equivocados —frunció los labios en una mueca que intentó ser una sonrisa, como si fuera a revelar un secreto importante—. Estuve convencida de que es imposible que dos personas opuestas puedan tener cada una parte de razón.

—En este país la cultura del odio se hizo fuerte. Se necesitaba el odio al enemigo para fomentar la unidad e identidad nacional —complementó Perla—. Estábamos atrapados en este negocio de odiar eternamente al enemigo —hizo una pausa para estudiar el efecto que producían sus palabras en Karlina, pero por su expresión no pudo adivinar lo que pasaba por su mente, por lo que siguió—. En aquellos días el mundo era en blanco y negro, sin medias tintas: no se podía dialogar con el enemigo, mucho menos mostrar misericordia. El enemigo no era humano: era tan solo un gusano, una rata inmunda.

—El enemigo no merecía la pena vivir. Había que aplastarlo como una cucaracha —interrumpió Luz y siguió exagerando el tono—. Dialogar era rendirse. Capitular era cosa de maricones, no de hombres.

—Las opciones eran nada más que los puntos extremos: victoria o muerte —ratificó María.

—«Morir por la patria es vivir» —recitó Karlina que conocía el Himno Nacional, y quedó pensativa antes de preguntar—: ¿Y ahora?

—¿Ahora? —repitió María—. No sé —y no lo sabía—, quién sabe cómo terminará esto. O para ser exacta: nadie sabe si va a recomenzar de otro modo.

—El odio y la intolerancia de dos generaciones no se borran con un decreto de ley. Es muy largo y tortuoso el camino de reaprender a no odiar —advirtió Perla, se quedó pensativa por un instante y añadió entonces—: Es muy difícil desaprender lo aprendido.

—Claro —aceptó Karlina con timidez y repitió con más convicción—. Claro, es cierto.

—Cuba es una pequeña isla tremebunda, de extremos absolutos: Bueno o malo. Revolucionario o contra —insistió Luz.

Se produjo una de esas pausas que surgen en toda tertulia, ya sea porque se ha llegado a un punto en que las palabras alcanzan un callejón sin salida y no hay nada más que decir, o porque lo dicho es tan difícil de tragar que requiere de algún tiempo para ser procesado. Sólo se escuchaba el ruido del tráfico de la calle. Cada una estaba absorta con sus pensamientos cuando María dijo:

—Ayer fui citada por el Foro de la Verdad y Reconciliación.

Perla dio un respingo en el asiento y gritó con verdadero asombro:

—¡¿Tú?! —exclamó, aún sin creerlo—: ¿Tú? — y tras una breve pausa, sin pensarlo preguntó—: ¿Por qué?

María suspiró y no respondió de inmediato.

—No sé por qué me citan. Sé cuáles han sido mis faltas, sin embargo por esas no creo que esté cuestionada. ¡Qué absurdo!, ¿verdad? —se justificó con cierto nerviosismo que se reflejó en la manera en que sus manos movían con ansiedad el vaso que todavía estaba medio lleno con ron y cola.

—Necesito más hielo —dijo María mirando el vaso y fue a la cocina.

Al volver se mantuvo el incómodo silencio. Ninguna se atrevió a preguntar cuáles fueron sus errores. Karlina se esforzó en sonreír como si no pasara nada. Cierta tensión provocada por el inusitado anuncio de María se respiraba todavía en el balcón. Siempre pasaba lo mismo cuando se discutía de política en Cuba: se desataban pasiones y recelos.

Luz decidió llevar la conversación a un tema que creyó más liviano: sus planes para crear una cooperativa de *jineteras*, —voz popular en la isla para denominar a las prostitutas. Como en Vida se habían escandalizado con la iniciativa, Karlina quedó pasmada al verse ante una de las promotoras de la idea. «Vamos a tener asesoría de Brasil y de Holanda», aclaró Luz. «Se llama la Cooperativa de Trabajadores del Sexo, CTS. Hay hombres también. Todos están entusiasmados. Es una manera de salir de

119

la tutela, abusos y comisiones de chulos y policías». «¿Y la moral?», preguntó Karlina con preocupación de socialista conventual. «¿Qué pasa con la moral? —protestó desafiante Luz—; yo lo hacía de gratis con media Habana ¿Por qué no se puede recibir dinero por *templar*? El problema es que todo lo que esté relacionado con el sexo es siempre tabú» Perla y María oían la discusión atentas y divertidas a la vez.

Luz demostraba una erudición en el tema digna de elogio: desde que se crearon las ciudades medievales, las rameras constituían un poderoso gremio. Pagaban tributo a los señores feudales. En 1276 el célebre Conde de Habsburgo prohibió que se las ofendiera, debían gozar de todos los derechos ciudadanos. También arzobispos y obispos de la iglesia católica se embolsaron cuantiosos ingresos de las casas públicas. Karlina no estaba preparada para dar opinión.

En Europa existía una candente polémica acerca de la legalización de la prostitución. Hay quienes abogaban por el modelo holandés que la legitimó y otros preferían la experiencia de la ley sueca que persigue a los clientes en lugar de a las prostitutas. Luz no tenía un criterio acabado sobre semejante controversia. Expresó su horror por los numerosos casos de vejámenes y el creciente tráfico de mujeres y niñas en el mundo. Sin embargo, defendió que la prostitución tenía que ser una opción, no una obligación por no tener otras alternativas y creía con firmeza que aun con pleno empleo y habiéndose erradicado la pobreza siempre habría personas quienes —por corto o largo plazo, de manera temporal o permanente— optarían por ejercer uno de los oficios más viejos de la historia de la humanidad. En Cuba, aprovechando la nueva Ley de las Cooperativas una parte de las *jineteras* y —recalcó— *jineteros* se asociaron y comenzaron a manejar sus propias ganancias, organizaron controles sanitarios para protegerse del SIDA, se enfrentaron a los abusos de turistas y denunciaron los casos de prostitución infantil.

—En esto, como en política, siempre hay alguien que cree saber cuál es tu mejor opción, sin siquiera preguntar tu criterio —insistió.

La tertulia se fue apagando junto con los ruidos de la ciudad. Era muy avanzada la noche cuando Perla y Karlina se fueron. Luz se quedó a dormir esa noche con María. Acurrucadas en la cama se dieron un beso y las buenas noches. Ya a oscuras Luz le comentó a su madre:

—A mí nunca me preguntaron.

—¿Sobre qué? —preguntó adormilada María.

—Si yo optaba por el comunismo. Nací en una sociedad donde me repetían a cada instante que el pueblo había escogido el socialismo en 1961, pero a los que nacimos después nunca nos preguntaron si queríamos otro tipo de sociedad—tras una pausa repitió—: Nunca.

—Un joven nacido en el capitalismo tampoco tiene la opción de escoger en qué sociedad quiere vivir —argumentó María algo soñolienta. Luz quedó pensativa un instante y le respondió:

—De acuerdo, pero no le restriegan en la cara a toda hora que tuvo la opción de escoger como nos hacían creer. En el capitalismo los partidos comunistas y socialistas están ahí, y en última instancia puedes votar por un demagogo distinto cada cuatro o seis años. Nosotros tuvimos que soportar al mismo medio siglo.

María no le contestó. La excitación del encuentro junto al efecto del ron la sumió en un sueño inquieto.

Capítulo 4

Sueños, sexo y socialismo

1
1966–1967

El periódico anunció que un avión proveniente del norte había lanzado tres bombas en Nuevitas, cerca de la termoeléctrica en construcción. Unos meses antes, soldados norteamericanos mataron a un recluta cubano del batallón fronterizo al disparar desde la Base de Guantánamo. El país estaba alborotado: se declaró una alerta de guerra que movilizó a miles de reservistas.

«Parece que la cosa ahora es en serio», comentó Enrique, el padre de Perla, al concluir el noticiero de las ocho de la noche. Perla pensó, una vez más, en el cerco que la muerte parecía tenderles a todos en aquella isla. Se acostumbró a vivir con los muertos: los de la lucha contra Batista, los defensores caídos frente a la «mercenaria» invasión en Playa Girón y los dos jóvenes alfabetizadores asesinados por los «bandidos» de las montañas del Escambray que querían derrocar a la Revolución para que el país volviera atrás en la historia.

Los muertos estaban por doquier: en nombres, murales y matutinos de escuelas y fábricas, en gigantescas pancartas en las calles, en la radio y televisión, en los días conmemorativos, en las novelas y hasta en los libros de cuentos infantiles. Los muertos entraban por la ventana del dormitorio de Perla, se colaban bajo sus sábanas, se filtraban a través de la piel y no la dejaban respirar.

La amenaza constante de una guerra con los americanos, como afilada espada de Damocles pendiente sobre su cabeza, le hacía vivir en ascuas. Mañana podía estar pulverizada por una bomba atómica, o por las ráfagas de una ametralladora yanqui. Vivía de prestado, y encima seguía cargando con su virginidad

122

como un pesado fardo. No quería morir virgen, pero ¿cómo resolver ese problema si no tenía novio? Pasó revista a todos los posibles candidatos y su recuento se detuvo al pensar en Reinaldo, el hermano de Mariflor.

Hacía algo más de un mes que Reinaldo despertaba en ella increíbles fantasías que no eran precisamente de novelitas rosas; eran rojas, rojísimas, tan rojas que ni siquiera se había atrevido a escribirlas en los cuadernos que continuaba borroneando a toda hora.

A Perla le gustaba tomar el sol desnuda en la azotea de su casa. Solía subir con una limonada, un frasco de aceite de coco con yodo, un libro y una toalla. Pasaba horas echada al sol, leyendo y mirando el mar. Así fue como descubrió algo más cautivador que el mar: a Reinaldo. Le gustaba contemplarlo mientras levantaba pesas en el patio de su casa, arreglaba el jardín o cuando permanecía echado en una tumbona mirando al cielo. Reinaldo sin saberlo la inició en su afición al fisgoneo o, dicho de otra manera, a la *vaciladera*. Perla adivinaba algo especial en ese muchacho silencioso que la intrigaba y atraía a la vez. Músculos y ternura eran una combinación que la descocaba. Por desgracia —como descubrió mucho después— no era una cualidad muy común en los heterosexuales. ¡Sí, sería Reinaldo!

Cuando su padre Enrique, terminó de ver el noticiero de las ocho, tomó la decisión. ¡No esperaría más! Devolver el libro que Mariflor le había prestado era una buena excusa y sin pensarlo dos veces, se encaminó a la casa de su vecino. ¿Cómo abordarlo?, se preguntó mientras cruzaba la calle. No tenía un plan pero ya se le ocurriría algo. Como decía Toña: «La vida es un teatro repleto de improvisaciones. No hay guión previo».

Tocó el timbre con cierto nerviosismo. Segundos después Reinaldo abrió la puerta, sonrió como un ángel y le aclaró que Mariflor no estaba en casa.

—Mejor —contestó Perla y ante el gesto de extrañeza que él mostró, agregó de inmediato—. Venía a devolver este libro... en realidad quería... —el titubeo la hizo sentirse furiosa, no pensaba que fuera tan difícil, por lo que decidió ganar tiempo hasta que lograra controlar su nerviosismo—, hay algo importante que quiero decirte.

Perla franqueó el umbral sin que la hubiesen invitado a pasar y pidió un vaso de agua. Fueron a la cocina donde Reinaldo, amable y sonriente, satisfizo su petición. Después de beber un sorbo, como si el agua le diera fuerzas, le dijo a rajatabla:

—Quiero hacer el amor contigo.

En realidad no sabía cual era la mejor manera de expresar su deseo. «Hacer el amor» era el equivalente en inglés a *Make love*. Para ella, sonaba mucho mejor. Templar o «vamos a hacerlo» le parecía vulgar. No tenía idea de cómo lo decían los gallegos —para disgusto de catalanes, vascos, asturianos y canarios, los cubanos se referían a todos los españoles como gallegos—. Perla decidió obviar la noticia de la posible llegada de los americanos, porque según sus conocimientos adquiridos en libros, tenía entendido que si los hombres se ponen nerviosos no pueden concentrarse en acciones amatorias.

Los ojos y boca de Reinaldo se abrieron con genuina sorpresa, como pez fuera del agua que le faltara la respiración. Nunca le habían hecho semejante propuesta. Muchas muchachas se le insinuaban pero ninguna de esa manera tan abierta. ¡Qué descarada! Elisa, su comedida novia constituía un escudo de protección ante semejantes provocaciones. «¿Será este mi destino?», pensó. No sabía cómo actuar. Estaba pasmado del atrevimiento de Perla y no atinaba a hacer o decir algo inteligente que le permitiese escapar graciosamente de aquella situación. Sonrió casi en una mueca. Perla se percató de su desconcierto, sin embargo no cejó en su empeño.

—Tengo novia —fue lo primero que vino a la cabeza de Reinaldo.

—No me importa... Me gustas mucho. —Eso sonaba mejor, caviló. Amar no tenía que ver con el sexo.

—Pero, ¿ahora?... ¿ahora mismo?... ¿no puede ser en otro momento? —todavía no creía que Perla estuviera hablando en serio. Había oído decir a su hermana Mariflor que Perla era una jaranera irresponsable y medio loca, tal vez se tratase de una broma, tal vez sabía que había estado en los campamentos de la UMAP, tal vez...

Reinaldo no estaba preparado para tamaña proposición y trataba de ganar tiempo. No sabía cómo salir del atolladero sin herir a Perla y ella era lo suficientemente terca como para no amedrentarse ante escollos cuando tomaba una resolución. Además ¿quién ha visto que un hombre rechace ese tipo de oferta?

—No, después no —insistió ella nuevamente—.Tiene que ser ahora, porque nadie sabe si mañana estaremos vivos.

Reinaldo creyó que era una manera filosófica de hablar. No estaba enterado de las últimas noticias. Decidió que era un reto que le imponía el destino y resolvió aceptarlo. Sin mucha destreza la cubrió con los brazos y comenzó a besarla, primero con timidez y luego, con un vigor insólito, que lo asombró a él mismo.

A Perla le gustó esa lengua en su boca que quería ser brutal y gentil a la vez. Era un buen besador. Lo abrazó por los hombros y le acarició la espalda, se apretó contra él de manera que sus pechos quedaron aplastados en su torso. Él era tímido y no se atrevía a caricias más audaces, por lo que Perla tomo la iniciativa y le empezó a sobar la entrepierna. Sintió crecer un bulto bajo el pantalón. Reinaldo la tiró contra la mesa de la cocina y se montó encima de ella. Después de varios intentos logró penetrarla, aunque no del todo. Perla le tocó las nalgas para empujarlo contra sí. Esto excitó a Reinaldo que inició una cabalgata rítmica y jadeante. Perla gemía, más de dolor que de placer. Siguió aguijoneando las nalgas de Reinaldo hasta que casi le rozó el ano con un dedo y él dejó escapar una exclamación, mezcla de sorpresa y complacencia. Ante esa reacción Perla continuó la frotación, primero apocadamente y luego con fuerza creciente. Reinaldo se creció dentro de ella, haciendo más rápidos e intensos sus movimientos acompasados, con lo cual comenzó a darle verdadero placer a Perla.

«¡Que vengan los yanquis! ¡Ahora me puedo morir! ¡Ahora me puedo morir!», martillaba en su cabeza la frase como una

125

letanía de respuesta a cada irrefrenable embestida. «¡Así, así me gusta!», gritó a Reinaldo para que siguiera con esa danza frenética que le descubría un nuevo mundo de sensaciones. Él se vació en ella con estertores de satisfacción. Perla no logró el orgasmo y seguía muy excitada, por lo que le pidió que la frotara con el dedo. «¡Así, así,... más rápido!», repitió hasta que lanzó un chillido largo y penetrante de pájaro en vuelo. Reinaldo sintió en sus dedos unos espasmos como si hubiera otro ser latiendo en la vulva de Perla. Su mano se humedeció con un líquido viscoso e incoloro. Tras un sosiego de satisfacción, los dos sonrieron. Perla porque no moriría virgen y Reinaldo porque a lo mejor se podía curar.

Ambos parecían criaturas marinas por el brillo refulgente de la piel. Estaban empapados. Lamieron sus sudores con regocijo, y rieron divertidos sin poder parar por un buen rato. Ella tenía sed ¡qué sed! y él, hambre. Perla terminó de tomarse el vaso de agua de un solo sorbo y después bebió otro más, saboreando el líquido con fruición. Luego compartieron un refresco de champola y un pedazo de pan.

Estos encuentros se repitieron. Según el criterio de Reinaldo con demasiada frecuencia, aunque de acuerdo con ella no fueron tantos. En algún momento Perla llegó a sentir algo singular que no sabía definir. Muchas dudas rondaban en su cabeza: que no era lo suficientemente atractiva para Reinaldo o que él estaba interesado en otra.

No recuerda cómo se abrió la confesión. Fue en una tarde de enero, mientras permanecían desnudos en la habitación de Reinaldo, cuando él le empezó a contar sus problemas. Le relató todo lo pasado: el amor con Martínez, la muerte de 56 y su deseo de cambiar. Terminó admitiendo que era difícil, muy difícil A veces cuando estaba con ella tenía otras fantasías; para poderse estimular convocaba a otras imágenes en su mente. ¿Podría ella ayudarlo?

Al inicio Perla se desconcertó. Estaba sorprendida... ¡le zumba el merequetén! ¡Desvirgada por un maricón! Fue una reacción inmediata de consternación que se transformó con igual prontitud en ternura, cuando Reinaldo le dirigió una mirada mansa de cachorro indefenso. Ella le ciñó con mimo, como una madre a un niño asustado. Quedaron en silencio, apretados en un abrazo dulce, ¿qué decirle? Perla leía con reiteración sobre sexo, aunque los textos sobre la homosexualidad eran muy contradictorios. Más allá de los libros lo cierto era que en Cuba semejante condición era una auténtica desdicha. ¿Qué aconsejarle? Ella no estaba en su pellejo. La confidencia, no obstante, creó una nueva relación de complicidad mucho más fuerte que el sexo compartido.

—Yo no sé si pueden llegarte a gustar las mujeres —admitió Perla una tarde, y de inmediato para darle ánimos, lo consoló—, por lo pronto ya sabes que puedes darles mucho placer.

A partir de ese momento cuchicheaban a toda hora y reían a escondidas en una camaradería más vibrante que la que pudieran mantener dos enamorados. La complicidad del secreto compartido los hizo inseparables. Elisa se tornó celosa y el prestigio de Reinaldo como conquistador creció en toda la escuela porque Perla era una perla codiciada por muchos. Ese era su problema, de tan apetecida nadie se atrevía a intentar un acercamiento, al presuponer un rechazo. Perla quedó con la boca abierta cuando él le explicó que ese era el sentir de los varones que la rodeaban. Quiso saber más. Estaba fascinada por las confusiones y la falta de comunicación. ¡Todo lo que tiene que ver con el sexo es tan complicado!

Reinaldo se sentía feliz, por primera vez podía compartir su secreto con alguien, más allá de su madre, sin ser rechazado como un monstruo. Perla era una estupenda confidente, totalmente desinhibida y con una curiosidad casi científica. Con completa naturalidad y desenfado se interesaba por conocer sus gustos y desazones. ¿Cómo prefería esto?, ¿cómo aquello?, ¿qué era lo que más lo excitaba?, ¿qué es lo que decían los varones de tal asunto o de aquel otro? Ella estaba en esos días influida por la teoría freudiana. En una tienda de libros usados compró las obras completas de Sigmund Freud, y con lo aprendido en estos compendios pretendía explicar cualquier problema del universo.

—Si la gente fuera menos reprimida sexualmente el mundo sería más feliz.

2
1967

Voy pidiendo libertad y no quieren oír
Es una necesidad para poder vivir
La libertad, la libertad
Derecho de la humanidad,
Es más fácil encontrar rosas en el mar
Es más fácil encontrar rosas en el mar
La la lara la la la rosas en el mar
La la lara la la la rosas en el mar

Se iba a celebrar el primer Festival de la Canción Popular en Varadero y ¡Perla tenía invitaciones! Su padre Enrique recibió dos entradas para el célebre espectáculo como obsequio de un importante dirigente por pintar un retrato de familia.

El dinero no tenía valor. Era imposible comprar nada adicional fuera de la exigua cuota de comida y ropa que permitía la libreta de abastecimiento. El salario de cada mes se acumulaba encima del anterior en alguna gaveta de armario en cualquier casa. Por eso las transacciones y pagos se hacían en especie o favores. Un artista recibía como retribución por sus pinturas lo mismo un turno para un restaurante, la reparación de un inodoro, que el derecho a una semana de vacaciones en la playa de Santa María o, como en este caso, entradas gratis para algún acontecimiento cultural.

Enrique le cedió las entradas a su hija porque él estaría de viaje por «los países». Así denominaba el argot popular a las naciones de Europa socialista, como si el resto del mundo hubiese sido borrado de un plumazo. No obstante, el padre de Perla se las arregló —con astucia, porque no era conveniente mostrar demasiado interés— para hacer un vuelo de conexión por

París que lo obligaba a una estadía de tres días, y de esa manera visitaría a sus viejos amigos en la Ciudad Luz. No creía que fuera a aprender mucho del realismo socialista y París bien valía una misa.

«¡Me voy pa'l Festival!», repetía Perla sin cesar en un estribillo guarachón que ya tenía mareada a Cacha. No cabía duda que el Festival de la Canción era el evento cultural más importante de los últimos años. ¡En toda La Habana no se hablaba de otra cosa! Al Festival iban a asistir muchos de los artistas que se escuchaban en Nocturno, el programa radial más popular del Cabo de San Antonio a la Punta de Maisí. Cuando Perla invitó a Toña a que la acompañara faltó poco para que le diera un síncope. Sus ojos lanzaron un relámpago de alegría y de su boca brotó una larga risa histérica, para llegar casi al colapso nervioso cuando supo que los asientos eran en primera fila. Inmediatamente comenzaron a organizar la aventura. Toña cosería dos vestidos fabulosos. No, dos no, cuatro, un estreno para cada noche. Ocasiones así eran excepcionales en la vida.

Pronto se percataron de un tremendo problema: ¿cómo ir? El transporte entre provincias era terrible. La gente reservaba con meses de antelación haciendo colas inacabables, o permanecía durante varios días con sus noches en la terminal de ómnibus para poder ocupar algún asiento vacante. Apenas había guaguas. «¡Gua, gua, gua!», exclamó Perla imitando el llanto de un niño, y siguió repitiéndolo con desconsuelo. «¡Gua, gua, gua!», gua-gua, le gustaba la sonoridad del vocablo, en su afán de encontrar el misterio de las cosas inexplicables, Perla había investigado en viejos libros empolvados de la Biblioteca Nacional que la palabra se usó en Cuba para designar a los ómnibus desde la colonia, porque semejaba el chirriar los tranvías de aquellos tiempos, «gua, gua, gua», en su paso por parajes de Las Canarias.

Varadero estaba a unos escasos doscientos kilómetros era como si quedara en el fin del mundo: imposible llegar a tiempo para el Festival. Toña recurrió a su padre. José Manuel se negó al principio. él estaba en contra de los privilegios que aparecían por aquí o por allá entre los miembros de la nueva clase gobernante.

Pero Toña suplicó con tanta vehemencia que no pudo oponerse. ¡Qué carajo! ¿Acaso él no había arriesgado su vida por un mundo mejor para sus hijos? El paraíso soñado estaba lejos de alcanzarse y los años seguían pasando sin que se vislumbrara en el horizonte. No sólo encargó a su chofer que las llevara en el veloz Alfa Romeo color «azul ministro» con largas antenas de radio de onda corta, regalo de Fidel, sino que les consiguió una habitación en el Hotel Internacional. ¡En el Internacional! Toña ahogó a besos a su padre. ¡Ahí estaban alojados casi todos los artistas! En los días previos a la salida apenas pudieron dormir de tan excitadas que estaban.

Se rumoraba que Los Bravos asistirían a la cita cultural y Perla se moría por oír en vivo su fabuloso *Black is Black*. Las canciones en inglés estaban racionadas en la radio: tres por una. Tres canciones en español y una en el idioma del enemigo. Era imprescindible estar muy vigilante con la influencia perversa del *rock and roll* en la juventud, decían los dirigentes culturales. Pero Los Bravos no fueron a Varadero, ni tampoco Los Formulas V. Todos se quedaron con las ganas.

Llegaron media hora antes de que comenzara la función. ¡Nunca gritaron tanto!, quedaron afónicas. Tararearon *Rosas en el Mar* junto a la Massiel. Luego, un joven trovador cubano de voz ronca cantó acompañado de su guitarra una tonadilla que se rumoró era una respuesta al director de la radio y televisión cubana por haber prohibido sus canciones.

Se debe subrayar la importante tarea
de los perseguidores de cualquier nacimiento.
Si alguien que me escucha se viera retratado,
sépase que se hace con ese destino.
Cualquier reclamación que sea sin membretes.
Buenas noches, amigos y enemigos.

Get on your knees baby and pray, pray, pray for your love cantaron, siguiendo el coro de Los Canarios con la canción que los lanzaría al éxito definitivo en Europa: *Turn your face to me.*

Reinaldo le dijo después a Perla que *Get on your knees,* como en realidad se conoció, se hizo muy popular en la comunidad homosexual. Era un juego de palabras con doble sentido que hacía referencia a las interioridades de una felación.

Desde el escenario, los cantantes roqueros con sus largas matas de cabellos resultaban una nota discordante con relación a la mayoría del público masculino que iba pelado con cortes casi militares. La isla vivía la paradoja de que los mismos barbudos que pusieron de moda en el mundo las melenas ordenasen rapar a cuanto joven hubiese en la calle con una cabellera larga por considerarlo «extravagante».

El entusiasmo de Toña y Perla con el show no pasó inadvertido por los artistas del escenario y los tramoyistas. Un joven español que se presentó como Joaquín, se acercó a ellas en un entreacto y las invitó a una *descarga* que habría después de terminar el espectáculo junto a la piscina del Hotel Internacional. Aceptaron encantadas; no obstante Toña sólo tenía ojos para una bellísima trigueña detrás del telón que se movía como un rehilete dando órdenes sin parar, a diestra y siniestra. Tal fue el peso de su contemplación que la eficiente ejecutiva le devolvió la mirada y ¡cosa inaudita!, quedó paralizada por unos segundos.

Toña se enamoró, como dirían en una novelita rosa, «de un flechazo». Al finalizar el espectáculo esperaban a Joaquín cuando la hermosa desconocida se dirigió hacia ellas.

—Hola, soy Rosario, pero me dicen Charo —se presentó con voz firme extendiendo la mano.

Respondieron al saludo e intercambiaron frases pueriles. Toña callaba nerviosa. Justo antes de aparecer Joaquín, Charo las invitó a caminar por la playa. Perla se excusó, pero Toña dio un sí rotundo. Las dos amigas se pusieron de acuerdo para verse luego y cada una se marchó por su lado. Perla se fue a la piscina del hotel acompañada de Joaquín, quien resultó ser un amigo de Teddy Bautista, el cerebro del grupo Los Canarios. Joaquín dijo conocer a Carlos Saura con lo cual Perla quedó deslumbrada. Ella acababa de ver *Peppermint Frappé* y le había parecido fabulosa.

Por otro lado, a la orilla del mar, Toña y Charo caminaron despacio, hablando sin prisa de casi todo lo humano y lo divino. Hasta que quedaron calladas y con las cabezas bajas, conteniéndose ambas de un inexplicable efluvio que les despertaba un ardor inédito.

—Me gustas mucho —Charo rompió el silencio, sin previo aviso.

La confesión tomó por sorpresa a Toña, quien rió perturbada. Su risa era abierta y contagiosa. Era un mecanismo natural del que echaba a mano con frecuencia para quitarle seriedad a cualquier situación. La vida es una broma inacabable, solía afirmar con voz bien timbrada y melodiosa, a veces algo ronca por la costumbre de hablar en un tono muy alto.

Charo quedó prendada de Toña como una colegiala tonta ante su primer amor. «Fue como si me atravesara un rayo», le dijo más tarde. Pero en esos momentos estaba enloquecida de ansias por tocar esa escultura de ébano. Nunca había sentido nada igual. Toña se mentía a sí misma negando la atracción que sentía hacia Charo. Aunque lo que más le llamaba la atención era su porte, le gustó todo en ella: su elegancia no rebuscada, el seseo de su castellano andaluz y los gestos firmes con que daba órdenes sin perder la dulzura en su expresión.

A lo lejos varias fogatas iluminaban la penumbra de la playa, rasgueos melancólicos de guitarras acompañados de cantos algo desafinados y risas ocasionales rompían el pausado murmullo de las olas. Entre las sombras, por los suspiros jadeantes, se adivinaban cuerpos haciendo el amor. Toña tuvo la sensación de estar en otra isla, no la de siempre con consignas, muertos y batallas. Compartieron agua de coco con ron en una de las hogueras y Charo le habló de su mundo.

Desde la Guerra Civil, muchos de sus familiares se involucraron en política; hubo ministros, fusilados, senadores, exiliados y víctimas. Ella decidió no meterse en nada que le complicara la vida. Trabajaba para una nueva casa discográfica radicada en el oscuro sótano de un viejo edificio barcelonés. La firma no era grande y la paga escasa, pero disfrutaba lo que hacía. Muchos cantautores españoles grabaron por primera vez con ellos y empezó a mencionar nombres que resultaron en su mayoría desconocidos para Toña. En algún momento las manos se rozaron y quedaron entrelazadas. Decidieron alejarse y caminar por la arena fría. Alguna que otra ola llegaba a sus pies descalzos.

Cuando llegaron a un saliente de la playa, alejado de las fogatas y el bullicio de las fiestas improvisadas en la arena, Charo se acercó y la besó con suavidad en los labios. Un estremecimiento instintivo le crispó el alma. «Ningún hombre sabe besar con tanta delicadeza y pasión al mismo tiempo», pensó Toña, quién después del apurado intercambio con Perla algunos años atrás, intentó enterrar, o al menos enfriar esos deseos impuros. En algunas fiestas sabatinas flirteó y se besuqueó con algunos varones de la escuela sin sentir ninguna efervescencia en los huesos como la que sentía en esos instantes. Ahora estaba descubriendo un mundo fascinante.

Charo recorrió palmo a palmo aquella piel erizada, dejando la huella húmeda de su lengua en los oídos, el ombligo, los pezones y más allá del vientre. Sus dedos eran un portento: absolutamente prodigiosos. Eran dedos sabios y resueltos, tiernos y persuasivos, serpenteantes y ágiles. Todo a la vez. Juguetearon desnudas, alternándose en entregar y recibir hasta que, extenuadas, se carcajearon con risotadas de total satisfacción. No pensaban en el mañana, sólo querían extender ese soplo de felicidad.

Aún sin vestirse, echadas en la arena con complacida laxitud, pasaron a las confidencias. Sin perder el buen humor, Toña trató de explicarle a Charo cómo era su existencia en Cuba, y vio con desesperanza que aunque relatara hechos singulares de forma minuciosa era incapaz de trasmitir lo que significaba vivir en el socialismo cubano. Se convenció de que sólo quien ha vivido en él podía tener una aproximación a su apocalíptica tramoya. El sufrimiento en carne propia de las carencias cotidianas, la invasión total a la privacidad, el miedo, la supresión de todo sueño personal que no coincidiera con el proyecto colectivo, las regulaciones extremistas, el alcance infinito de los brazos de un gobierno totalitario que no permitía la más tímida disidencia ni autonomía, dejaban una cicatriz indeleble de impotencia en el espíritu casi imposible de traducir en palabras.

—Hasta respirar es político —insistió Toña.

—Cuba es una esperanza en este mundo de mierda. Los planes de educación y salud que nos han mostrado son colosales —argumentó Charo con convicción.

Toña titubeó antes de preguntarle si en la España de Franco la educación y la salud no eran también universales.

—¡Mujer, no puedes comparar! ¡Esto no tiene nada que ver con aquello!

La cubana renunció a hacerse entender a pesar de que hablaron hasta muy entrada la noche. Sintieron frío por la frescura de la madrugada. Charo sugirió ir a su habitación. Toña vaciló por temor a la policía. La andaluza lo interpretó como vergüenza de mostrar al mundo que le gustaban las mujeres.

El vestíbulo del hotel estaba casi desierto salvo por dos extranjeros melenudos que dormitaban en un sofá. No tropezaron con ningún vigilante. Los controles más rigurosos estaban en el puente de entrada a la península de Varadero, donde prohibían el paso de toda persona no autorizada. No era necesario dar la impresión a los participantes extranjeros del Festival que la playa estaba sitiada. Ya en la habitación intercambiaron nuevas caricias, esta vez más lentas y rebuscadas. Charo se iba en dos días, sin embargo sintió que lo sucedido no era un encuentro ocasional. Le preguntó apocadamente si podría ir de vacaciones en el verano a Barcelona.

—Ustedes los europeos, ¡todo lo ven tan fácil! —y agregó con cierta vergüenza para explicar su queja—: No tengo dinero.

—Es que yo pago mujer. ¡No faltaría más! Si te estoy invitando.

Toña la miró con tristeza. Charo no era más que un instante único, como el de un lucero fugaz. Un momento de infinito placer sin la posibilidad de repetirse. La abatía reconocer esa realidad cuando confesaba:

—Es imposible viajar a un país capitalista. Está prohibido. A los países socialistas sólo viajan militares y vanguardias del trabajo. Si te vas de Cuba es para siempre... No hay regreso, ni de visita siquiera.

Cuando Charo comprendió lo efímero del encuentro, repasó en su mente lo que Toña le contó durante toda la noche e intentó hilvanar algunas ideas. Los sueños de un mundo más justo chocaron por primera vez con su proyecto de vida. Se sintió egoísta y superficial. Buscó alguna explicación razonable para la restricción: si los cubanos no podían viajar tendría que existir algún motivo, no podía ser un mero capricho; tal vez se trataba de evitar privilegios en esos años de sacrificio. Su cerebro razonaba argumentos al mismo tiempo que su corazón se encogía con una densa congoja. Estaba tan fascinada con la piel morena de Toña como de su desparpajo y alegría. No hicieron planes, no podían. Prometieron escribirse.

3
1968

A María le corrieron lágrimas por la cara que disolvieron parte del betún de zapatos que usaba, a falta de cosméticos, para ennegrecer las pestañas. Corrió al espejo a lavarse los sollozos y cuando se vio le dijo a Perla, quien estaba tratando inútilmente de calmarla:

—Lágrimas negras, como la canción —y empezó a canturrear con una voz áspera por el llanto—. *Sufro la inmensa pena de tu extravío, lloro el dolor profundo de tu partida, y lloro sin que tú sepas que el llanto mío, tiene lágrimas negras, tiene lágrimas negras como mi vida.*

—Oye, ¡no te ponga ridícula! —le suplicó Perla, que no soportaba los melodramas.

María hizo un puchero. Destilaba genuina tristeza. Siguió tarareando el bolero sin prestarle atención a su amiga. Las palabras eran sentidas. No obstante para Perla el efecto era de una hilaridad inaguantable. Por no ofender a María contuvo la risa que estaba a punto de estallar y abrió la boca con exageración hasta que el carcajeo abortado se transformó en una mueca incongruente. Para tratar de sacarle toda la pena del alma le pidió que se apaciguase y le contara los detalles. Quizás al hablar podía racionalizar la pérdida del primer novio.

María contó entre sollozos y suspiros sus pesares. Felipe tenía la virtud de convertir lo intrascendente en memorable. Se conocieron en una fiesta en el barrio de El Vedado. Él tenía dos discos de 45 rpm y un *long play* de Los Beatles que le garantizaban la entrada a todos los festejos sabatinos. María no supo nunca qué fue lo que Felipe encontró de atractivo en ella. Si fuera necesario escoger una palabra para describirla ésta sería sin duda: monocromática. Sus ojos y cabellos tenían el mismo tono pardo indefinido que no irradiaba la luz; si se pudiera colorear la voz también hubiera sido marrón. Sus facciones de tan uniformes resultaban borrosas. Pero algo en ella atrajo a Felipe, tal vez su evidente timidez que la convertía en presa fácil.

Rieron, bebieron y bailaron una rueda de casino como expertos. Más tarde, al oírse los acordes de *Fever*, canción con ritmo muy lento que estaba de moda entre los jóvenes habaneros, sus cuerpos se apretaron al compás de la melodía. Los movimientos eran mínimos; permanecían absortos en sus propios deseos, sin poder decir una palabra, ni pensar en otra cosa que no fuera aquella urgencia repentina que los tenía paralizados.

Al terminar la balada salieron a las sombras del jardín y Felipe la ciñó con firmeza por las muñecas dejándola inmovilizada contra un muro de piedra. Se observaron con ojos provocadores, sopesando el significado de las miradas desafiantes. El ritmo agitado de la respiración encubría los rapidísimos latidos de sus corazones. Felipe se le acercó y la olfateó como un animal hambriento. Ella temblaba al sentir el aliento cálido junto a su piel. Se le acercó al escote de la blusa hasta que rozó el inicio de sus pechos. Sintió una caricia húmeda que le derritió los huesos. No pudo soportar el apremio del calor interior que la quemaba y fue ella quien se acercó y lo besó largamente. Formaron una sorprendente amalgama humana, brazos y piernas exploraban y se restregaban con denuedo. Felipe hurgó debajo de los recovecos de la ropa, hasta que logró por fin llegar e introducir los dedos en su intimidad. Ella contrajo todos los músculos y llevó la mano al sexo de Felipe hasta que logró empujarlo fuera del pantalón. Él la penetró con premura. Se abrieron a una entrega total. María jadeaba extraviada en un mundo de sensaciones irreconocibles; un sueño de gozo sin prudencias. Las sacudidas totales de éxtasis llevaron el placer a un clímax extenuante que le dejó la mente ausente. Olvidó todos sus problemas por un instante y se sintió satisfecha de la vida.

Felipe descubrió una voluptuosidad insospechada en María, imposible de adivinar en su imagen monocromática. Así se lo dijo, no como reproche, sino como una grata sorpresa. Le explicó que era como si su sensualidad estuviera dormida y despertara enfebrecida con una simple caricia. María recibiría el mismo comentario de muchos amantes posteriores.

Cuando se lo contó a Perla ésta pensó que a ella nunca le habían dicho nada parecido. Perla irradiaba sexualidad por cada poro de su piel. Para ella el sexo era lo más natural de la vida, algo tan normal como comer o hablar, y no tenía nada que ver con el amor, por lo que al cumplir los dieciocho años no podía recordar todos sus amantes ocasionales. Accedía con extrema facilidad a casi cualquier propuesta sin pensarlo dos veces; o proponía invitaciones sin vergüenzas ni rubores, para «ir a gozar», como solía decir. Cuando tomaba la iniciativa recibía las más diversas reacciones, porque a veces los hombres se amedrentaban con su erotismo.

«Me cogen miedo», decía riendo cuando les hacía esas confidencias a las compañeras de estudios. Sin embargo, otros aseguraban haber llegado al paroxismo del placer con sus provocaciones. «A la luz de la vela no hay macho feo», solía afirmar, a lo cual agregaba: «Cada hombre tiene algún encanto, sólo tienes que buscárselo». Encontraba los más disímiles atractivos en los hombres, como la voz, las manos, los ojos, la boca, o en atributos como la mirada, la risa, o, ¡Ay, Dios mío!, en la forma de caminar.

A las injurias de las congéneres que la lapidaban con una sola palabra: «puta», ella contestaba con entonación sardónica:

—Putas son las que cobran. A mí, que me quiten lo *bailao*.

Muchos hombres decían que era una gozadora. No sólo le complacía dar placer sino también buscar el propio. Eso a ellos les gustaba, porque era algo raro encontrarlo en un mundo donde el papel de la mujer estaba montado sobre la única pretensión de dar satisfacción. Perla no tenía pudores para expresar lo que le satisfacía, sin crear el embarazo de parecer una maestra de escuela por sus indicaciones. Ya se contaba que era una bruja que podía volver loco a cualquier hombre. Algunos le pedían casarse y otros querían que le jurara amor para siempre. Pero *siempre* es un tiempo muy largo. Ella rechazaba cualquier término absoluto, como siempre o nunca. Sabía levantar el ego del macho cuando a veces le decía al amante ocasional que era el mejor *palo* de su vida aunque, en realidad no lo hacía sólo por alabarlo, sinceramente lo creía así, porque el placer reciente es el más intenso en la memoria.

Después supo que los hombres, al menos los cubanos, necesitaban que los evaluasen. Temblaban al pedir opinión, pero la necesidad de saber era más fuerte. Cuando al terminar alguno le preguntaba: «¿Qué te pareció?» quedaba desconcertada. Contestaba con evasivas. «Bien, estuvo bien». ¿Qué quería que le dijera? Algunos no quedaban satisfechos con la respuesta y querían comparaciones. Lo hizo una vez para ser franca, ¡Craso error! Provocó tal desconsuelo su comentario que no se atrevió a hacerlo nunca más. No le gustaba herir a la gente. Nada separa tanto como una relación que acaba mal.

—Papi, eres el mejor —se acostumbró a afirmar ante la insistencia del amante ocasional. Entonces el hombre de manera inevitable trataba de escudriñar su rostro para adivinar sinceridad en la afirmación. Ella sonreía y él se sacudía satisfecho como gallo cantando el quiquiriquí.

A pesar de todo el sexo experimentado Perla no se había enamorado. No al menos de la forma en que estaba María ahora, con un llanto sordo y desgarrador porque Felipe escapó en una balsa para Miami. No, definitivamente nunca se había sentido así. Hubo alguna que otra vez que llegó a pensar ¡eureka!, ¡al fin lo encontré!, eso que llaman amor. Pero duraba poco, al cabo de pocos días se sentía defraudada. No lograba tropezar con un hombre completo. El que era bueno en la cama tenía la cabeza vacía, o era un celoso machista. Siempre se estaba preguntando las mismas interrogantes sin tener ninguna respuesta satisfactoria. ¿Qué es el amor? ¿Cómo encontrarlo si no sé lo que estoy buscando?

Los sollozos de María eran cada vez más esporádicos. Desahogarse le hacía bien, aunque todavía estaba repleta de tristeza. Perla decidió adaptar el consejo de su abuelo gallego —ese sí, de Orense— quien decía que toda mala depresión se quita con una buena fabada. Consideró que de ser ese el caso también podía curarse con un buen atracón. Invitó a María a la heladería Coppelia cuya inauguración un par de años atrás había sido todo un acontecimiento social.

Como a Fidel siempre le gustaron los helados y la comida italiana, inundó La Habana de pizzerías *Vita Nuova* que quizás constituyesen una de las primeras grandes cadenas de venta de pizzas. También ordenó construir la fábrica y heladería Coppelia. Los ingenieros químicos de Coppelia recibieron la orden del invencible comandante de «ganarle» a la firma yanqui Howard Johnson que producía 28 sabores. ¡Hasta de tomate se hicieron helados para poder llegar a más de 3 decenas de variantes! Algunas resultaron tan extravagantes que quedaron a nivel de experimento, aunque al final se llegó a disfrutar de la para nada despreciable variedad de 25 sabores. No obstante, Fidel decidió incluir en el conteo la fallida producción experimental —el tomate y las otras nunca vistas variedades— para declararse vencedor de una contienda que sólo estuvo en su cabeza. ¡Le ganamos al imperialismo la guerra del helado!

Perla y María tomaron una ensalada —cinco bolas con crema de altea y sirope de caramelo— y también un soldado de chocolate: un alto vaso de helado semiderretido con unos largos bizcochos a semejanza de un fusil. Los platos a consumir estaban racionados, porque si no los cubanos podían llegar a tragarse hasta un galón para compensar el tiempo perdido en la larga cola.

Hay quien dice que Coppelia y las pizzerías fueron creadas para preparar las condiciones con vista a la posterior desaparición de los negocios privados; cuando se lanzó la «Ofensiva Revolucionaria». Bajo ese rimbombante nombre intervinieron esta vez, no a los grandes latifundios o a las empresas transnacionales, sino a todo pequeño comercio: desde una barbería hasta una peluquería de perros. No quedó en manos privadas un sólo taller de reparaciones, ni un puesto de fritas. ¡Ah las fritas!, esas hamburguesas criollas, delgadas y llenas de peculiar sazón que le mataron el hambre a cualquier transeúnte durante décadas.

A Baldomero, el tío de María, le confiscaron tres camiones. Baldomero se fue a vivir para Camagüey siendo casi un niño. Allá trabajó de aprendiz transportando la leche de las fincas a la ciudad. Era un trabajo esforzado que pocos aguantaban. Se levantaba a las dos de la madrugada para recoger la leche ordeñada de hacienda en hacienda. Los cántaros eran pesados y difíciles de cargar.

Durante mucho tiempo no tuvo un día de descanso, noche de fiestas, ni sábados o domingos, pero al cabo de veinticinco años era dueño de tres camiones y tenía dos empleados. Él todavía trabajaba como el que más, aunque no tenía ya que hacerlo. Con la «Ofensiva Revolucionaria» los camiones pasaron a propiedad del Estado. De dueño se transformó en empleado estatal por un sueldo fijo, trabajara o no. ¡Para algo se estaba construyendo el comunismo! La consigna de aquel entonces fue *Todo pertenece al pueblo*.

María no pensaba en ofensivas ni revoluciones, ya con la barriga llena estaba de mejor humor. No quedaba rastro del llanto en su rostro. Perla confirmó con satisfacción que su abuelo de Orense tenía razón. Echaron a andar por La Rampa hacia el mar. Anochecía, y las pocas luces de neón que aún quedaban en ese lado de la ciudad, con sus resplandores multicolores, alegraron a las Marías como a dos niñas ante un juguete nuevo en un Día de Reyes.

Pararon en la Calle O frente al cártel de El Pico Blanco, un cabaret del Hotel St. John, donde se decía radicaba *el corazón del feeling*. Decidieron entrar. El frío aire acondicionado fue una grata sorpresa. Era un oscuro club donde apenas se distinguían las mesas. El camarero las sentó casi junto al escenario.

Al poco rato salió a escena una cantante cuya apariencia no presagiaba nada prometedor. A pesar de la primera mala impresión, se sorprendieron al oír una voz líquida, azucarada sin ser empalagosa, un verdadero estremecimiento de emociones suaves y poderosas a la vez. María se apasionó por el *feeling*: los sentimientos plasmados en melodía.

Ordenaron unos Ron Collins, versión del Tom que se hace con ginebra. El efecto del azúcar con el alcohol fue fulminante. Empezaron a divagar de una idea en otra, sin ton ni son. La fealdad con voz de sirena hizo que María filosofara de la perversidad de los hombres, y concluyera con impertinencia de borrachín que los machos canallas, mentirosos y pendencieros debían ser feos para evitar confusiones innecesarias a las mujeres.

Callaron para volverse a embelesar con la voz hechicera que se desdoblaba entre acordes intimistas y notas de pura belleza sonora. La entrega era total, tan sincera que sintieron haber reconquistado la inocencia. Olvidaron por completo las deformidades de la cantante, ahora sólo veían su alma abierta: era un ángel. En el intermedio, mientras todavía resonaba la música en sus cabezas, quedaron en silencio, de pura emoción. Al cabo de algunos minutos María atinó a decir:

—El amor es el presente perfecto: no hay antes, ni después —a lo cual Perla le respondió:

—Eso te quedó cursi —y tras una breve pausa refutó a su amiga—. Eso es sexo. El amor es ante todo una travesía.

4
1968

Es más fácil encontrar chícharos con pan
La la lara la la la chícharos con pan
La la lara la la la chícharos con pan

Así cantaban las cuatro Marías en una guagua, camino de la celebración del acto político de graduación. Con la música de *Rosas en el mar,* improvisaron una nueva letra más acorde con la realidad de la islita y coreaban a voz en cuello: «La La la lara la la la chícharos con pan».

El chícharo no era tan terrible si se le echaba un trozo de tocino, morcilla o jamón, pero ¿quién tenía esos aderezos? ¡ni soñarlo! Todo era escaso, desde la libertad hasta la pasta de dientes, todo menos los chícharos. Los barcos soviéticos que cruzaban el Atlántico cargados de azúcar arribaban a la isla con chícharos, ¡toneladas de chícharos!

El ómnibus llegó a una plaza abierta donde una orquestina tocaba himnos patrióticos con mucha resonancia de trompetas y tambores. Banderas rojas flotaban en altas astas rodeando la tribuna, al fondo de ésta se extendía un enorme cartel con letras blancas sobre una tela azul que rezaba: *La Revolución es más grande que nosotros mismos.* Cuando todos estaban en sus asientos retumbaron los acordes del himno nacional; de inmediato, un joven orador previamente designado habló enardecido sobre las injusticias del mundo, y de cómo cada uno tenía que aportar su diminuto grano de arena para que las muertes de los mártires no fueran en vano. En la primera fila del público estaban sentadas madres y familiares de caídos en varias guerras, con expresión de insondable tristeza en los ojos.

María no pudo sustraerse de la fanfarria colectiva y acabó por convencerse de que tenía el alma negra. ¡Ay María! Te estabas quedando al margen de la historia. El egoísmo de pensar solo en ti, de no querer renunciar a tu proyecto personal, te parecía ahora pusilánime, al ver los rostros tristes de esas ancianas que habían perdido a sus hijos, o hermanos, por darte un mundo luminoso de igualdad y justicia. Los atronadores aplausos fueron como una lluvia de piedras lanzadas contra tu individualismo. ¿Por qué no estabas tú, allí, renunciando a tu vida en aras de un proyecto colectivo? A tu mente volvió la canción *La historia lleva su carro y a muchos nos montará, por encima pasará de aquel que quiera negarlo.* ¡Ay María, pero qué clase de egoísta eres!

La revolución necesitaba en aquel momento de ingenieros y maestros. María quiso ser médico desde que era niña y cuando así lo expresó, le dijeron individualista porque ya se habían reclutado suficientes estudiantes de medicina para las necesidades del país. Estaba pensando en ella y no en el mañana. Recordó las largas reuniones a las que llevaron a ancianas cuyos hijos habían muerto por lograr un mundo mejor, para que le dijera en sus propias caras que ella no quería contribuir con su granito de arena.

—Ellos dieron la vida, y a ti, que se te pide un esfuerzo más fácil, ¡no das el paso al frente!

María lloró y las madres de los mártires también. Estuvo a punto de ceder pero siempre desde muy pequeña se imaginó a sí misma curando enfermedades. Por eso resistió las presiones y fue capaz de decir que no. Se aferró a su individualismo. Los mejores expedientes fueron seleccionados para ese nuevo llamado de la Revolución. Toña y Mariflor no tenían tan buen promedio académico, y no fueron convocadas; Perla no era joven comunista y fue desechada de inmediato. Pero, Perla también estaba frustrada, aunque por otras razones. Ella ansiaba ser socióloga y la carrera ya no existía en las universidades. La advertencia de un alto funcionario del Ministerio del Interior había sido lapidaria:

—La sociología es una herramienta que en manos del enemigo puede ser muy peligrosa. No es conveniente que se enseñe masivamente, sólo debe ser estudiada por grupos muy selectos de revolucionarios.

Perla se decidió por Historia. Mariflor escogió Economía y María por fin eligió medicina. Pero ahora María estaba allí, viendo a las madres de todos los que sacrificaron sus ambiciones, y a sus compañeros que dieron el paso al frente para cumplir con la nueva tarea de la Revolución, y se sentía algo menos que una alimaña. ¡Ay María, pero qué clase de egoísta eres!

Cuando el acto terminó repartieron cajitas con algunos refrigerios y refrescos. María no fue a buscar un puesto en la larga cola para las codiciadas golosinas. Buscaba con la vista a las madres de los inmolados. Se acercó a una de las que estuvo presente durante la discusión cuando los forzaron a aceptar el sacrificio que la Revolución demandaba de ellos; al llegar junto a la anciana con voz entrecortada se excusó:

—Compañera perdóneme. Yo quiero ser médica... creo que como doctora también voy a ayudar a la Revolución... Perdóneme —repitió con voz estrujada.

La mujer miró a María y rebuscó por breves segundos en su memoria. La reconoció enseguida y le dedicó una mirada serena. Se enlazaron en un abrazo callado. «No tienes que disculparte», le dijo al oído, y de inmediato dándole un beso, le susurró:

—Hijita, yo lloraba porque mi hijo no murió para hacerte infeliz.

Capítulo 5

La locura

1
1969

De un día a otro se podía pasar, en estrepitosa caída, de la cúspide del poder a la más baja categoría administrativa. De zar de la economía a administrador de una pizzería, del todo a la nada. También se podía terminar en una celda o incluso en el paredón de fusilamiento. Ese era el miedo permanente de Ricardo, el padre de Mariflor.

Ricardo era un brillante economista y eficiente contador. Trabajaba hacía años en el poderoso Ministerio del Azúcar, lo cual le permitía algunos pequeños privilegios cuando cada año salía a Europa a comprar piezas de repuesto para los centrales azucareros. No se tenía plena confianza política en él pero, ¿acaso alguien estaba libre de sospechas? El motivo de la suspicacia era su genialidad. Era un tipo creativo y en Cuba eso podía ser peligroso, porque significaba que eras capaz de pensar con cabeza propia. Aunque Ricardo era un hombre de familia, nada osado, ni temerario.

Esa tarde de febrero llegó a la casa algo más temprano que de costumbre. Su aire sombrío hacía adivinar que una gran preocupación lo mortificaba. Fue al mueble bar y se sirvió un generoso trago de whisky de la botella que había traído en su último viaje. Varias horas más tarde Esther se lo encontró a oscuras en la salita junto a la cocina. Con un vaso en la mano, sentado en un butacón miraba fijamente la enorme pecera. Era el tercer trago. Esther se asustó al verlo.

—¿Pasa algo? —preguntó inquieta.

Esther andaba siempre temerosa. Estuvo varios años ejerciendo la gris labor de secretaria en la caldeada fabriquilla hasta que mediante un amigo logró obtener un puesto en el codiciado Instituto Nacional de Turismo. Se necesitaban profesionales que hablaran idiomas y Esther hablaba fluidamente inglés y francés. Como colofón inequívoco de su eficiencia podía mostrar su experiencia como ejecutiva de una agencia de turismo yanqui, aunque esa información la manejó con discreción porque no estaba segura de cómo sería interpretada.

Su vida cambió. Ahora disfrutaba de una oficina con temperaturas glaciales por el aire acondicionado y grandes ventanales que daban al Malecón habanero; visitaba hoteles y hasta el jefe le brindaba su chofer de vez en cuando para que la llevara de vuelta a la casa. ¡El transporte estaba tan malo! Sin embargo, todo aquello podía perderlo en un santiamén si surgía alguna duda acerca de su incondicionalidad a la Revolución.

Ricardo demoró en contestar. Estaba tan abstraído en sus pensamientos que Esther creyó que no la había escuchado. Repitió la pregunta en un tono más alto. Ricardo volteó levemente la cabeza, la miró un instante sin verla y no dijo nada. Siguió contemplándola, aletargado, como si cargara una pena muy grande o necesitara ordenar las ideas antes de responder. Bajó los ojos y mirando el vaso dijo casi para sí mismo:

—Hay errores que se repiten —murmuró y tras una pausa continuó en un tono sosegado—. La zafra de los Diez Millones será como el Gran Salto Adelante de los chinos, cuando millones de campesinos, jóvenes, mujeres y hasta niños fueron llamados a producir un único producto, símbolo del progreso: el acero —ante la cara de sorpresa de su mujer puntualizó con una voz cansada—. Se construyeron más de un millón de altos hornos, hasta en los patios de las casas —en ese momento tomó un trago de whisky y lo saboreó lentamente.

—¿Y? — dijo, por decir algo, porque en realidad le importaba un pito el Gran Salto Adelante de los chinos, pero él no percibió el desinterés de Esther.

—Fue un total fracaso —continuó en un ritmo lento que llegaba a resultar irritante—. Mucho del acero resultó inservible y como se despreocuparon de los cultivos se produjo una hambruna que provocó la muerte de más de veinte millones de personas.

—Entonces, ¿qué pasó?

Lo preguntaba por pura cortesía, aunque la referencia al hambre despertó una confusa aprensión. No entendía qué tenía que ver ella con esa desgracia tan lejana. Al fin y al cabo el mundo estaba lleno de problemas, pero ella se sentía contenta. Acababa de regresar de una reunión en Soroa, el arcoíris de Cuba, donde almorzó un bistec con papas fritas en el restaurante que daba servicio a las cuarenta y nueve cabañas construidas por órdenes de Fidel para disfrute del pueblo, en la propiedad confiscada a Balneario Residencial S.A. También visitó las ruinas de antiguos cafetales franceses del siglo XIX y hasta se trajo una orquídea de una variedad directamente importadas por el canario Tomás Felipe Camacho, allá por 1945. Tuvo que hacer un esfuerzo para prestar atención a su marido.

—Como siempre la culpa la paga el totí: inundaciones y sequías fueron las responsables del hambre. Siempre hay que encontrar a un culpable —tomó otro sorbo del vaso—. El Gran Salto Adelante fue un salto atrás. China demoró seis años en recuperar los niveles de producción que tenía antes de que empezara la locura.

Ahora Esther mostró cierta impaciencia.

—¿Y qué va a pasar aquí? —inquirió con verdadera curiosidad. En definitiva, lo único que a ella le interesaba es que las cosas mejoraran, que no se pusieran peores de lo que ya estaban.

—Lo mismo —afirmó Ricardo con un dejo de amargura—. Avanzaremos para atrás y la culpa se la echaran a las lluvias, a la falta de frío, a algún ciclón, al bloqueo, o a los sabotajes contrarrevolucionarios.

«Yo te digo a ti que es imposible tener un día sin una desgracia en este paisito de lástima», pensó. La principal preocupación de Esther no era lo que pudiera pasar en Cuba, sino que por las vueltas de un hecho semejante llegara a perder su reconfortante trabajo.

—¿No hay nada que puedas hacer? ¿Tú no puedes explicar todo esto? —demandó Esther levantando la voz y alzando los brazos con mucha vehemencia.

Ricardo la miró sin verla y quedó inmutable por un instante hasta que negó con la cabeza.

—¿Te acuerdas de Barreto? —Esther asintió, ¿quién no lo conocía?, Barreto era uno de los mejores expertos azucareros del mundo, Ricardo continuó—, tuvo la valentía de probar con cifras y hechos que el proyecto es una locura —hizo una pausa y tomó un largo trago esta vez—. Ahora está en su casa, «tronado»; en plan piyama, sin trabajo... casi acusado de agente de la CIA.

—¿Pero no tenía pruebas? —realmente estaba alarmada.

—Eso no importa; desafió la sapiencia del Comandante —agregó mirando a través de la ventana al mar, en la lejanía, mientras saboreaba otro sorbo—. La censura impide alertar disparates; todo esto tiene un costo económico —pareció salir de su embeleso cuando musitó—. Sin libertad no hay desarrollo —no tenía idea de que esa era la base teórica que desarrollaría Amartya Sen mucho tiempo después, por la cual recibiría el premio Nobel. Ricardo sólo sabía que trabajaría por más de un año en una locura que hundiría al país en una nueva espiral descendente.

—Por lo pronto no tendremos Navidad este año —y terminó el trago.

Esther, de pronto, se sintió muy triste. Toda la alegría de su día en Soroa desapareció como si fuera algo vivido hacía mucho tiempo. Aunque no se percataba de la gravedad de la situación, le aconsejó a su marido:

—Tú no seas bobo y no te busques problemas. ¡Esto no tiene arreglo!

Ricardo no contestó. El alcohol le había embotado la cabeza y le dio por trastabillar cuentos filosóficos de borrachos. ¿Sabes cómo una rana no salta de una olla con agua hirviente? Sin esperar respuesta, con voz estropajosa le contó a su mujer que si ponías una rana en una cacerola de agua fría y la calentabas poco a poco, muy despacito, la rana se agitaba algo pero no saltaba, seguía en el agua sin percatarse del cambio y permanecía allí hasta que moría cocinada sin saber siquiera como había encontrado la muerte. Si por el contrario, echabas la rana directamente en el agua hirviente saltaba con instinto salvador. Ricardo se quedó mirando a Esther que no se daba cuenta de la moraleja de la historia, por lo que se vio obligado a concluir:

—¡Nos están reventando poco a poco como a sapos!

2

1970

El achonero movía con extrema maestría su farola verde y negra, símbolo de Orula, oricha mayor, el gran consejero, conocedor del futuro. El farol era al mismo tiempo la insignia de San Francisco de Asís en ese confuso sincretismo de las religiones negras y el catolicismo. El farolero meneaba hombros, caderas, nalgas, pies y cabeza con febril delirio ancestral. Una camisa azul con las mangas abombadas dejaba ver el terso pecho; los pantalones ceñidos también azules, en un tono más oscuro, terminaban a mitad de pierna y permitían apreciar mejor esos pies saltarines que parecían haber inventado la danza al compás de los timbales, trompetas y cencerros.

La comparsa «El Alacrán», casi doscientos bailarines vestidos de azul en tributo a Yemayá, dueña del mar, desfilaba una vez más en el Carnaval de La Habana. El fracaso de la Zafra de los Diez Millones se celebraba con la reanudación de esos festejos, que habían sido cancelados para concentrar todos los esfuerzos en la proeza económica en que todo el país se vio envuelto. Tras una virtual ley seca decretada por igual motivo, música, cerveza y ron corrían a raudales para borrar de la memoria el descalabro que se avecinaba.

La compleja coreografía simbolizaba la matanza del alacrán y los cadenciosos danzantes que avanzaban frente a la tribuna se contorsionaban al ritmo de canciones tradicionales de fuerza percutiva. Félix, el farolero de Orula, era amigo de Antonio desde

149

la época en que ambos fueron soldados de las tropas coheteriles antiaéreas. Félix se hizo el loco, o se volvió loco de verdad, para poderse licenciar después de los tres años que juró permanecer en el ejército. Antonio fue categórico y no buscó subterfugios para rechazar la propuesta de permanecer veinticinco años como oficial de las Fuerzas Armadas Revolucionarias. Le costó fuertes discusiones lograr su propósito. «Compadre lo mío no es eso de ordeno y mando», se justificaba ante sus amigos.

Una vez con el certificado de baja del ejército decidió ir a la universidad. Se presentó a exámenes de ingreso directo al *Alma Mater*, porque todavía tenía pendientes algunas asignaturas de la segunda enseñanza y no se sentía con ánimo de volver al instituto donde estudiaba antes de vestir el uniforme verdeolivo. Aprobó las pruebas de admisión a la carrera de ciencias políticas, pero recibió con desagrado la noticia de que ese año la cuota de nuevos ingresos estaba reservaba para los militares en activo. Dentro de las opciones que le brindaron se conformó con pedagogía.

Le faltaba sólo uno de los cuatro años para graduarse de profesor de historia, cuando el Partido le reclamó el cumplimiento de una nueva misión a un grupo selecto de estudiantes, a quienes les solicitó que abandonaran sus carreras y pasaran a formarse como profesores universitarios de filosofía. Era necesario teorizar el proceso revolucionario y legitimar los principios ideológicos sobre los que se apoyaba la política del gobierno. Antonio se sintió feliz de tener la oportunidad de llegar a entender mejor el mundo en que vivía. Buscó respuestas a sus dudas en los clásicos griegos y en los modernos filósofos alemanes. Como un devorador de libros, se ilustró con Sócrates, Platón, Aristóteles y también con Descartes, los dos Bacon, Kant, Nietzsche y por supuesto Marx, Engels y Lenin. Aprendió de sofistas, positivistas y existencialistas; pragmáticos y relativistas. En socrática afirmación solía repetir que sólo sabía que no sabía nada. El estudio de la filosofía unido a la ley seca que imperaba por aquel entonces en el país consiguieron que con frecuencia deambulara por las aulas con ojos de errático desconsuelo. ¡No había cerveza ni ron en toda La Habana! «Es difícil ser filósofo en el trópico sin poderse tomar un traguito de ron» farfullaba a cada rato.

Antonio y Félix ingeniaron un sinnúmero de trucos para poder tomarse «una fría». Entre otras engañifas, doce amigos se pusieron de acuerdo para casarse cada uno en un mes diferente. La cartilla de racionamiento tenía asignada diez cajas de cerveza a la pareja que presentase la documentación del notario con la fecha prevista para el matrimonio. No eran casamientos tradicionales de dos enamorados, ni se ambicionaba la dote de una novia rica. Todo consistía en ceremonias arregladas para tener la autorización de compra de las benditas cervezas. Buscaban a alguna muchacha para ir al bufete colectivo de abogados, y como compensación por el papeleo, a las novias les compraban por cincuenta pesos un par de zapatos de vestir «Primor», los únicos con calidad y diseño aceptables en todo el país, incluidos entre las dádivas a recién casados. Como agasajo adicional alguna que otra desposada accedía también a compartir, durante un fin de semana, la habitación del hotel de la ciudad que les hubiesen designado para su luna de miel. Si eran afortunados podría tocarles alguno de lujo como el Hotel Habana Libre o el Habana Riviera. Pasados unos meses firmaban la sentencia de divorcio y repetían el ciclo.

Al menos con las bodas «resolvían» doce sábados del año, pero ¿y el resto qué? ¡Todos los bares estaban cerrados! Félix se enteró de que el único lugar de La Habana donde se podía tomar cerveza era en las posadas —las casas de cita que alquilaban habitaciones por horas a amantes furtivos—, y allá fueron Antonio y Félix con dos amigos más.

Los cuartos en las posadas tenían entradas independientes y discretas por las que accedían las parejas. Era el hombre el encargado de pagar al hostelero a través de una pequeña ventanilla y de ordenar las bebidas y refrigerios. La mujer nunca daba la cara. Con ese sistema el posadero no sabía quiénes estaban en las habitaciones. De esa sigilosa manera Félix y sus amigos rentaban una habitación en las tardes libres. ¡Fue un éxito! Los cuatro se pasaban horas tomando cerveza y jugando dominó, hasta un día en que el calor del juego desató una discusión y el mesonero, al oír tantas voces masculinas, llamó a la patrulla policial pensando en la celebración de una orgía pederasta. La sangre no llegó al río; los policías lo tomaron con campechano humor y la historia se hizo legendaria en toda La Habana.

¡Y ahí estaban otra vez los amigos en sus andanzas! Félix de farolero de comparsa y Antonio de vendedor voluntario en uno de los tantos kioscos donde se despachaba la cerveza en cubetas de más de diez litros. Ofertaban también panes con lechón asado, un mal remedo de empanadas gallegas, tamales, croquetas y cajitas con arroz congrí, yuca y masas de puerco frita. ¡Toda una orgía gástrica!

Era un trabajo duro el de Antonio. No paraba de vender en toda la noche. Las colas eran enormes. En medio de sus trajines, un vietnamita de los tantos que estudiaban en Cuba en aquel entonces, se le acercó con ojos suplicantes y una tina vacía. él, que no había perdido el alma buena con el estudio de la filosofía, y además sabía que los estudiantes de Viet Nam estaban sin dinero bajo una férrea disciplina cuasi militar, se compadeció del escuálido joven y le llenó la cubeta. Una hora más tarde volvió el mismo vietnamita con el recipiente vacío. Esta vez Antonio se la llenó de no tan buena gana y tampoco le cobró la preciada bebida. «Una cosa era hacer un favor y otra hacer el papel de comemierda», pensó. A la tercera ocasión en que el demacrado asiático se apareció con ojos de carnero degollado y el balde vacío haciendo señas para que se lo llenara otra vez, el mulato le gruñó con sorna:

—¡Oye *narra*, está bueno ya! ¡Por Viet Nam estamos dispuestos a dar hasta la última gota de nuestra sangre, pero la cerveza no! ¡De eso nada mi hermano!

El carnaval era la fiesta popular más colorida de toda la isla, aunque en cada provincia tenía sus peculiaridades. «¡No hay como el carnaval de Santiago!», afirmaba José Manuel, el padre de Toña y Antonio, recordando las congas que se prolongaban hasta el amanecer a los acordes de la trompeta china. Todos los santiagueros se volcaban en las calles, detrás de la música, arrastrando los pies, sin coreografías, siguiendo el ritmo peculiar de la percusión que semejaba un tren en marcha.

En La Habana el carnaval era diferente: un espectáculo sin igual. Se adornaban las calles con banderolas y pasquines. Por las avenidas desfilaban rimbombantes carrozas decoradas con trastornada fantasía; muñecones gigantes y caminantes sobre zancos; congas y comparsas, algunas originadas en la *tumba francesa*, hacían cabriolas frente a una tribuna que otorgaba premios, mientras la población disfrutaba desde las gradas. La carroza que cerraba el desfile era la de la Reina del Carnaval y sus damas, ahora rebautizadas con un nombre de menos ínfulas aristocráticas: la Estrella del Carnaval con sus Luceros. Toña estaba allí. De Lucero iba en una carroza, sonriendo, tirando serpentinas y saludando con ceremonioso gesto a todos los que admiraban el paso de tanta belleza.

Charo se horrorizó cuando Toña se lo explicó en una entrecortada conversación telefónica. «¡Eso es tan sexista!, ¿cómo es que te vas a prestar a participar en algo tan humillante para la mujer», protestaba iracunda la andaluza. «Es una tarea de la Juventud Comunista», le contestó humildemente Toña. «Dicen que para demostrar que no hay racismo deben participar jóvenes negras», le aclaró de inmediato.

—¡Joder! —espetó Charo con una voz distorsionada por la lejanía—. Como dicen ustedes, ¡a los cubanos no hay quien les coja el ritmo!

Charo y Toña continuaron una relación por correspondencia. En cartas que demoraban más de un mes en cruzar el Atlántico, como si navegaran en una de las tres carabelas de Colón, se dijeron lo que no se atrevieron cara a cara. En apasionadas epístolas se confesaron amor y soñaron con verse nuevamente. Charo, en espaciadas llamadas telefónicas, anunciaba una pronta visita que luego era aplazada por diversas razones, trabajo, la familia, más trabajo. Toña se negaba a creer en la posibilidad de otro encuentro para no morir atosigada de ansiedades y angustias, pero esperaba esos domingueros diálogos virtuales con insoportable zozobra y secretos temores.

Las fechas de las llamadas eran acordadas por cartas y tenían que calcular la diferencia de horarios, casi siempre para las diez de la mañana en La Habana que eran las cuatro de la tarde en Barcelona. Desde mucho antes de la hora anunciada Toña prohibía el uso del teléfono a todos en la casa. Y si se daba el caso de que el dichoso aparato estuviese descompuesto por alguna de las múltiples razones por las que más de la mitad los teléfonos no funcionaban en La Habana —un ciclón, un aguacero, una sobrecarga en la central, problemas en las líneas, un cable caído, o un simple viento platanero— Toña se sumía en un melancólico y lloroso abatimiento hasta el siguiente domingo. Según lo convenido en las cartas, si fallaba la comunicación un fin de semana lo intentarían al siguiente.

La comunicación telefónica casi siempre provocaba más frustración que alegría. Con constantes ruidos de estática y pésima recepción eran charlas desesperadas donde casi todo el tiempo se iba en frases tales como ¿qué dijiste?, escucho un eco, o no oí lo último. Cuando colgaba el auricular tampoco Toña se sentía afortunada. ¿Qué esperanzas tenía con Charo?

En el momento en que estaban en la recta final para elegir a la Estrella del Carnaval hacían algunas preguntas a las seleccionadas como finalistas. El famoso locutor cubano Agustín Roquefuente le preguntó a Toña si tenía novio. Ella contestó negativamente. ¿Qué hubiera pasado de haber dicho que tenía novia frente a las cámaras de televisión? ¡Ah Toña! Te faltó el coraje.

3
1971

Cuba se convirtió en una gran tienda por departamentos: en Santa Fe encontrabas yogurt; en La Víbora, algodón; en San José la tela metálica —tan necesaria para proteger puertas y ventanas de la entrada de mosquitos— y en una tienda cercana al aeropuerto surtían crema hidratante o champú. La vida se convirtió en una interminable cola.

Perla estaba embarazada de tres meses y se enteró de que en el remoto barrio de Parraga «habían sacado» pañales. María estuvo toda la noche guardándole un puesto en la cola y Perla iría cerca del mediodía, a la hora que la tienda abría, para llevar la cartilla de racionamiento. Se preparó y salió tarareando una canción. Los vómitos habían cedido hacía una semana y aunque todavía se sentía muy débil estaba excitada. María fue la primera en saberlo, y su reacción inmediata fue:

—¿Te lo vas a dejar? —Cuando Perla asintió con la cabeza preguntó—: ¿Quién es el padre?

—Creo saber quién es, aunque no estoy segura —Perla creía que la paternidad no tenía que ver con el hecho puntual de suministrar espermatozoides, era algo mucho más profundo. Cualquiera de los posibles «donantes» que la hubiese fecundado no los consideraba apropiados a las exigencias que ella demandaba de un padre. La maternidad era definitivamente distinta a la paternidad. Sentir crecer carne de su carne y cómo se movía otro ser en sus entrañas era una relación única e incomparable.

María la miraba con una mezcla de asombro y admiración. Tener un hijo no era fácil. Pero para una madre soltera era peor, ya que a pesar de los cantos de igualdad de la mujer todavía se respiraba una moral provinciana.

—Estoy saturada de tanta muerte. Quiero apostar por la vida —le confesó Perla a su amiga.

Reinaldo la había desvirgado, pero contrario al mito popular acerca de la inmortalidad del acto de desfloramiento apenas le quedaba un vago recuerdo de aquel día. La connotación mayor de aquel encuentro fue que Perla asociaría para siempre la muerte al sexo. La muerte le daba ganas de templar, solía decir.

—Será difícil. Todo cambia con un hijo —le advirtió María.

—Lo sé —Perla sonrió con dulzura ante la preocupación de su amiga y entonces se rió con su habitual desparpajo—. Tú sabes que siempre me han gustado los cambios.

María la abrazó y le acarició el abdomen que todavía era plano y firme.

—¡Felicidades! ¡Siempre me dejas pasmada con tus sorpresas!

Perla estaba ya elaborando la tesis, en unos pocos meses se graduaría y podría mantener a su hijo. Se sentía feliz y con esperanzas. Esos eran sus pensamientos cuando subió a la desvencijada guagua que al fin pudo cerrar las puertas y bufó como un animal herido al ponerse en movimiento.

Estaba atestada de pasajeros sudorosos y malolientes que apretujados unos contra otros respiraban un aire espeso. Comenzó a sudar y movió el bolso hacia delante por temor a los carteristas. Los giros inesperados y los frenazos súbitos provocaban un constante bamboleo. Sacó un libro encuadernado con una carátula de la revista *Bohemia* para ocultar su título y lo abrió dispuesta a leer durante el viaje. Era una novela de un autor prohibido. Después de mucho esfuerzo, se llegó a acostumbrar a leer en los largos e interminables viajes en posiciones inverosímiles para poder sostener el libro entre las manos. En un semáforo, mientras la luz roja iluminaba, la guagua dejó escapar un estertor asmático y el motor se apagó. El chofer intentó arrancarlo por tres veces pero fue inútil.

—¡Caballero, e'to se quedó aquí mi'mo! ¡A bajarse to'el mundo!

Gritos y maldiciones. Los más ágiles corrieron a la parada de la esquina donde acababa de parar otro ómnibus. El chofer, al ver la invasión humana que se acercaba, apretó el acelerador y no paró.

—¡Maricón! ¡Me cago en el coño de tu madre! —gritó un guardia de verdeolivo, y echó la mano al cinto para sacar la pistola que llevaba en el zambrán.

—¡No te desgracies, *asere*! —le suplicó otro hombre palmeándole el hombro. El soldado resopló con fuerza, alejó la mano de la pistola y reacomodó la mochila en la espalda.

—Compadre, llevo tres meses movilizado, tengo cuarenta y ocho horas de pase y ya llevó tres viajando para llegar a la casa —protestó el guardia de verdeolivo.

El hombre se solidarizó con el contratiempo del soldado y cabeceó un par de veces antes de explotar con auténtica indignación:

—El problema es que este país está lleno de hijo 'e putas y contrarrevolucionarios —y cambiando el tono colérico para tratar de calmar al guardia, añadió después—, pero no hay que salarse la vida. No hay que complicarse, mi hermano.

El militar echó a andar con resignación. Perla también. Quedaban cerca de tres kilómetros para arribar a su destino. Echó un vistazo a su reloj de pulsera y con desagrado verificó que no funcionaba. Estaba parado otra vez. Desde que estaba embarazada los relojes dejaban de andar a su paso. Supuso que le alcanzaría el tiempo para llegar al mediodía, hora en que abría la tienda, porque salió con suficiente antelación. Tenía sed.

«El problema es el calor», se dijo a sí misma. «El problema es...», pensó, constituye una constante muletilla cubana. Todos son problemas.

Miró a su alrededor y no encontró nada de beber en todos los alrededores. Varias tiendas exhibían vidrieras vacías y polvorientas, algunos cristales rotos estaban protegidos con papel engomado. Se veían algunos afiches: *A convertir el revés en victoria, 1971: Año de la Productividad, ¡Viva el heroico pueblo de Viet Nam!* En la otra esquina se apreciaba una interminable cola para tomar un café aguado. El café le daba acidez y no le calmaba la sed. Caminó bajo el sol implacable y llegó casi desfallecida, pero aliviada de haber arribado a tiempo para no perder el turno. Vio a María echada en el piso sobre un cartón para protegerse de la suciedad. Allí había pasado toda la noche. María le hizo señas con la mano y sonrió. Se veía cansada.

—Te conseguí tres jabones de lavar. Los cambié por cigarros —dijo María antes de pasar a dar las malas noticias—: Hoy no van a «sacar» los pañales, sino mañana. —Perla hizo un gesto de abatimiento.

—No te preocupes. ¿Tienes cigarros? —señaló a otra embarazada que seguía sentada en el portal de la tienda—. Esta compañera puede hacer la cola mañana por tres cajas de cigarros. Yo tengo clases y no puedo ¿Tienes cigarros? —Perla asintió y María titubeó antes de responderle—: El problema es que tienes que volver a venir hasta aquí. ¿Te sientes bien? Estás algo pálida.

«El problema es...», volvió a pensar. Perla se sentó por un rato para reponer fuerzas y conversó con algunas barrigonas. Casi todas habían estado acumulando por meses, las más previsoras por años, lo imprescindible para los bebés. Jabones para lavar los pañales, sábanas, toallas, biberones. Una le contó que su padre le regaló los restos de una tela blanca que se usó en su centro de trabajo para poner un letrero que decía «Bienvenidos los compañeros del Control y Ayuda», como saludo a una inspección. Era de algodón y servía para hacerle ropitas al bebé; ya tenía cuatro baticas hechas. Lo más difícil eran los colchones para las cunas, dijo otra, porque solamente se podían comprar cuando el bebé naciera.

—¿Y dónde va a dormir los primeros días? —preguntó Perla angustiada. La barrigona no respondió la pregunta, sólo justificó—: Es que hay pocos colchones y el niño puede nacer muerto, por eso es que sólo se reparten cuando nace. El problema es que para entonces a lo mejor no hay.

«El problema es...», rumió. Perla tuvo un ataque de pánico por primera vez en la vida. Respirando entrecortada gritó:

—¡Yo sólo tengo tres jabones! —las mujeres la miraron con lástima y dijeron casi en coro:

—Oye eso, ¡tres jabones! ¿Pero mija en qué tú estabas pensando? —y rieron asombradas.

Perla se sintió la madre más irresponsable del universo; tenía aguados los ojos pero las lágrimas no salieron. Empezó a reírse histéricamente con una hiperventilación agitada, como si se tratara de un ataque de asma repentino. Las barrigonas se acercaron alarmadas para darle consuelo. «Chica no te pongas así, no es pa' tanto la cosa. Le puedes hacer daño a la criatura».

—Cálmate Perla, cálmate —repetía María sin cesar, mientras la abrazaba y le acariciaba con ternura el cabello.

Media hora más tarde salieron las dos caminando lentamente enlazadas del brazo. Perla llevaba consigo un biberón, dos jabones adicionales a los tres primeros que María había conseguido, un juego de alfileres de criandera y un sonajero que le regalaron las barrigonas de la cola. Volvería al día siguiente a comprar los pañales.

4
1962-1968

«Bienvenidos a la Circular Cuatro» decía un enorme letrero a la entrada del edificio a donde destinaron a Julián al salir de la enfermería.

Julián decidió desarrollar algún sistema de autocontrol para soportar la condena en la cárcel. Creía imprescindible mantener una luz de esperanza para sobrevivir. Mediante intuitivas técnicas de relajación y concentración vaciaba la mente de pensamientos negativos. La desesperanza constituía, según su punto de vista, el peor azote de la prisión, aún más horrible que el de las moscas. Millares de esos molestos insectos les hacían la vida inaguantable. Las escasas pertenencias de los miles de presos, confiscadas como represalia ante cualquier «falta», se acumulaban en un nauseabundo basurero cerca de las circulares. La mezcla de restos de comidas junto a húmedas revistas y viejos ropajes engendraba un sinnúmero de criaderos de moscas que pululaban por doquier como nubes de infortunio.

El único asidero de Julián a la vida era su hermana. Leticia repitió las visitas a Julián cada tres meses, que era el lapso de tiempo autorizado. Con puntualidad astral llegaba a la isla cada noventa días, salvo en los períodos que por diversas razones los carceleros suspendían las visitas. Esos encuentros eran una tabla de salvación para Julián, su única conexión con el mundo exterior.

Al mirar hacia el futuro se impacientaba, le quedaba pendiente más de la mitad de la condena, apenas habían transcurrido siete años. En ese tiempo Julián desplegó un intenso plan de estudios. Leyó novelas de Tolstoi, Dostoievski y Unamuno; poesías de Lorca, Machado y León Felipe; también tratados de filosofía incluyendo la marxista, y biografías de personajes célebres. Organizó clases de inglés para otros presos que quisieran aprender y a su vez él se inscribió en lecciones de francés.

Los paquetes que llevaban los familiares estaban limitados a veinte libras. Gozaban de la libertad de escoger entre unos pocos alimentos imprescindibles para mitigar el hambre, o libros para aliviar el alma. Julián siempre reclamaba más libros que comida. Padecía de un insaciable apetito de conocimiento. Las horas dedicadas a la lectura le hacían olvidar su mísera existencia de preso.

No trataba de buscar erudición, quería desesperadamente entender la maldad humana. Los guardias les arrancaban páginas a algunos libros, por pura perversidad, para interrumpirle el curso normal de la lectura. Otros textos eran sometidos a la censura, pero los familiares de los presos, con destreza artesanal, forraban las cubiertas de los títulos prohibidos con otros que trataban sobre el comunismo o el marxismo. Tal era la confianza en esas palabrejas mágicas que una obra cuyo encabezamiento rezaba «Paradojas del comunismo» pasó sin ningún problema los controles del Presidio Modelo, ¿qué guardia sabía lo que era una paradoja? Si la carátula tenía una hoz y un martillo ni se molestaban siquiera por leer el rótulo.

Crueles golpizas, como si quisieran arrancarle un lamento a una piedra, castigos arbitrarios, constantes requisas de las exiguas posesiones, un hambre perpetua, incomunicación con el mundo y penosas dolencias sintetizaban la vida de Julián en el Presidio Modelo. El hacinamiento seguía siendo una desgracia, aunque nunca comparable con el aislamiento de las celdas de castigo. Una ducha y un retrete para cien personas desencadenaban enormes «colas» para tomar un baño o vaciar la vejiga. En la cárcel como en la calle, la «cola» llegó y se instituyó como parte de la cultura nacional.

En el año 1961, cuando Julián permanecía todavía en la celda de castigo, los presos de las circulares conocieron de la instalación de siete mil libras de trinitrotolueno —explosivo conocido como TNT— en los túneles existentes en cada una de las circulares. El plan era hacer estallar la cárcel con todos los reclusos dentro, en caso de una invasión yanqui. La información los dejó con la permanente sensación de lo etéreo de sus existencias. Lo que acontecía más allá de esa perdida islita del Mar Caribe se transformaba ahora para ellos en elemento determinante de vida o muerte, por lo que con ingenio digno de un record Guinness, laboriosidad de hormigas y paciencia de presos construyeron una pequeña radio. Pero la felicidad dura poco en casa del pobre: la radio fue encontrada y decomisada en una de las innumerables revisiones a las celdas.

Fue durante una de las más brutales requisas —que hasta nombre propio llegó a tener, algo irónico por cierto, «La Pacífica»— cuando perdieron el radiecito. En aquella ocasión los soldados mostraron una fiereza mayor de la acostumbrada. Destrozaron todo en las celdas: la repisa de cartón que sostenía la foto de la madre o los hijos, el tablero de ajedrez que también servía como apoyo para escribir las cartas a familiares, los codiciados libros y hasta el clavo conseguido casi de milagro para colgar la ropa. Todo fue destruido con premeditación y ensañamiento.

Cerca de quinientos presos fueron llevados semidesnudos a golpes de bayonetas y empujones junto a un muro exterior de la circular. Julián estaba entre ellos. Los soldados les apuntaban con sus ametralladoras como si se tratase de un ejercicio de tiro al blanco. Al caer la noche se produjo una interrupción de la luz eléctrica y de inmediato los guardias rastrillaron las armas. Una vez más Julián sintió la proximidad de la muerte. Tras permanecer algunas horas de esa manera los devolvieron sin ninguna explicación a las celdas.

Al día siguiente el periódico *Hoy*, bajo el control de los viejos comunistas, publicó una nota donde explicaba que a consecuencia de haberse sofocado un motín en el presidio habían perecido 500 reclusos. ¿Intentaron ejecutar una masacre premeditada bajo el pretexto de una sublevación que nunca existió? ¿Estaría dada la orden de disparar a mansalva y no se atrevieron a hacerlo? Nunca se sabría.

Lo cierto es que no todos los carceleros mostraban igual nivel de salvajismo. Algunos incluso trataban de ser amigables. Julián recordó para siempre a Jesús, un guajiro tímido que realmente parecía sufrir con los abusos. Caminaba como si llevara una carga muy grande sobre sus hombros.

Un día Jesús le preguntó si podía hacer algo por él. Julián sabía que Jesús tenía un hijo pequeño y le dijo que le gustaría poder llegar a conocerlo alguna vez. «Los niños me alegran el corazón», le confesó. El guardia no contestó pero en vísperas del día de Navidad llevó a José de la mano para que conociera a Julián. La conversación con el pequeño de cerca de seis años fue el mejor regalo de Navidad que Julián recordase haber tenido en toda su vida. Se sintió vivificado por la ingenuidad y ternura de José. Le abrió la esperanza de que la humanidad pudiera despuntar en el corazón más áspero.

Otros guardianes parecían gozar con la crueldad. Al iniciarse los trabajos forzados Julián protestó por la inmunda comida que recibían. Durante una visita a las canteras de mármol, donde trabajaban los presos acogidos al plan de rehabilitación, le enseñó el plato con una sopa aguada al jefe de prisión.

—*Con esto no se puede vivir* —protestó Julián.

—*Lo sabemos, por eso lo hacemos* —respondió el jefe del penal en voz alta, pronunciando cada palabra muy despacio para que fueran oídas por todos los presos.

Poco después del fracaso de la invasión de un grupo de 1,297 opositores cubanos apoyados por la CIA, que desde entonces pasó a ser conocida como la Victoria de Girón, comenzó un «plan de rehabilitación» en las cárceles cubanas. Con la implantación de ese régimen los presos se dividieron. Los que se acogieran al plan tendrían la posibilidad de que se les acortara la sentencia y salir de la cárcel con libertad condicional. Debían mostrar arrepentimiento mediante una «autocrítica» de los errores cometidos, reconocer la supremacía del marxismo leninismo y ayudar a completar los expedientes del G-2, con los que habían sido condenados. Y por supuesto también estaban obligados a contribuir al desarrollo económico de la Isla de Pinos, dicho en otras palabras, realizar trabajos forzados.

Muchos presos se «plantaron». Se negaron a trabajar y decidieron tomar una posición de intransigencia y confrontación. No estaban dispuestos a renunciar a sus principios, pero no reprocharon a los que decidieron acogerse a la rehabilitación. Julián llegó a la conclusión de que todo hombre tiene un límite.

Tenía que decidir entre la humillación de reconocer errores no cometidos o las represalias adicionales a las que iban a ser sometidos los «plantados». Tenía mucho miedo de verse encerrado en una celda de castigo. Sentía horror de los espacios cerrados y del aislamiento, aunque intentaba ocultar esa debilidad para que no fuera usada por los carceleros. Perder los escasos encuentros con Leticia lo habría matado. Por otra parte, ¿de qué serviría morir de viejo o de un bayonetazo en aquella prisión? Escogió simular el arrepentimiento. ¿Acaso no lo hizo Galileo ante la Inquisición?

De todas formas la decisión no lo salvó de nuevos sufrimientos. Una mañana fueron seleccionados cerca de 70 presos del flamante plan de rehabilitación para trabajar fuera del penal. Formaron filas y avanzaron rodeados de un pelotón armado por un estrecho sendero hacia La Bibijagua, la famosa playa de arenas negras. A ratos los obligaron a ir a «pasodoble», un trote rápido que los cansaba con facilidad dado el estado de desnutrición general en que se encontraban. Algunos reclusos iban descalzos y las puntiagudas rocas del camino herían sus pies desnudos con la carrera forzada.

Pararon frente a una laguna. Era un canal de cerca de ocho metros de ancho donde iban a parar los excrementos de las más de 7,000 personas del presidio. Los presos quedaron consternados. ¿Qué pretendían? Los soldados empezaron a empujarlos para que se zambulleran en aquel estanque ¡repleto de mierda! Julián tardó en reaccionar. ¿Será posible? Se suponía que el trabajo fuera extraer del fondo de la zanja los objetos atascados que cerraban la corriente hacia el mar. Estando ya dentro, con la mierda al cuello, todavía Julián no daba crédito a lo que estaba viviendo. A Guillermo, un compañero de infortunio de baja estatura la porquería le llegaba casi a la boca. Tenía que hacer un esfuerzo para no tragar aquella hediondez. Julián y otro recluso lo sostuvieron por los hombros. Los guardias pensaron que era algún ardid para no trabajar y lanzaron desde la orilla bayonetazos para que lo soltaran. Al percatarse de que no daba pie en vez de conmoverse comenzaron a mofarse llamándole enano.

Las botas de los militares quedaban a la altura de la cabeza de los presos a quienes lanzaban patadas desde la orilla y reprendían para que trabajaran más rápido. Los puntapiés y las cuchilladas de las hojas de las bayonetas les causaron cortadas en la nuca y la cara a varios reclusos. Las heridas sangrantes se cubrieron de las heces líquidas.

Cuando salieron de la «mojonera» varias horas más tarde y formaron fila, el espectáculo era horrendo. Embadurnados de mierda seca de la cabeza a los pies permanecieron en absoluto mutismo. La furia y la humillación se enlazaban con fuerza provocando una quietud semejante a la de un felino antes de atacar a su presa. Juan Rivero, el jefe del pelotón les brindó agua y acercó una cubeta. Nadie se movió. Repitió la oferta. Silencio. Ninguno aceptó el agua a pesar de estar sedientos y agotados.

Rivero no se dio por vencido y anunció que les traerían un emparedado para almorzar. Fue entonces cuando alguien le gritó desde las filas con toda la furia contenida:

—*Juan Rivero, me cago en tu madre.*

Juan Rivero montó en cólera y bajo una enorme golpiza llevó a los presos a una laguna circular cerca de una cochiquera, esta vez llena de excrementos sólidos. Los metieron a empujones. Para colmo de desespero el fondo era movedizo, una tembladera. Julián se estremeció de dolor, le había dado un calambre y no le quedó más remedio que gritar a sus amigos: *Me hundo, me hundo.* Dos amigos lo tomaron por los codos, pero los guardias quisieron impedirlo pensando que era una estratagema. Se desmayó cuando la mierda fangosa le llegaba a la nariz. Lo sacaron de la laguna y sintió unas voces en la lejanía que gritaron:

—*Deja que ese hijo de puta se muera. Total, es uno menos que tenemos que cuidar.*

En un camión regresó semiinconsciente de vuelta a la circular, junto a otros dos más cuyas heridas sangraban sin cesar. Los presos de la circular 4 los acogieron con consternación. Julián sintió unas manos que lo bañaron con cuidado, tratando de extraer los restos de excremento seco de las lesiones. ¿Pero esto es mierda?... ¡Serán hijos de puta! Los presos en el penal no sabían a donde los habían llevado. Habían salido cerca de las 7 de la mañana y ya eran más de las 6 de la tarde. Contaron la historia y al poco tiempo en toda la circular se conocía de la infamia. Una hora más tarde, al llegar el resto del grupo cubierto de mierda reseca, se oyeron algunas voces que entonaron las primeras estrofas del Himno Nacional. Primero fueron unas pocas, en un tono tímido y desafinado, luego se fueron sumando diez, veinte, cien, mil, hasta que un coro de vozarrones tremebundo retumbó con fuerza incontenible en toda la edificación. Era la segunda vez en la historia del penal que se cantaba el himno como símbolo de protesta. La primera había sido muchos años antes, cuando Batista visitó el presidio durante la prisión de Fidel y sus compañeros.

5
1971

La citación era para las tres de la tarde. Perla se acordó de Lorca. Hay números que tienen nacionalidad, otros son anodinos. El tres es muy español. Las tres de la tarde, la hora que mataron a Lola; El Hijo, El Padre y el Espíritu Santo, un número de perfección divina. El cuatro es cubano, definitivamente cubano. Un cubano no lo asociará con los cuatro puntos cardinales, las cuatro estaciones, las fases de la luna, los cuatro elementos: tierra, agua, aire, fuego, o los jinetes del Apocalipsis. Dígale cuatro a un cubano y enseguida le dirá: Chango o Santa Bárbara. ¿Por qué no la habrían citado a las cuatro?

El secretario general del Partido la llamó por teléfono temprano en la mañana, y con voz muy grave le advirtió que no debía faltar a la reunión bajo ninguna circunstancia. Se quedó callada por un momento, supersticiosa de las horas fatídicas. Pero no fue más que un instante, enseguida preguntó si demoraría mucho porque tenía una revisión de la tesis de grado a las cuatro y no sabía si podía cancelar la cita en tan corto plazo. Al otro lado de la línea una voz graznó: «esta reunión es más importante, no importa si dejas embarcado al tutor». «¿De qué se trata?», insistió Perla, a lo que la voz, dando una inflexión aguda sólo agregó:

—Hay algunos asuntos importantes que tenemos que discutir contigo. Mañana a las tres te enteraras —y enfatizó en un tono grave —: A las tres en el local de Partido.

Perla anotó la hora y el lugar sabiendo que era innecesario porque no lo olvidaría. Colgó el auricular después de confirmar su asistencia. ¿Qué coño querrían ahora? ¿Sería algo sobre la tesis? El tutor estuvo muy satisfecho con la primera revisión aunque le advirtió que a pesar de que el tema era un conflicto del siglo pasado —la guerra de los Diez Años— podía resultar engorroso para algunos reconocer todas las broncas internas entre los patriotas cubanos. A lo mejor no la recomendaban para publicar, por tratar problemas que no contribuían a la unidad nacional, pero pudiera resultar que sólo la considerasen inadecuada. Seguro que es eso. Bueno, que no la publiquen si no les da la gana. No voy a cambiar nada porque todas las conclusiones están bien fundamentadas con documentos originales. Está bueno ya de reescribir la historia como cuentos de Walt Disney.

Del pasado de Cuba no se conocía mucho; todos los libros de texto eran un listado enorme de batallas y de personajes en blanco y negro. Parecía Teología más que Historia. Una larga lucha del Bien contra el Mal iniciada por la rebelión del cacique Hatuey y culminada por el sabio Comandante en Jefe. Se enseñaba a odiar, o al menos a despreciar cualquier tiempo anterior a la Revolución.

Se sintió algo más tranquila cuando concluyó que con seguridad la reunión era para discutir la tesis. Sin embargo, sabía que *ellos* solían tener información guardada que usaban a su antojo cuando les convenía. No me puedo romper la cabeza, tengo que ahuyentar los malos pensamientos porque puede ser cualquier cosa. A las tres mataron a Lola por infiel. ¿Infiel a la patria?

Recordó la asamblea donde fueron expulsadas las dos mejores estudiantes de su curso por ser lesbianas. Las pruebas que usaron para acusarlas fueron las cartas de amor intercambiadas que dos militantes de la juventud les robaron durante un círculo de estudio. Mañana sabré. Sintió una fuerte patada que casi le hizo escapar un quejido. «Tranquilo, tranquilo» dijo con voz tierna y se acarició el crecido abdomen. Tengo que estar serena. No quiso compartir la preocupación con su mamá ni con Cacha, ya ellas tenían bastantes ansiedades para cargarlas con otros problemas, y con su papá no podía contar para nada. ¿Hablar con María? ¿Qué puede aconsejarme si no sé de qué se trata? Perla no pudo conciliar el sueño esa noche.

Al día siguiente en la radio anunciaron el peligro de una tormenta tropical que amenazaba con convertirse en huracán. Perla lo tomó como mal presagio, no estaban en temporada ciclónica. Almorzó temprano, dos huevos fritos con arroz blanco, le gustaba con cebollas y tomates, pero no tenía. La ración de cinco cebollas al mes se había acabado y la lata de puré de tomates mucho antes. Llegó puntual, en realidad cinco minutos más temprano. Lola con sus tres de la tarde le daba mal augurio.

Dos hombres la esperaban en el local del Partido: el secretario del Partido de la Facultad y otro a quien Perla no conocía; aunque por la camisa a cuadros, el pantalón gris de poplín y los lustrosos zapatos negros de cordones supo enseguida que se trataba de alguien de la contrainteligencia. Los de la Inteligencia usaban las mismas camisas, sólo que compradas en New York o México, preferían las botas Florsheim a media caña y usaban *jeans*. La invitaron a sentarse, ellos ya estaban acomodados detrás de un buró. En la pared del fondo un enorme cartel: *La universidad es para los revolucionarios*. El policía, a rajatabla, lanzó una pregunta mientras sostenía en la mano una voluminosa carpeta:

—¿Qué te hizo escribir semejante bazofia?

Perla reconoce el cartapacio y lo mira inmutable. No es la tesis. ¡Es la novela que mandó al concurso internacional! ¿Pero, cómo llegó a sus manos? Se recupera de la sorpresa y no permite ser descolocada por la lapidaria diatriba literaria.

—¡Mira que la Revolución es grande! ¡Un policía convertido en crítico literario!

—Yo no soy policía —y dio un puñetazo en la mesa. Claro, rumió Perla, los policías son los que dirigen el tráfico, tú eres un «seguroso». Lo pensó pero no se atrevió a decirlo—. Con ese tono no vas a llegar a ninguna parte —advirtió como una madre regañona que hubiera dicho: «Cuidadito con lo que dices» —. La discusión ahora no es si la novela tiene algún valor para el desarrollo de la cultura cubana. El problema es...—hizo una breve pausa rectificándose— el gran error es que tú no seguiste los procedimientos —Perla lo interroga con la mirada, él a su vez la mira y le contesta desafiante—: Antes de mandar cualquier escrito a un concurso internacional tiene que ser aprobado.

—Es que la novela no es sobre Cuba —se atrevió a protestar—. Se desarrolla en un país imaginario que pudiera ser cualquiera de Suramérica. No tiene nada que ver con la Revolución... —se justificó tratando de encontrar una salida. El policía la interrumpió tajante.

—Incumpliste con lo establecido, las reglas son para respetarlas —y agregó casi con júbilo de tener en sus manos una prueba contundente de los problemas ideológicos de Perla —. Además, hay un personaje positivo que es homosexual.

—¿Y...? —preguntó con cierta bravuconería, alargando el sonido con toda intención—. ¿Es que acaso no hay homosexuales en la vida real?

—Esa no es la discusión ahora —fue seco, tajante, y le tomó algún tiempo continuar—. El problema es que hay que cumplir las reglas y tú no las seguiste —la acusó con rapidez, atropellando las palabras. Luego, se recostó en el respaldar de la silla y tomando un acento pedagógico le habló más despacio—. Si nos hubieras informado de tus intenciones de escribir esa novela te habríamos ayudado oportunamente, con recomendaciones y orientaciones para su mejor enfoque y desarrollo... —hizo una pausa y la miró como dándole el pésame—. Ahora es tarde —hizo otra pausa deliberadamente más larga—, hay que investigar primero quién es esa editorial y quiénes han ganado los premios anteriores, porque la CIA está en todas partes para hacernos daño —Perla abrió la boca, pero sin darle tiempo a responder, el policía sentenció, como un médico que informa sobre el diagnóstico de una enfermedad—: Creo que tienes algunos problemas de debilidades ideológicas. —y casi contento de encontrar una explicación intentó ser condescendiente—. ¡Claro, no es culpa tuya! Pero aquí estamos nosotros para ayudarte. ¿Sabes?, el individualismo es un rezago burgués. El mundo empezó su mal camino cuando el primer hombre dijo «Esto es mío». No se puede pensar en lo que nos gusta o lo que queremos, lo importante es la obra de la Revolución —quedó pensativo y agregó mirándola casi con lástima—: El individualismo y la vanidad pequeño burguesa te hacen querer ganar reconocimiento en un concurso internacional en lugar de ser acreedora del mérito de contribuir a la cultura cubana a través nuestras instituciones. Eso te ha expuesto a estar en la mira de extranjeros que pueden ser enemigos de nuestra Revolución. —Tras tan largo sermón ideológico preguntó con gravedad—: ¿Cuántas copias mandaste?

—Una... —contestó Perla de inmediato, apabullada por la refriega y ante la mirada interrogadora del policía aclaró—: por correo. Él insistió en preguntar lo mismo y ella confirmó lo dicho con igual respuesta. Un pesado silencio inundó por unos instantes la oficina hasta que el dirigente del Partido rompió el mutismo en el que se había mantenido:

—Queremos que nos hagas una carta diciendo que has decidido no participar en el concurso y que estás arrepentida de haber considerado la posibilidad de enviar tu obra sin pasar por las autorizaciones y trámites correspondientes —declaró en el plural envolvente de responsabilidades.

Perla no respondió de inmediato. La cabeza le bullía con mil pensamientos entrecortados sobre las posibles consecuencias de la decisión que tomase. Tenía que tomar una posición que la catalogaría de inmediato: a favor o en contra. En Cuba no estaban permitidas las medias tintas. No estaba en Suiza, no era posible una posición neutral. A favor o en contra. En contra de la Revolución, es decir proclamarse o ser proclamada una contrarrevolucionaria, y ya Perla sabía lo que eso podía significar. Ante su silencio el del Partido agregó:

—Tienes también que estar dispuesta a hacerte una autocrítica pública para que sirva de ejemplo a otros que en el futuro pudieran incurrir en ese error.

El rostro de Perla mostraba perplejidad y miedo. Los dos hombres sonreían satisfechos. Estaba logrando hacerla reaccionar para que rectificase su error. El del Partido interrumpió para proponerle en tono amigable:

—No tienes que contestar ahora. Piensa que la Revolución está por encima de todos nosotros.

—¿Qué pasa si no acepto? —se aventuró a preguntar.

El policía se ensombreció, tal vez estaba equivocado y no la había hecho comprender, en ese caso tendría que darle explicaciones a su jefe del fracaso de su gestión. Hizo una pausa, pero no como las anteriores, esta tenía una connotación trágica. Segundos después añadió en un tono sibilante:

—El que le hace daño a la Revolución es un enemigo —hizo una pausa para estudiar el efecto que produjeron sus palabras, pero Perla ni siquiera parpadeó, entonces añadió con extrema lentitud, recalcando cada palabra como si tuviera vidrio molido en la boca— y con el enemigo no hay tregua.

Inmediatamente cambió de nuevo el papel de policía malo al de funcionario de la cultura y dictó una conferencia acerca de las bondades de la Revolución con sus hijos, del acoso del imperialismo y de los enemigos que la querían destruir. Cuando todo se normalizara la Revolución podría permitirse el lujo de publicar *cosas* como las que ella había escrito. Ahora se estaba en guerra. él estaba seguro de que Perla no guardaba malas intenciones hacia la Revolución, pero el enemigo podía aprovecharse de cualquier grieta, no podían permitirle la más mínima oportunidad. Era necesario ser fuertes como el acero. Como resorte de la memoria terminó su perorata recomendándole la lectura de *Así se templó el acero* de Ostrovski y de *Un hombre de verdad*, de Boris Polevoi. Ese era el tipo de obra que necesitaba la Revolución. Se despidió de Perla con una advertencia presagiosa de catástrofes:

—Hay acciones que uno puede realizar sin pensar en todas las consecuencias que acarrean. Luego, sólo queda lamentarse para el resto de la vida, pero entonces ya será demasiado tarde y no hay vuelta atrás.

Cuando Perla estuvo en la calle respiró el olor a la lluvia que se avecinaba. Fuertes ráfagas de viento barrían las calles arrastrando papeles viejos que se remolinaban a su alrededor en una danza salvaje. Caminó apresurada por la calle 23 hacia

Malecón, quería ver el mar para que le ayudase a aclarar la cabeza. El chaparrón empezó de golpe. Algunos transeúntes se guarecieron en los portales de los edificios. Otros se cubrieron con pedazos de nailon, cartón, o periódicos que acababan de comprar. Alcanzó a leer el titular de *Granma* que casi ocupaba media página: *Explosión en la Oficina Comercial de Cuba en Montreal. Muere Sergio Pérez Castillo. Siete cubanos heridos y cuantiosos daños materiales*. Se estremece, no sabría decir si es el frío de la lluvia o la lectura de la noticia lo que hace martillar de nuevo en su cabeza la frase del policía: «Ahora estamos en guerra». Bailan aún en su mente los ecos de la reunión. Sigue caminando.

El mar estaba embravecido y el Malecón casi desierto. Los cubanos le tienen miedo a las tormentas. Algún que otro vehículo cruzaba raudo la avenida evitando ser envuelto por las olas que rompían contra el muro; también los automóviles temen al mar. El agua salpica a Perla y siente el salitre en la boca. Cierra los ojos para escuchar el estruendo de las olas chocar contra el cariado muro del Malecón y sentir los gruesos goterones contra su piel. No le importa mojarse con el aguacero, es más, le gusta cómo resbala la lluvia por su cara, la ayuda a bajar el fogaje y la indignación que siente.

¿Cuándo es necesaria una guerra? ¿Cuándo es inevitable la violencia y cuándo no? ¿Dónde está el límite? ¿Cuándo podrá vivir sin que la Revolución inunde cada instante de su existencia? No tiene respuestas. ¿Podía haber sido de otro modo? Pregunta inútil. Nunca se podrá saber.

La lluvia cesa tan de improviso como empezó. Las olas continúan fieras y en el cielo se empiezan a disipar algunos nubarrones. Lejos en el mar sigue lloviendo; es una líquida pared gris que le impide ver el sol, aunque un porfiado rayo insiste en abrirse paso hasta que da un reflejo de luz justo al lado de donde persiste la lluvia.

Cada día se vivía como si fuera el último porque nadie sabía lo que pasaría al día siguiente. El riesgo de sentirse atrapada en una historia que no era la suya, verse ceñida por dúctiles cuerdas como una marioneta, con una eterna máscara displicente que asfixia su propia existencia, era una amenaza real por primera vez en su vida. No digas no, que estás negando el paraíso, canturreó. Las alternativas se cerraban sólo en dos posibilidades. Sentía un vacío a la altura del pecho; no era dolor, sólo una sensación de desamparo.

El llanto irrumpió lento y desordenado, sin cadencia predecible, con grandes lágrimas que corrían por su cara uniéndose a las gotas de lluvia. Una vez que empezó, no pudo parar, lloró por todos los años que estuvo sin llorar. Lloró a cántaros, con gemiqueos y pucheros. Lloró desconsolada. Por primera vez desde que supo que estaba preñada le asaltó la duda de si debía traer un niño al mundo. A *este* mundo.

El inmenso dolor era real, le inundaba el pecho y hacía un nudo en la garganta. Los sollozos fueron interrumpidos por arcadas repentinas. Vomitó los pedazos de huevo sin digerir y los granos de arroz; sintió un sabor a bilis en la boca. Se limpió como pudo los labios con el antebrazo y quedó encorvada mirando el mejunje en la acera. Un flaco perro callejero, desafiando las olas, se acercó y comenzó a comer los restos de su indigestión. «Siempre hay quién está peor que uno», pensó. Se enderezó para ver el mar, hizo una inspiración profunda y dejó escapar el aire lentamente.

Entre las enseñanzas que Cacha trataba de trasmitirle a Perla para prepararla mejor para el futuro estaba la de saber defenderse en la vida:

—Tú siempre tienes que ser tú. No permitas que nadie o nada te quite quién eres —siempre ponía el énfasis en *nadie* o *nada*.

Tomó una resolución y se alejó dando la espalda al Malecón.

La Asamblea de Estudiantes fue una semana más tarde. No tenía idea de que el ataque sería por el vicio de leer.

Leer puede ser una inmoralidad contrarrevolucionaria cuando se trata de textos inapropiados. ¿No declaró algo parecido la Iglesia Católica hacía un montón de años? Perla tenía el vicio de leer. Devoraba todo lo que cayera en sus manos, sin preferencias gustativas: novelas policiales, biografías, ciencia ficción, historias fantásticas, daba lo mismo Ray Bradbury que Sir Conan Doyle. Para entonces se publicaban dos colecciones populares de ficción: «Dragón» y «Huracán».

Algunos libros, muy pocos, no los podía digerir bien. Aquellos de estilo pedante que obligaban al lector a darle vuelta atrás a la página para leer un párrafo otra vez, sentía que de esa manera el autor le gritaba en su cara ¡viste que ingenioso soy! Las palabras son como las notas musicales, están todas ahí, el arte —y no es que Perla lo considerara algo fácil— consiste en combinarlas, y en crear con sólo ese simple do-re-mi-fa-sol, lo mismo un bolero que una ópera. En la literatura era lo mismo, armonizar las palabras, buscar como un matemático o un químico la alquimia de las letras. Prefería a escritores que disponían las palabras con elegante gracia y auténtica cubanía, con un dominio increíble de sustantivos, adjetivos y verbos, creando una increíble sinfonía, bella por igual al culto académico como al aprendiz escolar.

De autores contemporáneos se encontraban en Cuba títulos bendecidos por Casa de Las Américas: García Márquez, Galeano, Benedetti. Aunque otros ni se mencionaban: no existían, como ocurría con Cabrera Infante. Para leer *Tres Tristes Tigres* tuvo que comprar —rectifico— intercambiar la novela por las tres latas de leche condensada que le tocaban en el mes. Trueque que Cacha no le perdonó y se lo estuvo sacando en cara por varios años:

—¡Tres latas de leche por un librito! Por la mañana me vas a decir cómo te sabe el pan mojado en el librito ese —Cacha la castigó a darle por desayuno durante todo un mes un pedazo de pan sin la tacita de café con leche con que acostumbraba acompañarlo.

—¡Para que aprendas! —refunfuñó por mucho tiempo muy disgustaba.

El mes terminó y Perla se quedó con sus *Tres Tristes Tigres* para siempre en el pequeño librero donde tenía la colección de sus libros favoritos. Pero cometió el error de comentar la novela con su amiga Mariflor, incluso le prestó el libro, por eso le dolió que la crítica empezara por ahí, por leer, y precisamente que fuera Mariflor quien dirigiera la Asamblea de Estudiantes y la acusara directamente.

—Un revolucionario no debe caer en la tentación de leer libros contrarrevolucionarios —sentenció Mariflor mientras desafiaba a todos con la mirada.

Perla no se dejó amedrentar.

—Ni a pensar con cabeza propia tampoco —replicó manteniendo firme la mirada.

Perla era así, desfachatada e imprevisible.

—¡Mida sus palabras compañera! —gritó algo descompuesta Mariflor, quien como dirigente de la Federación de Estudiantes Universitarios presidía la discusión.

—Ese es el problema. Estoy cansada de medirlas. Esto es como el cuento de Pepito... —hizo una pausa, se mordió la lengua, era suicida hacer ese cuento en la asamblea, pero lo que entonces se le ocurrió decir fue peor—: Lo único que nos falta es hacer hogueras como en la inquisición.

Se hizo un murmullo. Alguien desafiando el poder era algo que ya no se veía todos los días. Mariflor, roja de rabia, sólo atinó a gritar improperios y palabras atropelladas, insistiendo en que había que confiar en la Revolución. En ese punto de la discusión estuvo tentada de dar por concluida la asamblea y exigir una reunión a puertas cerradas con todos «los factores»: el sindicato, la organización de los estudiantes, el Partido y la juventud comunista. Pero semejante decisión sería un fracaso en su historial de dirigente. Necesitaba apoyo y buscó con la mirada a los incondicionales hasta que uno de ellos tomó la palabra:

—Creo que la compañera Perla no merece estudiar con nosotros porque la universidad es para los revolucionarios —dijo sin mirar a Perla. Sus ojos buscaban la aprobación de Mariflor, ésta le devolvió una mirada amable que lo incitó a continuar—. No está a la altura de lo que la patria requiere de sus hijos en estos momentos difíciles...—carraspeó—. Propongo que se lleve a votación la propuesta de expulsión —el resto de los incondicionales, sentados en la primera fila respiraron hondo y sonrieron, ya sólo quedaba secundar lo dicho.

¡Oh Perla! Para ellos la patria es el suelo donde les tocó nacer. Tú creías que el amor a la patria debía ser un amor correspondido, sin condicionantes de ambas partes, de lo contrario era sólo era un hecho casual, o en todo caso un accidente geográfico o biológico. Para ti, patria es el mundo de recuerdos del primer universo: el mar, los rincones donde recibiste el primer beso, la tumba de los abuelos. Patria es la foto de familia, una comida con amigos, una fiesta de cumpleaños, el nacimiento de un hijo, una cama compartida. La patria que según ellos habías traicionado, no te daba espacio para tu amor y sólo pedía sacrificios y sufrimientos como un amante dominador. Patria sólo es humanidad.

—¡Que se lleve a votación! —exclamó jubilosa Mariflor, pensando que el resto de la asamblea correría sobre ruedas—. Las manos se fueron levantando, primero aisladas y tímidamente, hasta elevarse todas. Nadie podía escapar, porque no haberla alzado simbolizaba solidarizarse con la persona depurada, lo que a su vez significaba sumar de inmediato la fila de los no confiables.

Perla, en la primera fila, con la mirada al frente, no vio las manos levantarse, aunque, como si tuviera ojos en la espalda, sabía que todas se alzarían por unanimidad. Fue el minuto más largo de su vida. Ya estaba marcada, para siempre, no había vuelta atrás. María y Toña no estaban allí, ellas estudiaban en otra facultad. ¿Hubieran votado a su favor? Nunca lo sabría.

Ahora que nuevamente tenía el control de la reunión, Mariflor sonrió con alivio, si la asamblea se hubiera «complicado» podría haberse interpretado como señal de inmadurez política. Se sintió reanimada cuando todo terminó y fue entonces que la asaltó la curiosidad ¿cuál sería el cuento de Pepito? Refunfuñó disgustada, aunque no se sentía culpable. Al final ella se lo buscó, se justificó.

Mariflor había llamado a Perla por teléfono antes de aquella Asamblea de Estudiantes, justo después de la fatídica reunión de las tres de la tarde con el Partido.

—¿Cómo va la barriga? ¿Se te quitaron los vómitos? —preguntó en el tono que se usa para hablar de las cosas sin importancia.

—Estoy mejor —mintió porque presentía que la pregunta era una formalidad y no le importaba cómo se sentía, sólo era una excusa para hablar de lo que realmente le interesaba.

—Ya me enteré de lo que te pidió el Partido —¿quién dijo que hacen falta periódicos?, hay noticias que corren de boca en boca con la velocidad de la luz, *Radio Bemba* como decían en la calle. Perla no hizo ningún comentario y Mariflor siguió con un dejo afable—: Mira, mi amiga, hay que ser como la caña, que se dobla cuando el viento sopla. Tienes que hacerte una buena autocrítica y ya... todo arreglado... —silencio del otro lado del auricular, por lo que con voz cómplice le aconsejó—: Te conviene —hizo una nueva pausa, esperando alguna reacción, pero Perla siguió callada. ¿Sería su iniciativa o la habrían mandado? Mariflor insistió—: No seas terca. Hay cosas que son como son. Piensa en tu bebé.

—En él estoy pensando.

—¿Y?

—No sé lo que haré. No he tomado una decisión —y no la había tomado, era una de esas resoluciones que podían llevar luego a decir «el mayor error de mi vida fue...».

—Piénsalo dos veces —tras una duda confesó—. Mira chica, tú sabes que yo soy tu amiga pero no tuve más remedio que ir a decirle a la gente del Partido lo de tu novela. Cuando me la prestaste para pedirme opinión me di cuenta de que era candela lo que escribiste...—esperó alguna respuesta y al no tenerla continuó—. Fíjate si hice bien en ir a verlos que ya ellos lo sabían todo. Me hubiera embarcado si no lo hago —ante el silencio se inquietó— Perla ¿estás ahí?

—Sí —asintió Perla en un tono seco que no intimidó a Mariflor.

—Puedo ayudarte si te decides a hacerte la autocrítica —propuso conciliadora—. Ellos no quieren hacerte daño, sólo están interesados en tener la carta de que renuncias al concurso para tenerla de resguardo porque no están seguros si mandaste más de una copia, ¿mandaste más de una? —ante el mutismo de Perla y como si fuera una experta mediadora aseguró—. Todo esto puede manejarse de forma tal que ni sanción haya por haberla enviado sin permiso. Pero si no lo haces, no podré ayudarte, y te vas a complicar... Mi'jita, no vale la pena.

—Gracias por el consejo —agradeció Perla en la misma áspera entonación.

—Por nada. Esa es mi opinión. Tú sabes que yo soy tu amiga... Piensa qué es lo mejor para tu hijo.

Resolución de la Rectoría 8/71
Universidad de La Habana

De acuerdo con la autoridad que me ha sido conferida como Rector de la Universidad de La Habana se hace saber mediante esta Resolución que se expulsa a Perla María Guzmán Cepeda, estudiante que cursa el quinto año de la Licenciatura de Historia, Facultad de Humanidades, por los siguientes motivos:

POR CUANTO: La Universidad es para los revolucionarios.

POR CUANTO: Con las pruebas expuestas en el expediente disciplinario seguido contra la alumna Perla María Guzmán Cepeda, analizadas individualmente y en su conjunto, ha quedado comprobado que la mencionada alumna, desde su ingreso en la Facultad de Humanidades, ha mantenido una conducta social inaceptable para los principios de la Revolución lo que la invalida para graduarse en la carrera que cursa en dicha Facultad, y aunque ha obtenido resultados docentes satisfactorios, sus relaciones con los demás alumnos en la esfera de las actividades sociales y políticas no han resultado igualmente adecuadas, sino por el contrario, han estado caracterizadas por una constante mala actitud, tales como su hipercriticismo con relación a la Revolución, chistes contrarrevolucionarios, falta de respeto a los héroes y mártires de la Patria, y expresiones no adecuadas al esfuerzo que hace el país.

POR CUANTO: La actitud de la mencionada alumna no se corresponde con los principios de la moral comunista, que debe guiar a todos los graduados universitarios de la Revolución. Como agravante a esa actitud se puede señalar la falta de espíritu autocrítico al no aceptar los señalamientos que en numerosas ocasiones le expresaron sus compañeros y dirigentes de las organizaciones de masas estudiantiles, la agresividad frente a los planteamientos que se le formulan ante sus malas actitudes y el mal comportamiento en las tareas productivas.

POR CUANTO: La citada alumna no ha querido cooperar con esta investigación reconociendo sus graves faltas ni ha agradecido las generosas y múltiples oportunidades que para superarlas le fueron extendidas tanto por sus compañeros estudiantes como por las autoridades universitarias, a la finalidad de que dicha alumna superara sus debilidades ideológicas y rectificara su conducta incorrecta. Todos los constructivos esfuerzos realizados han sido infructuosos.

POR CUANTO: La mencionada alumna ha dado pruebas evidentes de las numerosas debilidades ideológicas que manifiesta, así como de la participación de ésta en compartir con elementos antisociales y desafectos a la Revolución, y puede concluirse que su actuación está en contradicción con los principios establecidos por el Congreso Nacional de Educación y Cultura y con la moral comunista.

RESUELVO

PRIMERO: La alumna Perla María Guzmán Cepeda queda expulsada de manera definitiva y permanente de la Universidad de La Habana y del sistema de educación superior, sin derecho a que le sean reconocidas las asignaturas cursadas hasta la fecha para el ingreso en cualquier otra universidad del país.

SEGUNDO: Todos los records universitarios y de las asignaturas cursadas serán destruidos; acción que ejecutará el Departamento de Archivos Docentes, en fecha no posterior al mes de dictada esta Resolución.

TERCERO: Sus escritos y obra contrarrevolucionaria serán destruidos por fuego en acto de repudio políticamente ejemplarizante. De esta labor quedan a cargo las autoridades políticas y administrativas correspondientes.

Esta resolución consta de cuatro copias. La primera será archivada en el Departamento Jurídico de la Universidad de La Habana; la segunda, será archivada en el Departamento de Archivos Docentes; la tercera, será entregada al Ministerio de Educación Superior, quien la distribuirá al resto de los institutos de enseñanza superior y universidades del país y la hará circular a otras instituciones y ministerios encargados de estos asuntos. La cuarta será entregada a la susodicha estudiante.

Dados en La Habana, El 22 de junio de 1971
Firmado: Rector de la Universidad
(Cuño y firma ilegible)

Perla leyó todo el documento. Hacia 308 años, en otro rincón del planeta, Galileo Galilei reconoció su *error* ante la Santa Inquisición. Hacía ciento doce mil cuatrocientos noventa y siete días, el 22 de junio de 1633, Galileo negó que el sol fuera el centro del universo. Perla se estremeció. Mariflor tenía razón. La caña que no se dobla se parte en dos. Leyó otro número como premonición fatídica: Resolución 8. Ocho en la charada es muerto. Perla estaba muerta en vida.

Cuando Pancha, la abuela de Toña, se enteró de la noticia le dijo a Perla:

—Te echaron un bilongo —ante la mirada de extrañeza, la anciana comprendió que ella no sabía lo que quería decir y agregó—: Una brujería, hijita, te hicieron una brujería.

Mes y medio más tarde Perla parió a Esperanza.

5
Un día cualquiera en el primer cuarto del siglo XXI

Perla y Karlina invitaron a María a cenar. Acordaron ir al restaurante *Hoy como ayer*, el más exitoso de La Habana desde que se iniciaron los cambios en la isla. Al principio el establecimiento servía un menú socialista: croquetas de *ave* (averigua) al plato, pastas hervidas con sal, refresco de *guachipupa*, ensalada de coditos con muy poca mayonesa, chicharrones de macarrones fritos, pizzas aderezadas sólo con tomate y sin queso. Algo muy común en el menú de los últimos tiempos revolucionarios: «la masa cárnica», no fue autorizada por las nuevas autoridades de salubridad por la fácil descomposición de esa misteriosa pasta. Luego, el excéntrico menú se amplió con sándwich cubano, pastelitos de guayaba y carne, batidos de frutas, tamales, frituras y otras golosinas. Ahora el menú tenía dos páginas: comida tradicional cubana y comida revolucionaria.

Al llegar a la casona en Miramar oyeron por las bocinas del jardín una vieja grabación con la inconfundible voz del Benny More.

Hoy como ayer,
yo te sigo queriendo mi bien,
con la misma pasión,
que sintió mi corazón,
cuando te vi junto al mar.

El restaurante estaba casi lleno por lo que se sentaron en una esquina de la terraza. Las mesas colindantes estaban llenas de turistas que hacían mil preguntas acerca del menú. Una pareja de alemanes discutía en un rudimentario español que querían cambiar el plato ordenado del menú revolucionario por otro plato de la comida tradicional, pero la camarera con ademán firme le señalaba al final de la página, en fina letra impresa la concisa aclaración: «No se aceptan devoluciones de la comida revolucionaria».

Perla quería saber de los viejos amigos y preguntaba sin cesar por diferentes personas. Muchas de ellas habían muerto por infarto, cáncer, y a veces por causas desconocidas. Otras ocupaban cargos en el nuevo gobierno.

—Parece que existe un plan para remodelar La Habana. Van a demoler manzanas enteras de viviendas en mal estado —dijo María cambiando el giro de la conversación.

Desde 1959 desaparecieron progresivamente los ostiones frescos de la calle Infanta y San Lázaro, los cafés Aires Libres frente al Capitolio, cada uno con su orquesta que dejaba escapar retazos de música a la calle Prado, el helado tostado del álamo Drive-Inn, los bailes flamencos de El Colmao, los maniseros pregonando «Maniiiií» con sus latas calentadas con carbón, los fruteros chinos arrastrando su carretilla mientras voceaban «Flutas flescas», los cafés con leche espumeantes acompañados con panes crujientes rebosados de mantequilla en cualquier cafetería de mala muerte. Perla estuvo divagando sobre la Habana perdida, la bella y decadente. Muchos de aquellos recuerdos se remontaban a la niñez.

Karlina quiso saber cuál era el sentimiento predominante en aquellos tiempos.

—El miedo —afirmó María y rectificó enseguida—. No, miedo y resignación.

—El odio y la agresividad —opinó Perla—, pero no me refiero a la agresividad contra los yanquis, sino a la cólera de unos contra otros en la vida diaria; en la cola del pan cuando alguien quería colarse o contra el vecino que te vigilaba —quedó sumida por unos segundos en los recuerdos antes de decir—: Tener la sensación constante de que todo él que te rodeaba quería joderte.

Se miraron retándose con los ojos, cada una queriendo imponer su punto de vista.

—¿No pudiera ser una mezcla de todas esas emociones? —preguntó Karlina. Se quedaron meditando por unos instantes. Sí; las dos tenían razón. Perla rompió el incómodo silencio para preguntarle a María por un nombre que asoció mentalmente con la atmósfera que acababa de describir. A su mente vino la frase «hablando de hijoeputas qué es de la vida de...», pero lo expresó más civilizadamente:

—¿Sabes algo de Mariflor?

—Es una alta ejecutiva en una de las nuevas compañías extranjeras. Tiene su oficina cerca de Santa Fe.

—Hay quienes siempre caen de pie —comentó Perla y agregó—, así pasó también en Europa del este.

La representante de Vida giró la conversación de nuevo a temas de su interés. Reconoció su confusión acerca de lo que pensaba la gente durante todos los años de la Revolución. Había muchas cosas que se le escapaban. Por mucho tiempo se forjó la imagen de un hombre nuevo, ¿qué había pasado?, ¿qué falló?, ¿cómo era el mundo en que vivían? María y Perla no respondieron a las primeras preguntas. No tenían respuesta, o tal vez tenían miles. De cómo era el mundo en que vivieron comenzaron a hablar como si se tratara de un poema escolar.

—Crecimos en un mundo alucinante de guerras contra todo lo divino y humano.

—Un mundo de batallas y victorias.

—La batalla contra el analfabetismo, contra el imperialismo, contra el diversionismo ideológico, las extravagancias, el despilfarro, las hormigas, la mafia de Miami, el comején, los maricones, el moho azul de la caña, la vagancia, la blandenguería, la corrupción, el mosquito *Aedes Aegypti*, las malas hierbas, la fiebre porcina, el acomodamiento —lo dijo en seguidilla, sin tomar aliento y se quedó pensando cuál le faltaba, Perla continuó:

—Cuando no eran batallas «en contra» eran batallas «por», por el ahorro, por la soberanía, por la integridad, por el desarrollo, por ganar el campeonato mundial de béisbol, por los pueblos del mundo. Las últimas fueron la batalla de ideas, y finalmente, por la propia existencia. —suspiró con cansancio y tomó un sorbo de ron.

—¿Y la obra de la Revolución? ¿Se perderá? —inquirió Karlina con auténtica preocupación, como quien teme oír el anuncio de la muerte de un ser querido.

Perla se demoró en contestar, a veces los representantes de la izquierda la sacaban de quicio. Sí; definitivamente es muy difícil desaprender lo aprendido. ¿Cuál obra de la Revolución? ¿La de los sueños utópicos o la de las pesadillas que vinieron con ellos? ¿Los logros de la medicina o los cientos de cárceles? ¿La campaña de alfabetización o las persecuciones contra libros y autores? ¿El alto índice de la expectativa de vida o el incremento de los suicidios? ¿La lucha contra la tiranía de Batista o los desmanes de la dictadura comunista? ¿La solidaridad o la constante vigilancia sobre amigos y enemigos? ¿La que convirtió los cuarteles en escuelas o la que construyó más prisiones que ningún otro país de América Latina? ¿El internacionalismo o la corrupción? ¿La moral comunista o la doble moral? De todas formas lo intentó:

—Voy a contarte una anécdota para que tú saques las conclusiones que quieras. Un tierno ejemplo de la *obra* de la Revolución —y recalcó obra con un dejo de ironía— fue el documental cubano *Por primera vez*, donde se testimoniaba el recorrido de un proyector ambulante de cine por lugares recónditos de las sierras y montes, donde no había luz eléctrica, ni medicinas, ni escuelas, en todos aquellos lugares olvidados de la isla. Casi siempre proyectaban una película de Charles Chaplin. El documental recogía las imágenes de los rostros de esas familias que en esas zonas aisladas veían por primera vez el cine. Eran caras de puro asombro, expresiones de «ya no me queda nada por ver en este mundo». Niños con las bocas y ojos abiertos en redondo. Campesinos desdentados con ingenuas carcajadas. Si se pudiera retratar la fascinación, ese director lo hizo.

—¡Oh! ¡Qué bonito! —interrumpió Karlina entusiasmada y sus ojos azulísimos fulguraron con un nuevo brillo. Luego, palmeó las manos como una niña ante un caramelo.

Perla sonrió y pensó que los adultos también siguen necesitando de cuentos de hadas y brujas, no sólo los chiquillos.

—Uno de esos niños quedó tan impresionado que terminó siendo director de cine —Karlina sonreía y Perla también— Sí; estudió «gracias a la Revolución». No tuvo que pagar su carrera y fue tan director de cine como Spielberg, tal vez con menos talento y definitivamente con muchos menos recursos. Pero el muchacho empezó a hacer unas películas un tanto raras. No reflejaban la obra de la Revolución y fueron prohibidas. Nunca las proyectaron en ninguna sala de cine en Cuba.

Karlina calló. No le gustó el final. No tenía un *happy ending and ever after*. «Comprendo», dijo con voz queda. ¿Comprendía? ¿De verdad? ¡Eureka!

—¿Y qué pasó con él? —se atrevió a preguntar con timidez, como temiendo conocer la respuesta.

—Trabajó en un almacén por más de veinte años. No pudo hacer cine nunca más. Tuvo ofertas de trabajo en varios países, hasta un famoso director de cine español quiso llevárselo con él... no lo dejaron. Cuando se percató de que estaba derrochando su existencia, decidió marcharse, pero como guajirito de pura cepa, le tenía terror al mar, la única salida era irse en una balsa y no se atrevió. Lo último que supe de él era que tenía cirrosis: se había alcoholizado.

—¡Oh! Ya veo —murmuró Karlina apesadumbrada.

—La Revolución como la luna es una sola, pero tiene dos caras —afirmó Perla quien quedó mirando al vacío, como hurgando en la memoria—. Como dijo un disidente de aquel entonces, hay quienes padecían de hemiplejia moral y no quisieron saber de la otra cara.

Karlina enrojeció como sólo pueden ruborizarse los de piel muy blanca. A lo mejor en ese instante hubiese querido tener una piel negrísima como la de Toña para esconder su vergüenza. No habló más, quedó en silencio, meditabunda.

¡Qué pena que la hubiese hecho entender tan tarde! ¿La izquierda hubiera tomado otra actitud de haberlo sabido? ¿Sabían y no actuaron? ¿Lo desconocían o no quisieron saber? Intentaron racionalizar lo injustificable, pensaba Perla. En un desesperado resorte de autodefensa Karlina atinó a decir:

—Tampoco ustedes criticaban de esta manera durante la Revolución.

Todas callaron. María que se había mantenido hasta entonces en silencio, tras un suspiro, declaró con voz ronca:

—Tienes razón. Vivíamos con miedo... Todos fuimos cómplices —admitió con desgano.

185

Perla asintió con la cabeza. En la mesa vecina los alemanes, ya resignados al hecho irreversible de que el menú revolucionario no tenía devolución, pidieron una jarra de guarapo y una ración de tamales y tostones de la comida tradicional cubana.

Capítulo 6

Las contradicciones

1
1971-1973

Temprano en la mañana, en casa del general, Perla se dispuso a leer el boletín informativo, elaborado para altos oficiales y escogidos funcionarios del Comité Central del Partido Comunista cubano. Así podía enterarse de algunos de los sucesos que acontecían en el mundo, porque ninguno de los cuatro periódicos que circulaban en la ciudad —el del Partido, el de la Juventud, el de la central única de los sindicatos o el de la provincia— publicaba semejantes revelaciones. Las noticias del boletín estaban tomadas de varias agencias internacionales, e iban acompañadas de un breve análisis «orientador», para facilitar la comprensión acerca del mundo demencial y decadente, que se extendía más allá de los mares. Al terminar la lectura, telefoneó a casa de su mamá. Era un rito diario. Cada mañana a las siete en punto, hacía una llamada para saber de Esperanza.

Pocos meses después de que Perla pariera, Leticia inscribió a la niña en su dirección para no perder el apartamento de El Vedado. Por esos vericuetos legales que existían en la isla, incomprensibles para cualquier ser racional, una vivienda pasaba a manos del Estado si el familiar heredero no estaba inscrito en el Registro de Direcciones controlado por los Comités de Defensa de la Revolución. No importaba si el apartamento había sido comprado y pagado por el abuelo, la mamá, o cualquier pariente lejano o cercano, de no cumplirse ese requisito, la propiedad sería intervenida cuando Leticia muriera o se fuera del país, que era casi lo mismo a los ojos de las autoridades. Nadie estuvo feliz con la decisión, ni Perla, Cacha, o la propia Esperanza.

Cacha puso el grito en el cielo al enterarse, y ahora, pasaba mucho tiempo en El Vedado, junto a la niña. Leticia argumentaba que la escasez de viviendas era de tal naturaleza, que perder el inmueble era casi un pecado. Ella era la dueña desde la muerte de su madre, pero no podía vender ni rentar. Pese a ser la propietaria formal del apartamento, las leyes regulaban con minuciosa exactitud los usos autorizados del inmueble, con el propósito de evitar que fuese empleado para el «enriquecimiento» de los dueños.

Al principio Perla apenas resistía estar toda la semana alejada de Esperanza, y se la llevaba con frecuencia a pasar unos días a la casa de Miramar. A la niña le fascinaba el mar y aprendió a nadar a los seis meses de edad, mucho antes de que se hiciera moda en el mundo enseñar natación a los bebés. A menudo, la cargaba a escondidas, bajando diez pisos por las escaleras, porque la ascensorista del edificio era la Presidenta del Comité, y temía que informará sobre alguna ausencia indebida del apartamento.

Tras las preguntas de rigor ¿cómo durmió?, ¿tienes algo de comer?, ¿y el catarrito?, Perla le lanzó un estruendoso beso a la niña y se despidió. Con el auricular en la mano, quedó pensativa. Todavía la pasmaban los giros que da la vida. Ocurren sin esperarlos, como un rayo, aunque al menos la tormenta advierte la posibilidad de la furia celestial. ¡Ah la vida! Esa retorcida y tramposa celestina te jugó una mala pasada.

Perla se enamoró por primera vez, o al menos era lo más parecido al amor que había encontrado. Se chifló por... un General. No sabría decir cómo empezó la atracción. Quizás era su olor. La fragancia del militar la excitaba como a una perra en celo. A ella no le agradaba la fetidez del sudor viejo, lo que sí la atraía hasta el paroxismo era el olor a sudor fresco y la humedad que transpiraban los hombres durante sus malabarismos sexuales. «Humedad salada: olor a hombre», decía, y por esa razón no le gustaban los hombres perfumados, prefería el simple olor a jabón.

El General salió de la ducha envuelto en una toalla. Ella lo tomó de la mano, lo tiró sobre la cama y con la piel todavía húmeda, le empezó a lamer los dedos de los pies. Poco después, Perla jugó con su lengua y dedos cerca del ano, y procedió a hacerle una *caperuza,* que le provocó al militar una de las más grandes excitaciones que jamás hubiese sentido.

—Eres la más puta de todas las putas —murmuró el General mientras ella galopaba sobre él— Por ti soy capaz de matar a cualquiera.

Perla por principio, no creía en las palabras de un amante, mucho menos cuando eran dichas en el fuego del sexo. Mientras más ardorosas las promesas, con mayor rapidez se desvanecían. Ella nunca decía «te amo». No porque alguna que otra vez no hubiese sentido algo parecido al amor, pero le parecía en extremo cursi esa expresión. No, definitivamente no sonaba bien. Si hubiese crecido en España, oyendo a Marilyn Monroe y a Isabela Rosellini diciendo «te amo» en películas dobladas al español, tal vez el oído se le hubiera acostumbrado y no le sonaría tan falso. La expresión le parecía una mala traducción del *I love you.* ¿Cómo los amantes expresarían sus sentimientos antes de existir el cine? ¡Quién sabe! ¿Por las novelitas rosas?

—Nunca mates por mí. ¡Vive y goza! —le susurró Perla al oído mientras lo apretó dentro de ella y siguió trotando desaforada. El general eyaculó como si hubiera vaciado toda su naturaleza.

—Cabrona, vas a acabar conmigo —protestó satisfecho.

Al General le gustaban las mujeres talentosas y calientes. Decía que algunas sólo tienen una cama en el cerebro. Esas, aunque las gozaba bien, lo aburrían pronto. No resultaban un desafío. La mujer era como una potranca de buena sangre que tenía que domar. Le gustaban los retos y conquistar no sólo el cuerpo. La inteligencia de una mujer era lo que más le atraía. Sin embargo, con Perla tenía la sensación de nunca estar seguro de haberla conquistado. Eso era; con Perla sentía una inseguridad constante que lo mortificaba y atraía a la vez.

Cuando el General la invitó a vivir con él, se comprometieron a no discutir de política por lo que casi quedan mudos. En apenas unos días se percataron de que si no conversaban de política, no tendrían la posibilidad de hablar de casi nada, porque en Cuba la política terminaba inundándolo todo: música, pintura, literatura, cine, familia, educación, deporte, medicina, comida, todo. ¡Todo!

¡Absolutamente todo!; hasta el estado del tiempo. Una vez, un ciclón destructor fue acusado de «mercenario» al entrar por Girón, el mismo sitio por donde se produjo la invasión de exiliados apoyada por Estados Unidos, y se dio la orden de «combatirlo» como si se tratara de un enemigo de carne y hueso. Esa era la paradoja: era imposible no mezclar cualquier tema con la política, pero tampoco se podía «discutir» sobre ella. Al menos, no sin incurrir en considerables riesgos.

Una tarde de abril, echados en la arena frente al mar de Varadero, el General hizo algunas críticas sobre la situación que estaba viviendo el país. Sus apreciaciones no coincidían del todo con el tipo de reproches que Perla solía hacer, aunque no por ello dejó de sorprenderse. Nunca hubiese esperado que un militar de tan algo rango reprobara algún hecho de la realidad cubana. Siempre que ella usaba en la casa alguna expresión considerada incorrecta por la sacrosanta Revolución, el General la refutaba de inmediato, haciendo un gesto circular con el dedo índice extendido al cielo, signo inequívoco de «te pueden estar oyendo» en el lenguaje mudo de los cubanos. Como estaba supuestamente alejada de micrófonos a la orilla del mar, Perla le comentó esa tarde, que no comprendía como él, un miembro de las Fuerzas Armadas Revolucionarias, pudiera tener temores de estar vigilado. Ella pensaba que sólo existía desconfianza hacia los contrarrevolucionarios, o sobre los no confiables, pero ¡un General!

—Nosotros más que nadie —aseguró resignado—. Mientras más cerca del poder, más desconfianza.

No hablaron más del asunto. Como cada semana, fueron a visitar a Ángel. Era ya una costumbre de la pareja porque fue en su casa que Perla y el General se vieron por primera vez. Ángel era uno de los cubanos más refinados y excéntricos en La Habana de los años setenta. El carismático mulato siempre vestía elegantes trajes blancos de dril cien, pese a que nadie se atrevería ya a usar esa prenda, ni ese tejido de algodón existía en ningún comercio. En el bolsillo, invariablemente, un pañuelo de seda amarillo y aunque flameara un calor de derretir piedras, nunca se le veía sudado; siempre olía a caras fragancias francesas con base de sándalo. Calzaba refinados zapatos de piel de cocodrilo y lucía un caro sombrero de pajilla de ala ancha. Siempre portaba un gran tabaco Lanceros en una mano, y en la otra, un bastón de palo de haya con puño de coral y plata, tallado con la cabeza de un pavo real. Era una leyenda exótica y enigmática en la gris Habana de esos años. Conseguía lo que nadie podía obtener porque tenía muchos amigos poderosos y santos protectores.

Expulsada de la Universidad de La Habana, Perla no tenía en realidad, ninguna posibilidad de ganarse la vida, porque su expediente, iniciado desde la escuela primaria, con meticulosidad enfermiza de escribano oscurantista, la acompañaría como un sambenito a todas partes. «La universidad es sólo para los revolucionarios» era una consigna archiconocida, y si ella estaba invalidada para cursar estudios superiores, por simple deducción, pocos correrían el riesgo de ofrecerle empleo. Todo se solucionó cuando Ángel le «consiguió», a través del Historiador de la Ciudad, un excelente puesto de asesora en las restauraciones de la Habana Vieja. En Cuba se desarrolló el *sociolismo* y no el socialismo como todos afirmaban.

Cuando Perla llegó aquella primera tarde a casa de Ángel para agradecerle la gestión, el General estaba de visita y la miró como se estudian las espuelas de un gallo fino. Nunca pensó que tan sólo una mirada pudiera llegar a quemar la piel. El General apenas habló y se despidió apurado.

Ángel se alegró de que Perla estuviera contenta y le recalcó que no tenía nada que agradecerle. Su amigo, el Historiador de la Ciudad, le había dicho que se sentía muy feliz de tenerla dentro de su equipo y le aseguró que ella era muy sagaz y cumplidora.

—Eres un ángel —le dijo Perla.

—Sí, así me llaman algunas veces —le respondió sonriendo.

Tres días más tarde, Perla estaba en una de las casonas del siglo XVIII de la calle Obrapía, sumida en el estudio de cómo completar unos frescos pintados en una bicentenaria pared. Observaba, debajo del que habían descubierto primero, un dibujo más antiguo. Era difícil delimitar cada decoración, porque los colores y las figuras se confundían borrosos como un todo por el paso de los años, la humedad y el salitre. Estaba atareada en su faena cuando sintió el peso de una mirada en su espalda y se volvió. El General la estaba observando hacía varios minutos, mientras ella trabajaba absorta. Le dijo que quería invitarla a ver algo que ella conocía sin haberlo visto nunca. A Perla le intrigó el acertijo, no obstante, le respondió que no salía con guardias.

Le gustó la carcajada del General quien dio media vuelta para dirigirse a la salida. Perla quedó algo molesta de que se hubiese desalentado con tanta facilidad. Justo antes de marcharse, parado en el umbral del portón, el militar le ordenó con firmeza: «trae la trusa mañana». No estaba segura todavía si aceptaría la invitación, pero, por si acaso, la llevó, y también, una toalla. Le costó trabajo reconocerlo sin el uniforme militar. Vestía un pulóver claro de cuello blanco y un pantalón vaquero.

—Ahora no puedes decirme que no —insistió sin que pareciera una orden.

Perla asintió con una sonrisa. Realmente era muy atractivo, reconoció en su interior. Ella le aclaró que tenía que esperar hasta las cinco, cuando terminara de trabajar. Sería muy tarde, advirtió él, y de inmediato pasó a la acción tras un breve «Yo me encargo». Como otras tantas mujeres se rindió ante el aura erótica que el poder le confiere al macho.

En menos de una hora cruzaron con velocidad prohibida en un «Chaika» soviético el túnel de la Bahía de La Habana. Un chofer manejaba con destreza el auto, mientras el General conversaba con natural desenvoltura sobre multitud de temas que a Perla jamás se le hubiera ocurrido oír en boca de un militar.

Llegaron a la playa de Jibacoa, un pedazo de paraíso azul transparente escondido tras verdes colinas. Él le preguntó si sabía bucear y Perla negó con la cabeza. Después de vestir un ajustado traje de buzo que buscaron en la caseta de turismo acuático de un hotel cercano, el militar le dio rápidas y precisas instrucciones en una piscina, para luego, salir al mar en una lancha de motor. Para el General no había obstáculos, ni trámites que salvar, carnés que presentar, o regulaciones que cumplir. Todas las puertas se le abrían en aquel mundo dominado por porteros ceñudos y requisitos infranqueables.

Se sumergieron no muy lejos de la costa, de frente a un boscoso cerro que se alzaba en el horizonte. ¡Tenía razón! Bajo el mar se extendía un mundo diferente y oculto. Eran los más bellísimos azules que hubiera visto en su vida. Un universo nuevo, lento y sensual estuvo siempre escondido delante de sus narices. ¡Todo era tan hermoso!: miles de pececillos se movían en todas direcciones con una rapidez asombrosa, el balanceo de los abanicos en el fondo, la verde morena agazapada bajo una roca, las arabescas formaciones coralinas. Se sintió ligera y libre ante el maravilloso efecto de la ingravidez. Tras el cristal de la máscara de buceo, sus ojos fulguraban con destellos amarillos y danzaba en el agua como una sirena con armonía interior. Perla nunca antes exhaló tanta sensualidad. El General era un buzo diestro que la guió por esa sinfonía azul donde no hacía falta el sonido para sentir la música. Cuando subieron al bote, Perla le dio las gracias.

Esa noche fue la locura. Para Perla fue lo más cercano al amor que había conocido. Poco tiempo después, el General la invitó a una fiesta. «Es algo nuevo para ti», le dijo, sin darle más explicaciones.

Llegaron a una casa en las afueras de la ciudad. La mansión estaba cercada por un alto muro de piedra seguido de un extenso y cuidado jardín. En los amplios salones se oía una música melosa, y en el comedor se extendía una larga mesa con mantel blanquísimo, adornada con frutas y flores, y cubierta con manjares que Perla suponía que existían solamente en los bufetes de los hoteles dedicados al turismo extranjero. Un surtido bar se abría junto a una piscina iluminada por poderosos reflectores que creaban reflejos plateados en el agua. Perla pidió una cerveza. A algunos rostros los reconoció por fotos publicadas en los periódicos, pero como no prestaba mucha atención a la prensa no sabía de quiénes eran. Lo primero que la desconcertó fue ver a una mujer en la piscina, con monumentales pechos al descubierto, mientras dos hombres jugueteaban con sus enormes redondeces. El General observaba como la excitación de Perla crecía mientras miraba hacia la piscina. Le hizo una suave caricia en el cuello y le preguntó zalamero al oído:

—¿Te quieres ir?

Perla no contestó, sorprendida todavía, se mantuvo en silencio mientras, observaba con irreprimible curiosidad el inusitado espectáculo. Luego, caminaron hacia un promontorio semisubterráneo al lado de la piscina, que resultó ser una espaciosa habitación con una luz difusa y azulada, filtrada a través de dos enormes paredes de cristal que, como en una enorme pecera, dejaban ver el interior de la piscina. El piso era blando, un colchón de espuma de goma lo cubría por completo. Muchos cojines y varios pufs se amontonaban en las esquinas. «Dicen que Heffner tiene un cuarto igual», le susurró el General, quien ante el silencio de Perla, le aclaró al oído: «El fundador de *Playboy*».

Perla no prestó mucha atención a sus palabras. Quedó pasmada por la fascinación de la lujuria. Ella, que no había visto una película pornográfica en su vida, tenía ante sus ojos una imagen en tercera dimensión de *El Jardín de las Delicias*; por supuesto, del panel central, no del infierno ni el paraíso. La Tierra con el éxtasis de la voluptuosidad y las pasiones adamitas. El gran carnaval del deseo se le abrió como una concha marina sin ningún tipo de prejuicio.

Con los ojos vendados quedó abandonada al placer de dejarse tocar por manos desconocidas. «Luego te quitaré la venda», le prometió el General. Es la mejor manera de iniciarte. El militar demostró tener razón. Es una experiencia única en que se inmoviliza al tan poderoso sentido de la vista, que todo lo distorsiona, para darle paso, en la más pura expresión posible, al resto de los sentidos; en especial al olvidado tacto. La excitaba no saber quién amasaba su pecho o a quién chupaba con fruición, o quién movía sus dedos cerca de su clítoris. El tacto, simple tacto del sexo. Se maravilló de cuántos espacios eróticos puede tener el cuerpo humano. ¡Quién lo iba a imaginar! Un maremágnum de cuerpos: manos y vientres, muslos y bocas, pechos y pies se revolvían a un ritmo desordenado. Hizo el amor con mucha gente en aquella cama inmensa, con hombres y mujeres, viejos y jóvenes, gordos y flacos. Y era amor. Ella amaba a todos y a todas. Amaba hacer el amor. Se sentía abierta como un campo de pasto sin fronteras. Era una fruta madura que todos querían lamer, chupar o morder. Perla irradiaba destellos de lujuria y también quería lamer, chupar y morder. «Amaos los unos a los otros», pensó. Pero lo que oía entre quejidos, maullidos y sollozos era: «¡Papi qué rico!», «¡te voy a chupar hasta los huesos!», «¡así me gusta!», «¡te voy a comer!». No dijo que no a nada. Ella, que a los diez años pensaba que sabía toda la teoría del sexo y que ostentaba casi otros tantos de práctica diversa, aprendió esa noche nuevos placeres insospechados y, sobre todo, que nunca se puede decir que se sabe todo. Siempre hay algo por experimentar y por aprender.

Como todas las otras relaciones de Perla, esta también se esfumó con rapidez. El motivo no fue el arrepentimiento de la lujuria practicada, o el aburrimiento, ni siquiera la desilusión porque el General fuese una cabeza de chorlito. Fue algo más sutil y, sin embargo, omnipresente en toda la isla: la política.

Una tarde, otra vez frente al mar, Perla le habló de su tío Julián. El General la escuchó en silencio sin interrumpirla y sólo añadió al final una escueta frase:

—Lo sabía. —Perla lo miró con asombro, ¿era acaso que investigaron su pasado? El general interpretó la extrañeza como reproche, por lo que añadió—. Sé también que nunca lo has visitado.

Que por primera vez alguien se refiriera a esa acción, más bien inacción suya, como un mérito la aplastó inmisericordiosamente. En varias ocasiones, Perla le expresó a su madre el deseo de visitar a Julián en la cárcel, pero siempre accedió a los razonamientos de Leticia de que no era necesario. No tenía sentido que otro miembro de la familia se sacrificara y cerrara sus puertas en esa sociedad que les tocó en suerte vivir. Lo cierto es que Perla nunca insistió con mucha firmeza. Aceptó la resolución de su madre con cierto alivio. ¡Ay Perlita! La verdad es que no querías buscarte problemas: tenías miedo. «Soy una cobarde que renegó de su propia sangre», reconoció.

Leticia y Cacha nunca vieron con buenos ojos al General. Cuando le habló de él a su madre, ella hizo silencio y con expresión taciturna le advirtió: «Tú eres responsable de tu vida». Cacha fue menos tolerante, decía que aquel hombre le daba malas vibraciones y echaba agua bendita en todos los rincones cuando él iba de visita a la casona de Miramar.

El General se inquietó ante el mutismo de Perla que permanecía con el entrecejo fruncido. Se mantuvo en silencio durante un tiempo mayor de lo habitual en ella. Con aire preocupado jugaba con una rama haciendo círculos en la arena húmeda.

—Creo que con tu tío se nos fue la mano —dijo el General a modo de excusa.

—¡¿Se nos fue la mano?! —fue un resorte de indignación inmediato y añadió con súbita ira—: ¡Estamos hablando de un ser humano!

El General no se inmutó por el tono airado de Perla. Ella era una potranca de mucha sangre y a veces era necesario dejarla galopar para calmarle los bríos.

—A veces la Revolución comete errores, pero si los reconoce públicamente nos debilitamos ante el enemigo —se justificó, como si se tratara de algo tan evidente que no fuera difícil comprender.

—¿Y no importa lo que dejes por el camino? —preguntó haciendo un esfuerzo por mantener la calma, aunque su voz rajada y la mirada azorada lo desmentía.

—Es el precio que hay que pagar —respondió el General en tono tajante.

Perla quedó nuevamente en silencio. Ya no pensaba, como hacía algunos años, que era un «error» aislado de la Revolución el cometido con su tío Julián. Los «errores» se amontonaban a su alrededor. Se trataba de Julián, Reinaldo, ella misma y muchos otros miles de cubanos. Y al final, ¿para qué? ¿De qué vale una

Revolución que va dejando a su paso sufrimientos y muertes como un cíclope devastador?, recapacitó con tristeza mientras continuaba haciendo círculos en la arena.

2
1972-1979

El tiempo corre a otro ritmo en Cuba. Las estaciones son sutiles diferencias en el transcurso del año. Hay lluvia abundante o sequía, más o menos calor, y escasos días de un frío húmedo invernal que ablanda los huesos. No hay pautas evidentes, salvo las vacaciones al terminar el curso escolar a mitad del año. Para Toña ese verano guardaba un significado especial: ¡al fin Charo volvía en julio!

Toña se graduó y empezó a trabajar con un grupo experimental de teatro que, se decía, intentaba romper cánones establecidos; y lo lograron con éxito, aunque con algunas limitaciones. Crear era para ella algo tan necesario como el aire que respiraba. Su talento se extendía más allá del mundillo de la farándula y era considerada una de las mejores actrices dramáticas de la isla. Pese a su risa imperecedera, no era una buena comediante. «Es más difícil hacer reír que hacer llorar», decía con frecuencia. Amaba tanto el teatro que cuando en una ocasión estuvieron a punto de suspenderse las funciones porque no encontraban diseñador para los vestuarios, Toña se ofreció a confeccionarlos. Y así continuó haciéndolo por años, hasta que un día, cansada de realizar esa doble función sin recibir a cambio un centavo extra, exigió que se le pagara algo adicional. La respuesta fue que «no estaba estipulado» tener doble salario. En la escueta nota la felicitaban por el esfuerzo realizado y agregaban que lo considerarían como mérito laboral para ingresar a las filas del Partido.

Para recibir a Charo estuvo haciendo preparativos durante varios meses. Se valió de Esther, la mamá de Mariflor, para «resolver» descuentos en hoteles, aun cuando tenían que ser pagados por la española en dólares. Y también, mediante una red de amigos que se extendía a todo lo largo de la isla, pernoctarían en varias ciudades.

Por aquel tiempo no eran muchos los visitantes extranjeros, salvo los que llegaban en delegaciones de solidaridad, y los «gusanos» transformados en «mariposas», que retornaban cargados de regalos a la isla. A estos cubanos emigrados se les trataba como desterrados de su propia patria. Si su nombre no aparecía en una lista negra, se les permitía volver sólo por breves estancias de una semana, que pagaban a precio de oro. La suma del costo de una habitación rentada en cualquier ho-tel —exigencia obligatoria aunque se alojasen en casa de parientes—, pasajes de avión, los impuestos por los regalos que trajesen y todo aquello que necesitasen durante la estadía, resultaba ridículamente excesivo. Era la explotación del mercado de la nostalgia.

El viejo aeropuerto de La Habana estaba congestionado de pasajeros. Con sólo tres esteras para recoger el equipaje, bastaba que dos vuelos arribaran al mismo tiempo, para que la espera fuera larga y fastidiosa.

Charo salió aturdida por la puerta giratoria y oteaba la multitud enfrente de ella. Toña la reconoció enseguida y al acercarse, la andaluza experimentó una sorpresa tan grande que demoró en saludar.

—¡Qué guapa estas! —exclamó al fin.

Toña era ahora más alta que Charo. La cubanita de sus recuerdos era ahora una altísima mujerona. Por las fotos que intercambiaron no se percató de la dimensión de la metamor-fosis. Tenía ante ella a una colosal escultura de ébano de largas extremidades, nalgas portentosas, y una boca carnosa y sensual. Charo la miró de cerca otra vez y repitió:

—¡Mujer, qué guapa estas! —Toña acogió el cumplido con una risita atolondrada.

Charo alquiló un auto en el aeropuerto y tomaron la carretera sin rumbo fijo. Por el camino decidieron pasar la primera noche en Varadero. Hacía poco más de diez años de aquella otra madrugada en la playa azul. Pero al llegar a la recepción del hotel confrontaron el primer contratiempo. Toña no podía quedarse en la habitación con Charo.

—¡Hombre!, si estoy pagando una habitación doble, ¿cómo es que no se va a poder quedar? —protestó algo airada la andaluza.

—Está prohibido para los cubanos —se disculpó el recepcionista, quien tras un titubeo, como sopesando las palabras, carraspeó un subterfugio— puede arreglarse de alguna manera si yo no veo nada —e hizo un gesto frotándose los dedos.

La andaluza quedó perpleja y Toña se moría de vergüenza. Por si Charo no había entendido, Toña le susurró al oído «quiere que le des algún dinero».

—¡Váyase usted a la mierda! —y dando media vuelta se marchó a largos pasos. Toña la siguió con premura. En el parqueo la andaluza continuaba echando chispas—. ¿Y cómo es que ustedes aguantan ese atropello?

Toña la miraba en silencio. Esperó tanto tiempo por ese reencuentro que no estaba dispuesta a adentrarse en una discusión de política durante la primera noche. Le propuso una solución alternativa a la sulfurada andaluza. Un amigo de un amigo tenía una casita en la playa de Camarioca, a diez minutos de allí. No tendrían el confort del hotel, pero en compensación estarían tranquilas. Charo se disculpó y le dio un largo beso.

Recorrieron la isla pernoctando en casa de amigos y conocidos. En Santiago de Cuba visitaron la casa de Pancha, la abuela de Toña, que ahora estaba habitada por primos lejanos de la familia; en Camagüey conocieron a Baldomero, el tío de María, por quién supieron que el compañero que le intervino los camiones se había ido en una lancha para Miami; en Santa Clara disfrutaron la actuación de travestís que ofrecían una fabulosa imitación de cantantes famosos.

—¿Por qué lo tienen que hacer en lugares clandestinos? —preguntaba intrigada la andaluza.

—Aquí está prohibido todo lo que no está expresamente permitido —aclaró Toña a Charo quien todavía no entendía por qué no podían compartir una habitación en un hotel.

Para Toña estaba vedado alojarse en los hoteles pagados en dólares y la española no podía hospedarse en los hoteluchos reservados para los cubanos de la isla porque existía el requisito indispensable de mostrar el carné de identidad —documento oficial que además era obligatorio llevar siempre consigo— para obtener una habitación.

Charo habló hasta el cansancio con quien se cruzara en su camino, mujeres y hombres, jóvenes, viejos, campesinos, niños y estudiantes. La plaza principal de cualquier pueblo en Cuba, o como le llaman en la isla a esos lugares: «el parque central», era un buen lugar para conocer a otras personas, aunque las conversaciones siempre se viesen limitadas por la autocensura que ya constituía un hábito protector en los temerosos interlocutores.

Descubrió un país en plena transformación. Nuevas carreteras, escuelas, hospitales, estadios de béisbol, vaquerías y pueblitos se levantaban a cada paso. Al hablar con la gente tropezó con un nacionalismo extremo, un culto místico al Comandante y un odio feroz al yanqui. A una abuelita, a quien estuvo aguantándole una larga perorata de todas las escaseces que sufría, la vio al siguiente domingo durante un ejercicio militar de las milicias, lanzando con destreza cocteles Molotov.

Cuando Charo le preguntó si no resultaba una contradicción sus quejas constantes con la disposición de defender a su país, la anciana le respondió defensiva: «Aquí tenemos muchos problemas, pero no es por culpa de Fidel, y los americanos no tienen que venir a resolverlos». Sin embargo, a pesar de la metamorfosis social encontraba con frecuencia expresiones de anhelos prohibidos: «Lo que más me gustaría en la vida es visitar las pirámides de Egipto». «A mí, Australia». «Yo me muero por pasear por San Francisco». «¡Ver una obra en Broadway!». «¡Conocer Granada, la tierra de Lorca!». «Comprarme un botecito para pescar». «Yo quisiera tener una peluquería propia». «Y yo un restaurante». «Una boutique de antigüedades». «Trabajar en cualquier cosa, pero tener mi propio horario». «Yo un cuartito con un baño para no tener que vivir con la suegra». De alguna manera, Charo concluyó que los métodos escogidos por los cubanos para la construcción del proyecto colectivo terminaba aplastando las pequeñas aspiraciones individuales: «los de arriba» privatizaron los sueños, «los de abajo» estaban para hacérselos realidad. Aunque al cruzar palabras con uno que otro joven, dedujo que los solemnes discursos con promesas de nuevos amaneceres, y peticiones de sacrificio y heroísmo, ya no impresionaban del todo a la nueva generación.

Charo descubrió en Toña un alma renacentista. Visitaron museos de arte en la Habana, de arquitectura en Trinidad, de la piratería en Santiago y de arqueología en Guamuhaya. Toña amaba por igual a Gaudí, Lichtenstein, Miró, Le Corbusier, Carlos Enríquez, Fernando Botero o Frida Kahlo. Hablaba de ellos como si les conociera de toda la vida y se emocionaba hasta perder el ritmo de la respiración cuando observaba detenidamente las láminas ilustradas de las revistas y libros de la biblioteca. Así es como los conocía a casi todos. De ahí que uno de sus sueños fuera visitar los grandes museos del mundo, una frustrada fantasía sin esperanza, aceptada como parte de su vida.

Finalizaron el recorrido en Isla de Pinos. Charo había oído hablar de la peculiar playa de arenas negras La Bibijagua.

—Negra no es, pero sí hermosa —dijo algo defraudada la andaluza al ver las arenas.

Pasaron el día en La Bibijagua y decidieron acampar en una casa de campaña a la orilla del mar para disfrutar el paisaje durante la puesta del sol, la hora favorita de Toña. La luz tomaba un reflejo dorado que daba una luminosidad inusual al mar. Un increíble resplandor inundaba el verde follaje de los árboles y el cielo irradiaba destellos con una amplia gama de amarillos y naranjas. Todo se veía muy limpio, como acabado de lavar por una lluvia de luz. Fue en ese momento que Charo le habló de sus planes de quedarse a vivir en Cuba. La compañía discográfica para la que trabajaba le encargó explorar la posibilidad de abrir negocios para promocionar a los cantantes cubanos. Toña no lo podía creer y casi llora de alegría.

Al día siguiente, antes de partir hacia La Habana, fueron al sur, para visitar el antiguo Presidio Modelo. La cárcel había sido clausurada hacía algunos años atrás. Los impresionantes edificios cilíndricos estaban abandonados. La maleza cubría los caminos y sólo mantenían con extremo cuidado, como museo histórico, el pabellón donde Fidel estuvo preso. Caminaron entre las circulares y se sobrecogieron por el silencio. Al ver los dibujos y grabados hechos por los presos en las paredes de algunas celdas, quisieron imaginar cómo habría sido la vida allí. En los muros exteriores se apreciaban orificios que podían atribuirse a disparos de bala. En algunos de los boquetes crecían, porfiadas, flores silvestres. Toña acarició el muro. La historia de Cuba es una fábula llena de silencios y omisiones, presintió.

Toña sentía mucho que Charo no pudiera conocer a Antonio. Habrían hecho buenas migas. Su hermano estaba ahora en New York, trabajando en las Naciones Unidas. «¿No era profesor?», preguntó la andaluza. Era una larga historia. Hace un tiempo atrás, Raúl Castro acusó al Departamento de Filosofía de ser una banda de «agentes conscientes o inconscientes de la CIA» en un discurso público. Después de un largo proceso de reuniones no los llegaron a expulsar del Partido, pero les retiraron los títulos universitarios; todos tuvieron que buscarse nuevos empleos y recomenzar sus estudios superiores en otra carrera. Su padre, José Manuel, lo ayudó a encontrar otro trabajo en el Ministerio de Relaciones Exteriores. «Aquí el que tiene socios cae pa'rriba», era un dicho popular.

En el mismo momento en que Toña le contaba a su amante las tribulaciones de su hermano, Antonio estaba en la Primera Comisión de la Asamblea General de Naciones Unidas votando a favor de una resolución contra del uso del napalm. Los hermanos soviéticos se le acercaron después de la sesión a reclamarle explicaciones por su voto contrario al empleo del arma química. «¿Es qué no recibió instrucciones?», le increparon. «Las instrucciones las dicta mi conciencia», les contestó Antonio, dejando medio perplejo con su respuesta a los diplomáticos socialistas, quién supo después que los soviéticos usaron napalm en su guerra en Afganistán. «La política es muy sucia», decía su abuela Pancha, y no le faltaba razón.

Antonio era demasiado impulsivo, al decir de sus jefes. Lo cierto es que se encolerizaba con frecuencia cuando recibía órdenes que olían a trampa, como en la ocasión que, desde La Habana, le exigieron no inmiscuirse en las denuncias de las violaciones de los derechos humanos que cometía el gobierno militar argentino, y ellos, en reciprocidad caballeresca, tampoco apoyarían las condenas a Cuba. «¿Pacto de caballeros es el nombre de esta mierda?», le protestó al Embajador cubano y le hizo saber que él no cumpliría esa directiva. Aunque no faltarían otros que se encargarían de hacerlo.

En la isla de las frustraciones, también Charo al cabo de tres meses de intentar llegar a un acuerdo con los cubanos, se sintió frustrada. En muchas reuniones le daban de largo. Cuando al fin logró precisar algunos términos, las condiciones eran tan leoninas que tal parecía que los cubanos no querían hacer negocios. A lo mejor se piensan que estoy proponiendo una obra de caridad y no una compañía comercial. «¡Con semejantes restricciones es imposible que la empresa llegue a ser rentable!». Al llegar a la conclusión de que araba en el mar y no se firmaría contrato alguno, decidió buscar trabajo en una institución cubana, pero también encontró todas las puertas cerradas. Luego de seis meses no le quedó más remedio que decirle a Toña que regresaba a Barcelona. ¡Era el fin! Ni siquiera podían casarse, como hacían algunas parejas heterosexuales de cubanos y extranjeros, para obtener la autorización de salida del país después de interminables gestiones.

3
1969-1980

Algunos dicen que fue al día siguiente de aquella memorable noche en que todos los reclusos del Presidio Modelo cantaron el Himno Nacional cuando se determinó cerrar esa cárcel. Otros afirman que la decisión estaba tomada de antes, por consejo de los hermanos soviéticos quienes creyeron que era una locura tener tal concentración de contrarrevolucionarios en un único plantel. «Lo bueno de las cárceles en Siberia es que los presos no se conocen con anterioridad y desconfían unos de otros», manifestaron con aire de expertos a los cubanos. Sea por la razón que fuera, lo cierto es que, poco después que cantaron el Himno, fueron trasladados en grupos de doscientos a quinientos para otras prisiones del país.

Julián fue uno de los últimos en salir de Isla de Pinos y fue a parar al campo de trabajo forzado Sandino 1, en la parte más occidental de la provincia de Pinar de Río. Al llegar al plantel vestían el uniforme amarillo que distinguía a los presos políticos de los comunes. La primera confrontación ocurrió cuando los obligaron a vestir de azul, el color de los presos condenados por delitos comunes. No se trataba de algún superfluo orgullo distintivo, o de un capricho dictado por la moda. La Revolución no reconocía que hubiese presos políticos en la isla. De vestir el atuendo azul, contribuirían a extender esa falsedad.

Hicieron resistencia, aunque no sirvió de nada. Con técnicas de artes marciales los inmovilizaron y les despedazaron la ropa amarilla a jirones. Quedaron en calzoncillos. Las golpizas continuaron hasta que muchos finalmente cedieron a vestir el uniforme azul. Julián aguantó los golpes y porfió en su negativa junto a cientos de reclusos de todas las cárceles donde los dispersaron. Mantener el reconocimiento de presos políticos era una débil esperanza de que los dejaran marchar de Cuba. Sabía que Leticia y muchos otros familiares estaban haciendo lo imposible por llamar la atención al mundo acerca de las crueldades del presidio político en la Cuba comunista. Vestir de azul alejaba aún más la tenue ilusión de obtener la libertad.

A los «recalcitrantes», como *ellos* les decían, los trasladaron para el campamento Cinco y Medio, que comenzó a conocerse desde entonces como «la ciudad desnuda», porque todos los que estaban recluidos allí no vestían otra cosa que calzoncillos. Según el parecer de Julián, las noches eran lo más difícil. Cualquier retazo de tela o un mero pedazo de papel conseguido para proteger la espalda del suelo frío, les era arrebatado por un sargento al que todos los reclusos comenzaron a llamar Capitán Trapito.

Ellos no podían permitir semejante insubordinación y a los que consideraron cabecillas de la resistencia los encerraron en «las gavetas». Julián creyó que no había nada peor en el mundo que la celda de castigo donde transcurrió el primer año y medio de su condena. Se equivocaba otra vez. «Las gavetas» eran la cúspide de todo engendro malvado hecho por los humanos. Lucifer en persona hubiera reverenciado a los inventores de aquella agonía. La antigua celda de castigo parecía juego de niños comparada con esta aberración. Era un minúsculo espacio del ancho de los hombros de un hombre; el techo rozaba la cabeza, y con una longitud en que apenas cabría alguien acostado. Lo peor fue que, en esa diminuta celda, encerraron a tres hombres. Julián, Vicente y Gerardo compartirían la tristemente célebre «gaveta».

Dos de ellos tenían que permanecer de pie con las piernas semiabiertas para que el tercero pudiera dormir. A las pocas horas se rotaban, por lo que el sueño nunca era reparador. Ni siquiera se podía dormir boca arriba, porque se tropezaba con los pies de los otros. Al final de la celda estaba el hueco para las necesidades fisiológicas, donde muchas veces los excrementos quedaban en la superficie del piso y si estiraban las piernas se embarraban los pies con su propia mierda. En medio de ese infierno, Julián se consolaba con que al menos, no tenía que sufrir el hedor de sus heces, ni las ajenas, nunca pensó que algún día fuera a bendecir la pérdida del olfato.

Para evitar caer en la desesperación total hicieron chistes y se contaron cuentos. Al principio tenían la ilusión de que semejante castigo no se extendería por mucho tiempo, y así transcurrió la primera semana. Al cabo de los quince días en esas condiciones, concluyeron que sólo tenían dos opciones: el suicidio o la huelga de hambre. Se decidieron por esta última.

Los primeros días son los peores. Se siente el hambre que golpea el abdomen, como un redoble de tambor en una marcha guerrera. Un anhelo tremendo sube al estómago, llega a la boca que se humedece con una espesa salivación involuntaria y aparecen ante los ojos los platos más suculentos que alguien haya imaginado. Al tercer día el hambre se adormece, y empiezan las alucinaciones y el debilitamiento.

Al cuarto día de huelga los sacaron, uno a uno, de la gaveta. Julián fue el primero. Lo sentaron en algo parecido a un viejo sillón de dentista con las manos amarradas a la espalda. Un guardia le clavó la rodilla encima del estómago y otro le tapó la nariz. Al quedarse sin aire, abrió la boca y le metieron una cucharilla, en posición vertical para que fungiera como palanca. En el forcejeo le rompieron un diente y le lastimaron las encías que comenzaron a sangrar. Sin posibilidad de cerrar la boca, le suministraron algunas cucharadas de algún líquido cuyo sabor no pudo definir; tal vez fuese agua con azúcar aunque no estaba seguro. La «alimentación» duró cerca de veinte minutos. Cuando regresaron a «la gaveta» a los otros dos que compartían el infortunio con Julián, echaron las entrañas sacudidos por incontenibles arcadas, lo que aumentó la fetidez de la celda. Esa noche durmieron sobre sus propios vómitos. La misma rutina continuó por dos semanas. Al amanecer del decimosexto día, Julián perdió el conocimiento.

Recuperó el sentido de la realidad en la enfermería de la cárcel. Un suero de glucosa en vena goteaba lentamente en su antebrazo. De sus dos compañeros, sólo uno le acompañaba. Era difícil hablar, toda la boca estaba inflamada y adolorida. De una cama a la otra se comunicaron por señas. Su amigo, con un hilo de voz y ojos dolientes, le dijo en un tono tan bajo que apenas alcanzó a oírlo.

—Dicen que Vicente se ahorcó —Julián tenía todavía la cabeza en neblinas; no pudo imaginar cómo alguien sin fuerzas para caminar hubiese podido ahorcarse, y con qué.

Una semana más tarde, los trasladaron para Boniatico, una cárcel en el oriente de la isla, que no tenía «gavetas», o al menos no las conocieron. Al llegar continuaron vistiendo calzoncillos y poco después recuperaron los uniformes amarillos de los presos políticos. De tiempo en tiempo, lo trasladaban de un plantel presidiario a otro, como un tour macabro. Estuvo en La Disciplinaria en la provincia Granma; en Playa Manteca en Holguín; en Alambrada de Manaca en Villa Clara; en La Cabaña, el Castillo del Príncipe y en el Combinado del Este, en la provincia de La Habana. Tanto traslado era el resultado del consejo de los hermanos soviéticos, para evitar que los presos entablaran amistades y llegaran a organizar algún complot. Aunque también decían, que otro beneficio del método era evitar que los guardias llegaran a confraternizar con los reclusos. Los inconvenientes de tanto traslado eran igualmente sufridos por los familiares, porque las direcciones de los planteles «olvidaban» avisarles. Los viajes de Leticia para visitar a Julián, en ocasiones, llegaban a durar una semana, para encontrar al llegar que a su hermano lo habían trasladado a otra prisión al otro extremo de la isla.

Julián llegó a perder la esperanza de que indultaran su condena como prometieron al principio del plan de rehabilitación. Ya estaba acostumbrado a la idea de cumplir los veinte años cuando una noticia se regó como pólvora en todas las cárceles: estaban recondenando a los presos políticos. Una nueva sentencia, sin ni siquiera mediar un juicio de mentirillas. El preso recibía un documento firmado por el Ministro del Interior donde decía «sancionado de uno a cuatro años de prisión» o «hasta la total rehabilitación».

La furia se convirtió en pánico y luego en total frustración. Ya no se veía un final. La ambigua frase «hasta la total rehabilitación» entraba en el mundo de las subjetividades. Si se extendían los veinte años de sanción por cuatro años, luego, vendrían otros cuatro y después, otros más. ¿Cuándo estaría «rehabilitado»? ¿Cómo entenderían *ellos* la rehabilitación? Se decía que no los querían sueltos en las calles de la isla porque siendo recalcitrantes representaban un peligro; debían primero estar rehabilitados, es decir domesticados.

Por primera vez Julián cayó en la total desesperación. Las celdas de castigo eran monstruosas, pero estaba en sus manos resistirlas. Había aguantado hasta lo inadmisible, porque siempre sacaba fuerzas al pensar en el día que saldría libre. Y ahora... ¿Llegaría ese día? Gerardo, con quien compartió «la gaveta» en Cinco y Medio, estaba a punto de terminar su condena de quince años y recibió una «recondena». No lo resistió; se cortó las venas con una afilada cuchara de metal.

Julián pasaba mucho tiempo ensimismado. Ya no leía, ni jugaba ajedrez, ni siquiera se interesaba por las noticias, apenas hablaba. Varios amigos trataron de animarlo; todo fue inútil. Cuando Leticia lo visitó seis meses después de la revelación sobre las recondenas, Julián la recibió con un parco mensaje:

—Tienes que irte —le pidió con voz bronca.

—¿Seguro? —preguntó Leticia sorprendida. En varias ocasiones anteriores ella había insinuado la posibilidad de irse del país y Julián siempre rehuyó dar alguna opinión, no creyó poder resistir la ausencia de su hermana. Fue egoísta, aunque imaginaba que la vida de Leticia no era fácil tampoco. La elegante mujer era ahora una avejentada señora. No eran arrugas dulces de una abuela feliz. Las rugosidades alrededor de la comisura de los labios le impregnaban un rictus de permanente amargura.

—Sí —confirmó Julián en un sí breve y seco, luego asintió con la cabeza muy despacio, como si le costara trabajo ratificar su decisión.

Como los guardias permanecían siempre presentes durante las horas de visita hablaron nimiedades. Lo que Julián planeó se lo dio a escondidas en un cigarrillo que escabulló en la mano de Leticia durante un descuido de los guardianes. Con letra microscópica escrita en un fino papel cebolla le pidió a su hermana que saliera del país. Fuera de Cuba podía hacer más por él. Le explicaba la posibilidad de que fuera «recondenado» por haber participado en la huelga de hambre. Aconsejaba que no hiciera una campaña aislada por su caso, sino por todos los abusos del presidio político.

Leticia se fue de Cuba ocho meses después de aquella visita a Julián. Lo hizo con angustia por su hermano y con pena de no ver más a Esperanza, que ya empezaba a dar muestras de una inteligencia inusual. En Estados Unidos movió cielo y tierra por hacer pública la situación de los presos. Era muy difícil, porque el halo de gloria y la mística de igualdad y justicia acerca de la Revolución hacían que muchas veces se les tildase de mentirosos. Pocos querían oír esas historias inventadas por «la gusanera» y el imperialismo yanqui. Junto a otros familiares de los reclusos, escribió a presidentes y expresidentes, a senadores y congresistas, a artistas y directores de cine, a intelectuales y a líderes religiosos, a Amnistía Internacional y a *Human Rights Watch*. Hasta al Santo Padre logró hacerle llegar una carta solicitándole ayuda. Poco a poco, unos cuantos empezaron a escuchar.

De un sin fin de maneras inimaginables le llegaban a Julián las noticias de las gestiones para su liberación, aunque tuvo que pasar algún tiempo antes de obtener algún resultado. A fines de 1978 comenzó un «diálogo» con la comunidad cubana en el exilio, donde Fidel dio a conocer su voluntad de indultar a cerca de tres mil presos. Por desdicha para Julián su nombre no estaba en las listas. De manera inexplicable los listados incluían a personas que no eran conocidas entre ninguno de los prisioneros. Muchos lo consideraron una farsa porque varios de los indultados ya estaban en libertad, y a otros, sólo se les rebajó el número de años de condena. No obstante, se hizo mucha publicidad acerca de la generosidad de la Revolución y el alma caritativa de Fidel.

Julián especuló sobre las posibles causas por las que no fue indultado durante ese período de gracia. Quizás fue por el libro de sus fotos que Leticia logró publicar —cuando se marchó de Cuba— con el apoyo de artistas amigos, y sobre todo, por la exitosa campaña de publicidad para promover su venta, que visibilizó su condición de «preso político del régimen de Castro». La Revolución se enfadaba cuando le sacaban algún trapo sucio al sol, y de ninguna manera quería a personalidades denunciando violaciones de los principios por los cuales se ufanaba tan orgullosa ante el mundo.

Al fin, en una fría mañana de enero de 1980, cuando a Julián le faltaban pocos meses para cumplir su condena de veinte años, lo sacaron de la celda para tirarle fotos. «Es para preparar los papeles de tu salida», le aclararon. Pese a que no se creó muchas expectativas, no pudo evitar la excitación que le causó pensar en la liberación.

Una impaciencia corrosiva lo consumía. No recordaba haber estado tan exaltado desde la primera vez en que Perla lo fue a ver a la cárcel. Fue pocos meses después que Leticia se marchara del país. Julián estaba resignado a no recibir visitas por el resto del tiempo que permaneciera encarcelado, por lo que fue doblemente grato el encuentro con la sobrina. «Tío Julián», le gritó una hermosa mujer desde que él entró al salón de visitas. Julián se tambaleó de la emoción. La reconoció por los ojos de color ámbar, casi felinos; era lo único que permanecía igual a la niña que recordaba: una mirada de gata indomable.

La imagen de su sobrina convertida en mujer le hizo ver de golpe todos los años malgastados en prisión. Nunca antes se sintió tan viejo, ni cuando le dolían a rabiar los dedos llenos de artritis, ni cuando veía sus crecientes arrugas y el escaso cabello cano al mirarse en el pequeñísimo espejo de su celda.

Perla se acercó a Julián y lo abrazó llorando. «Perdóname», le susurró en un delgado hilo de voz apenas imperceptible. Julián tuvo que hacer un esfuerzo para no sollozar, el corazón le palpitaba agitado y fuertes latidos golpeaban sus sienes; «Perdóname» repitió Perla; él no atinó a decir nada, le respondió con un beso y no hablaron más del asunto. Lo que ninguno de los dos sabía era que se trataba de una desventurada confusión. Perla le pedía perdón por no haberle visitado todos esos años y Julián le perdonaba alguna posible indiscreción que hubiese favorecido su captura. ¿Acaso Perla no le contó a Leticia haberlo visto? ¿No habría confiado también el secreto a otra persona?

Las visitas se repitieron según los intervalos establecidos, aunque Julián siempre recordaría el primer encuentro como algo muy preciado. Fue conmovedor cuando le preguntó a su sobrina si no se buscaría problemas por irlo a ver y ella le contestó:

—No se puede ir por la vida rehuyendo los problemas. La vida no merece vivirse de esa manera.

Pero el reencuentro con su tío tuvo inevitables consecuencias para Perla. Ella decidió no informarlo en el trabajo porque consideraba que era un asunto privado, que no afectaba la eficiencia de su labor. Los días empleados para las visitas los tomaba de sus vacaciones, o solicitaba que se los descontasen del pago por gestiones personales. Pese a esas precauciones, no se sorprendió demasiado cuando la Jefa de Personal la citó y le mostró la baja laboral. Le suspendían el contrato por no poseer «confiabilidad política». El Comandante recorría a menudo los museos de la Habana Vieja con importantes visitantes y no se tenía confianza en alguien que mantenía relaciones con un familiar preso por acciones contrarrevolucionarias.

Perla nunca se lo dijo a Julián y siguió visitándolo, incluso quiso llevarle a Esperanza, aunque llevar menores de edad a aquella cárcel no era muy buena idea y se requería de un papeleo descomunal cuando no eran parientes de línea directa.

A los veinte años y un día Julián fue liberado con la condición de que abandonara el país en las siguientes veinticuatro horas. De las oficinas de Seguridad del Estado, en Villa Marista, partió para Miami junto con otros veinte presos en un avión fletado. Su único ruego, visitar la tumba de sus padres antes de irse, le fue negado.

4
1971-1978

Era un día perfecto que ni la falta de agua o electricidad iban a echar a perder. El sol iluminaba esplendoroso, sin producir demasiado calor. El cielo lucía un azul intenso, sin nubes que lo empañaran, mientras una suave brisa lo inundaba todo y provocaba la sensación de estar viviendo en una irrealidad, como si su vida se hubiera insertado en una postal turística. A María le gustaba el mes de abril. ¿Sería el efecto de la primavera?

Le gustaba mirar al sol con los ojos cerrados para descubrir un mundo fantasmagórico en rojos y naranjas, con puntos y discos de luces que se movían lentamente. Podía pasar mucho tiempo de esa manera, sin ningún pensamiento, sólo persiguiendo a los redondeles luminosos. Aún con los parpados sin abrir, en medio de los círculos de luz, reconoció la sombra de Leandro cuando le tapó el sol y dibujó una sonrisa a la silueta que se alzó ante ella.

Leandro llegó a la vida de María sin ningún vaticinio, de súbito, como los milagros. María quiso contarle su historia de soledad. Del coito matrimonial, que aunque daba satisfacción ya no provocaba sorpresas; de los besos que se convierten en besitos y las caricias en un acto de teatro bien aprendido. ¡Todo era tan monótono! Transcurría día tras día sin ninguna alegría que la iluminara. ¿Quién dijo que la mujer no puede separar el amor del sexo? ¿Un macho? Ella amaba a su marido, pero sentía una poderosa atracción hacia Leandro Soto, un joven residente de psiquiatría con quien desde hacía unas semanas, compartía amenas charlas en el comedor del hospital a la hora de almuerzo.

Todo empezó cuando María, quién ya había terminado la especialidad de psiquiatría, dictó una conferencia a un grupo de estudiantes acerca de la autonomía y el pensamiento creativo. Leandro comenzó a buscarla en su consulta con cualquier pretexto para entablar áridas conversaciones sobre psicosis, depresiones y ansiedades, temas que les resultaban fascinantes a ambos. María se sorprendía de la viveza y profundidad de pensamiento del precoz doctor. Cada vez le oía más encandilada y en las mañanas se demoraba más de lo habitual, acicalándose frente al espejo. La monocromática María resplandecía con nuevos y cálidos colores. Irradiaba hermosura sin ser bonita.

Esa mañana de abril, María dejó temprano a Luz en la guardería infantil Los Artilleritos. Mientras se alejaba oyó a los niños cantar «Somos los artilleritos que lanzamos balas de caramelo y bombas de...». Se enfurruñó al escuchar la canción, pero no se irritó demasiado. Todavía le quedaba gasolina de la cuota del mes, y había decidido tomarse el día libre, por lo que coordinó con una amiga para que recogiera a la niña, porque iba a regresar tarde.

María y Leandro fueron a una playita desierta entre La Habana y Matanzas. Nadaron en un mar tranquilo y, luego, jadeantes por el ejercicio, se tiraron en la arena. Leandro dejó correr un beso húmedo por toda la espalda de María, quien tuvo deseos de maullar como una gata en celo y lo hizo.

Los pies descalzos se les hundían a cada paso en la húmeda arena, mientras correteaban como adolescentes por la orilla de la playa, justo donde rompían las suaves olas, y después, en medio de risas y bromas, se bañaron desnudos. Hicieron el amor en el mar como criaturas marinas al vaivén del manso oleaje. Al salir del agua, se creyó la Venus de Boticelli. María tomó prestadas las palabras que dijo Yves Montand acerca de su encuentro con Marilyn Monroe para describir cómo se sentía: «Es un incendio, un desgarramiento, ni siquiera trato de calmar el fuego».

Año y medio atrás, el marido de María, Gustavo González, partió al África. Hay una ley no escrita que establece las reglas de la hombría cubana. No tener miedo a nada ni a nadie, no llorar nunca, no expresar abiertamente los sentimientos, respetar a la madre y a la madre de los hijos propios. A esa tradición, la Revolución sumó otra cláusula: estar siempre dispuesto a morir y a sacrificarse por ella. Carteles y consignas rezaban por doquier: «Un buen comunista tiene el deber de defender la Revolución en todos los terrenos, en cada momento y en cualquier circunstancia» y «La rendición es inaceptable para un revolucionario». Más de 300,000 cubanos guerrearon en Angola y en Etiopía. Gustavo González fue uno de ellos. La anciana abuela de Gustavo murió de un infarto, poco después de la partida del nieto, y María quedó sola con la pequeña Luz que berreaba sin parar a toda hora.

Gustavo y María se conocieron en una de las provincias del oriente del país cuando ambos cumplían con el servicio social. Debían trabajar tres años donde la Revolución los designara para compensar el pago de los estudios y poder recibir el título de graduado. Ella estaba en un consultorio médico en medio de una montaña, y él, de ingeniero, levantando puentes.

Fue durante esa estancia en el campo que María se sorprendió de cómo todavía, a pesar de los planes masivos de educación, sobrevivían con fuerza, supersticiones y leyendas. Si la mujer preñada es expuesta a un eclipse, el bebé saldrá manchado. Nunca debe sentarse con las piernas cruzadas porque el cordón umbilical puede ahorcar a la criatura. O aquello de adivinar el sexo del niño, colocando un cuchillo y una tijera cubiertos con una tela en un sofá o dos sillas. «Si se sienta encima del cuchillo será un varoncito, y si lo hace sobre la tijera, nacerá una niña. ¡No falla!».

Acostumbrada al bullicio de la ciudad se sentía solitaria en ese bohío aislado en medio de los montes. Montada en mula, recorría las sierras para visitar a enfermos y preñadas. Era más aceptada en la atención a las parturientas, porque siempre fue tarea de comadronas, pero los lugareños todavía desconfiaban de una médico mujer para curar enfermos. No le quedó más remedio que ganarse la confianza de los campesinos con mucha paciencia. Cuando salvó la primera vida empezaron a respetarla. Entonces llovieron regalos: huevos criollos, una gallina, dulce de coco, o un racimo de plátanos. María insistía en que no era necesario, era su trabajo. «No faltaba más», era tradición campesina mostrar agradecimiento.

Durante sus visitas a los enfermos, le gustaba escuchar las leyendas de ciguapas, duendes y güijes de los ríos. A estos últimos los describían como seres monstruosos, con patas de chivo y cola de caimán. Otros afirmaban que eran como viejitos muy pequeños, casi enanos, de color negro y ojos saltones. No es que se conociera que los güijes hubiesen hecho algún daño, pero todos le guardaban temeroso respeto. Alguien le aseguró haber jugado pelota con un güije en una tarde de domingo.

En medio de esa monotonía, el ingeniero Gustavo la empezó a rondar. Él también era de La Habana y vivía con su abuela en un apartamento de El Vedado. Durante los seis meses que duró el noviazgo disfrutaron de una eufórica alegría que los hacía reírse como chiquillos ante cualquier nimiedad. La boda se celebró en el bohío, adornado para la ocasión con pencas de palma y flores de jazmín. Los niños cazaron cocuyos que —confinados en güiras secas— alumbraron como linternas vivientes al caer la noche. Los campesinos organizaron un ruidoso guateque; acompañados de dos guitarras, un tres, maracas, clave y guayo, cantaron décimas y controversias. Se bailó al compás de sones y danzones. Sirvieron puerco asado con viandas, y bebieron ponche de frutas, cerveza y ron.

Se amaron mucho en ese bohío. Muchas veces les sorprendió el amanecer entre interminables tertulias y caricias sin prisa. Así pasaron los tres años del servicio social. Para entonces María estaba preñada y las autoridades locales le ofrecieron una casa nueva en el pueblo si se quedaban más tiempo. Rechazaron la oferta, los dos extrañaban a La Habana y podían vivir en el apartamento de la abuela de Gustavo.

La misma mañana de abril que Leandro y María se bañaban en la playa de Matanzas, al otro lado del mundo, muy lejos de una playa, Gustavo descansaba en el improvisado campamento levantado en medio de la selva angoleña. Estaba recuperándose de la horrenda experiencia de la tarde anterior. Desde un helicóptero lanzaron bombas incendiarias a las aldeas que apoyaban a los sudafricanos. La visión de niños y ancianos corriendo en llamas como antorchas vivientes le recordó las fotos de la guerra de Vietnam con los horrores del napalm. Su conciencia estaba en vilo. Pero las desgracias nunca vienen solas.

Esa tarde recibió una «tarjeta amarilla» y sus compañeros lo miraron con lástima. Los policías militares en la isla se dedicaban a vigilar a las esposas de los combatientes y si alguna cometía infidelidad le enviaban al marido una tarjeta amarilla haciéndole saber del engaño de la mujer. Se suponía que un hombre respondiera al agravio solicitando de inmediato el divorcio. Gustavo se resistía a creer que su María lo hubiese traicionado. Pese a rechazar la idea, no pudo evitar una profunda decepción. Una tristeza irremediable y un desconcierto amargo galopaban raudamente en todo su interior, como si una manada de kudús corriera enloquecida sobre su pecho, dejándolo sin poder respirar con el corazón en la boca. Ninguno de sus compañeros se burló con la noticia. En Cuba lo hubieran hecho; el grito ¡tarrúo! habría retumbado en cualquier esquina, pero estaban en guerra y todos creían que las cabronas tarjeticas amarillas eran una mariconada mayúscula. No obstante, las miradas de compasión dolían más que si se hubiesen burlado; lastimaban mucho más porque no podía disolver su ira en una riña a puñetazos. Al día siguiente pidieron voluntarios para una misión arriesgada y fue uno de los primeros en brindarse. Murió esa tarde de abril de un balazo en el pecho.

5
1971-1979

La reunión empezó a las nueve. «Cuba era una isla rodeada de reuniones», recordó Mariflor haber oído en algún personaje de una película cubana. «Rodeada no, inundada», masculló para sí misma. ¡Cuánto tiempo perdido! En el trabajo, reuniones organizativas, de control, de inspección, de coordinación con otros sectores, del sindicato, del Partido, del Municipio, de chequeo del plan de trabajo, de círculos de estudio. ¡Ah!, no paraba ahí. En la casa seguían otras malditas, de la Federación de Mujeres, de los CDR, de las milicias, del Poder Popular. ¿Eran todas? Todavía creía que le faltaba alguna en el conteo. Sí, definitivamente vivía hundida en reuniones, la mayoría de las cuales resultaban aburridísimas, y encima de todo, inútiles.

Para pasar el tiempo, en una ocasión comenzó a elucubrar fantasías sobre los hombres asistentes a las reuniones. Se preguntaba cómo se verían en cueros, les miraba en especial a la entrepierna para adivinar el tamaño de su pene, y trataba de augurar cómo serían en la cama. Resultó que el tiempo se le fue más rápido y constituyó desde entonces uno de sus divertimentos para soportar las interminables, estériles y fastidiosas reuniones. Muchas veces se le calentaba la sangre de tal manera que tenía que pedir permiso para ir al baño. Algunos de esos hombres fueron a la cama con ella, por lo que adquirió experiencia en descubrir a los mejores machos por un sinnúmero de imperceptibles detalles, que no tenían que ver con su apariencia física.

De todas formas tenía que ser discreta. Dirán lo que quieran, pero el machismo sigue gobernando en este país. Si a un hombre le da por templar a diestra y siniestra, es un machazo, hasta suben sus méritos revolucionarios. ¡Ay de la mujer si hace lo mismo! Entonces es una puta. Todavía se acuerda cuando tuvo que parar en seco al «seguroso» que quiso amedrentarla cuando ella lo hizo en medio de un cañaveral, con un joven de una de las tantas «brigadas de solidaridad» de Estados Unidos, que iban a hacer trabajo voluntario para enfrentar al bloqueo. Ese día se «voló» y le cantó las cuarenta al tipo. Así que los hombres son los únicos que pueden «penetrar», en todo el sentido de la palabra, a las extranjeras de las delegaciones. Fue tal el escándalo que el «seguroso» la dejó tranquila. Mostrar una dosis de locura siempre es bueno en esta islita de locos.

Las mujeres somos las que tenemos los cojones en este país, no sólo hay que llevarlos bien puestos sino amiantados. Los machos se creen que son los que mandan, aunque a la larga nosotras hacemos lo que queremos con ellos. ¡Mira a su mamá! Con esfuerzo se fue de esa fábrica inmunda donde trabajaba, para ser secretaria en el Instituto de Turismo, y de secretaria terminó en viceministra.

Dicen las malas lenguas que se tuvo que acostar con el calvo del Comité Central que designaba los cargos. Yo creo que son habladurías... y si fuera verdad... ¡Qué cará! Todo en este mundo tiene un precio. La vida viene con sus reglas y uno tiene que aprendérselas porque si no te sacan del juego. Te joden. Te pasan por la maquinita de moler carne. ¡Pobre papá! El tenía todas las condiciones para llegar a ser ministro y mucho más, y mira eso, se lo tomó en serio y lo mandaron al plan piyama. Nunca más levantó cabeza. ¡Mira que decirle al Fifo que estaba equivocado con lo de la zafra de los Diez Millones! ¿A quién se le ocurre? Cuba es una finca y el tipo es el dueño absoluto. No estamos en

Suecia ni París, ¡ah París!, ¿qué distinta sería la vida de mi pobre hermano si no hubiera nacido en esta islita machista y troglodita?

—Mariflor ¿qué opinas de la propuesta? —le preguntó el director que dirigía la reunión de coordinación del nuevo plan de trabajo.

—Perdone, no entendí bien la última parte. ¿Pudiera resumirlo?, porque no pude captar la esencia del problema —el director, haciendo un gesto de desagrado, repitió resumidamente, lo que había dicho con anterioridad.

—¡Eso es una idiotez! —se le escapó sin pensarlo. Nunca daba opiniones rotundas aunque se tratara de sandeces como la que acababa de escuchar, porque no era necesario buscarse enemigos adicionales, bastantes tenía ya, a no ser que fuera para contraatacar a algún arribista que aspirara a su puesto. Hijoeputas agazapados era lo que sobraban en esta islita de mierda, por eso tenía que estar siempre, ¡con la guardia en alto!

Un instante después, cuando le dijeron que era una idea del Ministro, con la rapidez de un lince y voz humilde, rectificó:

—Me refiero al tiempo, en vez de cuatro meses puede hacerse en tres.

Y para que no quedaran dudas de su eficiencia sacó una frase de la manga que no tenía mucho que ver con el tema que estuvieron discutiendo, pero siempre caía bien para demostrar su militancia.

—La falta de calidad no se puede tolerar —y selló la frase con un manotazo a la mesa, como para mostrar más firmeza—. No es sólo un problema económico. No se puede, ni se debe analizar de forma separada —expresó en un tono solemne—. Hay que verlo en su totalidad, como un problema político, ideológico, social y cultural.

Hubo gestos de aprobación y la reunión se dio por terminada. «Este director es un tremendo comemierda, debe ser un mal palo. No puedo estar en la bobería todo el tiempo. Hay que estar a la defensiva, por poquito te buscas un problema», discurrió mientras exhalaba un suspiro de alivio. La palabra «problema» le hizo recordar la última discusión con su exmarido.

218

«Mariflor estás terminando con mi paciencia». Claudio tratata de controlarse y ella seguía su perorata, caminando con nerviosismo de un lado a otro, sin poderse contener, y sin notar que la ira se iba apoderando de su marido. Si hubiera sido perspicaz habría advertido cómo las venas del cuello se le hinchaban, el rostro tomaba tintes colorados y cerraba los puños con fuerza, por eso lo miró con sorpresa cuando él gritó con furia de estreno:

—¡No jodas más! —hizo una corta pausa para tomar aire y luego chilló con una violencia desconocida y atronadora, como cuando una ola furibunda choca contra los arrecifes —: ¡Me tienes la vida hecha un yogurt!; ¡agria y amargada! —quedó en silencio, como calculando el alcance de sus palabras y decidió que ya no podía parar—. Creo que es mejor separarnos. —Ella abrió los ojos con asombro, creyó que oía mal y del susto se desplomó en el butacón que estaba a su espalda. Claudio le devolvió la mirada y para que no quedaran dudas, añadió algo que ella no esperaba—. ¡Esto se acabó! —y salió de la habitación sin darle tiempo a Mariflor a reaccionar. Poco después oyó el ronroneo del motor del auto alejándose.

Mariflor, con un confuso sentimiento de ira y dolor, quedó inmóvil como una estatua de sal. No esperaba esa reacción. ¿Cómo es posible?, se preguntaba en silencio. Es cierto que a veces podía ser un poco fastidiosa, tal vez algo más que fastidiosa, pero tenían tantas cosas en común. Tenían tantas razones por las cuales era conveniente para ambos permanecer juntos. Sintió la sangre borbotear en las sienes y se tambaleó cuando intentó levantarse de la butacón en que había permanecido sentada desde que Claudio se marchó ¿hacía cuánto tiempo ya? ¿Una hora?, ¿dos?, echó una mirada al reloj de la pared. «Ya volverá», afirmó en alta voz, como si al pronunciar la frase ésta se convirtiera en un conjuro mágico que haría volver a Claudio, tan fuerte fue su deseo que quedó mirando hacia la puerta por mucho tiempo. Tarde en la noche, con la cabeza en la almohada, le cruzó un fugaz pensamiento: ¿Y si no regresa? Tuvo un instante de zozobra, aunque recuperó enseguida la sangre fría.

«Si no vuelve se jode y se queda sin casa», y se durmió apaciblemente.

Mariflor conoció a Claudio justo cuando estaba abandonando su aire de guerrillero romántico. Todavía en esos tiempos usaba una boina negra ladeada, bebía mate y estudiaba toda la obra del Che, hasta se dedicó a recopilar anécdotas con todos los que lo conocieron en Cuba. Pero toda su estudiada imagen se desinfló cuando reclutaron a un grupo de jóvenes comunistas para integrarse a las guerrillas en Latinoamérica. Claudio no resistió los duros entrenamientos militares y se retiró. «Pendejo», le gritaron todos sus compañeros. Pese a aquella mancha en su bien cuidado expediente de entrega a la causa revolucionaria, se las ingenió para seguir haciendo carrera política, hasta llegar a ser dirigente nacional de la Juventud Comunista. Los excompañeros protestaron y mandaron una carta al Partido haciendo pública su oposición de que Claudio ocupara un cargo nacional. Fue un cobarde, afirmaron. Por poco salen trasquilados. Claudio era un protegido directo de Fidel, a quien le caía en gracia.

Todo empezó muchos años antes, cuando Claudio era un chiquillo se apareció ante la garita militar frente a la casa del Comandante en El Vedado. El guardia trataba de disuadir al pequeño que siguiera su camino, pero Claudio no cejaba en su empeño y persistía de la peculiar manera en que un niño porfiado insiste en su propósito. Ante la algarabía, Celia, la secretaria personal de Fidel, salió a la posta a averiguar el motivo del altercado y le pareció simpático aquel mocoso que quería conocer a Fidel personalmente.

—¿Por qué lo quieres conocer? —preguntó Celia medio divertida.

—Todo el mundo habla de él y yo quiero ver si es verdad lo que dicen —respondió Claudio con total desparpajo.

—¿Y qué dicen?

—Muchas cosas —respondió cauteloso el jovenzuelo.

Celia lo llevó a conocer a Fidel que estaba en esos momentos en su casa-oficina de la calle 11 en El Vedado. Dicen que al Comandante le cayó en gracia la desenvoltura del niño que lo tuteaba y no se amedrentaba con su presencia. Estuvieron hablando por cerca de dos horas. Fidel quería saber quién era el padre de Claudio a lo que la despierta criatura se negaba a responder:

—Si mi papá se entera que vine a verte me mata.

Claudio no regresó aquella noche, ni la siguiente. Mariflor demoró todo lo posible el proceso del divorcio, pero hacía ya cuatro meses que la sentencia era efectiva. Ahora la vida de Mariflor era monótona y gris. Una divorciada que envejecía a ojos vista, con la amargura permanente de haber sido abandonada por su marido quien comenzó amores con una estudiante casi veinte años más joven que él. Cada mañana a las ocho y media llegaba al trabajo, hasta las nueve comentaban el último capítulo de la telenovela, o el juego de pelota. Una hora después, iban al comedor a merendar y entonces disertaban sobre la chismografía local o nacional. No sabes la última: Fulano se fue. ¿No me digas? Sí; anoche, en un bote, con toda la familia, hasta cargaron con el perro chino que tenían para evitar el asma de los mellizos. ¡Quién te lo iba a decir, el muy hijoeputa! ¡Y parecía tan comunista! Sí; bastante que vociferaba en las reuniones ¿Y llegó? Sí; ya hizo declaraciones en La Voz de las Américas. ¡Coño, suerte que tienen algunos!, esto último sólo lo pensaban, no se atrevían a lanzar semejante comentario en voz alta. ¿No te enteraste? A Mengano lo tronaron. Esta en plan piyama. ¿Por qué? Compadre, nunca dicen los porqués. Dicen que se le enfrentó al Fifo en una reunión. ¡Está loco! Sí; a veces la gente se vuelve *crazy*. Mira a esa que acaba de pasar. ¿La culona? Esa misma, es la nueva querida del Director. ¡No me digas!, ¿entonces dejó a la del quinto piso? ¡Quién se acuerda de eso! Aquello fue el palo de una noche.

La merienda, teóricamente, debía ser de quince minutos. Aunque el tiempo en Cuba no se mide por minutos, ni siquiera por horas. De regreso a la oficina, si no tenía alguna reunión de coordinación que le tomara el resto de la mañana, trabajaba hasta las once y media para empezar a prepararse para el almuerzo. Las tardes eran más largas, por eso trataba de organizar reuniones con otros ministerios, fuera de la oficina, de esa manera se marchaba temprano a la casa. A veces pensaba que la isla explotaría a las nueve de la mañana, cuando al encargado de los controles de la central electronuclear que construían en Juraguá se le olvidara apretar algún botón, por estar discutiendo de béisbol a la hora de la merienda. «Nosotros hacemos como que trabajamos y ellos hacen como que nos pagan», le dijo alguien una vez.

Esa noche Mariflor se apareció en la casa de Oneida, su compañera de trabajo y confidente de chismes. Tuve la oportunidad de conocerlo, le dice Mariflor a su amiga. ¿A quién? ¡A él! ¿A él? Si chica a él. ¡A Fidel! ¿Y? Le cuenta como habla muy bajito, sonríe y es amable. Una no se imagina que sea la misma persona que vocifera en público. Es encantador y un excelente anfitrión. Fue durante una visita de una norteamericana famosa, que estaba acompañada por su esposo oriundo de la India y reconocido arquitecto. El indio hizo algunas preguntas sobre la Habana Vieja, y Fidel para congraciarse, se quejó de la mala calidad de las actuales construcciones y le preguntó seriamente por qué no venía a colaborar en la construcción de los nuevos planes de vivienda.

El padre de Oneida estaba oyendo con disimulada atención, mientras se mecía con lento ritmo en un sillón al fondo de la habitación. De improviso, dando un salto montañés, que uno no podía esperar de tan anciana figura, gritó:

—¡Le roncan los cojones! ¡Un indio! ¡Un indio! Así que ahora viene un indio a enseñarnos cómo construir. ¡A este país que lo construimos los españoles! ¡No! ¡Lo levantamos los catalanes! Miren las bóvedas y bovedillas, los contrafuertes, los pilares y los arcos y los techos ¡Más de dos siglos y todavía están en pie! ¡Un indio! ¡Este es un país loco de mierda! —y se alejó levantando las manos y repitiendo todavía «¡un indio!»

Mariflor y Oneida no pudieron evitar esbozar una sonrisa mientras se alejaba el irritado anciano.

Pese a la breve interrupción, Mariflor siguió contando todos los detalles de la velada. Conoció también a un famoso diseñador holandés, quien estaba colaborando en un proyecto para remodelar los zapatos de las enfermeras. ¡Tú sabes lo incómodos y feos que son! Este Von... no sé qué, tomó las pieles desechadas por la industria, las que nadie quería porque solían tener defectos por las picadas de las garrapatas o por las cicatrices de las cercas de alambre de púa, y les perforó agujeros uniformes para que fueran más frescas. ¡Tú sabes el calor que se zumba aquí! También quitó refuerzos innecesarios. En fin, para hacerte el cuento corto: los zapatos son una preciosidad, parecen de salir, y no para trabajar, y son mucho más baratos de producir. Los «vaque-te-tumbo» se transformaron en zapatillas de Cenicienta. Las enfermeras están encantadas y el holandés también, porque su diseño va a disminuir el costo de producción del calzado. Además, así se pueden exportar las pieles buenas.

Meses más tarde se enteró que el proyecto quedó en fase experimental. Nunca los llegaron a producir porque los «va-quete-tumbo» eran más caros, y con ellos las empresas cumplían el plan de producción más fácilmente. Las compañías cubanas medían su éxito por el valor en dinero del costo de la producción, mientras más caro, mejor. No era su problema si después la mercancía no se vendía o quedaba empolvada en las vitrinas de las tiendas.

Si alguna vez Mariflor guardó ilusiones acerca del socialismo estas se disolvieron cuando estudió economía: el socialismo no generaba riquezas. Todas las teorías de la economía socialista sólo giraban en torno a la administración de bienes, pero aún reconociendo las debilidades del sistema, Fidel la embrujó con su presencia y sugestiva oratoria.

Dejó la casa de Oneida después de ver la novela, que se trasmitió fuera de la programación habitual para retrasmitir por tercera vez un discurso del Comandante. Mariflor parqueó el Lada en el garaje. Tropezó con un bate y guante de béisbol tirados en una esquina, lanzó una maldición y se acordó de Claudio. Por lo menos me quedé con la casa. ¡Que se joda en la barbacoa de Centro Habana! La amargura no la abandonaba. ¡En cualquier momento sus protectores le dan otra casa donde vivir con su putica! Todavía a ratos, recordaba la alegría de Claudio cuando ella le dio la noticia.

—¡Mariflor está embarazada! ¡Mariflor está embarazada! —gritaba con genuino regocijo.

Vio su barriga crecer mes a mes. ¿Qué nombre le pondrían? Yoandry, Yusniel, Yulieski, Yadier, Yadel, Yosvany. Los nombres con Y están de moda, y si son inventados mejor. En una sociedad que luchaba por el igualitarismo, tener un nombre único era una de las insignificantes alternativas para reafirmar la individualidad. No se atrevió a experimentar, le puso Salvador. El padre se sintió defraudado porque no hubiese nacido el 13 de agosto, día del cumpleaños de Fidel. Nació a la una y quince de la madrugada del 14 de agosto de 1972. ¡Por una hora! Claudio lo sintió como una traición de su hijo. El nombre lo escogió Esther. Fue una concesión. Claudio accedió de mala gana para no empeorar las relaciones con su suegra.

Salvador era un niño atractivo. No heredó la cara de sapo de la madre. Se parecía al padre, con cabellos muy negros y ojos azabaches. Doce años después, Salvador renegaba de sí mismo, por no haber nacido rubio y de ojos azules. En realidad, no le importaba mucho ser rubio, aunque hubiera sido mejor de ese modo, sino sólo extranjero. Cualquier nacionalidad menos la cubana. Ser cubano en Cuba era lo peor del universo, casi igual que ser negro en Sudáfrica en época del apartheid.

¿Sería por Salvador que me dejó? Salvador no resultó ser un salvador, sino un niño rebelde —y por tanto peligroso— que se burlaba de las precauciones que tomaban sus padres para ocultar los pocos privilegios que se concedían en una sociedad de escaseces. Le molestaba la hipocresía de sus padres, en especial la de su papá. Claudio no tenía la culpa. «La vida se toma como viene», decía. Dirigía una empresa que daba servicios de todo tipo al Comité Central, posición de confianza del gobierno, por lo que contaba con algunos beneficios.

En una ocasión, durante una confidencia nocturna, antes de ir a la cama con Mariflor, Claudio le reveló que, a veces, sentía que trabajaba en la corte de Luis XVI, llena de intrigas, miedos, traiciones y rencores. Cualquier acción era legítima con tal de obtener alguna prebenda del Rey, y Claudio Tagallo resultó ser un excelente intrigante. Los que están en la lista de confianza, aunque revienten por incapaces caen para arriba, solía afirmar, y no le faltaba razón. Confianza significaba incondicionalidad. ¡Va y todavía le dan otra casa para que viva con su puta jovencita!, rumió Mariflor con despecho.

Capítulo 7

El derrumbe

1
1980

El mar estaba de mal genio. Las olas rompían con furia contra el barco y lo zarandeaban de un lado a otro a pesar de la sobrecarga; iban 300 personas donde sólo cabía la mitad. El capitán de la embarcación se lo explicó al oficial del ejército antes de zarpar del puerto del Mariel, al norte de la provincia de La Habana. «Esto es un barco pesquero. Pueden ir 120, cuando más 150. Son normas de seguridad claramente establecidas». El teniente de uniforme verdeolivo, con oídos sordos, le contestó que sólo le dejaría llevar a sus familiares si transportaba la cifra de 300. Al capitán no le quedó otra opción que aceptar las condiciones del militar. Toña, por primera vez, comprendió la noción exacta de la frase «ir como sardinas en lata». Estaban unos junto a otros, tan hacinados que era imposible moverse; unos pocos persistían en sentarse, la mayoría permanecía de pie. Conducir la nave en esas condiciones era una proeza marinera. Perturbados mentales que hasta el día anterior habían permanecido internados en hospitales psiquiátricos, criminales sacados de las cárceles, artistas y pintores con expedientes en los archivos de la Seguridad del Estado por «conflictivos», junto a maricones de carroza, como le llamaban a los afeminados en Cuba, eran parte de la obligada carga humana.

El rugido de las olas hacía evidente la posibilidad de zozobrar. A lo lejos, hacia estribor, un helicóptero de la Guardia Costera norteamericana rescataba a varias mujeres de un barco semihundido. Algunos se pusieron a rezar. Una anciana empezó a reunir monedas de un centavo y preguntó si había algún negro en la embarcación para que las lanzara al mar. Decía que la Virgen de la Caridad del Cobre, la Santa Patrona de Cuba, los salvaría si se cumplía ese ritual. No iban negros a bordo, la única negra era Toña. «¡Coño! Si lo que sobraban eran negros en el puerto, ¿cómo es que no metieron a ninguno en este barco?», dijo uno de los pasajeros. «¡A falta de pan, casabe!», gritó otro. Toña tiró «ocho kilos» prietos al mar embravecido. Horas después las olas cedieron algo su furia.

Tras una larga travesía de casi veinticuatro horas, que en condiciones normales apenas hubiese durado cinco, llegaron todos sanos y salvos a Cayo Hueso, el 11 de mayo de 1980. Ese día se rompieron todas las marcas anteriores de llegada de cubanos al sur de la Florida: 4 588 refugiados a bordo de 58 embarcaciones.

Durante los cinco meses que duró el éxodo de Mariel unos 125,000 cubanos abandonaron la isla hastiados de la sociedad que dejaban detrás. Se fueron ancianos de más de ochenta años, bebés de menos de un mes de existencia, y muchos, muchos jóvenes de la primera generación de hombres nuevos creados por Castro, nacidos durante la Revolución. Blancos, negros y mulatos. Hombres y mujeres. Intelectuales y estudiantes. Amas de casa y pintores. Carpinteros y campesinos. Doctores y asesinos. Cristianos, santeros y judíos. Músicos y locos. Mujeriegos y homosexuales. Testigos de Jehová y científicos. Honrados y ladrones; y mucha gente honesta que quería tener la oportunidad de labrarse un futuro a fuerza de trabajo, y algunos sinvergüenzas.

Charo movió cielo y tierra para pagar un espacio en uno de los cientos de barcos que zarpaban cada día de la Florida contratados por los familiares de los cubanos en Miami. Todo empezó el 1 de abril, cuando cinco pasajeros de un ómnibus, puestos de previo acuerdo con el chofer, lo estrellaron contra las rejas de la Embajada de Perú en La Habana. Toña supo, como toda Cuba, que a los primeros seis cubanos le siguieron otros diez mil. Poco después, muchos otros chóferes paraban las guaguas enfrente a la Embajada diciendo: «Compañeros hasta aquí llegó el viaje», y acto seguido, bajaban para internarse en el recinto diplomático con los que desearan seguirlo. Otros saltaban las rejas mediante acrobacias dignas de un circo callejero. En los alrededores de la Embajada, viejos autos abandonados por los intrusos, con placas de provincias lejanas, Camagüey, Las Villas, Santiago, Ciego de ávila, eran saqueados por transeúntes casuales, a no ser que el automóvil tuviera las llaves en el encendedor de arranque, en ese caso, se lo llevaban como si hubiera sido un regalo de Día de Reyes. El gobierno nunca imaginó esa reacción masiva cuando altanero anunció la retirada de los guardias, después del incidente de la guagua. Tuvo que reconsiderar su decisión y rodear la Embajada de Perú con policías, por lo que pocos días más tarde ya no se podía saltar el muro.

En la madrugada del 20 de abril una llamada por teléfono despertó a Toña. Era José, un amigo travestí del teatro, quien con voz aflautada le gritó excitado: «Me voy pal' Norte. ¡Están dejando irse!»

La noticia se expandió como hecatombe de fin del mundo. ¿Pero cómo? Los barcos están viniendo a buscar a los familiares. ¿Y los que no tienen familia? También. Para poderse llevar a la familia, los obligan a cargar con los que *ellos* quieren que se vayan. ¡Hay cientos de barcos! ¿Dejan salir a cualquiera? Bueno, a casi todo el mundo; hay una lista negra para alguna gente. ¿No es una bola? ¡Qué va! Ya el Fifo lo anunció por la radio: va a abrir el puerto del Mariel para todo el que quiera irse.

El día antes, Toña y su amigo José habían desfilado con su CDR, junto a miles de habaneros, en una marcha multitudinaria por toda la Quinta Avenida hasta rodear la Embajada del Perú. A ritmo de conga coreaban: «¡Pin, pon, fuera, abajo la gusanera! ¡Que se vaya la escoria!».

Tres días más tarde, Toña recibió otra llamada nocturna, ésta vez era Charo para preguntarle si quería irse con ella. Era lo que anhelaron por muchos años: poder vivir juntas. Aunque una vez dicho el sí, se percató que era un adiós para siempre a Cuba, a su familia y a sus amigos. Tendría que decidir cómo decírselo a Antonio, quien estaba trabajando en el servicio exterior. No sabía qué pensaría de ella, cómo asumiría la noticia, si tomarían represalias contra él. No era posible una vuelta atrás. Sería, como en la época de la colonia española, una desterrada de su patria. Sería una más entre los miles de cubanos que dejaban su mundo sin la posibilidad de un regreso. Cuando Toña dijo en su casa «Me voy», Cecilia y Pancha se echaron a llorar. José Manuel dio media vuelta sin decir una palabra, y tras un portazo, se encerró en su dormitorio para que no se le vieran las lágrimas.

Para poderse ir del país, Toña tenía que solicitar que le aceptasen la renuncia en el centro de trabajo. Era entonces cuando oportunistas y malandrines aprovechaban para hacer «actos de repudio» orientados por el Partido, donde no sólo se chillaban improperios y frases soeces, sino se lanzaban piedras, huevos y excrementos contra aquellos que en cualquier otro país apenas serían considerados potenciales migrantes. En algunos casos abundaron los puñetazos y el manoseo lascivo a las mujeres. Toña tuvo suerte. En el sector teatral los núcleos del Partido eran una feliz excepción: flojos y «poco combativos» les llamaban. Aunque también estos «actos de repudio» se organizaban frente a las viviendas de «los que querían abandonar la patria». Los Comités de Defensa de la Revolución eran los responsables de organizar las manifestaciones, y si no alcanzaba la gente a movilizar se traían a turbas de otro barrio.

Cuando José Manuel vio frente a su casa a una multitud que vociferaba entre otros insultos, «¡escoria!, ¡puta traidora!», salió empuñando un arma de fuego en la mano y rugió a la muchedumbre: «¡Le voy a vaciar la pistola al maricón que tenga los cojones de gritar otra vez!» Como acto taumatúrgico el gentío desapareció.

Quince días más tarde, un auto de la policía recogió a Toña en la casa. Madre y abuela lloraron desconsoladas. «¿Cuándo te volveremos a ver? Escribe, no dejes de escribir», le imploraban. José Manuel no habló, apretó a Toña en un abrazo fuerte que le aflojaron los huesos y le susurró muy bajito: «cuídate». No le permitieron llevar nada, ni una pequeña maleta, sólo la ropa que tenía puesta.

Toña permaneció seis días en el campamento El Mosquito, que le hacía honor al nombre. Los enjambres de los molestos insectos no dejaban dormir con sus impertinentes zumbidos y las fieras picadas se infestaban con facilidad. Los servicios sanitarios o letrinas brillaban por su ausencia. Todo olía a orine y tenían que caminar sobre heces. El hedor era tan repugnante que no era posible comer. ¿Bañarse?, ni soñarlo, que los traidores vendepatrias tuviesen agua para el aseo personal era un lujo innecesario. Hacer largas colas frente a un oxidado grifo, del cual fluía un hilo de agua con un dejo salobre, era la única alternativa si querían mitigar la sed.

Al llegar al campamento separaron a las mujeres de los hombres y les obligaron a quitarse la ropa para hacerles un registro total. Unas guardias con cara de pocos amigos y manos enfundadas en guantes de cirugía, les introducían el dedo índice en el ano a toda una fila de mujeres y ancianas, para determinar si llevaban dólares o joyas escondidas. Niñas y jovencitas lloraban al ver la humillación a que sometían a sus madres.

Durante la noche anunciaban por altavoces los nombres de los que iban a trasladar para el puerto del Mariel. El que estuviera adormilado y no contestara al llamado, se quedaba para otro día, por lo que era imposible dormir si se quería salir de ese infierno.

Toña acordó hacer turnos de guardia con la familia que estaba junto a ella, Ruano de apellido. El marido era callado, pero la mujer hablaba sin pausa, como un irrompible muñeco de cuerda. Así supo que los Ruano eran cuatro hermanos, sólo Horacio estaba vivo. A uno lo atraparon y fusilaron cuando se infiltró en una lancha para sacar de la isla a sus hermanos que estaban alzados en armas. A los otros dos los cazaron como a perros y los quemaron vivos. Los milicianos los habían cercado en un cañaveral al que dieron candela y un escuadrón de soldados les disparó a mansalva cuando salieron a la guardarraya con el cuerpo envuelto en llamas. Los cuatro hermanos tenían una finca en Oriente con árboles de casi cincuenta años sembrados por el abuelo: mangos, mameyes, cacao y aguacates. También cultivaban maíz y criaban gallinas. No era un latifundio. Era una finca donde trabajaban duro los cuatro, de sol a sol, junto a varios campesinos que contrataban por temporadas. Al nacionalizar la granja, tumbaron todos los árboles con bulldozers y sembraron una variedad de café que nunca prosperó.

El sueño de su Horacio, decía la mujer, era tener una finquita donde pudiera trabajar sin que le dieran órdenes absurdas como a un peón sin cabeza. Era una quimera imposible de alcanzar en la Cuba comunista. Horacio guardaba mucho rencor por las muertes de sus hermanos. Los sepultaron sin avisar a la familia; ni siquiera pudo celebrarles un funeral y por mucho tiempo no supo dónde estaban sus tumbas. Mucho tiempo después Toña supo que Horacio era dueño de un finca en Homestead, al sur de Miami, donde crecían los árboles de aguacates y mangos; y criaba conejos, gallinas y caballos.

Cuando Toña desembarcó en Cayo Hueso, Charo la recibió con regocijo. Pero no podían casarse ni legalizar su relación. Todavía transcurrieron otros dos largos años hasta que Toña obtuvo todos los documentos requeridos para viajar a Barcelona. Finalmente, logró empezar una nueva vida junto a Charo.

2
1989

María salió al balcón y cerró la puerta tras de sí. Con gesto instintivo se cubrió los hombros con un chal mexicano que ostentaba todos los colores del mundo. Dirigió una mirada de estreno al horizonte, como si fuera la primera vez que escudriñara la infinidad del océano. El mar siempre es una fiesta. Desde su apartamento de El Vedado disfrutaba de todo el esplendor de las olas inmensas que rompían majestuosas contra el muro del Malecón, alzándose más allá de las esbeltas farolas.

Era uno de esos pocos días invernales en la isla del eterno calor. Cuando llegaba un «frente frío» los cubanos como gorriones asustados, se encogían ante la gélida humedad que calaba los huesos. Contempló en silencio a la borrascosa y enigmática inmensidad, que ahora no exhibía sus acostumbrados y estupendos azules sino rugientes espumas blancas en una vastedad gris. Una ráfaga del viento del norte le descubrió los hombros y se estremeció de frío. Decidió entrar para evitar un catarro.

Se dispuso a preparar un té de hierba buena. No era muy amante de infusiones o cocimientos pero, como muchos otros cubanos, no tenía más remedio que probar hierbas y raíces hervidas con mucha azúcar para llevarse algo caliente al estómago, cuando la magra ración de café que recibían llegaba a su fin. La destartalada casetera dejaba oír un viejo bolero cantado por Pablo Milanés.

Siempre tú estás conmigo
en mi tristeza,
estás en mi alegría
y en mi sufrir

Era una canción de amor que a ella se le antojó como una oda al mar. «Qué sería de nosotros sin el mar», pensó. El mar nunca es un agua muerta. Es un agua quieta, que acecha como agazapado monstruo marino para transformarse en olas gigantes; puede arrasar contigo y con todo lo que te rodea. Se rectificó enseguida: también es una caricia el suave oleaje que te envuelve en húmedo abrazo.

La muerte de Gustavo fue para María el cataclismo de su vida. Ya habían transcurridos diez años desde que supo la noticia y todavía guardaba una tristeza sorda. El dolor rabioso de los primeros tiempos dio paso a una pena etérea que la acompañó para siempre.

«No se aprecia lo que se tiene hasta que se pierde», les sermoneaba Cacha a las Marías cada vez que se presentaba la ocasión. Tenía razón. María volvió a amar a su marido después de muerto. Una aflicción indecible la envolvía sin cesar. Si pudiera echar el tiempo atrás, suspiraba a ratos, para inmediatamente pasar a un estadio de furor. ¡Malditas guerras! ¡Mil veces malditas!

Sorbió el brebaje caliente y no pudo impedir una mueca. Seguía prefiriendo una tacita de café. No sabe qué juegos hizo su mente para asociar el café con la visita que Mariflor le hiciera al hospital un par de semanas atrás, tal vez porque le llevó un paquetico de café comprado en la bolsa negra.

Para Mariflor, y para toda Cuba, 1989 fue un año especial. El país estaba conmocionado, sin embargo, esta vez no era por los yanquis. Dos noticias desquiciantes se extendieron casi al mismo tiempo por toda la isla: fue fusilado un héroe de la Revolución y cayó el muro de Berlín. A Mariflor también se le derribaron los muros con los que se protegía de todo cuanto la rodeaba. Fue descubriendo una realidad que se le develaba poco a poco y que se resistía a aceptar: su hijo Salvador era un drogadicto.

Mariflor fue a la consulta de María rodeada de un aire de misterio y desolación. Hizo el consabido gesto de «micrófono» y no quiso hablar dentro del edificio. Le pidió ir al parqueo. Una vez allí, le contó los males de Salvador en frases incoherentes mientras miraba con recelo a cualquiera que se acercara demasiado. Todo empezó con anfetaminas, luego fueron otras tabletas y le siguió la marihuana. Ella no sabía qué hacer. «Es muy difícil criar a un varón cuando se está sola. Claudio no se ocupa ni se preocupa por el muchacho».

Cuando Salvador se transformó en polilla de biblioteca, Mariflor tuvo esperanzas de que todo hubiese sido una breve pesadilla. El muchacho se interesó por libros antiguos. Leyó obras que ella consideraba exóticas para un adolescente, como el *Ensayo de la Geografía de las Plantas* de Alexander von Humboldt. Pero cuando su interés se movió a los tratados del botánico cubano Juan Tomás Roig, Mariflor tuvo una sombra de duda y sus temores resultaron ciertos.

Salvador y un par de amigos fueron un fin de semana a un campismo y regresaron con un cargamento vegetal de capullos, hojas y raíces. Hicieron un cocimiento con unas acampanadas flores amarillas, que luego —por accidente—, Ricardo, el padre de

233

Mariflor, bebió creyéndolo una sopa. Poco después salió en cueros y con descomunal erección, gritando por todo el barrio que la isla se iba a hundir en el mar. Hasta intentó forzar sexualmente a una anciana que hacía la guardia del Comité y huyó despavorida dando gritos histéricos que despertaron al vecindario. Mariflor fue puerta por puerta disculpándose con los vecinos, quienes vieron, entre azorados y divertidos, el inusual entretenimiento. A todos dijo que su padre padecía el mal de Alzheimer.

—¡Esto tiene que acabar! No puede seguir así. Me va a buscar un problema —jadeó Mariflor. Le rogó a María que todo fuera muy discreto. Si podía atenderlo en la casa, mejor aún. No quería maledicencias. —Aquí te pueden destruir por cualquier cosa, y una siempre tiene un montón de enemigos y envidiosos que están al acecho para hacerte daño.

María accedió a atender a Salvador en su apartamento, al terminar el horario de trabajo, aunque le advirtió que si el muchacho estaba en una etapa avanzada de adicción habría que hospitalizarlo. Mariflor se aterró ante la posibilidad y le comentó que sabía de la existencia de una discreta institución para casos de hijos de dirigentes —«hijos de papá» fue lo que dijo exactamente—, e incluso para los mismos papás que padecían de algún «desorden nervioso». ¿Podría María ayudar a hospitalizarlo allí si hiciera falta? Ella no tenía las conexiones necesarias para llegar hasta esa «casa de descanso y restablecimiento», como era conocida.

Salvador era un muchacho lleno de frustraciones, rencores y temores. Para colmo de males, sus padres hicieron todo lo que no debe hacerse con un adolescente que experimenta desilusiones y fiascos con drogas. Poco a poco el muchacho se sintió confortable con tener a alguien que lo escuchaba con verdadera atención y habló francamente con un adulto por primera vez.

Salvador despreciaba la hipocresía con la que sus padres fingían cada momento de sus vidas. «Hasta la basura de la casa la echan en latones de otros barrios, para que los vecinos no descubran que ellos compran en las tiendas para extranjeros».

No quería vivir de esa manera. «¿Sabes que apagan la televisión cuando empiezan los discursos de Fidel? Y después organizan los círculos de estudio en los CDR sobre las mismas peroratas que no quisieron oír». Vivimos en un mundo de incertidumbre, continuó el adolescente, y exhibió tal profundidad de razonamiento que sorprendió a María.

Muchos de sus pacientes, aunque de más edad que Salvador, se quejaban de sufrir la incertidumbre que los rodeaba. Solían decir que ya no existían las historias del empleado que se retiró después de veinte años de una compañía, o de la pareja que se conoció de jóvenes y vivieron casados toda su vida, o el niño que será carpintero porque su papá, su abuelo y su tatarabuelo lo fueron. El universo ha cambiado. Todo es etéreo y circunstancial. Desaparecen países y surgen enfermedades nunca vistas.

—Yo busco la felicidad instantánea. Hoy, ahora —aseveró Salvador con firmeza—. No estoy dispuesto a la descarga de «sacrifícate hoy por un mañana luminoso» porque mañana no sé si estaré muerto.

—¿Y qué es para ti la felicidad? —indagó María con súbito interés. El muchacho quedó pensativo antes de contestar:

—Supongo que ser libre, aunque creo que nadie lo es totalmente. Tal vez sólo se logra con mucho, mucho dinero o...

—Con drogas —lo cortó María.

—Sí, también con drogas —respondió desafiante— sobre todo si no tienes muchísimo dinero para comprarte un poco de independencia —replicó con sorna—. Con las drogas creas otro mundo, otra realidad donde nada te importa...te sientes liberado de todas las cargas.

—¿Y eso no es una falsa solución? —ripostó la psiquiatra.

—Tal vez... pero no veo otra —persistió Salvador.

—Supón que tengas razón y no hay otra —admitió María de mala gana, para enseguida argumentar—: Al vivir esa «felicidad» —empezó en un tono algo sarcástico, incluso hizo una mímica con los dedos pretendiendo hacer evidente que estaba citando su concepto de felicidad—, te haces daño a ti mismo, daños irreversibles —recalcó las últimas palabras.

—Prefiero hacerme daño a mí mismo que hacérselo a los demás. No quiero ir a una guerra a matar a otros, que ni siquiera sé lo que defienden. No quiero estar estudiando como un burro para después ser seleccionado por méritos revolucionarios y no por mi talento. No quiero vivir donde tenga miedo a lo que piense el vecino de mí; o a esconder lo que compro en las tiendas de dólares. No creo que haya un futuro. Vivimos con miedo... Miedo a ser uno mismo.

María quedó algo perturbada por unos instantes. La referencia a la guerra trajo a su memoria la muerte de Gustavo. Nunca antes se preguntó si su marido habría matado a alguien. La breve pausa fue aprovechada por Salvador:

—Las drogas son la única manera de «transportarme» fuera de esta mierda —aseguró resignado.

—Es una salida falsa y llegará el momento en que ese aparente placer cada vez será más breve y dará paso a otras experiencias desagradables de alucinaciones y paranoias. —María evitaba sermonear e intentaba razonar con el muchacho.

—¿Y cuál es la solución? —inquirió mientras nacía cierta curiosidad en su mirada, como si esperara que María le contestara la pregunta fundamental en su vida.

—No lo sé —reconoció ella a su pesar, porque se percató de las expectativas del muchacho, y para animarlo, en un tono dulce insistió—, eso sí, puedo asegurarte dos cosas. Primero, la droga no es la salida. Y segundo, todo en esta vida tiene solución menos la muerte.

Se estableció entre los dos una sana empatía que fue más allá de la relación entre médico y paciente. María estaba muy sola. Leandro desapareció de su vida con la misma rapidez con la que entró. Ella lo quiso así. Una mezcla de sentimientos que iban desde la culpabilidad hasta el remordimiento hizo la relación imposible de sostener.

Sus urgencias las calmaba con cualquier joven residente de psiquiatría dispuesto a un sexo fácil y sin compromisos. Se refugió en su trabajo. Su labor como psiquiatra se convirtió en la esencia de su vida y Salvador abría ante sus ojos un tumultuoso mundo subterráneo de desesperanza y evasión al cual ella deseaba ayudar. A su vez, para el muchacho la relación con María significaba hablar con completa libertad de cuanto se le ocurriera, sin ser mandado a callar o, peor aún, sin que lo vapulearan hasta el cansancio. La psiquiatra llegó a saber por el lenguaje corporal de Salvador, sus tics nerviosos, ansiedades y cambios de humor que la adicción estaba corroyéndolo por dentro y necesitaba un tratamiento de desintoxicación.

María tomó otro sorbo del cocimiento de hierba buena, volteó la otra cara del casete, apretó la tecla *play* y la tersa voz de Pablo volvió a inundar la sala.

Creo en ti,
como creo cuando crece
cuanto se siente y padece
al mirar alrededor.
Creo en ti,
y me alegro que el mañana
a través de mi ventana
nunca sea igual que hoy.

El timbre de la puerta la sobresaltó. Era Perla. María había decidido pedirle ayuda para ingresar a Salvador en la exclusiva casa de recuperación para dirigentes. Perla tenía muchos amigos.

—¡Qué mantón más lindo! —exclamó sorprendida Perla al ver a María tan colorida, algo en extremo inusual en su monocromática amiga.

—Un regalo de una amiga argentina. Siempre me trae algún presente, lo compró de paso en su último viaje... Es de México ¿verdad que es bonito? —respondió María acariciando el chal. Perla asintió con la cabeza y sonrió.

María le brindó a Perla una taza del cocimiento y le contó en pocas palabras el problema de Salvador.

—Ángel puede resolver —dictaminó Perla, quien ante el gesto de extrañeza de María agregó—: ¿No lo conoces?

—¿Quién no conoce a Ángel en La Habana? —titubeó por un instante; la imagen de Ángel no era precisamente la de un poderoso caballero del Partido que todo lo resolvía— ¿Crees que él pueda ayudar? ¿Cómo es que un tipo como él tiene tanto poder?

Perla le contó. En Cuba no hay regla sin excepción. Ángel era un homosexual intocable, protegido directo de Celia, la secretaria de Fidel, devoto de la Virgen de la Caridad del Cobre y practicante de la santería. Su invulnerabilidad venía de los días de la guerra en la Sierra.

Era por todos conocido que en una batalla contra el ejército batistiano quedó sitiado y fue hecho prisionero. En una cárcel de Santiago lo torturaron con saña, sin arrancarle una palabra. Ante tanta bravura, el esbirro decidió llegar al extremo y le extirpó los testículos. «¡Para que seas un maricón con todas las de la ley!», exclamó el torturador con gesto socarrón, empuñando todavía las tenazas que sujetaban los genitales chorreantes de sangre, mientras Ángel se retorcía con el dolor más terrible que hubiera sentido en su vida.

Contra toda predicción, Ángel no sólo sobrevivió la cercenadura, sino que logró huir de la cárcel con la ayuda de un soldado que se identificó con su sufrimiento, y que sentía una gran admiración por la entereza del mulato. Volvió a la Sierra Maestra para incorporarse al batallón suicida del ejército rebelde. Su audacia, valentía y arrojo se hicieron leyenda en todo el oriente del país. Todos los alzados lo respetaban y murmuraban «A este lo que le sobran son cojones».

Cuando triunfó la Revolución, Ángel, ya para entonces capitán, fue a Santiago de Cuba en busca del torturador. Tiempo le tomó encontrarlo. Fue una búsqueda obstinada; día tras día y noche tras noche aguardaba sin prisa la ocasión de encontrar al esbirro. Se dice que lo localizó en un hotelucho en las afueras de Santiago. Allá fue Ángel en una noche de luna llena, se escabulló en la habitación y tocó el pecho del hombre dormido. El verdugo al despertar sobresaltado vio ante sí a un revólver que lo apuntaba, y al mulato como un arcángel indignado que lo miraba con fijeza de cazador ante una presa. El ajusticiador se sintió ajusticiado; lloriqueó y suplicó compasión de rodillas. Ángel, a la luz de la luna, se mantenía en silencio como un espectro del pasado. Si hubiera gritado o insultado no habría inspirado tanto terror. Sin pronunciar palabra alguna sacó un segundo revólver que dejó sobre una repisa frente a él, mientras seguía apuntándole con el otro directamente a la cabeza.

—Elige. O te lo pegas tú o te lo pego yo —demandó con voz ronca. En su mirada no había cólera, ni odio, sólo una fría indiferencia.

Ángel no se dejo inmutar por el llanto del matón. Esperó en un mutismo soberbio, como un ángel vengador. El verdugo tembloroso dejó de pedir clemencia, empuñó el revólver y se voló la tapa de los sesos. Esa fue la historia que le hizo Perla a María cuando preguntó por qué Ángel tenía tanto poder. Como colofón agregó que nunca fue militante del Partido porque se negó a renunciar a practicar la santería.

—Hay hombres maricones y homosexuales hombres. Ángel es un homosexual muy hombre. La hombría no se otorga ni se pierde por el culo, sino por el corazón —concluyó. Acto seguido tomó el teléfono y lo llamó.

Perla irradiaba alegría cuando colgó el auricular. Estaban invitadas a comer con Ángel a la noche siguiente en La Bodeguita del Medio, también Salvador y Esperanza.

Ángel era un anfitrión encantador. Le dieron una magnífica mesa en el pintoresco y bullicioso restaurante que servía en aquel entonces la mejor comida criolla de toda La Habana. Se atracaron de masas de puerco, arroz, frijoles negros, yuca con mojo, tostones y ensalada de aguacate, acompañado de cerveza y mojitos. ¡Un indiscutible festín! Todos devoraron los manjares con avidez de presidiario, excepto Ángel, que comía despaciosamente levantando el dedo meñique mientras cortaba la carne, y se limpiaba los labios con la servilleta cada vez que tomaba un sorbo de mojito.

—¿Por qué estudiaste psiquiatría? —indagó ángel dirigiéndose a María con auténtica curiosidad.

239

Ella le contó de su afición desde niña por ayudar a curar enfermedades. Pero son las mentes las que están enfermas en esta isla. Las tensiones nos van a matar a todos. ¿Se acuerdan de Barreto, el especialista azucarero? Todos asintieron.

Barreto vivía en el edificio de María. El hombre poseía una refinada e inusual cortesía. Siempre daba los buenos días o las buenas tardes. No tuteaba a vecino alguno, ni nunca se le oyó levantar la voz, chismorrear o pronunciar alguna palabra soez. Su pasión era mantener en óptimas condiciones su Chevrolet del 56. A pesar de los años, el auto resplandecía sin ninguna avería, incluso mantenía casi todas las piezas originales. ¡Hasta el aire acondicionado todavía funcionaba!

María logró atrapar la atención de los oyentes que intrigados no tenían idea de qué tenía que ver Barreto con la psiquiatría. Cuando los robos comenzaron a hacerse más frecuentes en el garaje del edificio, Barreto temió por la niña de sus ojos. El sótano donde estaba el automóvil permanecía a oscuras porque las bombillas se fueron fundiendo una a una y no las reemplazaban. Sonrió radiante cuando consiguió una de 100 watts, y la colocó él mismo en el techo del garaje, directamente sobre su Chevrolet. Pero el encargado del edificio lo regañó con inquina, argumentando que la lamparilla consumía mucha electricidad y tenía que quitarla. Era obligación de todos ahorrar al máximo en esos tiempos tan difíciles de la Revolución. Fue la única vez que Barreto reventó en una muestra pública de cólera contenida. No gritó ni ofendió. Desenroscó la bombilla y la estrelló con fuerza contra el suelo. Tras una pausa, María concluyó su historia: Barreto murió esa misma noche de un ataque cardiaco.

—Murió de un berrinche —comentó Salvador con sorna.

—*Mens sana in corpore sano* —sentenció la joven Esperanza sin dejar de comer.

Ni María ni Perla se sorprendieron con la intrusión de Esperanza. Ambas estaban acostumbradas a esos comentarios inusitados que mostraban los más disímiles conocimientos. Ángel miró con curiosidad a la muchacha; era una réplica de

Perla. Tal vez con una mayor fiereza de gata salvaje en los ojos ambarinos.

María retomó la palabra.

—Esperanza tiene razón. Yo les narro esa anécdota a muchos de mis pacientes cuando muestran signos de agresividad por el exceso de problemas. Siempre les indico, como prescripción ante la cólera, «recuerden el bombillo de Barreto».

—Hay muchas más gentes de las que puedas imaginar que mueren de un disgusto —aseveró Ángel dirigiéndose a Salvador.

—Y muchas otras que cometen suicidio. El Ministerio de Salud Pública empezó este año un programa de prevención. Quieren reducir a 18 por cada 100,000 habitantes la tasa de suicidios para el año 2000.

—¡Ni morirte te dejan ya! —protestó Salvador.

Ángel rió con la ocurrencia del muchacho y el resto de la noche estuvo interesado en las historias de los bajos mundos de la ciudad. Tal vez estaba evaluando si podía recomendarlo para la casa de descanso. Sea por las respuestas de Salvador o por saber que era el hijo de Claudio Tagallo, antes de que llegaran los postres de buñuelos y boniatillo con queso blanco, ya había decidido ayudar al joven.

Al final de la noche trajeron tres copias de una foto en la que todos quedaron con sonrisas satisfechas por las barrigas llenas, frente a una mesa cubierta de platos vacíos. En la centenaria pared del fondo, millares de firmas y mensajes de visitantes al restaurante se solapaban unos encima de otros. También colgaban antiguos marcos afiligranados, con fotos donde comensales famosos de la Bodeguita como Errol Flynn, Ernest Hemingway, Rita Montaner, Salvador Allende, Nicolás Guillen, Pablo Neruda, Joan Manuel Serrat y muchos otros más, estaban igual de sonrientes, frente a mesas cubiertas de platos semivacíos.

3
1971-1992

El fin del mundo comunista desajustó por completo a la pequeña isla. El mayor torbellino enloquecedor fue la crisis económica: la *larga isla infeliz* dependía totalmente de la potencia soviética para su subsistencia. Otros opinaban que lo peor era el descalabro moral, la pérdida del sentido de la vida, de los ideales de un futuro prometedor por los que lucharon, sufrieron y murieron tantos cubanos. La Historia los traicionó. No era una rueda indetenible que avanzaba hacia el futuro; era una puta mentirosa. No existían caminos lineales. Se podía marchar en círculos cerrados y volver al punto inicial como en un intrincado laberinto, o incluso llegar más atrás. En ese incierto año Esperanza se graduó de la Licenciatura en Física.

La isla estaba otra vez patas arriba. Para empezar, se presentaba un problema con la Constitución, la cual consagraba «la amistad fraternal y la cooperación de la Unión Soviética». La Constitución cubana quedó obsoleta de golpe y porrazo cuando la URSS desapareció una invernal mañana de 1991.

Era la segunda vez que en la ley fundamental de la nación se hacía referencia a una potencia extranjera. La primera fue a principios del siglo XX, con la oprobiosa Enmienda Platt que daba derecho a Estados Unidos a intervenir en la islita cuando le viniera en ganas; tomó muchos años de esfuerzos a los cubanos lograr sacarse aquella espina.

En verdad, el cumplimiento de las leyes era un problema menor, ya que desde el mismo inicio, la Revolución desintegró todo el sistema legal existente. Fidel dijo en aquel entonces, que la «justicia burguesa» no respondía a las necesidades de la justicia revolucionaria, aunque poco después la anarquía o locura totalitaria hizo que se incumplieran sistemáticamente las nuevas leyes cubanas, dictadas para responder al nuevo «Estado socialista de obreros y campesinos y demás trabajadores manuales e intelectuales».

Desde que abrió los ojos, Esperanza miró al mundo con escepticismo. Cuestionaba todo lo que se suponía incuestionable y tuvo muchos problemas por ello. El primer contratiempo fue apenas con cinco años, cuando pintó un mar rojo. La maestra citó a Perla a la escuela, recriminándole que el dibujo tenía una implicación política: el mar estaba lleno de la sangre de los cubanos muertos que intentaban huir de la islita verde. Perla quedó perpleja por la alegoría ¿Tal vez Esperanza oyó algo en la casa? Pero no. Unas semanas más tarde, al atardecer, mientras compartían una frugal cena en la terraza que daba al mar Esperanza señaló al horizonte:

—Mira mamá. El mar es rojo a esta hora.

Su sagaz poder de observación la hacía llegar a conclusiones propias. Otro día, mientras jugaba con un gotero, le dijo a Perla:

—Una gota —la dejó caer en la superficie de la mesa—. Mira ahora, otra gota —esta se unió en una minúscula superficie convexa a la gota anterior—. ¿Ves? —Perla negó con la cabeza porque no sabía a dónde iba a parar la lógica de Esperanza—, uno más uno, no siempre es dos. Una gota más una gota es otra gota —Perla no tenía la más remota idea que Esperanza acababa de expresar una compleja teoría físico-matemática en su simple lenguaje infantil.

Estudió Física y fue uno de los primeros expedientes. Fue precisamente en la Facultad de Ciencias Exactas, casi a punto de graduarse, donde a viva voz, los estudiantes alzaron interrogantes a los irrefutables mitos revolucionarios. Los policías controladores de mentes estuvieron por años reforzando el rastreo de «desafectos» en la facultad de humanidades. Pero la liebre saltó entre los jóvenes científicos. Nunca antes se escucharon públicamente tamañas insolencias contra la Revolución.

La mente humana se programa al igual que una computadora, argumentaba Esperanza en las innumerables conversaciones que sostenía con su madre. En esta analogía, el software es el conjunto de creencias y convicciones a partir de los cuales la gente interpreta la realidad y actúa en consecuencia. El pensamiento tiene filtros para las ideas y percepciones que recibe el cerebro, semejantes al de los circuitos de protección de una computadora, que la desconectan cuando hay una sobrecarga de voltaje. Este sistema de protección mental bloquea el procesamiento de cualquier información que entre en contradicción con los valores previamente establecidos, es decir, las creencias axiomáticas que está usando el cerebro.

Esperanza seguía hablando como si su explicación fuera clara como el agua y aunque Perla la escuchaba con extrema atención, no llegaba a comprender del todo la lógica del razonamiento. La joven científica continuó sin percatarse del rostro de confusión de su madre: como resultado, más allá de la censura policial, existe una autocensura mental, cuando la gente no quiere saber nada que cuestione aquello en lo que cree, porque admitirlo lo conduciría a una total reprogramación de la perspectiva que ha venido empleando e, incluso, del significado de sus vidas hasta el presente. Tendrían que instalar «un nuevo sistema operativo». Pero al «leer» las acciones ejecutadas bajo los fundamentos del viejo software, casi de seguro se detectarían muchos errores, como cuando uno traspasa archivos de viejos programas y los quiere abrir con una versión mucho más avanzada.

Esperanza cerró la exposición de su analogía sobre la realidad cubana con una frase con la que comúnmente concluía sus razonamientos:

—LQQD, lo que queda demostrado: el socialismo cubano es una mierda.

Perla se perdía en todos esos vericuetos porque no sabía mucho de computadoras. Luego de hacer varias preguntas adicionales, interpretó que lo que quería decir Esperanza es que nadie acepta la realidad a rajatablas, sólo se ve la verdad construida a través de una verdad imaginaria y de unos supuestos inamovibles.

La Facultad de Física estaba revuelta. Una visita de un alto funcionario del Partido intentó acallarlos y, por primera vez, el dirigente no pudo controlar la situación con las manidas fórmulas de «tengan confianza en la Revolución que tantos mártires ha costado». Al criticar al capitalismo y compararlo con una selva donde el más fuerte devora a los más débiles, un muchacho esmirriado le contestó:

—De acuerdo, completamente de acuerdo... Mire usted, compañero Adana, para que nos entienda, —carraspeó y continuó hablando con una lentitud forzada— observe el comportamiento de los animalitos en el Zoológico. Usted los alimenta, los cuida, los protege de la lluvia y del exceso de calor y le da las medicinas. —Tras una pausa el muchacho prosiguió con un tono sosegado y humilde—. Ahora bien, si usted mismo, el benévolo cuidador, les abriera las jaulas, todos correrían a la selva cruel, donde saben que pueden morir, pero al mismo tiempo pueden disfrutar de la libertad de la jungla.

El enorme salón se vino abajo con los aplausos mezclados con estruendosas risas. Adana perdió la compostura y llamó al esmirriado muchacho falto de respeto y provocador. Otras intervenciones igual de irreverentes siguieron caldeando el ambiente, incluida una disquisición de Esperanza sobre la mente y las computadoras. Aquellos jóvenes expresaban con pasmosa desfachatez su añejo cansancio de que les sacaran en cara a cada momento los muertos. Todos los mártires y héroes de la historia de Cuba era una cuenta que no querían cargar a sus espaldas. «Yo no pedí que murieran por mí», corearon desde las primeras filas. Los gritos continuaron y Adana dio por terminada la reunión.

A pesar de la revuelta, Esperanza se graduó ese verano. No le retiraron el título como a su madre, diecinueve años atrás. Un socialista de champán hubiera dicho: «la Revolución está superando sus errores del pasado». Lo cierto es que el «horno no estaba para galletitas» solía decir un alto funcionario del Partido desde la caída del muro berlinés, y había ciertas cosas que era inevitable tolerar por la difícil situación.

Por su alto rendimiento académico fue escogida para trabajar en el Ministerio de la Industria Básica, en La Habana. La mayoría de los recién graduados tenían que bregar por dos años en otras provincias, durmiendo en albergues colectivos y por desgracia, muchas veces, en labores que no tenían mucho que ver con los estudios realizados. Esperanza tuvo suerte porque el MINBAS, como todo el mundo conocía a ese ministerio, era un oasis dentro de la locura socialista.

El primer día de su vida laboral, el ministro citó a todos los recién graduados a una reunión en un teatro. «Seguro es para un *teque* político», pensó Esperanza, aunque algo en el ambiente anunciaba que aquella asamblea sería distinta a las usuales. El dirigente rompió el murmullo del salón cuando a través de los altavoces se escuchó con plena claridad:

—El socialismo que hemos venido construyendo no permite la innovación tecnológica. Hay que cambiar las reglas.

Silencio total. Era común que se despotricara contra el sistema; lo raro era hacerlo de forma pública, y mucho más paradójico era que la crítica viniera de un representante del poder. El funcionario continuó su intervención. Su teoría era que en los países socialistas el desarrollo económico era una farsa. Los productos eran de mala calidad, ineficientes energéticamente y de un altísimo costo en materias primas. Admiraba a Japón y no a la Unión Soviética. Se recreaba dando detalles de cómo los japoneses a la larga habían *vencido* —era inevitable la jerga épica— a los Estados Unidos. Empezaron copiando los mejores productos del mundo, después los innovaron hasta crear otros nuevos que *aplastaron* —sigue el lenguaje grandilocuente— a la industria automovilística yanqui y a la producción de electrodomésticos. Ahora querían *penetrar* —no hay arreglo con las palabrejas— la industria del entretenimiento. ¿Sabían que ya la *Sony* estaba en Hollywood y tenía una compañía de distribución de música?

A continuación el ministro reclamó ideas a la atónita audiencia. ¿Dónde pensaban ellos que debían concentrarse las iniciativas de la industria básica? Nadie contestó. Ya habían pasado por la experiencia reciente del Cuarto Congreso del Partido, cuando invitaron al pueblo a expresar lo que consideraban que andaba mal. La gente, ingenua y crédula, habló hasta el cansancio.

Hacía mucho tiempo que no pedían su opinión. Todo el país se gobernaba por orientaciones que «venían de arriba», sin aclarar si era el Señor en la Tierra u otro en el Cielo. Fue una auténtica catarsis colectiva. Tanto se criticó que los dirigentes asustados no sabían cómo cerrar la caja de Pandora. Hablaron, hablaron y hablaron. No se trataba ya de propuestas para arreglar al sistema. Los jóvenes fueron más lejos: no querían el socialismo, al menos, no aquel que habían conocido hasta ahora. No estaban dispuestos a sacrificios inútiles. No querían matar y morir en guerras ajenas. Querían vivir y no morir. Querían soñar. Las Asambleas terminaron, en el Congreso no hubo ningún cambio, y los que más se destacaron por su honestidad fueron amonestados en privado por la falta de confianza en la Revolución, con lo cual los archivos de la Seguridad del Estado engordaron. Es por eso que en aquel teatro nadie solicitaba la palabra ¿Sería otra trampa?

Hacía muchos años, el entonces Ministro de Industria, el Che, durante la visita a una fábrica importada de Alemania Oriental, recibió pacientemente la explicación que le brindaban los obreros acerca de la excelencia de los radios que producirían. Uno de los dirigentes de la fábrica agregó: «lo mejor que tienen los radios es que mediante un dispositivo se puede bloquear a Radio Swan» —se refería a una estación que trasmitía hacia Cuba programas contrarrevolucionarios—. El Che, enojado, respondió que el día que la Revolución necesitara bloquear la radio enemiga para sobrevivir, todos los dirigentes debían empacar sus maletas e irse a otra parte. Lo cierto es que luego se bloqueó la radio, la prensa, la televisión y muchos años más tarde el acceso a Internet, pero los dirigentes siguieron sin empacar, ni siquiera un minúsculo maletincito. La censura y la autocensura se habían entronizado desde hacía muchos años en el ADN de la sociedad cubana.

El silencio seguía en el teatro, hasta que un tímido muchacho lanzó la primera idea y recibió coros de aceptación. A esa primera intervención le siguió otra y luego otra más. El Ministro oía atento cada propuesta, y contrario a las normas regulares de cualquier burócrata, tomó decisiones. En menos de una semana

Esperanza comenzó a trabajar en un garaje abandonado en Centro Habana donde no marcaba tarjeta de llegada ni salida, ni los formales sindicatos obreros molestaban con tareas absurdas. Su jefe era llamado por todos El Loco, y se comentaba que era un genio travieso. Algunos trabajaban durante el día, otros en la noche, y a la larga permanecían en el garaje mucho más de lo que establecía el horario formal. Estaban desarrollando softwares que en pocos meses se vendieron con éxito a empresas mexicanas y argentinas. Se sentían felices. Uno de los recién graduados viajó a México para instalar los sistemas y trajo de vuelta varios discos compactos. Trabajaban oyendo rock y salsa.

Pero, como dice el refrán, la felicidad dura poco en casa del pobre. Fidel, tal vez envidioso de que algo hubiera tenido éxito sin su intervención divina, se apareció en el garaje. Era la primera vez que Esperanza estaba cerca de él. Tuvo la sensación de estar junto a un ser omnipotente. El Comandante los felicitó, hizo un montón de preguntas, y escuchó con atento interés cada respuesta de los jóvenes. Fidel los quería convencer de que era mejor para el país hacer robots y no softwares.

Los muchachos rebatieron la idea con argumentos plausibles. Los softwares no requieren de altas inversiones, prácticamente lo único que se necesita es de rápidas computadoras y de la inteligencia humana. Una pequeña isla, Irlanda, estaba inundando el mercado con novedosos softwares. Cuba podía hacer lo mismo. Los robots requieren tecnologías de alta precisión que el país no tenía. Pero poco a poco, hablando en círculos, moviendo los largos y finos dedos que semejaban la ejecución perfecta de un pianista dotado, llegó a donde él quería. Era difícil percatarse de que hubiese manipulado a la audiencia. ¡Era tal su maestría! Hasta Esperanza salió esa tarde hacia su casa admirando la sabiduría de aquel hombre.

Del garaje se mudaron para un pomposo edificio en Nuevo Vedado, cerca del cementerio chino. Era una moderna instalación con aire acondicionado y todo tipo de comodidades, inusuales en cualquier empresa cubana. Las visitas de Fidel eran frecuentes: ellos eran su nuevo juguete, como una vez lo fue la industria azucarera, en otra etapa el ganado y el café, y más adelante sería la biotecnología.

Sus pasiones eran intensas y temporales. Dedicaba casi todo el tiempo a su último proyecto-juguete, mientras relegaba a los anteriores a un segundo plano. Cuando su distracción fue el desarrollo del ganado, estuvo obsesionado con una vaca lechera que rompió todos los récords mundiales. Cada día recibía reportes de la cantidad ordeñada que eran publicados en la primera plana de todos los periódicos del país. Regalaba a los amigos litros de leche, que eran considerados como un gesto de distinción porque sabían cuánto el Comandante quería a esa vaca campeona. Sin embargo, los escogidos preferían la etapa elvispresliana del máximo líder, cuando la costumbre fue regalar autos, que si bien no eran los flamantes Cadillacs del Rey del Rock, podían ser Ladas rusos o, los italianos Alfa Romeos.

Pero un día la rumiante empezó a mermar su producción. Veterinarios y científicos no tenían explicación admisible para tan tremenda desgracia. Fidel estaba tan consternado que ordenó colocar una cámara de televisión para observar cualquier anomalía en el comportamiento del animal. Una madrugada, los médicos de guardia vieron a través de los monitores de vigilancia cómo el soldado que patrullaba el establo entraba sigilosamente y penetraba con lujuria a la vaca lechera.

El Comandante estalló en ira al ser informado de aquel acto de bestialismo y dio la lapidaria orden de que encerraran al soldado hasta que se volviera a acordar alguna vez de él. Muchos años más tarde, durante una reunión restringida a algunos dirigentes, Fidel se refirió a la valiosa cualidad humana de los veterinarios cubanos que daban un buen trato a los animales, y como movido por algún resorte de su memoria, preguntó por el soldado zoofílico, a lo que el ayudante respondió «¡Ah, ese! Todavía está encerrado, como usted ordenó». Tras un breve gesto de desconcierto, el comandante ordenó que lo liberaran. Ese día estaba de buen humor.

Cada mañana, Esperanza se vestía con una camiseta de algodón, el pelo recogido en una cola de caballo con una hebilla, y unos tenis comprados por su mamá en el mercado negro. No exhibía el más mínimo detalle de coquetería. El calor pegajoso y pedalear diez kilómetros de ida y vuelta hasta el trabajo impedían semejantes superficialidades. El único lujo era el desodorante: leche de magnesia bajo los brazos y ponerse frente a un ventilador hasta que secara. Todos los sobacos de su ropaje tenían una mancha descolorida. «Pero al menos no tengo peste a grajo», argumentaba Esperanza.

Llevaban más de un año intentando hacer el primer robot y fracasaba intento tras intento. El diseño de softwares fue abandonado totalmente, a pesar de tener encargos de varias compañías latinoamericanas. «Todos los esfuerzos hay que concentrarlos en el proyecto del Comandante», les apuntaba el personaje sombrío que los visitaba con frecuencia aconsejándoles lo que debían decir y aquello que sería recomendable no mencionar cuando Fidel hiciera su próxima visita. Esperanza estaba de mal humor. Me dejé embaucar, me tomaron el pelo: construir robots no tiene sentido.

Mientras pedaleaba su bicicleta al amanecer, llegó a la conclusión de que el proyecto era un fracaso. Iba ensimismada en ese pensamiento cuando vio a Luz, la hija de María, bajar de un taxi de turismo con un extranjero muy bien vestido en el asiento trasero. «¡Coño, ¿no sería mejor dejar toda esta mierda y meterme a jinetera?!»

4
1992

Perla mantuvo algunos amantes ocasionales después que rompió con el general, aunque no llegó a sostener una relación duradera con otro hombre. Quería la pasión y no la rutina. La Beauvoir, la madre del feminismo y la primera filosofa del humanismo había aceptado ser la lavandera de Sartre. No lo entendía. Contradicciones que tiene el mundo, ¿por qué tengo que estar lavando calzoncillos?, se preguntaba.

Ahora que Toña no estaba ya en la isla, ni tampoco su mamá ni el tío Julián, compartía cada vez más tiempo con María. Era una de las pocas personas en toda La Habana que sabía escuchar, siempre dispuesta a confidencias. Si bien es cierto que nunca expresaba el menor disgusto por lo que pasara en el país. «A lo mejor no me tiene suficiente confianza» llegó a pensar, esa posibilidad la exasperaba; por eso la provocaba con molesta asiduidad.

—¡Estoy harta de que me digan «Si Fidel lo supiera»! —exclamó Perla con ligereza en medio de la calle.

María, asustada, miró a los lados furtivamente por temor de que alguien hubiese escuchado semejante blasfemia y casi en un susurro advirtió:

—Oye niña, estás loca al hablar así.

Perla hizo una ruidosa inspiración, con la intención de cargarse de paciencia, y dijo como si estuviera hablándole a una niña pequeña, sin estar segura de ser entendida:

—Estoy harta, fíjate bien lo que te estoy diciendo: ¡harta hasta aquí! —gritó señalando el cuello con la mano extendida de forma horizontal—, de que todo el enfoque de los problemas de Cuba se centre en si Fidel lo sabe o no.

María no contestó. Perla retomó días más tarde el tema, cuando la acompañó a visitar la Feria de los Artesanos, frente al Malecón. María quería comprar algún souvenir para Patricia, su nueva amiga argentina. En el improvisado bazar, médicos, ingenieros y maestros que abandonaron sus trabajos, vendían elaboradas y multicolores artesanías, con lo cual ganaban diez veces más que en sus especialidades. Fue tal el éxodo de profesionales que cancelaron las licencias necesarias para ejercer como artesano. Mientras María estaba indecisa entre una estatuilla de madera o una escultura de barro, Perla le espetó:

—Chica, si lo sabe y no lo soluciona es un hijoeputa, y si no lo sabe es un incompetente. Aunque pensándolo bien, el meollo no es ni siquiera si lo sabe o no lo sabe. El problema es que este sistema no funciona. Estoy harta de que una vanguardia iluminada decida lo que es mejor para mí, para mis hijos y mis

251

nietos. Es un fraude que una sociedad dependa de que un hombre, —recalcó— ¡un solo hombre!, conozca y solucione todos los problemas. No se puede funcionar así.

María seguía callada y no dejaba de lanzar miradas disimuladas a su alrededor. Pero Perla no se percataba de las angustias de su amiga y continuaba desbocada.

—Y si para colmo ese hombre lo «soluciona» —enfatizó con sarcasmo— sin respetar las leyes que él mismo ha firmado es la plena locura. Es como Dr. Jekyl y Mr. Hyde, las dos caras, yo soy el gobierno y la oposición. —después de una pausa para dar tiempo a que María asimilara lo que decía, continuó—. No quiero un Mesías ni un Santa Claus. Quiero un gobierno que funcione y respete las leyes, y que la gente tenga el poder de aprobar las reglas por las cuales los gobernarán. —Quedó en silencio por un instante como en búsqueda de una frase que resumiera su desilusión—: Un gobierno al que yo no tenga que agradecerle haber nacido.

María no pudo más y le espetó contrariada:

—¡Coño Perla! Si lo ves todo tan jodido ¿por qué no te vas? —se le ocurrió decir sin pensarlo.

Perla examinó a su amiga de arriba abajo, tratando de adivinar si en realidad María era tan ciega que no veía lo que la rodeaba y le contestó ardorosamente:

—¡Chica, porque este país es tan mío como de él! —luego repuso con sorna—hay más gentes que se alegrarían si él lo abandonase, que si yo me marchara al extranjero.

Tras una breve pausa y volviendo a otear a su alrededor María respondió molesta:

—Tú sabes que por menos que eso hay gente en la cárcel.

—¿Y eso no te espanta? —dijo Perla con cansancio sin poder evitar un tono sarcástico—. Nadie quiere ver, oír, ni saber nada que contradiga lo que él quiere oír.

María criticaba lo que veía mal a su alrededor, que era mucho, en las reuniones del sindicato y en las asambleas del Poder Popular. Siempre le aseguraban que informarían sus preocupaciones, con todos los detalles, y lo procesarían por los canales pertinentes. Otras veces argüían que esos problemas no correspondían a su «radio de acción» y que por eso las cosas estaban mal, porque todo el mundo criticaba lo que no le correspondía. Era necesario concentrarse en el círculo inmediato, tener confianza en la Revolución y comprender los muchos problemas que se enfrentaban al mismo tiempo. ¡Ah! ¡Muy importante! Las críticas tenían que ser siempre constructivas, en el lugar, manera y momento adecuados, y era el Partido el que decidía esas condiciones.

Un día fue ella quién determinó que no valía la pena. Nada cambiaría. Dejó de emitir su opinión y las reuniones acababan más temprano. En una de las últimas asambleas del Poder Popular, el delegado, un profesor de marxismo al que los vecinos eligieron porque pensaban que le faltaba un tornillo, pedía, casi suplicaba a los presentes que expresaran alguna inquietud. «Pueden plantear también algún problema a escala nacional», y puso como desafortunado ejemplo, «el cambio de alguna ley». María perdió la calma esa noche cuando de manera exaltada tomó el micrófono y protestó:

—Yo quisiera saber cómo podemos cambiar alguna ley si hace meses que solicitamos, y no hemos tenido respuesta, que el Poder Popular abra la venta de café en el comercio clausurado de la esquina. Ahora hay que caminar más de diez cuadras para tomar un buchito de café. ¿Cómo crees que podemos cambiar alguna ley si ni siquiera podemos lograr tener café en la esquina? ¿De verdad, tú crees que es posible?

Lo que contestó el delegado, María no lo oyó por el vitoreo de los vecinos. En su cabeza centelleaba una voz que le repetía: «Comemierda, metiste la pata. ¿Por qué no te mordiste la lengua?». Rogaba para sí: aplausos no, aplausos no, por favor. En Cuba el que gozara de popularidad caía en inevitable desgracia. No importaba que fueras un infeliz delegado del Poder Popular, un artista de televisión, un músico, o incluso un héroe. Ser popular traía problemas. Tenía que aprender a controlarse. No vale la pena destacarse de esa manera. ¡Qué tontería, después de tantos años, cometer semejante idiotez! De seguro lo informarían. Vio en medio de los aplausos a dos o tres vecinos que la miraron con mala cara. ¡Qué imbecilidad! ¡Una y mil veces idiota!

María finalmente compró una talla de madera y regresó a su apartamento. En el trayecto las dos amigas se mantuvieron en silencio, cada una sumida en sus pensamientos. María estaba segura de que Perla se buscaría algún problema tarde o temprano, y a su vez Perla seguía furiosa con su amiga. Ya no era la misma de antes, con quien podía hablar con entera libertad de cualquier tema. «El miedo la carcome», pensó Perla.

5
1985-1995

Reinaldo se había divorciado hacía mucho tiempo. En espera de tiempos mejores, vivía ahora con Daniel en una minúscula y destartalada casita de madera junto al mar en el barrio de Santa Fe. Permutó la casa de Elisa, su exmujer, por el pequeño bungalow de cara al mar y un apartamento de dos habitaciones para ella. Hubo que dar algún dinero extra «por fuera» de la firma oficial de la permuta. Pero Reinaldo no necesitó de la ayuda de su hermana ni de su madre, tenía ahora mucho más recursos que Mariflor, a pesar de su título de economista, o del cargo de viceministra de Esther. Era el chef en un exclusivo restaurante de Miramar llamado El Tocororo. Sus salsas y combinaciones de sabores encantaban a los diplomáticos que frecuentaban el restaurante. Quedaban pocos lugares en La Habana donde se pudiera degustar una verdadera cena gourmet, lo más común eran platos de cocina criolla en todas sus variantes. El Tocororo, con sus exquisiteces de pescados y mariscos, estaba incluido en varias reseñas de restaurantes famosos del mundo. También lo contrataban para fiestas y banquetes, y aunque estaba prohibido, Reinaldo recibía muchas propinas y regalos. Ya hacía algunos años que el dólar podía circular con entera libertad y se podía comprar directamente en una *shopping*.

Hubo un tiempo en que guardar en la casa un miserable *fula* con la imagen de Washington, podía ser tan peligroso como construir una bomba y se podía ir a la cárcel por ello. Ni hablar de un Franklin de cien dólares. En aquellos tiempos, a las surtidas tiendas donde se pagaba con «moneda convertible» estaba prohibida la entrada a los cubanos. Algunos periodistas extranjeros y hasta diplomáticos, aprovechándose de la situación, cobraban una comisión de un diez por ciento por comprarles algunas mercancías a sus amigos de la isla. Era la única manera de obtener productos necesarios, ausentes del mercado nacional: una botella de aceite, o un frasco de champú, un paquete de carne molida, o un par de zapatos para el niño de la casa. Los que tenían un poco más de dinero se daban el lujo de comprar un televisor, un tocadiscos o una casetera.

Reinaldo al fin había encontrado, si no la felicidad, por lo menos tranquilidad interior. Hizo un verdadero esfuerzo por cambiar. Durante muchos años se rechazó a sí mismo, y escondió sus ansiedades y deseos. Como buen heredero de Descartes creía que la razón siempre puede controlar al espíritu. Se atormentaba por las noches con el recuerdo de 56. Pero al haber sido iniciado en el amor *gay*, descubrió un lenguaje oculto donde a cada paso encontraba una señal de un posible homosexual.

Al principio creyó enloquecer pensando que era su imaginación. Eran contraseñas imperceptibles de tipos muy machos, por lo que no quería dar crédito a lo que interpretaba como veladas invitaciones a pecar. Pensaba que era solamente su lujuria enterrada que, como fiera endemoniada, quería escapar a la luz. Se acordó de lo que le dijo Martínez: el problema es no parecer maricón.

Un día se dejó llevar por una de esas señales emitidas por un joven hermoso como un Adonis y terminó teniendo sexo con él, oculto entre las columnas griegas de un monumento en la esquina de G y 29 de la barriada de El Vedado. Se sintió primero relajado, después feliz, y por último, culpable y asustado. No lo intentó de nuevo por algún tiempo, aunque descubrió que los homosexuales tenían un sistema de signos semejante al de las antenas de las hormigas con el cual se reconocían entre ellos. Si Reinaldo se hubiera atrevido a decirle abiertamente a un hombre que le gustaba, la reacción más probable es que éste le habría partido la cara. En una relación heterosexual, si un hombre hace igual proposición a una mujer, o viceversa, puedes esperar una sonrisa o un rechazo por respuesta; entre homosexuales ese lenguaje abierto es imposible, al menos en el mundo masculino. De ahí la necesidad de esa clave secreta que aprendió de golpe. Comenzó entonces un ciclo desgarrador con periodos de sexo desatinado y de culpa infinita. Cada vez era más cariñoso con su mujer, pero cuando hacían el amor tenía fantasías con otros hombres. Con frecuencia cerraba los ojos para poder ver otros rostros y alcanzar el clímax del orgasmo. No le pareció honesto, porque él quería a Elisa.

El verdadero dilema empezó cuando se enamoró de Daniel. No supo decir cuándo el sexo se convirtió en amor. Casi siempre el amor *gay* empieza por el sexo. Obligados a estar en un mundo oculto a la luz pública, no hay espacio para romanticismos, sólo para vaciar las urgencias más inmediatas. Eran muy pocas las parejas que sobrevivían más allá de una relación puramente sexual.

Daniel era diez años más joven que Reinaldo, aunque su robusta apariencia, cultivada con horas de gimnasio, le hacía lucir mayor. Resolvió divorciarse; no quiso mentirle a su mujer y le contó toda la historia. Elisa en un sorpresivo ataque de histeria no cesaba de gritar: «¡Desgracia, qué desgracia!», y luego de muchos sollozos con la voz deformada por las lágrimas le reprochó con dureza: «Me lo dijeron y yo no quise creerlo. ¡Si fuera una mujer salía ahora mismo a halarle los pelos, pero no me voy a rebajar ante un maricón!» Le dio golpes en el pecho que Reinaldo soportó como penitencia de un ángel caído. Fue un divorcio cruel y terminaron como enemigos. él no lo quiso así. Lo aceptó como parte de su condena.

En uno de los ciclos depresivos en los que sucumbió antes de decidir divorciarse, intentó el suicidio. Tomó un sinnúmero de pastillas y en la madrugada vomitó una bilis pegajosa que se esparció por todo el suelo del baño. Fue cuando decidió ver a María, quien ya era una reconocida psiquiatra. En el transcurso de largas sesiones de terapia y confesiones desesperadas, concluyó que nadie puede traicionar a su propia naturaleza. Lo peor que le podía suceder a una persona era no aceptarse a sí misma. *Fresa y Chocolate*, la película que exponía la relación de amistad entre un *gay* y un joven comunista, abrió un tímido espacio de tolerancia. Proliferaban los espectáculos de travestís ¡en algunos CDRs! ¡Quién lo hubiera dicho! Todavía no se lo creía.

En Cuba como un mal perfume, nada tiene fijador, y cualquier cosa se desmoronaba a la vuelta de la esquina. Podía ser algo provisional porque todavía la isla era sumamente homofóbica y a cada paso podías escuchar un chiste a costa de los maricones. Aunque a decir verdad, se estaba cambiando un poquito. Seguían siendo chernas, pargos, mariposas, yeguas, cundangos, flojos o pájaros, pero ya Reinaldo no se veía a sí mismo como el portador de un defecto terrible. No le importaba que los ojos ajenos todavía miraran al homosexual como a un infortunio. Descartes se equivocó: la razón no siempre vence al espíritu; ni hay una verdad absoluta. él ya no era más una falla de la naturaleza, como le hicieron creer una vez.

Un amigo periodista le contó no haberse sentido del todo satisfecho cuando, durante una entrevista, un profesor universitario de psicología se esforzaba por sumarse a la nueva definición de moda sobre la homosexualidad, insistiendo en que no era una enfermedad, ni una degeneración, sino tan sólo una preferencia. Le parecía un guión aprendido de memoria, con puntos y comas. Y le hizo una última pregunta al profesor:

—¿Qué sentiría usted si se entera que su hijo es homosexual? —lo tomó por sorpresa, y sin pensarlo el profesor le respondió:

—¡Sería la peor desgracia que me pudiera pasar en la vida! —luego, el profesor trató de enmendar lo que le salió del alma, que si su hijo sufriría mucho porque todavía había muchos prejuicios, que si pacatín, que si pacatán, pero lo dicho, dicho estaba.

Todavía era una desgracia ser homosexual en Cuba. La diferencia era que a Reinaldo ya no le importaba lo que pensaran los demás. Aprendió a vivir en autonomía. Su mayor anhelo era tener su propio restaurante, aunque todavía no era posible, ¡quién sabe, algún día! Por el momento, los sueños permanecían privatizados en el socialismo cubano. Ese derecho solo lo podía ejercitar el Comandante en Jefe. él tenía derecho a soñar y los demás el deber de movilizarse para hacerlos realidad. Va y un día le tocaba a Reinaldo materializar su fantasía.

6
Un día cualquiera en el primer cuarto del siglo XXI

Perla caminaba en las primeras horas de la noche por el barrio de Miramar. Le gustaba andar por las calles llena de flamboyanes. Medio siglo más tarde, todo había cambiado excepto los frondosos árboles que seguían cubriendo las aceras con un lecho de pétalos rojos y amarillos, como cuando era niña. Exhaló con fuerza y dejó escapar un sonoro resoplido. Acababa de cumplir con la obligación de visitar a su padre.

Su antiguo resentimiento se disolvió al verlo tan viejito y frágil. Sin embargo, contradictoriamente, encontró en él una fuerza creativa renovada, aquella que perdió en sus años mozos. Había ganado un importante premio en un festival italiano con dos de sus recientes pinturas, *El retrato del compañero Dorian Gray* y *Éramos felices aquí*. Ya no pintaba los retratos clásicos de los héroes de la Revolución; ahora lanzaba sobre el lienzo trazos cortos y provocadores, que no buscaban una armonía reposada.

Cuando Perla tuvo problemas en el pasado, su padre le viró la espalda, y ella siempre le guardó un apagado rencor por esa falta de acción. Se detuvo con brusquedad, cuando de pronto, como si hubiera recibido un mazazo en la cabeza, cayó en cuenta que ella misma cometió un error semejante con su tío Julián. ¡Con qué facilidad juzgamos a los demás y olvidamos nuestras propias equivocaciones!

Siguió andando y la vista tropezó con un cartel pegado a una farola. «Vote por Fernández». Toda la atención de la prensa estaba vertida hacia el proceso electoral que se celebraba en la isla de manera realmente pluralista por primera vez en el siglo XXI, después de más de cincuenta años. El día de las elecciones vendrían observadores internacionales para velar por la transparencia del proceso de votación y conteo, aunque ya algunos periodistas y funcionarios seguían de cerca las campañas de los candidatos.

La gente estaba saturada de discursos y promesas grandilocuentes por lo que todos los pronósticos apuntaban hacia aquellos postulantes que no eran los políticos clásicos. Los que vinieron con un lenguaje fresco y desconocido ofreciendo, no una gran solución colectiva, sino muchas y disímiles salidas, donde cada uno buscara su camino.

Perla se detuvo nuevamente. El Monte Barreto había desaparecido, donde antes se extendía el ralo bosquecillo ahora se alzaban imponentes hoteles y edificios de oficinas y tiendas. Toda el área estaba rodeada por un alto e interminable muro que impedía la vista al transeúnte, y a intervalos regulares aparecían grandes carteles que anunciaban: Propiedad Privada. Prohibido el paso. El anodino conjunto urbanístico fue construido en los tiempos de la Revolución para extranjeros e inversionistas. Fue concebido como un estridente y ostentoso pegote a la ciudad, luego sólo fue necesario construir ese remedo de muralla china para darle la espalda a La Habana. Perla suspiró con desaliento. «Sólo sobrevivieron los flamboyanes», concluyó con nostálgica tristeza mientras siguió caminando. Poco después, chequeó la dirección anotada en la agenda. Al verificar que era el lugar que buscaba, tocó el timbre.

Mariflor la recibió con un beso en la mejilla y un cálido abrazo. Perla respondió al apretón con menos entusiasmo, mientras elogiaba a su antigua amiga lo bien que se conservaba. Las palabras le salieron solas, como reflejo involuntario. Mentira, pensó, es pura cortesía. Le sorprendió la piel flácida y el desolado cansancio. Se dio cuenta que ella misma había envejecido al ver la vejez en el rostro de Mariflor.

Pasaron a la terraza, y se acomodaron en confortables sillones nicaragüenses de madera torneada. Mariflor abrió un viejo neceser lleno de fotografías. Rebuscó y sacó una que le extendió a Perla, quien de inmediato la contempló con una doliente sonrisa. Estaba ella junto a María, Esperanza, Salvador y ángel en una mesa del restaurante La Bodeguita del Medio. Perla miró con ojos tiernos a su hija quien sonreía a la cámara. Decidió que no quería ponerse triste por lo que preguntó con voz vacilante:

—¿Y Ángel?

—Ángel se dio un tiro.

Perla, perpleja, enmudeció, nada de lo que había visto y oído en la última semana había llegado a dolerle tanto como le dolió esa noticia. Mariflor, que a lo largo de los años había desarrollado una extrema habilidad para falsear las más diversas emociones en el rostro, continuó con una expresión pesarosa.

—Dicen que con el mismo revólver con que se mató su verdugo, —hizo una breve pausa al ver la tristeza en la cara de Perla—. Fue cuando Fidel hizo fusilar en apenas setenta y dos horas a los tres negritos que intentaron irse en un bote a Miami —algo de sádico se adivinaba en el tono de Mariflor, quien no se detuvo al ver la súbita congoja de Perla—. Dicen que dejó una breve nota que decía: «Eran los tres Juanes de la Virgen. No se pueden cometer injusticias en nombre de la justicia».

Fue a preparar café, mientras Perla siguió mirando viejas fotografías. Desde la cocina, Mariflor se sintió más cómoda para observarla con detenimiento. «Se mantiene muy bien», admitió de mala gana. Ahora, al llegar a la vejez, reconocía ante sí misma que su amiga era el modelo de mujer que siempre deseó ser. Rememoró aquella asamblea en la universidad donde ella hizo de jueza inquisidora ante «faltas» que, en realidad, nunca las consideró como tales.

—¿Tú no me guardas rencor? ¿Verdad? —inquirió Mariflor improvisando un tono empalagoso.

Perla la miró desconcertada. Hay personas que no tienen remedio; ni siguiera son capaces de dar una disculpa. Perla negó con la cabeza. Ya Mariflor cargaba su propia cruz.

—¡Es que eran cosas de aquellos tiempos! Los dimes y diretes... Entrar en el debate de opiniones carecía de sentido —se justificó nerviosa.

A pesar del tono despreocupado que intentaba mostrar, el recuerdo de aquella oprobiosa reunión, donde había actuado en contra de su amiga, le punzaba la conciencia, como el primer mal paso que dio en su carrera de infamias. ¡Ay Mariflor! ¿Fue difícil? Sí, claro que lo fue, después ya no, a todo se acostumbra una. Tú querías a Perla, la admirabas, aunque a veces te carcomía un poquitín la envidia, no porque fuera más bonita, sino porque era más libre: no tenía miedo. Siempre quisiste tener su coraje. Por muchos años te consolaste afirmando que fue ella quién se buscó los problemas. Tú, de verdad, quisiste ayudarla, aunque al final venció el miedo. ¡Todo podía haber sido tan distinto!

Una vez que tomaron el café retinto y dulzón, Mariflor habló entusiasmada de todos los planes de inversión del país. Se anunciaba que Yunus, el premio Nobel inventor del microcrédito brindaría asesoramiento para el caso cubano a través del Banco Grameen. Lo interesante es que no apostaban a una formula única. Por primera vez en su vida, desde que la conoció siendo una niña rechoncha con cara de sapo, Perla tuvo la impresión que Mariflor no fingía y que realmente creía en lo que hablaba. Ya más relajada por no haber recibido ningún rapapolvo, ni siquiera un timorato regaño, Mariflor se extendió en explicaciones.

—En el siglo XIX nuestros abuelos tuvieron el desafío de hacer a Cuba libre. En el XX, el reto fue como distribuir mejor la riqueza y ahora, en el siglo XXI la meta es hacer a Cuba rica.

Cada vez que alguien se refería a los años novecientos como la centuria pasada Perla sentía que tuviera cien años. ¡Todavía no llegaba a interiorizar que estaba en el siglo XXI aunque había transcurrido más de una década!

Esa noche Perla pensó que Cuba es un país que se reinventaba una y otra vez. La fuerza quizás estaba en la amalgama de sangres de puntos extremos del planeta: la fortaleza del africano con la tozudez del gallego, la perseverancia asiática con la picardía de la mulata criolla, la parsimonia del indio con el espíritu empresarial del judío. Ese es el secreto: las nuevas mescolanzas, la absorción de lo nuevo, la creatividad con la flexibilidad yendo de la mano, el choteo hasta el paroxismo de las propias dolencias, y la supervivencia a toda costa. El proceso era desordenado, a veces trágico, indetenible. Hacía apenas una generación, los hijos de la clase dirigente ocupaban cargos en el gobierno o en el partido. Hoy se dedicaban a los negocios.

Capítulo 8

La muerte

1
1993

Salieron de un escondrijo cercano a la playa de Guanabo. La embarcación hecha con tablas, una vieja red de pesca, ocho bidones metálicos vacíos y cámaras de gomas de camión forradas con sacos de yute, recordaba a un rústico catamarán polinesio. Para navegar el engendro, bastaban seis remos sostenidos por artesanales chumaceras que un amigo fundió en un taller clandestino. Una gran tela impermeabilizada con chapapote, con un letrero que decía «Somos felices aquí», hacía las veces de vela. Decidieron llevar dos remos de repuesto. Muchos viajes de otros desesperados que huían de la isla fracasaron porque los remos se rompieron en medio del mar y navegaron a la deriva por las corrientes del Golfo de México hasta morir de sed o insolación. No pudieron conseguir un motor adecuado. Tenía que ser uno de poca potencia para que no destrozara la improvisada barca con las fuertes vibraciones. Galletas y latas de leche condensada en gruesos sacos de nailon, cinco recipientes con agua, tabletas para el mareo y una brújula completaban el equipamiento. Nada más. No podían llevar peso excesivo. Ni una foto, ni un recuerdo querido. Eran superficialidades en cuestiones de vida o muerte. Creían saber los riesgos que asumían, de los cuales, en realidad tenían una vaga idea.

Hacía unas semanas, cuando vieron la emisión televisiva de Miami del *Show de Catalina,* en la copia defectuosa de un videocasete que circulaba clandestinamente en Cuba, se enfrentaron por primera vez a la evidencia de los peligros reales de la aventura. En el programa, Catalina entrevistaba a un joven que había llegado a Miami en una tabla de surfing con una vela. El muchacho, un campeón de *windsurfing*, describió el terror que sintió en medio de la noche cuando se quebró un aditamento de la vela, mientras los tiburones merodeaban expectantes. Hubo un momento en que estuvo convencido de que no iba a sobrevivir. Era un relato dramático que el adolescente contaba con voz entrecortada y la respiración jadeante, como si al narrar lo ocurrido reviviera la tragedia impresa en su memoria. Pese a lo trágico del relato, Catalina parecía insistir en arrancarle palabras de exaltación para que el entrevistado estimulara a otros jóvenes cubanos a seguir su ejemplo. Sin pensarlo un instante, el joven negó con la cabeza. «Yo no puedo alentar a que alguien se arriesgue a perder la vida. Yo lo logré, pero lo pensaría dos veces si tengo que volver a hacerlo». Pero el video no consiguió desanimar a nuevos balseros de tan arriesgada apuesta.

Estudiaron el calendario y escogieron una noche sin luna para que fuera más fácil burlar la patrulla guardafrontera. Aunque con un amigo llegaron a saber los horarios de sus recorridos, nunca estaban de más precauciones extras. Eran ocho. Esperanza estaba entre ellos. Salieron contentos y energéticos, reprimiendo las risas nerviosas provocadas por la emoción del momento.

Guardaban silencio para no ser descubiertos por algún guardia que patrullara la playa, si bien ya no se condenaba a la cárcel a quienes intentaban una salida «ilegal» —eran tantos los que se aventuraban que las prisiones no hubiesen alcanzado—. Si los descubrían pagarían una fuerte multa y a empezar de nuevo. Demoraron más de dos meses para conseguir lo necesario: las cámaras, la brújula, las tablas y todo lo demás. Se acercaba la época de ciclones, por lo que no podían fallar; si los interceptaban tendrían que esperar casi medio año para otro intento. Uno de ellos estaba rabiando por fumar, pero la luz de un cigarrillo podía verse a una enorme distancia en ese descomunal espacio negro.

Cuando las olas empezaron a ser más fuertes pensaron que ya estaban mar afuera aunque siguieron susurrando por prudencia. Era una noche muy oscura. No se veía ni siquiera la propia palma de la mano. Una de las muchachas vomitó. Le dieron una tableta para los mareos y un sorbo de agua. Se rotaron en los remos. Estuvieron practicando varias semanas en un gimnasio, para tener la resistencia necesaria que les permitiera remar con fuerza por horas.

Oyeron un chapoteo de agua y vieron una aleta. ¡Tiburones! Varios gritos de pánico. ¡No! ¡No! Son delfines. ¿Cómo lo sabes? Mira como juguetean. Aguzando la vista en la inmensa oscuridad pudieron apreciar los saltos de agua que provocaban los alegres cetáceos. Todos se sintieron aliviados, casi alegres. Volvieron a cambiarse de posición para que dos descansaran mientras los seis restantes remaban. Los que tenían el turno de descanso intentaron dormir, pese a que estaban todavía demasiado excitados para lograrlo. Al rato, reaparecieron unas olas que los empaparon y sintieron frío.

Cada uno tenía un motivo diferente para abandonar el país. Esperanza y Humberto agotaron todas las posibilidades para lograr que la compañía mexicana de *software* para la que trabajaron antes de la locura de los robots, abriera una sucursal en Cuba. Estaban hastiados de romperse la cabeza en la creación de los nada competitivos robots, que sólo se fabricaban para complacer la vanidad del máximo líder. Rosaura tenía visa para Estados Unidos; sin embargo, Cuba no le daba el permiso de salida en castigo porque su padre desertó en medio de un viaje oficial para establecer unas negociaciones gubernamentales. Omar y Abel querían vivir juntos sin que los miraran con mala cara. Irían a San Francisco, allá tenían un amigo. Ana se iba por embullo; quería probar a ver mundo y de quedarse en Cuba jamás lo lograría, no era ni talentosa artista, ni destacada deportista, y mucho menos ostentaba ningún cargo oficial en el gobierno. Adrián y Jorge, sencillamente se iban porque estaban hartos del socialismo, el militarismo, el totalitarismo, el internacionalismo, el marxismo y todos los *ismos* de este mundo. Querían ser libres. Querían tener sus propios sueños, aunque hubiera que arriesgarse por alcanzarlos.

El primer amanecer fue magnífico. Los colores fueron emergiendo de la nada y el sol ascendió con lentitud, enorme y dorado. Repartieron algo de leche condensada y unas galletas. Consultaron la brújula y siguieron remando con nuevos bríos. Al mediodía el sol abrasador provocaba una sed infinita. Les advirtieron que racionaran el agua. Si tomaban mucha en las horas de más calor podían vomitar, sudar en exceso, y deshidratarse con mayor rapidez. Trataron de cubrirse como pudieron la nuca y la cara. Todos se sorprendieron de ansiar la caída del sol. La noche era tenebrosa y daba mucho miedo no contar con la capacidad de ver cualquier peligro que acechara en la vastedad del mar. No obstante, era preferible el riesgo de enfrentarse a cualquier demonio marino que al despiadado sol. Esa segunda noche gastaron bromas y cantaron para darse ánimo.

Pasaron dos días más. Aunque una intranquilidad pegajosa comenzó a inundarlos, todavía no la expresaban de manera abierta. En cualquier momento aparece un barco o un avión, decían a cada rato, en el afán de darse ánimos. Ya estamos en la corriente. La zozobra se hizo manifiesta cuando empezó a escasear el agua. Todos estaban afiebrados por la insolación, con los labios cuarteados y la piel cubierta de ampollas.

Al amanecer del quinto día enfrentaron una terrible realidad. Humberto no estaba en la balsa. Gritaron desesperados. Pensaron en buscarlo, pero ¿por dónde? La inmensidad azul no daba puntos de referencia. Lo llevaron a votación y decidieron continuar. Una angustiosa sensación de culpabilidad se fue apoderando de todos. ¿Seguiría vivo? Tendrían que cargar con esa incertidumbre por el resto de sus vidas. ¿Lo habrían podido salvar?

Esa noche se desató una pavorosa tempestad. Los truenos y rayos en el mar son aterradores. Todos temblaban de frío y espanto. Se aferraban a la balsa y se abrazaban con fuerza unos a otros para no caerse. Al salir el sol, extenuados, aún estaban los siete. Alguien dijo que la tormenta era un castigo de Dios por no haber ido a recoger a Humberto. Perdieron tres remos y una cámara se desinfló, sólo se confortaron al comprobar que habían salvado el agua que les quedaba. Al caer la tarde, distinguieron un enorme barco en la lejanía. Cuando intentaron gritar, sus secas gargantas no fueron capaces de emitir sonido alguno. Pese a que el buque estaba muy lejos, movieron los brazos en gesto desesperado para hacerse notar. Remaron intensamente por una hora, dos, tres hasta que advirtieron con estupor cómo el barco se iba perdiendo en el horizonte. No los vieron.

Siguieron pasando los días; no sabían dónde estaban. Aunque ninguno se atrevía a reconocerlo, no les quedaban dudas: la corriente los había arrastrado al oeste, hacia la inmensidad del Océano Atlántico. El pánico se apoderó de todos cuando pasó lo que más temían: la balsa se deshizo en pedazos. Se aferraron como pudieron a las tablas y bidones que tenían más cerca. El instinto de supervivencia no les permitía razonar sobre la precaria situación en que se encontraban. Las olas los fueron alejando. Todavía se veían unos a otros en la distancia cuando llegó la noche.

El mar amaneció en plena calma. A Esperanza apenas le quedaban fuerzas para sostenerse del bidón metálico y del pedazo de tabla a los que estuvo aferrada toda la noche. Miró a su alrededor y se vio sola en un infinito mar dorado. El sol se alzaba a lo lejos en el horizonte, amarillo y majestuoso. Unas aletas emergieron y comenzaron a hacer círculos a su alrededor. Esperanza se fue hundiendo en el agua hasta que desapareció completamente. El mar se tornó rojo.

2
1990-1994

Sobrevivir era el lema. «La cosa» era el tema de conversación que sustituyó a la pelota, al calor que siempre se estimaba era el peor de cualquier año anterior, a la novela televisiva, a la próxima invasión de los yanquis y a los chismes. Todo quedó olvidado. Lo difícil que estaba «la cosa» era lo único que merecía algún intercambio de opinión. El mañana luminoso, prometido desde hacía treinta y cinco años, estaba tan lejos, inalcanzable y difuso que se tenía por loco a quien insistiera en evocarlo. María prohibió hablar de «la cosa» durante las sesiones de terapia en grupo, pero la cuestión brotaba como mala hierba impidiendo el buen desarrollo de las reuniones.

«La cosa» era una lucha escabrosa por llevar algo a la mesa cada día. «Conseguir» algo que comer era la meta cumplida, la victoria alcanzada. Cada cubana llevaba bajo el brazo, a cualquier lugar, un «porsiacaso», que era la manera habanera de llamar a un bolso de tela o nailon, «por si caía algo de comida».

A aquel tiempo se le conoció como «período especial en tiempos de paz». Los cubanos, que por décadas se estuvieron quejando de la falta de comida, supieron finalmente lo que era el hambre de verdad, con noches sin tener nada que llevarse a la boca y mañanas en las que el desayuno era una escasa taza de cáscaras de naranja hervidas.

Las gordas cubanas, que año tras año probaban la última dieta de moda para reducir de peso, la de la luna, los Hermanos Mayo, o la de la sopa de col, empezaron a perder libra tras libra. «La dieta de los Hermanos Castro es un éxito rotundo. Deberían patentarla». No obstante, cuando siguieron bajando de peso más allá de lo que nunca soñaron, perdieron la lozanía en la piel, exhibieron grandes y tristes ojeras violáceas, y se empezaron a desmayar en medio de la calle, volvieron a añorar su etapa rubenesca.

El humor popular, que solía suavizar los sinsabores de la vida diaria, sentenciaba esta vez que si bien los tres grandes logros de la Revolución eran el deporte, la salud y la educación, sus tres grandes fracasos eran el desayuno, el almuerzo y la cena.

Pero las desgracias nunca llegan solas. «Una nueva enfermedad no descrita», como la llamó Fidel Castro, se convertía en epidemia. Se perdía la sensibilidad de las extremidades, ocasionaba una ceguera permanente, o las manos se entumecían como garras de aves predadoras. El Comandante ya preparaba su discurso acerca del nuevo ataque de un virus imperialista cuando el Dr. Ferry, prestigioso epidemiólogo y Ministro de Salud Pública, en inconcebible acto de valentía se le enfrentó y explicó que los orígenes de la enfermedad eran la malnutrición y una deficiencia vitamínica. Nadie nunca antes se atrevió a decirle en su cara al Comandante que se estaba pasando hambre. El galeno pasó al «plan piyama», como se denominaba al status de los dirigentes caídos en desgracia, porque el máximo líder no quiso reconocer tamaña realidad.

Para colmo de males, el mar también hizo de las suyas y entró tierra adentro en la ciudad de La Habana. En un fenómeno nunca visto, conocido después como la Tormenta del Siglo, las aguas saladas se abalanzaron calles arriba, avanzando metro a metro, como el lamido de una gigante ameba marina que se llevaba todo a su paso. La gente vio con desespero cómo todas sus escasas posesiones eran cubiertas por el mar que entraba en las casas. Colchones, muebles, televisores, ropa, todo, absolutamente todo, desapareció bajo el agua. Tal parecía que el mar pretendía adueñarse de la ciudad o transformarla en una Venecia del Caribe.

El garaje del apartamento de María en El Vedado, que estaba a cinco calles del Malecón, se inundó hasta el techo. Los automóviles flotaban y chocaban unos con otros, como carros locos de un parque de diversiones. Su viejo Lada quedó inservible para siempre.

Cuando las aguas bajaron varios días más tarde, la ciudad exhibía unas ruinas alucinantes. Árboles y jardines secos; techos caídos; losas de pisos, aceras y pavimentos quebrados en mil pedazos; y todo cubierto por miles de algas rojas.

A María su salario de doctora no le alcanzaba para vivir. En esos tiempos 1 dólar llegó a cambiarse por 120 pesos; y María como médica ganaba 400 pesos cubanos, es decir aproximadamente, unos 4 dólares al mes. Conoció de muchos colegas que abandonaban su profesión para convertirse en artesanos, o que empleaban su tiempo libre en vender dulces caseros, o en hacer de taxistas clandestinos. María siguió trabajando de puro amor a la medicina. Su hija Luz le llevaba con cierta regularidad una bandeja de picadillo de carne, una botella de aceite, dos o tres bolsas de espagueti, una lata de puré de tomate y un paquete de galletas.

La primera vez que Luz llegó con las apetecibles ofrendas María se azoró. No necesitó preguntar. La única manera de comprar semejantes provisiones era con dólares. Muchas familias sobrevivían con las remesas que mandaban los familiares de Miami, pero Carmen, la mamá de María, cortó toda relación con su hermana cuando esta se fue de la isla a finales del año 1959. Esa fue la orientación de la Revolución por mucho tiempo: «no mantener ninguna comunicación con los gusanos, por ser apátridas y traidores». Ahora, pese a que Carmen se estaba literalmente muriendo de hambre, sentía vergüenza de pedir ayuda a la hermana a quien dio la espalda por más de treinta años. La familia de María no tenía otra manera de conseguir los dólares necesarios para vivir. Luz sólo podía conseguirlos «jineteando», es decir, prostituyéndose con turistas.

—¿Estás segura de lo que haces? —indagó María con una mezcla de turbación y tristeza.

—Es la única manera, mamá —le respondió Luz dándole un beso.

—¿Y te proteges?... Hay mucho SIDA —inquirió ansiosa.

—Por supuesto, yo no estoy loca —y ya sea por darle ánimos a su madre o porque de veras pensaba así, agregó en un tono casi alegre—. De verdad que no es tan malo como piensa la gente... quizás aunque tuviera otras opciones escogería jinetear de todas formas.

María no se mostraba nada convencida. No sabía qué pensar, qué otra opción brindarle a su hija. Tal vez lo hacía por darle de comer a Paloma, su nieta. Como Luz decía, era la única manera de sobrevivir. Pero admitir para Luz la prostitución como única posibilidad le provocaba una intensa angustia.

—¿Y Paloma lo sabe?

—No, claro que no. Todavía es muy chiquita. Aunque no es algo de lo que me tenga que avergonzar. Cuando sea mayor lo entenderá.

Paloma era la hija de Luz, fruto de un breve matrimonio que no llegó al año. El marido de Luz «se quedó» en el glacial aeropuerto canadiense de Gander, en un vuelo hacia Moscú. El plan era que cuando se estableciera y reuniera suficiente dinero, mandaría a buscar a Luz y a Paloma; sin embargo, los años pasaron y el cumplimiento de lo acordado se fue aplazando indefinidamente. Nunca llegó a reclamarlas. Luz se enteró años más tarde, que su marido se había casado con una canadiense y vivía en una fría y lejana ciudad llamada Fredericton.

Mientras dejaba las provisiones sobre la meseta de la cocina, Luz comentó:

—Abuela está muy mal en estos días.

Carmen, la madre de María se sumó a la Revolución junto con los millones de cubanos que quedaron hechizados por las huestes de los héroes barbudos. Fidel era irresistible, todos caían rendidos a sus pies. Como un orador sin parangón, lograba la atención de la audiencia, cualquiera que esta fuera. Cautivaba por igual a miles de jóvenes en Harvard que permanecieron estáticos e hipnotizados cuando les habló en el mismo año que subió al poder, que a una multitud de mineros chilenos con los que se reunió cerca de doce años más tarde en Chile. Carmen, una joven maestra al triunfo de la Revolución, dedicó su vida a servirla con la esperanza de construir un futuro mejor para su hija. Fue por muchos años presidenta del CDR, laboró miles de horas extras en incontables trabajos «voluntarios», sufrió escaseces y agotamiento por las innumerables guardias nocturnas y recibió múltiples entrenamientos en las milicias para prepararse ante la eventualidad de un ataque yanqui. Ahora, tenía dudas si había valido la pena. Reconocer que dedicó su vida a una causa equivocada, o cuando más inútil, la sumía en profunda depresión y se resistía a aceptar la idea, lo cual la hacía vivir en una estresante ambivalencia.

Carmen se refugiaba en la alegría que le proporcionaba su biznieta Paloma, y como Luz tenía un «trabajo» con horario irregular, era ella quien atendía a la niña; se ocupaba de ayudarla en las tareas escolares, y asistía a las asambleas del Consejo de

Escuela. Fue en una de esas reuniones cuando Carmen perdió la calma al escuchar «la orientación» de que los padres debían impedir que sus hijos jugasen a ser doctores. La instrucción precisa fue que en lo adelante, se les enseñara a los niños juegos en los que desempeñaran el rol de maestros. Se avecinaba una terrible crisis porque los profesores emigraban a trabajos que les permitieran ganarse unos dólares y, además, ya no eran necesarios tantos médicos. Lo que la Revolución precisaba en esos momentos eran maestros. Carmen saltó del asiento como si le hubiera picado una avispa y sin pedir la palabra interrumpió al dirigente provincial de educación que presidía la reunión.

—¿Usted sabe cuál es el verdadero problema? —y sin esperar respuesta continuó—. Antes de la Revolución, cuando yo me gradué de maestra obtuve una plaza en una escuela muy pobre en las afueras de La Habana —el funcionario se irritó con tantos preámbulos y la exhortó a que abreviara lo que quería decir, Carmen no se dio por enterada y siguió como si no lo hubiera oído—. Un niñito muy inteligente dejó de venir a clases porque no tenía zapatos. Con mi sueldo, que no era mucho, le compré un par de zapatos al muchacho —el dirigente casi esboza una sonrisa que quedó trasformada en mueca cuando oyó las siguientes palabras—. Y hace unos días tuve que comprarle unas sandalias a la maestra de mi nieta para que pudiera venir a impartir las clases porque con su salario no le alcanza ni para comer.

La carita redonda del burócrata enrojeció e intentó acallar a la indignada abuela, pero Carmen sin darse por enterada levantó un dedo amenazador y le advirtió:

—¡Así que no me venga con instrucciones de jueguitos! Denles una paga digna a los maestros para que no tengan que irse de vendedores al mercado negro o de prostitutas con los gallegos.

Luz le contó a María que Carmen se levantó de su asiento y abandonó la reunión en medio de una concurrencia que quería aplaudir pero temía hacerlo. María se resistía a analizar lo que pasaba en el país, y en su familia. Seguía encerrada en su pequeño mundo profesional intentando ayudar a los pacientes porque era lo único que la reconfortaba. Creía que su misión en la vida era salvar de la desesperación a los jóvenes, mujeres y ancianos que llegaban día a día a su consulta. En especial a las mujeres, que llevaban sobre sus hombros la carga de encontrar algo que dar de comer a sus hijos. Cuando lograba sacar a alguien del lóbrego mundo de la depresión y el desánimo que conducían muchas veces al suicidio, pensaba que su vida tenía sentido. Salvador, el hijo de Mariflor era un ejemplo de su éxito profesional. El muchacho dejó las drogas y se convirtió en instructor de yoga. Ahora ayudaba a otros jóvenes drogadictos.

Pese a su esfuerzo de aislamiento, la realidad del país se filtraba en su micromundo como un aire imperceptible. Con Patricia, una colega argentina que sufrió la dictadura militar en su país, decidió hacer una investigación sobre la formación de valores en la educación. Patricia estaba ahora en Cuba por dos años con una beca de la UNESCO y le contó horrorizada cómo las primeras encuestas con maestros cubanos de enseñanza elemental, arrojaron el resultado de que el valor que más apreciaban era la disciplina.

—¡Imagínate, la disciplina! No la honestidad o la solidaridad. No la justicia o la bondad. ¡La disciplina! —rezongó Patricia, que quedó en silencio por unos instantes, para poco después, con una entonación que mostraba profunda preocupación agregar —. Justificándose en la disciplina y la obediencia debida a sus superiores fue que los militares argentinos cometieron sangrientos crímenes.

María, por su lado, en una práctica investigativa con niños a quienes exhibió un dibujo animado con una historia que presentaba un dilema moral, quedó atónita al ver la angustia de los pequeños mientras respondían un breve cuestionario. Fue mesa por mesa para averiguar qué podía haber provocado semejante desazón. Todos los niños tenían una pregunta en blanco, mordisqueaban los lápices y fruncían el entrecejo con intensa frustración. La duda era en: «¿Cuál es tu opinión sobre la historia que acabas de ver?». María se percató súbitamente de que preguntar qué opinaban, era algo nuevo para esas criaturas.

Sólo una osada niñita escribió un párrafo, y de inmediato, le extendió el papel inquiriendo ansiosa.

—¿Está bien la respuesta? —y repitió con premura— ¿está bien? ¡Esa es una pregunta muy difícil!

María explicó en términos simples que esa interrogante no tenía respuestas buenas o malas. Cualquier cosa que escribieran estaría bien porque ella sólo quería conocer sus criterios. Los niños la miraron espantados pensando que la doctora había enloquecido. Se armó el pandemónium con todas las agudas voces de los chiquillos gritando a la vez. «¿Cómo es que todos podemos tener la razón? Eso no es posible, doctorcita. Tiene que haber una respuesta buena, y las demás regulares o malas. ¿Qué cosa es mi opinión? Doctora, no entiendo».

Patricia y María resolvieron escribir un libro sobre la necesidad de desarrollar la creatividad, el pensamiento crítico y la autonomía en la educación, para poder tener un impacto en el desarrollo del país. No lograrían salir del subdesarrollo educando a autómatas que supieran de física y avanzadas matemáticas si no se estimulaba también el pensamiento creativo. Parecía una idiotez en medio de una realidad donde todo giraba alrededor de qué se iba a comer al final del día. María pensaba que la salida no estaba en la solución que Luz había adoptado, ni en las escapadas masivas que hacían los jóvenes en busca de nuevos horizontes. Eran tiempos de desilusiones, la atmósfera estaba caldeada y muchos arriesgaban sus vidas en improvisadas balsas huyendo del hambre. Uno de sus jóvenes pacientes, Marcos Molina, amigo de Salvador le contó sus planes de irse en una balsa.

María hizo todo lo posible porque desistiera de la idea. Argumentó con el muchacho todas las razones inimaginables para que abandonara su propósito. Era muy arriesgado. Nadie sabía con exactitud cuántos cubanos habían muerto en las aguas del Estrecho de la Florida. No obstante, cuando Marcos se retiró de la consulta, ella tuvo la impresión de que se trataba de una despedida.

—Doctora, le doy las gracias por todo lo que ha hecho por mí. Gracias a usted estoy todavía jodiendo en este mundo.

—Y quisiera que fueran muchos más... Marcos, piénsalo dos veces antes de tomar una decisión de la cual ni siquiera te podrás arrepentir —insistió la psiquiatra.

En el corazón de María brotó una inquietud embarazosa. Una vez que Marcos se marchó, quedó meditabunda, con la vista fija al techo y las manos cruzadas en la nuca. Sin la sonrisa que solía dedicarles a sus pacientes, el rostro se le transformó en una máscara de tristeza. ¿Tendré micrófonos en la consulta?, especuló preocupada.

El timbre del teléfono la asustó. Al otro lado de la línea Mariflor lloraba; apenas podía articular palabra. María le pidió calma y tras una pausa en la que oyó cómo su amiga se limpiaba ruidosamente la nariz, esta logró decirle con un hilo de voz: «Lo encerraron».

—¿A quién? —María se asustó por la voz desplomada de su amiga y temió escuchar la respuesta.

—Salvador... tiene SIDA —fue todo cuanto dijo y esperó alguna reacción.

Ahora fue María la que quedó en silencio. ¿Qué hacer? ¿Qué decir ante un mal sin cura? Dar falsas esperanzas le parecía cruel. El único recurso disponible por la ciencia médica era alargar la vida del paciente con medicamentos que prácticamente acababan de salir de la fase de experimentación, y sobre los que todavía no se conocían todos los efectos secundarios.

Encima de lo horrible que resultaba la enfermedad por sí sola, en Cuba la campaña contra el SIDA se concibió como una operación militar. Los seropositivos al ser detectados eran recogidos y confinados en sanatorios, como si se tratara de la búsqueda y captura de criminales peligrosos. No se respetaba la confidencialidad de los resultados de los análisis de sangre, que debían ser informados obligatoriamente a los centros de trabajo o de estudio, y a las brigadas médicas. A la familia ni siquiera le quedaba la esperanza de compartir con el enfermo los últimos años de su vida.

Con un gran esfuerzo para que no se le quebrara la voz, Mariflor le dijo a María que Salvador estaba en el Sanatorio No.

13, en el pueblo Nazareno Viejo. A ese lazareto llevaban a los «conflictivos» y el muchacho tenía un juicio pendiente por «delito sanatorial».

—¿Y qué diablos es eso? —preguntó perdiendo la compostura.

Mariflor le explicó que las autoridades epidemiológicas consideraban delito la violación de cualquier reglamento del sanatorio, y Salvador había intentado escaparse. No estaba dispuesto a permanecer encerrado lo que le quedara de vida.

Una semana más tarde, María logró visitar a Salvador después de vencer algunas trabas. El argumento de que Salvador fuese su paciente sirvió de poco; sólo obtuvo el permiso necesario a través de autoridades médicas que le debían favores. Al verlo con muchas libras de menos, grandes y oscuras ojeras en un semblante enfermizo, lo abrazó con ternura. Salvador creyó ver una mirada de reproche en María por lo que reaccionó defensivamente.

—No fueron las drogas. Fue la mulata más buenota de toda La Habana —y todavía se dibujó en su rostro un remedo de sonrisa, tal vez recordando placeres pasados. María se limitaba a escucharle en silencio—, la muy cabrona estaba podrida por dentro. Un gallego que le prometió matrimonio la infestó, y ella, sin saberlo, contagió a media Habana cuando el tipo la dejó embarcada —añadió con una risita mustia—. Los médicos-detectives que rastrearon a todas con las que me acosté, determinaron que ella fue el «portador cero» —y con verdadero pesar reconoció en voz muy baja, casi un susurro—: Yo infesté a dos más... —hizo una pausa para tomar aire, se pasó la mano por la cabeza en un masaje suave, como si quisiera aplacar tristes pensamientos, y mirando al techo estalló en una queja sin impaciencia, con la conformidad de los que saben que están condenados a muerte—. ¡Esta enfermedad es una mierda!... dicen que es un experimento de los americanos para acabar con los negros en África... Bueno, me tocó bailar con la más fea —concluyó con un suspiro de resignación.

Salvador ya estaba adaptado a su mala suerte pero se resistía a vivir en cuarentena. También le preocupaba si los estaban usando como conejillos de Indias, porque a los «conflictivos» les sustituyeron el medicamento importado, AZT por otra medicina de fabricación nacional, algo así como interferón recombinante, y desde entonces padecía de muchos dolores de cabeza y otros malestares.

El muchacho le contó de varios jóvenes que se autoinocularon SIDA a través de jeringuillas usadas por portadores del virus. Eso sí que no lo entendía. Algunos de estos mártires sin causa, le dijeron a Salvador, que preferían estar allí porque no tenían viviendas, y otros le confesaron que en la calle, con la escasez de comida que imperaba, pasaban hambre. Al menos en el sidatorio les daban desayuno, almuerzo y comida. También le contó el caso de Roberto, un joven intelectual que al volver de un viaje por Europa lo conminaron a hacerse la prueba de sangre y lo declararon seropositivo. Salvador le enseñaba yoga, porque el confinado estaba totalmente paranoico diciendo que era un conspiración; aseguraba que era imposible que se hubiera contagiado. Roberto había escrito un libro acerca de posibles reformas a la economía socialista y sospechaba que era víctima de un complot político para sacarlo de circulación, sin necesidad de levantar acusaciones públicas que serían conocidas en el extranjero.

María se despidió de Salvador con el corazón apretado por la tristeza. En esos tiempos proliferaron muchas denuncias internacionales sobre la «cuarentena forzosa» de los pacientes de SIDA. Para acallar las protestas, la Revolución se vio obligada a declarar un régimen ambulatorio para los enfermos. No obstante, justificó la política de encierro asegurando que a ella se debía el bajo nivel de contagio. Pero esto ocurrió mucho después que Salvador murió.

Desde aquel primer encuentro, María lo siguió visitando de forma regular, le llevó siempre alguna que otra golosina, y algún remedo de consuelo. Fue la última persona que Salvador vio antes de caer en un estado de inconciencia. El muchacho murió tres años después de ser internado, sin haber vuelto a vivir en la calle otra vez.

En esos años la atmósfera era tensa, trepidante como el redoble de un tambor, casi tangible. El descontento brotaba como los fuegos fatuos de una ciénaga, en explosiones espontáneas sin organización ni objetivos. María estaba en la calle Galiano cuando coincidió con una multitud enloquecida que avanzaba indetenible, arrasando todo a su alrededor. Lanzaban piedras a las vidrieras de las tiendas, empujaban los autos que se les atravesaran en el camino y reían como chiquillos traviesos. Gritos aislados de «¡Cojones, abajo el comunismo!», eran respondidos por un coro continuo que recordaba un canto místico "¡Libertad! ¡Liberad! ¡Libertad!".

3
1979-1997

Antonio recorrió más países que Marco Polo y Magallanes juntos. En los pasillos del edificio de Naciones Unidas, entre sesión y sesión de trabajo, debatía con todo el que quisiera oírle sobre cómo arreglar el mundo; lo invitaban a almuerzos en el Waldorf Astoria; compartía con jefes de estado y bebía vino con futuros premios Nobel en el Parque Central de Nueva York. Aunque también descubrió el lado oscuro del planeta. Conoció de cerca las paupérrimas condiciones de los mineros bolivianos; a campesinos afganos productores de las amapolas del opio y criadores de ovejas karakul; a la milenaria India con sus millones de intocables; y a mujeres y negros que en más de medio planeta luchaban por sus derechos. Asimismo se sorprendió al encontrar lugares remotos donde el petróleo valía menos que el agua, o sitios en los que todo estaba controlado por computadoras y era casi imposible comer una fruta fresca.

Cuando finalmente viajó a la Unión Soviética se sintió decepcionado. Por años quiso ver de cerca la cuna del socialismo mundial, pero los avatares de su trabajo no lo acercaban a la madre patria. Con el propósito de conocer finalmente al país de los soviets, Antonio se dispuso a defender su doctorado en

Historia de Relaciones Internacionales en la Academia de Ciencias de la URSS. Después que su título de profesor de filosofía fue anulado en una purga pública contra los instructores de marxismo de la universidad, acusados de «revisionistas» y agentes del enemigo, invirtió otros cuatro años de su vida para graduarse de la carrera de historia.

Al llegar a la URSS, como era un alto funcionario del gobierno, lo alojaron en un «hotel de lujo» que más bien parecía un burdel barato de Ámsterdam. La habitación estaba cubierta de gruesos y empolvados cortinajes de terciopelo verde y del techo colgaba una lámpara de cristal de roca de la que escapaban destellos fantasmagóricos.

Antonio no estaba muy seguro de los avances soviéticos en las ciencias sociales, al menos en materia de filosofía se sentía decepcionado con lo ocurrido en la isla cuando «los asesores bolos» se apoderaron de la enseñanza del marxismo. De la etapa en que se podía leer desde Bobbio a Trosky, no quedó nada. Todo cambió a una burda caricatura de la teoría marxista recopilada en tres libros: el *Diccionario Soviético de Filosofía*, de Mark Moisevich Rosental, *Fundamentos de filosofía marxista-leninista* de F. Konstantinov y el *Manual de Economía Política* de la Universidad de Lomonosov. Ni por asomo se consultaban los textos originales de Marx o Lenin. Todo era procesado y simplificado hasta el extremo de la bobería. El materialismo histórico se redujo a un inventario de pensadores catalogados como materialistas o idealistas. No importaba que se tratara de un monje benedictino o un combatiente contra el colonialismo español en el siglo XIX. El análisis tenía irremediablemente que responder a la interrogante, ¿era materialista o idealista? Pero a pesar de sus dudas acerca del florecimiento de las humanidades en el país de «los bolos», en Cuba un título de Doctor en Historia de la Academia de Ciencias de la URSS era muy apreciado y Antonio pensó que además, sería su única oportunidad para conocer de cerca a la potencia soviética.

En el vuelo hacia Moscú, coincidió con Ada, una conocida analista del Comité Central que se alojó en el mismo hotel. La primera mañana Ada lo fue a buscar a su habitación para pedirle una ayuda poco usual.

—Oye, tengo que pedirte un favor. Me dijeron que con los militares soviéticos aprendiste a chapurrear el ruso. —Y acto seguido confesó sin turbación—. Caí con la menstruación y no hay manera de hacerme entender para comprar toallitas sanitarias. Lo he intentado en inglés, francés y en español pero ha sido inútil. No me entienden —indagó con premura— ¿podrías ayudarme?

Aquel día Antonio empezó su jornada moscovita junto a Ada, en la búsqueda de almohadillas sanitarias. En su oxidado ruso, le preguntaba a cualquiera que se le cruzara en el camino algo que sonaba como, *¿guiguinichiskie pracluatkim?* Por respuesta casi todos se encogían de hombros y los dos exploradores no sabían si era porque no los entendían, o porque las soviéticas no acostumbraban a usar compresas.

Recorrieron medio Moscú, metro arriba y metro abajo, hasta que al fin un alma piadosa les dio las señas de dónde «habían sacado» lo que buscaban. Allá fueron y tras una cola de varias horas, Ada pudo comprar las dichosas toallitas sanitarias. De regreso al hotel iban en silencio. Aunque no lo compartieron, coincidieron en el mismo pensamiento. ¡Si esto es lo que nos espera después de sesenta años estamos muy jodidos!

Las exigencias de los «científicos sociales» soviéticos se le antojaron a Antonio demasiado pedantes y simplistas. Sea por esa razón o por el frío invierno ruso, decidió culminar su doctorado en la Academia de Ciencias de Cuba. La investigación para defender su doctorado versaba sobre los países no alineados en pactos militares. Tenía la certeza de que sus camaradas eslavos estaban «en cueros» en el tema; aunque pretendían que cada aseveración estuviera calzada con una cita de Breznev o del último congreso del PCUS.

Cuando años después cayó el muro de Berlín y luego desapareció la URSS, Antonio no se sorprendió demasiado. En un «sábado del litro», así llamaban a las reuniones sabatinas que hacían cada fin de semana en casa de algún amigo para compartir una botella de ron, él y varios viejos «socios» llegaron a la conclusión de que era necesario tratar de construir un socialismo humanista y democrático. La Habana no era más que una interpretación tropical de Moscú. No es que fuera una tarea fácil, pero la crisis en la que se hundía el país junto al vaticano del comunismo mundial, se le antojó como una coyuntura única para promover caminos alternativos.

Era evidente que el gobierno cubano estaba asustado y abría tímidamente algunos espacios de debate, a la vez que toleraba ciertas cosas que hubieran sido impensables años antes, como algunos negocios privados, la constitución de organizaciones no gubernamentales y la admisión de más inversiones extranjeras, e incluso, las de algunos cubanos residentes en Miami, aunque escogidos por el gobierno.

Como conocía al dedillo la forma de pensar y actuar de la burocracia, esbozó un sencillo plan. Primero, se dirigió al Rector de una facultad de la Universidad de La Habana, donde empezó sus avatares universitarios y le hizo saber que el Partido estaba interesado en crear un centro de estudios sobre ética. El hombre no se extrañó, era costumbre recibir órdenes de esa manera, sin ningún papel escrito por medio. La sola invocación del sacrosanto «Partido» era un ábrete sésamo todopoderoso. Después se reunió con el jefe de un poderoso departamento del Comité Central y en medio de la discusión de otro asunto, introdujo la idea de lo importante que sería poder contar con un instituto de ética para el trabajo ideológico del Partido, y que lo más prudente y fácil era controlar uno de reciente creación en la Universidad de La Habana, cuya dirección le habían ofrecido. Se lo planteó de manera tan persuasiva que el jefe de aquel departamento del Comité Central creyó que la idea era de su propia invención e inmediatamente dio su apoyo. No en balde su abuela Pancha lo llamaba «El Perico».

Antonio por primera vez tenía en sus manos, mediante la recién creada ONG, una plataforma para actuar con mucha más libertad que desde las rígidas estructuras burocráticas del gobierno. Al salir del ejército, harto del método militar de «ordeno y mando», creyó que la vida civil podía ser más participativa, para percatarse casi de inmediato que cualquier puesto en el gobierno padecía del mismo mal. Como el centro de estudios de ética surgió en la ambigüedad de que el Comité Central consideraba que la Universidad de La Habana lo controlaba, y a su vez, la Universidad creía que el Partido era el responsable de las vigilancias y orientaciones ideológicas, Antonio estaba en un conveniente limbo, en tierra de nadie. Esa deliberada confusión lo hacía prácticamente libre de inspecciones y orientaciones. ¡Era casi autónomo!

Con la intención de evitar que el gobierno se percatara de esa situación inusual decidió no hacer gestiones para pedir recurso estatal alguno. El centro de estudios de ética empezó a funcionar en el garaje de la casa de su padre José Manuel, en Miramar. Antonio pidió su renuncia del Ministerio de Relaciones Exteriores, y para pagar su propio salario vendió una alfombra de Kazajstán, una bellísima lámpara de Sri Lanka, un tocadiscos *Sony*, y cuatro pares de zapatos. Ángel lo ayudó a encontrar buenos precios entre sus amigos de la farándula. Con el dinero obtenido se autocontrató y empleó a Iván, un eficaz hombre orquesta, recomendado por Ángel. Otro amigo, El Loco, le cedió una vieja computadora.

—¡Quien tiene amigos tiene un central! —exclamaba alborozado Antonio, que gozaba por primera vez en su vida de una relativa autonomía.

Antonio, al igual que Adela Cortina, la renombrada filósofa española, consideraba que el desafío estaba en que la ética llegara al poder. Al principio muchos pensaban que se trataba de promover simples convenciones morales, pero poco a poco comenzaron a entender que la ética tenía un alcance mucho mayor. Esta vez El Loco creyó que era Antonio quien actuaba como un orate. «Estás jugando con el mono, no con la cadena. Ten cuidado», le advirtió el amigo.

Fue una etapa de delirio. Antonio y sus colegas se permitían tener sus propios sueños y trabajar para materializarlos. Iván, un grupo voluntario de profesores y Antonio trabajaban catorce horas al día. Empezaron impartiendo conferencias, organizando seminarios y gestionando donaciones con organizaciones no gubernamentales extranjeras. Pronto sus diligencias se extendieron más allá de simples acciones académicas.

En el garaje convertido en improvisada oficina, un calidoscopio de actividades les daba coherencia unificadora a los objetivos de sus vidas. Patrocinaron un concierto de rock and roll en conmemoración por la muerte de John Lennon y bautizaron con su nombre el parque de El Vedado donde convocaron una gala en homenaje al Beatle icono de románticos y progresistas. Allí develaron una placa con la letra de la canción *Imagine* que, de manera misteriosa, desapareció al día siguiente de la inauguración.

Tanto éxito tuvo esta iniciativa que dos años después las autoridades la replicaron para presentar al mundo una cara más amable. Para los roqueros más viejos resultó una contradicción que los mismos que prohibieron a Los Beatles y reprimieron a quien los imitasen dejándose la melena larga, ahora inauguraran un Parque Lennon. La Habana se convirtió en la única ciudad con un Parque Lenin y un Parque Lennon. «Vivir para ver», dijo Antonio. «La política es muy sucia», repitió su abuela Pancha.

En total desenfreno hicieron llegar al gobierno sus propuestas de cambios con un programa básico de cinco puntos que incluía la inspección a las cárceles por organizaciones independientes, la supresión de los permisos de entrada y salida al país y la derogación de las leyes de censura. Como dijo El Loco, fue demasiado. Estaban jugando con el mono, o más bien con el gorila.

Algunos burócratas se contagiaron con el clima de apertura y trabajaron con igual fervor que Antonio en reorientar la economía del país hacia el mundo occidental. Buscaron, propusieron y aprobaron acuerdos comerciales, inversiones y créditos a como diera lugar. Todavía quedaban unos pocos funcionarios cuerdos que impidieron la ejecución de algunas disparatadas ideas, como la vieja propuesta nacida originalmente en la Alemania del Este de importar basura y desperdicios nucleares a la isla. Cuba recibiría cierta cantidad de dólares por cada tonelada de basura germánica que cruzara el océano para ser enterrada en algún cayo despoblado.

Cuando los dirigentes del gobierno sintieron que tocaron fondo y comenzaron a recuperarse de la debacle económica, intentaron recoger las riendas y volver a cerrar los tímidos espacios que abrieron antes. Los indicadores macroeconómicos reflejaban una ligera mejoría cuando la emprendieron contra las ONGs. Eran un engendro burgués, más cercano a la caridad cristiana y a la compasión misericordiosa que a los ideales de un verdadero revolucionario. ¡Cuidado con ellas! Puede ser el enemigo disfrazado de oveja.

En la efervescencia del trabajo, Antonio y sus amigos no se percataban de que el ambiente estaba cambiando de nuevo. Por primera vez valoraron en toda su dimensión el concepto de derechos humanos y se sintieron fascinados por el alcance de ese principio. Ángel le comentó a Antonio lo que supo sobre las condiciones de las cárceles:

—Si la gente que está afuera no tiene qué comer, imagínate cómo están los presos.

Antonio se dirigió a varias embajadas para pedir una donación de comida y ropa para los presos cubanos. En definitiva, en Viena se había celebrado recientemente un Congreso Mundial sobre Derechos Humanos. Pero alguno de los excelentísimos señores embajadores lo denunció ante las autoridades cubanas. «Hasta los diplomáticos y la prensa extranjera están atrapados por el miedo...», pensó Antonio.

La represión retornaba inflada como vela de un raudo bajel. El 13 de julio de 1994, dos barcos del Ministerio de Transporte hundieron en las afueras de la Bahía de La Habana a un viejo remolcador donde cubanos desesperados trataban de huir de la isla. Embistieron sin piedad la embarcación y lanzaron chorros de agua a presión contra sus desarmados pasajeros haciendo que la nave zozobrara en pocos minutos. Murieron cerca de cuarenta personas, entre ellos veintitrés niños. Los pocos sobrevivientes le contaron a un periodista extranjero que tal parecía que la intención era no dejar a nadie con vida. Pero un buque griego se acercó a la catástrofe y se dispuso a iniciar labores de recate, por lo que no les quedó más remedio a las lanchas guardafronteras, que hasta entonces contemplaban pasivamente el espectáculo, que entrar en acción y rescatar de las olas a los pocos náufragos que escaparon con vida de aquel crimen.

Antonio se espantó con la noticia y permaneció mudo, a la expectativa de justicia, no satisfecho del todo, se sintió algo aliviado al enterarse que los dos capitanes de los barcos civiles que arremetieron contra el remolcador estaban detenidos. Cuando días más tarde, Fidel Castro anunció por televisión su liberación y los calificó de héroes.

Antonio no sufrió en esta ocasión uno de sus usuales arranques de indignación ante cualquier hecho que considerara injusto. Creyó que la tierra se abría bajo sus pies, sintió que la isla se hundía y desaparecía en las anchas fauces de un insaciable y caprichoso monstruo marino. Hasta entonces, si bien admitía que aquel socialismo era una porquería, calculaba que era el resultado de los equilibrios políticos de la guerra fría que Cuba tuvo que aceptar para subsistir. No tragaba aquel socialismo, pero siempre confió en que Fidel llegaría en algún momento a corregir el rumbo hacia lo que Antonio llamaba «un socialismo con rostro humano». Por eso soportó con estoica disciplina y recomiéndose el hígado, numerosas pequeñas infamias con las que tropezaba en su quehacer como defensor de la Revolución. Creía que muchas de ellas eran males inevitables por salvarla del fiero enemigo yanqui. «Si Estados Unidos no tuviera esa prepotente actitud injerencista se pudieran abrir más espacios democráticos», opinó por años.

Esa noche, borracho y abatido, Antonio se zambulló en un mar de dudas y nadó hasta el agotamiento. Estaba perdido. «Si el socialismo es una mierda y Fidel no es la solución sino parte del problema ¿cuál es el camino?», se preguntó, sin tener una respuesta.

Antonio recordó la conversación que sostuvo con un viejo exiliado que militó junto a Fidel en la Juventud Ortodoxa. Aquel tipo, de copiosas cejas y largas pestañas, reapareció en Cuba después de un largo alejamiento y llegó a establecer una discreta cooperación en asuntos de negocios con el Comandante. Una noche en que había tomado más mojitos de la cuenta, el astuto cubano le aseguró a Antonio que nunca comprendería a Fidel Castro si trataba de hacerlo con un enfoque marxista a partir de los textos aprendidos en la universidad.

—¿Recuerdas aquello de la tres fuentes y partes integrantes del marxismo que escribió Lenin? —le preguntó con la lengua algo estropajosa.

—Claro —contestó el mulato—el socialismo utópico, el pensamiento económico de Smith y Ricardo, y la filosofía clásica alemana.

—Pues bien, —dijo el exiliado— ¿sabes cuáles son las tres fuentes y partes integrantes del pensamiento de Fidel Castro?

Antonio meneó la cabeza y lo miró con curiosa atención.

—Sus fuentes son diferentes a las del marxismo: el *codex legum* de la Orden de San Ignacio de Loyola, *El Príncipe* de Nicolás Maquiavelo, y *El Padrino* de Mario Puzo.

En aquel momento Antonio rió con malicia al considerarlo un buen chiste. Pero ahora, el eco de aquellas palabras volvía a su mente con una siniestra connotación.

Ya no trabajó con el mismo ímpetu. Sufría como muchos otros cubanos una crisis existencial. Pasados algunos meses de la masacre en las afueras de la bahía habanera, el innovador centro de ética recibió la orden de restringirse al estudio del pensamiento del siglo XIX. La orientación fue emitida cuando Antonio, junto a influyentes amigos extranjeros, estaba involucrado en una iniciativa para normalizar las relaciones con Estados Unidos que ya avanzaba con aparente éxito. Después del hundimiento del remolcador en la Bahía de La Habana aquel sería su último intento de hacer algo provechoso por su país. Cuando un alto oficial de la Seguridad del Estado y un miembro del Buró Político decidieron que pusiera fin inmediato a su diplomacia ciudadana, Antonio intuyó que algo feo se cocinaba.

Algunas semanas después de cumplir la orden de paralizar los canales alternativos de diálogo que, tras largo y duro bregar, había autorizado el gobierno de Washington, fueron derribadas dos avionetas civiles piloteadas por cubano americanos radicados en Miami. Esos aeroplanos habían volado el territorio nacional en ocasiones anteriores lanzando impresos que decían «No temas, tu vecino piensa igual que tú». Pero esta vez, el gobierno cubano decidió tumbarlas a cohetazos con sus aviones caza.

Rubén, un alto oficial de la inteligencia cubana visitó a Antonio unos días más tarde del suceso. Se conocían desde Nueva York y el espía de profesión apreciaba la sagacidad política del mulato.

—¿Qué crees? ¿Responderán con alguna acción militar? —preguntó a rajatabla el oficial.

Le hizo saber a Antonio que tenían una información crucial. En respuesta al derribo de las avionetas, el Consejo Nacional de Seguridad le presentó dos opciones al presidente Clinton: bombardear las bases aéreas de la isla o firmar la Ley Helms Burton para intensificar y convertir al bloqueo económico en una maldición eterna.

—¿Cuál crees que será la decisión del Presidente? Piensas que... —Antonio lo cortó.

—Compadre, como diría mi padre, agárrate de la brocha que me llevo la escalera —el oficial lo miró con reproche y Antonio protestó sin pestañear—. Mejor me hubieran preguntado mi opinión antes de tumbar las avionetas.

Rubén pasó por alto la reprimenda y persistió. Es inevitable que el presidente norteamericano tome una acción y nadie sabrá cuál será, explicó Antonio. Pero lo que intrigaba al mulato era la desproporcionada respuesta del gobierno cubano. ¿Por qué en un año electoral en Estados Unidos, cuando parecía que se mejorarían las relaciones, y Clinton se había comprometido con vetar, de ser preciso, la Ley Helms Burton, decidieron actuar de esa manera?

—¿Es que ustedes tenían alguna indicación de que esta vez venían con bombas?

—Nada de eso —le aseguró el oficial—. Sabemos de antemano todos sus movimientos porque los tenemos infiltrados. El problema es que el Comandante consideró intolerable estas continuas violaciones del territorio nacional.

Antonio miró fijamente a los ojos del oficial. Pese a la expresión grave de Rubén, pensó que le estaba tomando el pelo, y demoró en percatarse de que hablaba en serio. Hizo un chasquido con la boca, al que cualquiera le hubiera contestado «no frías huevos, compadre», y con una mezcla de compasión e impaciencia, habló muy despacio, tal vez para acallar las mil hipótesis que se comenzaban a dibujar en su cabeza:

—Rubén, yo estuve cuatro años en las tropas coheteriles antiaéreas y casi cada día los aviones militares estadounidenses nos pasaban por arriba sin que jamás se diera la orden de disparar —el mulato continuó algo exaltado—. Sé que esto ocurre todavía hoy —y luego le preguntó examinándolo de arriba abajo—. ¿Por qué se ha podido tener paciencia durante más de cuarenta años con esas provocaciones y no con esta gente si sabían que venían desarmados?

Rubén hizo silencio y quedó pensativo.

—¿Es que queremos evitar la normalización de relaciones con Estados Unidos? —insistió Antonio.

El oficial no contestó la pregunta. Cambió la conversación hacia otro tema que fue seguido de rápidas palabras de despedida. Antonio nunca más volvió a verlo.

Poco después el Presidente de Estados Unidos firmó la Ley Helms Burton y Fidel convocó un pleno del Comité Central en el que arremetía, en nombre de la seguridad nacional, contra todos los mínimos espacios de libertad que hasta entonces se habían abierto. Así se inició una contrarreforma castrista que pretendía justificarse a partir de la confrontación con el derribo de las avionetas. Era la última gota.

Antonio pasó revista a toda su vida. Siempre estuvo dispuesto a labrar un arreglo honorable del conflicto con el poderoso vecino. Nunca favoreció una Guerra Santa que lo eternizara para justificar la ausencia de libertades. Si el socialismo cubano tenía que ser totalitario hasta la desaparición de Estados Unidos, él no estaba dispuesto a seguirlo apoyando. De ser eso cierto, ya Washington habría ganado la partida y no iba a continuar comprometiendo su conciencia guardando silencio ante nuevos crímenes como los del hundimiento del remolcador en la bahía habanera. Fue un leal soldado de la Revolución, pero ella se le había tornado gradualmente, como el *Retrato de Dorian Gray*, en una entelequia irreconocible. El proyecto al cual consagró su vida no había muerto como consecuencia de una conspiración imperialista, razonó, sino por la vocación totalitaria de Fidel Castro. Antonio tenía ahora que considerar cómo emplear la segunda mitad de su existencia.

4
1993

Una semana antes la abuela Pancha supo que iba a morir. Fue cuando, viniendo desde el mar, oyó el canto lúgubre de una lechuza, lo cual era imposible porque la lechuza es un pájaro de monte. Ella aseguró a todos haberlo escuchado, aunque no explicó su significado. Lo tomó sin aspavientos y solamente pidió volver a ver una vez más a Toña. Su último deseo fue incumplido porque aunque ya permitían a los cubanos «gusanos» visitar la isla por varios días, el engorroso trámite requería de mucho tiempo.

Pancha cocinó una última vez para toda la familia: su hijo Juan Manuel, su nieto Antonio y su nuera Cecilia. Fue una cena alegre porque a nadie dijo que iba a morir. Ya en la sobremesa sacó de una raída bolsa de terciopelo veinte doblones de oro y los expandió sobre la mesa. Todos quedaron boquiabiertos. Antonio tomó una de las piezas en sus manos, la examinó con curiosidad y leyó: «Ferdnd.VII. 1819»; luego, dirigió una mirada interrogadora a su abuela. Pancha explicó con parsimonia que esas monedas se las dio su madre antes de morir, quien a su vez las recibió de su padre. «úsalas sólo en tiempos difíciles, cuando ya hayas agotado todas las soluciones», le dijo su madre a Pancha cuando le entregó el preciado tesoro.

—Ahora las pueden cambiar en las tiendas del oro —argumentó la anciana.

Se refería a los establecimientos donde los cubanos llevaban sus reliquias familiares para canjearlas por algún equipo electrodoméstico imprescindible. En pleno siglo XX reaparecía un intercambio similar al que hicieron con los indígenas de América los conquistadores españoles, cuando trocaban vidrios de colores por oro. El trueque era oro por un ventilador, por un par de zapatos, o por una casetera, que para los nativos, perdidos amantes de la música, no es un producto de lujo sino de primera necesidad. «La música para el cubano es algo existencial», afirmaba a ratos el mulato filósofo.

Por antigüedades valiosísimas se recibía un televisor o un refrigerador, y a veces algo más, si era un objeto realmente único, como esencieros orientales pintados a mano, estuches de porcelana de Sevres, antiguos cántaros de cerámica de la escuela aragonesa, especieros de plata repujada de la época de Felipe III, relojes de bolsillo Brequet fabricados con oro e incrustaciones de perlas, refinada platería del siglo XVIII, medallones y relicarios de rubíes y esmeraldas, o incluso —como dicen que sucedió— un afortunado recibió un auto Lada a cambio de una antigua copa de más de trescientos años, de plata y oro con incrustaciones de diamantes, atribuida al orfebre holandés Jacob van der Bergh, y de una lámpara de lágrimas de cristal de Murano hecha por Antonio Salviati.

Hubo júbilo en la familia aunque Antonio se resistía a deshacerse de la inusitada herencia. «Es un robo lo que están haciendo». Lo venden después a anticuarios del sur de España por diez veces más de lo que recibiste.

Pancha le dio un abrazo, un beso y una frase de despedida a cada uno. A Antonio le susurró algo en el oído; luego le entregó una veintena de viejos cuadernos escolares atados con una cinta de seda morada y le pidió que se los diera a Perla. «Ella me enseño a escribir. Pienso que le gustaría conservarlos», se justificó ante la mirada de extrañeza de su nieto. A la mañana siguiente amaneció muerta en su cama.

Perla fue una de las primeras en llegar a la funeraria Rivero. Estaba algo contrariada porque Esperanza debía haber regresado el día anterior de una excursión con unos amigos. «El transporte está muy malo, seguro se complicaron», pensó. Pero la muerte de Pancha fue como un mal presentimiento, malos pensamientos la rondaban en todo momento. Abrazó con verdadero pesar a toda la familia. Juan Manuel y Cecilia se veían tristes aunque resignados. Se sorprendió al ver cómo Antonio manifestaba su profunda pena y se dejaba consolar sin ningún tipo de prejuicios por Ángel.

—Toña tenía que estar aquí —se quejó Antonio.

—¿Cuándo se acabara esta separación de la familia? —preguntó Ángel en una interrogante que no esperaba respuesta, y tras un suspiro añadió—: Debe estar destrozada, pobrecita.

En medio de la evocación de Toña, a Perla le pareció descubrir en el alto mulato cierto misterioso magnetismo. Irradiaba carisma y sensibilidad. Le gustó que no se cohibiera de mostrar abiertamente su dolor. Perla conocía a Antonio desde que eran niños, si bien nunca llegaron a estrechar relaciones porque él se fue para el ejército y luego estuvo viajando medio mundo. Al abrazarlo sintió un olor fresco y vigoroso como el agua de mar. Años más tarde, supo que la fragancia era la *Original Eau de Cologne,* o *aqua mirabilis* como también se le conoció, y que la fórmula para fabricar la esencia fue el regalo de bodas de un monje cartujano en 1792 a los jóvenes Mülhens de la ciudad de Colonia. Era la primera vez que la atraía un hombre perfumado. Siempre hay una primera vez para todo, se dijo a sí misma.

Luego del abrazo, Antonio le pidió que la acompañara. Rebuscó en una mochila que estaba sobre uno de los sillones cerca del ataúd, y le entregó a Perla el atado de cuadernos. Ella los miró con curiosidad, desató la cinta morada y abrió el primero. En una letra de torpe caligrafía leyó: «1961. Mi nombre es Francisca Concordia Vives. Soy bisnieta de esclavos y mambises...». Perla levantó una mirada interrogadora y él le explicó el deseo de su abuela. Se sentó consternada y siguió hojeando los cuadernos. Allí estaban escritos con una letra redonda, casi infantil, año por año, como el diario de una colegiala, vivencias que Perla había olvidado y otras que no conocía.

Una lágrima rodó silenciosa por su rostro y luego otra más, con un gesto torpe las limpió con la mano. «Gracias», susurró e hizo un esfuerzo por contenerse. Cerró las libretas con extremo cuidado, como si se tratase de cartas de un enamorado y las volvió a atar con la cinta morada. «Prefiero que las guardes tú», pidió a Antonio. «Por ahora», añadió sin darle más explicaciones. No quería decirle que temía un registro en su casa, en definitiva Antonio trabajó para el gobierno por muchos años y no sabía si podía confiar un secreto con él.

En el momento en que Antonio guardaba los cuadernos en su mochila, Ángel se acercó y le dijo que iba a la capilla situada en el otro extremo del piso. Allí estaban velando a un escritor amigo suyo, a quien el gobierno le hizo la vida imposible. Ahora que estaba muerto se apropiaban de su imagen. Ese último despojo solía acontecer cada vez con mayor frecuencia. El dirigente encargado de desarrollar la cultura en la isla se convirtió en un profanador de tumbas. Todos aquellos que antes persiguieron, encarcelaron, vilipendiaron y estigmatizaron, una vez muertos, volvían a ser útiles. Se rescataban como parte del patrimonio nacional. Publicaban alguna de sus obras menos controversiales, organizaban un seminario donde hacían referencia a las dificultades del compañero que no supo comprender a plenitud el tiempo que les tocó vivir, cerrados aplausos y aprobaciones del grupo seleccionado para asistir al evento conmemorativo, y quedaban rehabilitados para la cultura nacional con una sacra liturgia comunista.

Perla se quedó hasta pasada la media noche en la funeraria y luego se fue caminando hacia el apartamento de su hija. La estratagema de su madre Leticia había dado resultado y pudieron conservar el inmueble de El Vedado a nombre de Esperanza. De vez en cuando se quedaba a dormir allí porque le resultaba más cerca del almacén en la Habana Vieja en que ahora trabajaba. Además, con Esperanza no tenía secretos sobre su recién estrenada profesión de «periodista independiente».

Al entrar, volvió a verificar si su hija había regresado. Encendió la lenta y vieja computadora, que demoró en despertar. Buscó en la lista de *Archivos* el nombre *Hambre Miedo*, pulsó el ratón y al abrirse el documento lo releyó:

```
El hambre vence al miedo. Por primera vez aparecen
carteles de ¡Abajo Fidel! pintados en los muros de La
Habana, trabajadores del puerto rehúsan cargar sacos de
arroz destinados a la exportación, protestas que casi
se convierten en disturbios frente a las tiendas en
dólares, asaltos a los cultivos de vegetales y viandas,
jóvenes que se niegan a integrar las brigadas
paramilitares que realizan actos de repudio a
disidentes. Desgraciadamente, esta efervescencia de
rebeldía no es pública. La prensa nacional no informa
ninguno de estos hechos, sólo de boca en boca se
conocen, de forma parcial y distorsionada, algunos
incidentes. La respuesta no se ha hecho esperar: más
represión. Purgas en las universidades, endurecimiento
del Código Penal, guardias apostados en los cultivos
con la orden de disparar —y lo hacen—. Las cárceles se
vuelen a llenar.
El gobierno se arrepintió de las tímidas reformas
económicas que permitieron el trabajo por cuenta
propia...
```

Hizo una pausa al recordar a la anciana del café. Cuando el gobierno permitió algunos empleos independientes, muchos cubanos se aventuraron en la apertura de modestos negocios. Prosperaron pequeños restaurantes que fueron bautizados como «las paladares» por la influencia de una telenovela brasilera en la que una humilde mujer llegó a ser propietaria de una compañía de catering con ese nombre. Algunas tuvieron un éxito pasmoso, como La Guarida, en la calle Concordia, donde se filmó la película *Fresa y Chocolate*, que fue visitada por la mismísima Doña Sofía, Reina de España. Sin embargo, la mayoría eran humildes vendutas donde el hambriento y sediento habanero tomaba un refresco frío, un cafecito, o comía un cucurucho de maní, un panquecito o una empanada de boniato.

Todas las mañanas Perla tomaba un café en el camino hacia el almacén donde trabajaba. Una viejecita lo despachaba desde el umbral de su ventana en la calle Obrapía. Se hicieron amigas. La anciana le contó que su hermana le mandaba dinero cada mes con el que sobrevivían ella, su hija ingeniera y sus dos nietas. Cuando abrieron el permiso para el «trabajo por cuenta propia» se inscribió enseguida. El dinero mensual lo gastó en comprar dos cafeteras, un termo, café, azúcar, vasos y tacitas. Se mostró orgullosa al decir que ahora ya ganaba lo suficiente para no depender de la remesa de su hermana. Hasta un multicolor cartel escrito a mano sobre un pedazo de cartón, colgó la anciana en lo alto de la ventana: El Café de Julia.

Una mañana Perla encontró la ventana cerrada a cal y canto. Temió que Julia estaría enferma y tocó a la puerta. La anciana abrió el portón, soñolienta y alicaída. Perla supo de inspecciones e impuestos. Tenía que pagar gravámenes mensuales por la licencia, por la electricidad, por el anuncio, por las ganancias y por el copón divino.

—Sanseacabó, m'jita. ¡Con tantos impuestos trabajo pa'l inglés! —negó con la cabeza y rezongó firme— pa'l inglés no, ¡pa'l hijo'e puta ese! —luego agregó con resignación—. Ya le dije a mi hermana que tiene que volverme a ayudar para no morirnos de hambre —y todavía añadió como en un monólogo—. Toda mi vida he trabajado para mantener a mi familia... No me gusta vivir de parásita.

Esos nuevos tributos fueron una versión criolla de la asesoría brindada por una delegación canadiense, en todo lo concerniente a la recaudación de impuestos. Se aplicaron normas copiadas del Canadá, como si El Café de Julia se tratase de una confortable cafetería ubicada en lo más céntrico de la calle York en Toronto. El proceso de asfixiar al trabajador por cuenta propia estaba en marcha, y el gobierno justificaba su política diciendo que la había aprendido de los canadienses. «¡¿Cuándo en esta puñetera isla dejaremos de copiar?!», pensó Perla.

Releyó el último párrafo escrito y siguió tecleando en el tablero.

La disidencia es algo impensable en Cuba. «Dentro de la Revolución todo, fuera de la Revolución nada» sentenció Castro en sus famosas palabras a los intelectuales cubanos que parodiaban las de Mussolini «Dentro del Estado todo, fuera del Estado o contra el Estado nada». La fórmula Patria es igual a Revolución es igual a Fidel, es una trilogía divina como el Padre, el Hijo y el Espíritu Santo, ¿pero cómo se determina dónde se cierra el círculo?, y sobre todo, ¿quién lo decide?

¿No es posible disentir sin ser llamado contra-rrevolucionario? ¿Qué determina ser contrarrevolu-cionario si ni siquiera se sabe a ciencia cierta qué es Revolución? ¿Los méritos acumulados en largos años de sacrificio autorizan a pensar diferente? No. Muchos combatientes del Ejército Rebelde fusilados o condenados a decenas de años en prisión lo confirman. En el comunismo nadie tiene asegurado su pasado, y el futuro no es más que la eternización del presente.

Un funcionario del gobierno que no quiso ser identificado dijo: «En 1991 estábamos con el agua en las narices, casi nos ahogamos, pero ahora la tenemos al cuello. Ya podemos tomar otra vez las riendas y apretar las tuercas».

En 1959, Fidel Castro con su Ejército Rebelde y el Movimiento 26 de Julio repudió todo el pasado republicano y quiso emprender un proceso de total transformación, aunque no tenían muy claro cómo hacerlo. Hoy, la disidencia está en la misma situación. Rechaza los abusos de la revolución, si bien no tiene definido un plan de acción común.

Todos estos hechos recientes que reflejan el descontento y la insatisfacción con el gobierno, se disolverán en una represión implacable de no proponerse un programa que incluya a todos los sectores de la sociedad para la construcción de la nueva Cuba, que si bien no será igual a la que todos anhelamos, se acercará más a ese ideal que la Cuba de hoy.

Siguió escribiendo y terminó el artículo. Esa noche, mediante una conexión clandestina comprada en el mercado negro, podría tener acceso a Internet por una hora y enviar el texto para que fuera publicado en el exterior. Varios periodistas independientes ya estaban presos por el delito de "propaganda enemiga" o "colaboración con el enemigo", pero pese al miedo, como un maleficio multiplicador digno de la hidra de Lerna, por cada periodista preso aparecían tres nuevos voluntarios.

En muchas ocasiones la conexión con Internet no funcionaba. Entonces tenía que dictar el artículo por teléfono. Le dolía que las noticias no fueran conocidas en Cuba, pero al menos serviría para que el mundo supiera de las interioridades del llamado paraíso tropical. ¿Qué más podía hacer? ¿Unificar a la disidencia? Tarea de titanes.

Se fue a dormir con una congoja inexplicable. No sabía de Esperanza y un presagio lúgubre la rondaba desde hacía días como una nube turbulenta. En medio del sueño se acordó de Antonio y sonrió. Ese mulato estaba muy bueno. ¿Por qué el sexo siempre está asociado a la muerte? «Es como un maleficio», pensó.

Capítulo 9

Dante entre rosas

1
1993

Desde temprano supo que algo malo sucedería. Los dos hombres del auto blanco estuvieron hablando esa mañana con la Presidenta del Comité de Defensa de la Revolución, después de acechar durante varias semanas frente del edificio. Nunca antes hubo tertulia entre el Comité y los pasajeros de aquel vehículo que permanecía parqueado día y noche tras un framboyán.

Perla se daba cuenta de que no siempre era el mismo automóvil, porque al cabo de pocas horas el carro estaba cubierto de pétalos rojos y cagadas de gorriones, y al caer la tarde, otro auto impoluto sustituía al de la guardia diurna. ¿Serían dos o tres turnos? Estuvo tentada a brindarles café y de invitarlos a que pasaran a la casa. Era casi preferible conversar con sus potenciales acusadores que continuar a solas con sus pensamientos. Perla vivía prácticamente solitaria en el apartamento de su hija, porque su única compañía, Cacha, deambulaba en el caserón de Miramar como fantasma viviente desde que supo la noticia de Esperanza.

El día que Perla encontró la nota de su hija, una tatagua entró por la ventana que da al mar. La tatagua es la mariposa bruja que revolotea durante la noche por las casas para recordar a las madres que jamás deben abandonar a sus hijos. Cacha lo tomó como un mal augurio y se persignó. No dijo nada a Perla para no angustiarla más de lo que estaba, pero tuvo casi la certeza de que Esperanza ya no estaba en el mundo de los vivos. Cacha no resistió la tristeza y falleció poco después. Amaneció muerta en la terraza junto al mar, al lado de un farol que encendía todas las noches: «Para que su alma encuentre el camino», decía.

Perla decidió salir a tomar aire fresco al Malecón y el anochecer la sorprendió en uno de los pocos sitios de La Habana donde no había estado con su niña. La relación entre madre e hija era un vínculo que iba más allá de lo convencional. Eran muy unidas y compartían todos los secretos. Al menos eso pensó Perla hasta que encontró su nota de despedida. Creyó enloquecer de angustia, nunca imaginó que Esperanza tomara tamaña decisión sin expresárselo previamente. ¿La habrías detenido? Tal vez no. Educó a su hija con plena autonomía, sabiendo a veces que algunos de sus proyectos iban a tener un desenlace desafortunado.

«La experiencia no se enseña por sermones» era su divisa. Esperanza tenía que aprender a tomar decisiones y a ser responsable por sus actos. No, no la hubiera detenido; como máximo, la habría asesorado, o en este caso, explicado todos los riesgos que corría. Ese habría sido su modo de actuar.

En cualquier situación le argumentaba los pros y los contras y siempre terminaba diciéndole: «Decide tú ahora». Nunca le impuso su criterio. Algo que le molestaba al punto de producirle un dolor en el pecho, era no haberse despedido de una manera adecuada. Cierto que la visitó el domingo antes de la partida y ahora que lo recordaba el abrazo fue más largo que lo habitual. Su hija se despidió con un beso mientras le susurraba: «Tú sabes que te quiero mucho». A lo cual ella respondió con un consabido: «Yo también». No le dijo que era la alegría más grande de su vida, ni que estaba muy orgullosa de tenerla como hija, o que estaba dispuesta a dar su vida por ella. No dijo nada así. Sólo un seco y casi obligado, «yo también».

A veces se consolaba pensando que Esperanza lo sabía, que no hacía falta decirlo. Pero también la asaltaba la certeza de que no siempre nos percatamos de lo que parece evidente y es necesario oírlo o verlo para poder estar seguros de su existencia. Hasta los creyentes religiosos en momentos difíciles piden una señal a los dioses, porque incluso la fe ante circunstancias extremas puede verse asediada por la duda.

Al regresar al apartamento, fue a la mesita del dormitorio, tomó un papel doblado de la gaveta y leyó una vez más.

Querida Mamita: ¿Qué decir? Tengo el corazón partido en dos por tenerme que ir de esta manera. Perdóname. ¿Perdonar? ¡Ay Esperanza! No hay nada que perdonar, repetía Perla sin cesar. Siempre que leía la frase, tenía que parar la lectura porque un dolor seco, irremediable, de los que dobla la entereza, la invadía por completo. Pienso que es la única salida. Traté, tú sabes que traté de verdad, de buscar soluciones. Pero uno no se puede dejar vencer por la vida. Tengo que encontrar la manera de abrir puertas, que el mundo empiece a girar, que ellos oigan, que renazca la esperanza, que... ¡No es posible que estemos atrapados en una ratonera sin salida! Perla se desesperaba, exprimiendo su mente en la búsqueda de alternativas. ¿Tenías que irte? ¿No era posible otra solución? Tal vez, meterte a jinetera como Luz, o... Yo sólo quiero intentar alcanzar un sueño y aquí, desgraciadamente, no se puede. No puedo quedarme esperando a que todo cambie algún día porque por desdicha el ciclo de vida de las naciones es más largo que el de los seres humanos. ¡Oh mi pequeña filósofa!, todo lo tomas tan en serio. La vida es corta, muy corta y se me está yendo de las manos. En este mundo si quieres ganar tienes que arriesgarte a perderlo todo. ¡Ay mi Esperanza! ¿Y si te hubiera educado de otra manera? ¿Y si...? Estuve tentada de invitarte a venir conmigo ¡Ay mi pequeña Esperanza!, ¿por qué no me contaste? Si entre nosotras no había secreto. No sé lo que te retiene en esta islita. Sé que siempre has dicho que esta tierra es tan tuya como de ellos y que no van a lograr expulsarte de tu propio país, que tienen que aprender a vivir contigo y darte un espacio. Yo no me voy porque soy terca como una mula. Porque tengo sangre gallega. Porque a veces olvidé que eres lo más importante de mi vida, ¡no!, eso no, no lo he olvidado nunca, pero es que creía, de verdad que lo creía que aquí se podía construir el paraíso en la tierra. Mamita, respeto tu decisión pero yo no tengo paciencia, ni alma de penitente. Sólo quiero trabajar en algo que me guste, sin tener que estar obligada a ir a marchas y actos de fe para mantener el puesto de trabajo, y quiero, sobre todo, libertad. ¡Ay mi Esperanza!, yo no tengo alma de penitente. Pero no creo que la solución sea irse. Es una decisión bien pensada, aunque sé que es peligroso. Por ese motivo también resolví no invitarte a esta aventura, tal vez hubieras ido por acompañarme y protegerme. No sé, no sé lo que habría hecho ante el dilema de perderte. Habría estado muerta de miedo, habría intentado disuadirte, habríamos pensado juntas otra salida. Tengo derecho a la libertad de soñar, de equivocarme y aprender de mis errores. En otras palabras tengo derecho a ¡vivir! Claro, pero claro. Todos tenemos ese derecho: el derecho a soñar no puede ser privatizado. ¿Qué habría hecho? No lo sé. Si querías irte, hubiéramos podido solicitar una visa, arreglar un matrimonio con un gallego, buscar una beca, encontrar.... ¡Ay mi Esperanza! Reza a Yemayá para que nos podamos ver todas juntas, Abuelita, tú y yo en algún lugar de esta Tierra. ¡Yemayá, ¿por qué no la ayudaste? Nunca más te voy a dar ochinchin, ni dulce de coco, ni melado de caña, ni naranjas, ni azúcar prieta, ¡nada!, oyes bien nada. ¡Ay Yemayá, ¿por qué no la ayudaste? Cuídate mucho. Te quiere tu hija, Esperanza. ¡Ay mi pequeña Esperanza! PD: LQQD: Este socialismo es una mierda. El mundo que soñamos está por construir. Tienes toda la razón.

Cuatro meses transcurrieron desde el día en que encontró la carta en un sobre cerrado, bajo el dintel de la puerta de entrada, que algún amigo dejó sin identificarse —un asunto tan delicado no podía confiarse al correo—. Desde entonces no dormía bien.

Las primeras noches fueron de angustia, en espera de la confirmación de la llegada por una llamada telefónica u otro medio.

Con el paso de las semanas, la angustia cambió a desespero y luego a desconsuelo. Ahora despertaba sudorosa con la misma recurrente pesadilla: Esperanza, en el fondo del mar con la piel carcomida por los peces, le extendía las manos en un gesto que Perla interpretaba como si le pidiera ayuda. No hablaba con nadie del asunto, ni siquiera con María. En la aflicción es necesario estar a solas con uno mismo antes de compartirla con alguien. Muchas veces se repetía que Esperanza estaba muerta, como si a fuerza de pronunciarlo, la expresión tomara significado.

Una parte de ella quería aceptar la terrible noticia para poder tener algo de paz y llorar la amargura de la pérdida; otra parte de su ser se refugiaba en precaria ilusión. Su cerebro había echado a andar un resorte que negaba la muerte, concibiendo historias inverosímiles sobre la posibilidad de que su hija estuviera viva. Tal vez perdió la memoria con la insolación, o está en algún cayo diminuto como una Robinson Crusoe tropical, o la recogió algún barco en ruta hacia otro destino más distante que Estados Unidos. Ahora entendía el desamparo de los familiares de los desaparecidos en tantos otros países. Si no hay una tumba donde poner flores siempre hay una expectativa que quema el corazón y no permite resignarse. Comprendió la importancia de enterrar a los propios muertos; era la única forma posible de despedirlos del mundo de los vivos, sin que persistiera la ilusión de un reencuentro.

¿Cuántas madres cubanas compartirían ese desamparo? No se sabía. Una vez leyó en unos estudios estadísticos que por cada cubano que llega a Estados Unidos mueren cuatro en la travesía. En ese caso serían varios miles. Aunque era imposible descifrarlo con exactitud. Fidel no tenía campos de exterminio masivo, ¿para qué?, si además de su archipiélago de prisiones por toda la isla, tenía al Mar Caribe como una invisible y embrujada tumba para todos los otros desesperados e inconformes.

Tocaron a la puerta. Escondió la nota de Esperanza en un escondrijo secreto de un antiguo barqueño. ¡Las fotos! Tenía que esconder las fotos. El timbre volvió a taladrar sus tímpanos. Esta vez fue más largo y persistente. No tenía tiempo. Abrió la puerta. Eran dos hombres de la Seguridad del Estado, los dos del auto blanco de la esquina, acompañados de la presidenta del Comité.

—Ciudadana. Tenemos una orden de registro —dijo uno de ellos a modo de saludo.

Extendieron un papel con un par de cuños y entraron sin esperar a que Perla los invitase a pasar. Ver gente extraña requisando todas y cada una de sus intimidades fue algo humillante; pero Perla lo soportó estoicamente. Cada carta leída, cada libro hojeado, cada papel husmeado con fruición perruna en busca de alguna prueba era como si la fustigaran con látigos de intolerancia y fanatismo. ¿Prueba de qué? ¿De cómo pensaba? Ella no guardaba bombas, explosivos, ni medios de espionaje con alguna potencia extranjera. Perdió el estribo cuando comenzaron a escudriñar una vieja caja de zapatos donde guardaba el primer dibujo de Esperanza, un mechón de los cabellos de su hija, un par de postales hechas con recortes de cartulinas de colores por el Día de las Madres, un montón de fotos y algunas cartas amarillentas.

—Eso es personal —retó Perla al policía quien sin inmutarse por el tono le gruñó sin mirarle a los ojos:

—Tenemos que examinarlos.

Cuando terminó el registro, que duró casi cuatro horas, cargaron con Perla esposada en un carro de la policía. Algunos vecinos salieron a la calle, otros miraban tras las ventanas el espectáculo. Reina, una mujer gruesa y teñida de rojo, le gritaba improperios que Perla no comprendía, sólo oía sus chillidos incoherentes, como los de un pájaro rapaz. Reina había permutado un miserable cuarto en un solar de La Habana Vieja por el apartamento del último piso. Con la ayuda de su yerno español, quien dio por debajo del tapete una cantidad de dinero equivalente al costo de un pequeño estudio en las afueras de Madrid, y con algo extra para que los abogados legalizaran los papeles, cerró la ilegal transacción. La nueva vecina, chismosa y principal trapichera del mercado negro en el barrio, se abalanzó sobre Perla, y casi cuando iba a entrar en el auto le embutió una bola de papel estrujado en la boca.

—¡Gusana asquerosa! ¡Cómete tus palabras! —graznó con odio.

Los policías echaron atrás a Reina, pero sólo después que Perla recibiera de la airada mujer, un bofetón que le dejó una huella roja en el rostro. Ya en el auto, Perla se preguntó qué diablos pasaría ahora. La llevaron para Villa Marista, el centro de interrogatorios de la Seguridad del Estado. Le quitaron su reloj para que no pudiera darse cuenta del tiempo transcurrido en aquella escalofriante institución.

No sabe cuántas horas permaneció allí sola, tiritando de frío en una oficina sobre refrigerada, antes de que apareciera un oficial de la Seguridad. Entró en silencio, se sentó frente a ella y sin mirar el montón de papeles que trajo bajo el brazo y puso sobre el buró le preguntó:

—¿Por qué escribes contra la Revolución? —Otra vez la misma historia, pensó Perla.

—¿Qué pasa? ¿Por qué no contestas?

Perla quería contarle al oficial la pena infinita de su Esperanza perdida en el mar. Las ilusiones frustradas, las promesas incumplidas, el mundo al revés. Una revolución hecha supuestamente por el pueblo, para el pueblo y con el pueblo, en la que el pueblo no participaba más que para aceptar las decisiones de una autoelegida vanguardia y esa elite generosa, además de exigirle la asistencia a marchas y actos, reclamaba su complicidad en palizas y atropellos. Quien esté libre de culpa que tire la primera piedra, era la lógica. Dicho en cubano: todo el mundo tiene que embarrarse con la mierda. Quiso hablarle de las contradicciones de Lenin con Rosa Luxemburgo, de las similitudes entre Stalin, Mao, Pol Pot y Hitler. Pero no dijo nada. Miró al interrogador. ¿Valdría la pena? ¿Entendería? ¿Sería capaz de dejar de verla como una enemiga y escuchar su punto de vista? No estaba segura, debía intentarlo aunque sentía un infinito cansancio.

—Yo sólo escribí algunos artículos sobre la realidad cubana —se disculpó.

—¿No te da pena? —Perla lo mira con un signo de interrogación en el rostro. ¿Pena?, piensa. Como si entendiese lo que cavilaba, tras una pausa el policía respondió:

—Mientras hay tantos cubanos sacrificándose tú vienes a sacar algunos pequeños errores. Sólo ves las manchas del Sol; no distingues toda la luz que irradia la Revolución. Sin luz no hay sombras—. Perla piensa que le tocó otro policía con pretensiones poéticas.

—Entonces reconoces que hay manchas —lo azuzó Perla.

—Así no vamos a llegar a ninguna parte. Tienes que ser respetuosa —hace una pausa para organizar las ideas antes de continuar hablando.

—Puede que no todo sea perfecto, pero en lo que escribes no hay balance. Todo es negativo —hablaba pretendiendo un tono conciliador—. El problema es que las discusiones tienen que ser internas, si las hacemos públicas le hacemos el juego al enemigo —nueva pausa, suspira y empieza con un tono sereno, casi amigable—. Tú eres talentosa y la Revolución ha sido muy generosa contigo. No es la primera vez que has cometido errores de este tipo y siempre se te dio otra oportunidad —Perla desistió de preguntar si la Revolución se llamaba Ángel, quien en realidad le consiguió los empleos. El interrogador siguió cada vez más entusiasmado—. La Revolución necesita sacrificios de todos. Esto —dijo apuntando con el dedo a la carpeta que estaba encima del buró— hace daño a la Revolución y tú no quieres eso ¿no?

Algo más de veinte años transcurrieron desde que en otro interrogatorio le exigieron callar por no ayudar al enemigo. Era su deber asumir cualquier sacrificio en nombre de una causa superior: la Revolución.

—Primero tienes que decirme ¿qué es Revolución?, cuando me lo digas, te diré si le quiero hacer daño o no —Perla hizo una brevísima pausa y rectificó—, para ser precisa, no quiero hacer daño a nadie; sólo te diría si me gusta o no.

—Revolución es Fidel, la Patria y el Socialismo —respondió el policía sin sonreír.

—Ambiguo —decidió seguirle la cuerda—. Eso es una consigna, no una definición. ¡Ves, ni tú sabes!... Y no me vengas ahora con lo de la salud, el deporte y la educación.

—No estamos aquí para discutir cuestiones teóricas —rezongó el oficial que temió estar perdiendo el control de la conversación—. Es tu actitud lo que queremos analizar. Estamos en guerra. Una guerra despiadada y desigual. Esto —y señaló otra vez con el dedo a los papeles sobre el buró que tomaron del registro— le hace el juego al enemigo. La patria está en peligro.

—En nombre de las patrias se han cometido horrendos crímenes —y algo irónica añadió—. Al parecer la historia de relaciones entre las patrias y la humanidad no ha sido muy feliz.

Cuando fue remitida a los tribunales Perla se mantuvo serena durante la farsa del juicio que duró treinta y cuatro minutos, incluido el tiempo para la defensa a cargo de un abogado de oficio, quien no se entrevistó previamente con ella y sólo arguyó que la ciudadana podía rectificar sus errores. Sin embargo, cuando el fiscal le pidió diez años de cárcel, perdió el control.

La sacaron del salón como loca histérica, dando gritos amenazantes de que si la condenaban iba a escribir la verdadera historia de la nueva oligarquía socialista. Aquello no alarmó mucho a los dos guardias que trataban de maniatarla, pero cuando vociferó que le había metido el dedo en el culo a muchos generales, el juez ratificó la condena y dio por terminado el juicio.

Días más tarde fue a visitarla a Villa Marista un apuesto teniente. No la llevaron al cuarto de interrogación donde estuvo antes, sino a una oficina que tenía el clásico buró y dos sillas para los visitantes, y además, en el ala izquierda, un confortable sofá, dos butacones y una mesita con la tapa en forma de riñón. El atractivo oficial le ofreció asiento y Perla escogió uno de los butacones. Le brindó café y ella aceptó. Una mujer vestido con un uniforme verdeolivo trajo una bandeja con un termo y dos tazas, acompañado de una fuente con algunas galletas dulces. El teniente le preguntó si necesitaba algo más. Perla le pidió salir del infierno. El oficial sonrió y le respondió que haría todo lo posible, aunque habría que sortear muchos trámites burocráticos. Casi le rogó que no desesperara, que no diera por cierta la condena de los diez años. «Aquí se puede apelar la sentencia y también buscar otras soluciones», afirmó muy seguro de lo que hablaba. No ir a la cárcel dependía de ella, de no ser indiscreta sobre sus pasadas relaciones. Debía cooperar. El teniente se despidió diciéndole que el General le mandaba saludos y que tenía que tener confianza.

Entró a la cárcel con mucho miedo. Compartió la celda con mujeres sin ilusiones, entre ellas, una asesina. «Le dio candela a su marido, pero es muy buena gente. No le tengas miedo» le dijo la presa que se presentó como jefa de la celda. Pocos días más tarde, la asesina, cuyo nombre era Rebeca, era su mejor amiga. Perla le contó su desesperanza por Esperanza, y sin que Perla le hubiese preguntado, Rebeca le habló del marido asesinado. «Tuve que matar al degenerado, lo encontré abusando de mi hijita de ocho años. Lo rocié con alcohol y le prendí un fósforo cuando dormía, estaba tan borracho que creo que se fue directico al infierno sin abrir los ojos».

Dos meses después de estar en la cárcel, muy temprano en la mañana, trasladaron a Perla para una sala del Hospital Psiquiátrico de La Habana, más conocido por Mazorra, nombre de la pequeña localidad donde estaba ubicado. El recinto al que llegó, apartado del resto de los edificios, contaba con doble protección de rejas y guardias armados a la entrada. Años más tarde supo que ese pabellón estaba bajo el control absoluto del Ministerio del Interior y de sus médicos militares. Muchos pensaban que ni el director de Mazorra sabía a ciencia cierta qué era lo que allí ocurría.

Más de cien locas violentas se aglomeraban en un rectangular terreno asfaltado, limitado por una cerca alambrada, creando un surrealista enjambre humano. Unas babeaban con la boca abierta y los ojos perdidos. Otras, con mirada bravía, se movían rápidamente de un lado a otro dando saltos desacompasados y emitiendo gritos de pájaros roncos. Abundaban las riñas y mordidas, el orine y excrementos.

Tenían que pasar el día en el diminuto patio al sol donde las más débiles permanecían de pie por falta de espacio, mientras que unas cuantas desequilibradas forzudas y con feroces ojos lanzaban gruñidos guturales y enseñaban los dientes para defender el pequeño espacio a la sombra. A lo lejos, en extensas plantaciones de rosales, los loquitos no violentos recogían flores, como parte de un tratamiento de terapia productiva. Los loquitos de las rosas aparecían en las fotos oficiales del hospital, en los reportajes periodísticos; eran los que los turistas interesados en aprender acerca de la política psiquiátrica en Cuba conocían. Fotografiaban bien: mansos dementes entre rosas rojas.

Sin haberse recuperado aún del pavor de la llegada, Perla se acercó a una de las internadas que fue diagnosticada con una terrible patología desconocida por la psiquiatría internacional: disidencia al socialismo. «Bueno, eso no es lo que dicen los papeles, —le aclaró después—, pero es la verdadera causa por la que estoy aquí». «Me dicen Opositora», se presentó la enferma. «Reconocí que no estabas chiflada por el miedo en tus ojos. Los locos no tienen miedo», le aclaró a Perla. «Yo debía tener esa misma expresión el primer día que pasé aquí». Opositora le comentó que si su diagnóstico le parecía demencial debía saber que otra reclusa, «aquella de la cara triste» —añadió señalando a una joven que estaba al fondo del patio— «padece de trastorno histriónico de la personalidad... dice que ella es Fidel, la condenaron de inmediato por loca», concluyó Opositora. «La prisión no es nada en comparación con esto», apuntó otra mujer con cara de anciana que llevaba un año en aquel Pabellón Castellanos, y que antes estuvo en la cárcel.

«Esquizofrenia paranoide con defectos moderados de personalidad» escribió el médico de la prisión en el expediente de Perla. Días antes del traslado la volvió a visitar en la cárcel de mujeres el apuesto teniente; le llevó unos dulces y un par de novelas. «El General dice que te gusta leer», le dijo extendiéndole los libros. Le explicó brevemente que la única manera de sacarla rápido de la prisión era si se comprobaba que padecía de una enfermedad mental. Ya estaba todo arreglado. No debería tener miedo. Sería trasladada de forma temporal para una sala psiquiátrica que confirmaría el diagnóstico. Eran los trámites necesarios, aseguró, y se despidió con una sonrisa.

Un rayo, fue el penúltimo pensamiento de Perla antes de que su cuerpo comenzara a convulsionar como poseída por un demonio. Los ojos en blanco, vómito y espuma saliendo por la boca, mientras los espasmos le sacudían los huesos. La cara del apuesto teniente repitiéndole que no tuviera miedo fue lo último que recordó antes de quedar inconsciente. Para la esquizofrenia y la depresión grave uno de los tratamientos utilizados en Cuba era la terapia electro convulsiva, nombre científico y neutral que ocultaba el mal reputado término electroshock, aunque se afirmaba que también era practicado selectivamente como técnica de tortura contra algunos disidentes. A fin de cuentas, aquel pequeño grupo de galenos militares tenían un fuerte argumento a su favor: los contrarrevolucionarios padecían el trastorno mental de oponerse al régimen. ¡Y había que estar muy loco para enfrentarse a Fidel!

Cuando Perla recuperó el conocimiento, la devolvieron al Pabellón Castellanos. La Opositora Socialista la recibió con tristeza, la abrazó con extrema ternura y le acarició las sienes. Pero Perla no recordaba esa cara, ni ninguna otra. Devolvió una mirada hueca a las caricias de su nueva amiga. Caminó con pasos débiles, balanceándose hacia los lados como una borracha. No podía coordinar palabras, un hilo de saliva espesa escapaba por la comisura de sus labios. En un galimatías incomprensible repetía una y otra vez: EEANSA. Opositora se acordó de la historia de Esperanza que Perla le contó justo al llegar y acertó a decirle: «Esperanza está bien, te manda un beso». Perla con expresión idiota le sonrió babeante. El resto de las locas comenzó un coro monótono e interminable que, como pavorosa marcha luctuosa repetía sin cesar: «Eanza, Esperanza, Eanza, viva Esperanza, Eanza, viva eanza».

Cada tratamiento se siente con el mismo rango de miedo que una ejecución, dijo diez años antes la famosa escritora Janet Frame, al otro lado del universo, cuando escribió su autobiografía y relató cómo fue sometida a electroshocks por un erróneo diagnóstico de esquizofrenia. Sentirse no persona fue la principal tristeza de Janet y, al igual que Perla, el miedo a perder la memoria fue su mayor espanto. ¿Qué somos sin memoria? La memoria nos hace humanos. No tener memoria aterroriza. Perla era ya una no persona. Una cubana de adentro de la Isla, que se atrevió a desafiar al Rey, era nada. Era menos que una no persona: no existía. Podían aplastarla como una cucaracha y nadie se enteraría. Estaba en total desamparo. Janet Frame fue salvada de la lobotomía cuando ganó el mayor premio literario de Nueva Zelanda; sin embargo, la novela de Perla ni siquiera había sido publicada. Fue quemada en las hogueras de algún Torquemada tropical antes de oler la tinta de imprenta. ¿Quién la salvaría a ella, enterrada en esa diminuta isla con manías persecutorias?

Un miedo infinito se apoderó de Perla. Todo estaba confuso en su mente. Recordó una historia de su niñez que le hizo Cacha. Se trataba de una joven que no quería que su padre viudo se volviera a casar y fue encerrada en Mazorra por su propio progenitor; al cabo de los años terminó loquita de atar. Ahora dudaba si el General le había tendido una trampa y aquello no era un infierno transitorio sino definitivo.

¿Qué diferencia hay? Con General o sin General, Perla estaba en un pantano de arenas movedizas donde cada día se hundía más su cordura. ¿Qué era más horroroso? ¿Qué un General pudiera disponer de quien quisiera a su antojo, o qué un sistema político permitiera, tolerara y auspiciara semejantes acciones? ¿Era realmente relevante saber si su actual situación partió de la iniciativa del General?, quien, en definitiva, se apoyó en la impunidad que ampara toda represión contra un disidente, ¿o si fue la ejecución de un mandato impersonal dentro de las instituciones establecidas? No sabría decir qué era peor.

Algún nivel de locura debía padecer para haber cometido la ingenuidad de creer que al Rey se le podía destronar con denuncias internacionales. ¡Fidel, el líder más voluble del universo! Donde dije «Dije» dije «Diego». Primero afirmó que la Revolución era verde como las palmas, nunca sería comunista; luego, en un rapto de amnesia la declaró socialista. Hizo una revolución para restaurar la Constitución de 1940 suspendida por la dictadura de Batista y nunca recordó esa promesa tras tomar el poder. Apoyó guerrillas por un lado, y negoció con las dictaduras latinoamericanas que ellas combatían por el otro. Prometió libertad con pan, y no hubo ni una cosa ni la otra. Por algo la censura y las prohibiciones a la información pública se extendieron a sus propios discursos. Era necesario un permiso especial del Consejo de Estado para tener acceso en la Biblioteca Nacional a muchas de las intervenciones realizadas por el Comandante a lo largo de su reinado. «No debo estar bien de la cabeza», pensó Perla. ¿No encontraría al fin la paz si perdiese la memoria?, se preguntó. «Tal vez esa es la solución: perder la memoria».

2

1993

María se dispuso a revisar el ensayo sobre autonomía y pensamiento creativo que iba a publicar con Patricia, su colega argentina. Llevó una copia impresa a su apartamento para rectificarla con calma. Al día siguiente actualizaría los arreglos en la computadora del trabajo. ¡Hubiera deseado tanto tener una en la casa! O al menos, o tal vez mejor, que existieran cafés Internet como los que decían abundaban en cada esquina de Europa.

Tenía sólo una vieja máquina de escribir Remington, que reparaba una y otra vez Pedro, un ingeniero ganador de varios premios como innovador científico técnico. Fiel a la tradición del Che, los premios eran estímulos morales: cuatro condecoraciones, tres medallas y doce diplomas de trabajador de avanzada. Pero el innovador tenía tres hijos que alimentar, por lo que cada día al terminar la jornada de ocho horas en su trabajo, Pedro pedaleaba media Habana en una pesada bicicleta china marca *Forever,* sin velocidades de cambio, para llegar a su casa.

A esa hora empezaba a trabajar en el tallercito que construyó en el patio de un vecino. Era un genio de la mecánica y la electricidad; lo mismo arreglaba una máquina de escribir que una hornilla o una ducha eléctrica. Trabajaba desde las seis y media de la tarde hasta las diez de la noche. Al amanecer pedaleaba medio dormido para llegar a su centro laboral donde iniciaba otra jornada frente a su buró. La producción estaba paralizada por falta de materiales, pero tenía que ir de todas formas cada día a la fábrica. Era un rito en el que él hacía como que trabajaba y *ellos* hacían como que le pagaban. Lo que ganaba como organizador de la producción en la empresa del Estado no le alcanzaba para vivir; es decir, para comprar lo imprescindible en el mercado negro, que era el único modo de completar la comida del mes. Era imposible considerar la renuncia porque además de que se tomaría como una afrenta al Estado socialista, era la única forma de «resolver» algunos materiales y herramientas que subrepticiamente sustraía, de cuando en cuando, para su taller privado. A pesar de la genialidad del innovador, la vieja Remington desplazaba el acento muy a la derecha, casi parecía un apóstrofo, y la tecla O quedaba enredada con la P por lo que cada vez que María apretaba una de estas, tenía que empujarlas atrás para que volvieran a su lugar.

Justo cuando María se disponía a sentarse en el balcón para releer el texto ¡zas!, se fue la luz. Un ¡AHHHH! colectivo se escuchó como quejido de bestia herida por ventanas y balcones de varios apartamentos. Suspiró y vio el resplandor de algunas velas en el edificio de enfrente. ¿Dónde las habrían conseguido? Las últimas que compré a un precio carísimo apenas duran una hora y despiden un humo que ennegrece el techo. Esas parecen buenas, se dijo mirando la luz del último apartamento en el edificio de la esquina. Contó los pisos para determinar con exactitud de dónde venía aquel resplandor. Esa es la casa de Enrique, el presidente del Comité; le preguntaré mañana donde las consiguió. De otras ventanas salía una luz más intensa. Debía ser de un farol, o de una de esas linternas que se cargan en un tomacorriente, o de una de esas improvisadas plantas eléctricas construidas con una batería de automóvil que la gente inventaba.

Como ejemplo delirante de lo que significa una frontera, del otro lado de la calle, cruzando la acera de enfrente, la vida continuaba. Todo luces y colores. María estaba en el límite de la zona a la que le correspondía el apagón diario. A partir de la acera de enfrente se extendía una zona de hospital donde casi nunca faltaba la electricidad. Eran áreas exceptuadas de apagones al igual que en las zonas de los hoteles turísticos, o donde vivía algún alto dirigente. ¡Dichosos que son algunos!

Al principio, como parodia de un personaje de Hitchcock, María se dedicaba a escudriñar por las ventanas iluminadas cómo la vida continuaba, pero ya la aburría el juego. ¿Qué era lo peor de un apagón? Primero, no se sabía exactamente cuánto iba a durar. La comida, —¡oh la comida!— se echaba a perder. La leche, cuando la había, se agriaba. No se podía cocinar porque el gas no llegaba por las tuberías. El agua faltaba porque los motores no funcionaban. Era imposible leer, ver televisión, oír radio; ni siquiera se podía dormir porque al no poderse conectar el ventilador, el calor pegajoso de la isla y los mosquitos lo convertían una misión imposible. La vida se paralizaba hasta que alguien, en algún lugar remoto, como un Dios moderno, emitía la orden de conectar un conmutador y, ¡zas!, ¡se hacía la luz!

Se me va a echar a perder el paquete de picadillo, se alarmó María. En el baño, Luz rumió que era imposible maquillarse bien a la luz de una vela. «Luz, prueba con esta linterna», respondió a su hija. Luz, ¿por qué habría escogido ese nombre?

Al nacer Luz, cuando la fue a inscribir en el registro legal, la asistente encargada de los trámites preguntó azorada ¿Luz? ¿A secas? Por lo menos agréguele un segundo nombre; los nombres no están racionados. ¿Y por qué no Zul?, que es Luz al revés. La enfermera lo repitió con alegría, Zul, eso sí es original. ¡Será única! María insistió que sólo quería Luz. ¡LUZ! ¿Por qué no algo con Y griega? Los nombres con Y tienen «onda»: Yudislady,

Yusniel, Yocandra.... ¿Tampoco? La ingeniosa mujer se marchó defraudada, mascullando protestas, estaba segura de que en un futuro Luz no le iba a perdonar a su madre ser una simple Luz. Desde que estoy aquí, hace un montón de años inscribiendo nombres, no he visto ninguna Luz. ¡Todavía quedan gente *chea* en este mundo!, pensó la enfermera, mientras se alejaba con la inscripción de nacimiento donde aparecía una simple Luz en la casilla del nombre.

Alguien golpeó con fuerza la puerta. El timbre no funcionaba. ¿Quién podría ser en medio del apagón? ¿Quién se habría atrevido a subir catorce pisos por una escalera oscura como boca de lobo? «¡Cuidado!», advirtió Luz. «Hay muchos robos durante los apagones». Las dos se acercaron algo temerosas a la puerta de entrada y preguntaron quién era. «Leandro Soto», contestó una voz sofocada al otro lado de la puerta.

—¿Tú crees en el destino? —le preguntó casi ahogado por el esfuerzo cuando María finalmente le abrió la puerta.

Cuando un ex amante se aparece a la puerta de su ex y pregunta en medio de la noche, tras subir una escalera de catorce pisos, si creía en el destino, muchas ideas locas pueden surgir en la cabeza. Todas esas imágenes y muchas más pasaron por la mente de María. Pero ninguna se aproximaba a lo que aquel ex amante estaba a punto de relatarle.

Hacia mucho tiempo que Leandro no veía a María. La ruptura se consumó sin aspavientos ni dramas dignos de telenovelas. Leandro amó a María con pasión de adolescente, y todavía la amaba, aunque ahora el amor se había transformado en un sentimiento suave y esponjoso, como masa de pan recién horneado; pero como buen psiquiatra, sabía que no se podía conservar a una mujer en contra de su voluntad. María fue la que quiso separarse tras la muerte de su marido en Angola.

En aquellos días, sentía un ardor corrosivo por Leandro; sin embargo, no se aventuró a consolidar la relación; primero tuvo remordimientos y sentimientos de culpa; luego, tuvo miedo de mantener un amorío con alguien mucho más joven; también la amedrentaba el chismorreo de vecinos y amigos por «echarse» un nuevo marido tan apresuradamente. «Mira lo rápido que se consoló de la muerte del esposo», anticipó oír a sus espaldas. Como tantas otras veces, María no se atrevió a tomar decisiones sobre los avatares que la vida le ponía ante sí. Los dos sufrieron la separación, pero el tiempo que todo lo cura terminó con el dolor. María seguía de cerca la fulminante carrera del joven doctor en el Hospital Psiquiátrico de La Habana, y sólo se encontraban de cuando en cuando en algún simposio o reunión de salud pública.

Leandro pidió un vaso de agua que bebió de un trago y casi al mismo tiempo le mostró un papel dentro de una vieja carpeta de cartulina reciclada. María leyó de un vistazo. No era mucho lo que tenía que examinar. Una remisión oficial firmada por el médico de la Prisión de Mujeres América Libre dictaminando que Perla era esquizofrénica; y lo más terrible: la recomendación de terapia electro convulsiva durante doce semanas. María levantó los ojos interrogando a Leandro.

—¿Qué es esto? Tú sabes que no es fácil para un médico general diagnosticar esquizofrenia. Esto debe ser un error. ¿Qué vamos a hacer? —al hacer la pregunta en plural imploraba ayuda.

Leandro contestó que no sabía. Esa semana estuvo sustituyendo al subdirector que colaboraba de manera cercana con los médicos militares del pabellón «especial» y por ello pudo acceder a todos los trámites de altas y bajas en el hospital. Fue así que leyó el documento y creyó que el destino lo había puesto en sus manos. Recordaba todas las historias que María le había contado sobre su amiga Perla. Extrajo el dictamen para mostrárselo por esa noche, pero debía devolverlo sin falta a los archivos en la mañana, bien temprano, antes de que alguien se percatara de su ausencia. No pudo sacarle una fotocopia porque la máquina del hospital no funcionaba desde hacía meses por falta de cartuchos de tinta.

Leandro quería ayudar, aunque no sabía exactamente qué hacer. Le costó trabajo admitirlo: creía que no se trataba de un error de diagnóstico. Quizás pedir ayuda en el extranjero y denunciar el caso, sugirió. ¿A quién? A María se le iluminó el rostro: «¡Toña! Hay que mandarle el documento a Toña en

España». ¿Pero cómo? ¿Dónde sacar una fotocopia o pasar un fax?

—Yo puedo hacerlo —dijo Luz quien desde el fondo del pasillo escuchó toda la conversación.

Luz trabajaba en una firma española que tenía sus oficinas provisionales en una suite del Hotel Comodoro. Allí tenían fax y fotocopiadora. Leandro sólo recalcó que debía ser esa misma noche. «Sin problemas, puedo pasar por la oficina en unas horas. Tengo las llaves», aclaró Luz, y luego de quedar pensativa por unos segundos, agregó: «No se preocupen. Los gallegos tienen sus trapicheos con varios tipos de la seguridad, que cogen sus comisiones a cambio de favores, por lo que no creo que los teléfonos estén *cogidos*».

—Aquí todo el mundo está detrás del *fula* —concluyó como si se tratara de la moraleja de una fábula al notar la cara de desconcierto del médico. Se refería a la incansable búsqueda de algunos dólares para sobrevivir.

María se sentó en su vieja Remington y empezó a teclear a la luz de una vela. El corcoveo de las teclas O y P hacían el proceso más agobiante y como estaban apurados en tiempo a María le pareció que las teclas se trababan con más frecuencia que la habitual.

Querida Toña:
A Perla la condenaron hace dos meses a diez años de privación de libertad. Me permitieron verla después de un millón de gestiones, porque las visitas son exclusivamente para los familiares directos. Fue un encuentro breve, hace apenas quince días. Sigue con el trauma normal por la pérdida de un ser querido, pero puedo asegurarte que ni siquiera puede calificarse de depresión severa.
El problema grave es que la han trasladado para el Hospital Psiquiátrico con un diagnóstico de esquizofrenia. Adjunto el Acta de Traslado donde se incluye la valoración del médico. Tengo algunos motivos para sospechar que esto puede ser una trampa. Todo está muy raro. Primero, aunque un médico general puede

315

establecer cuándo un paciente padece de esquizofrenia, siempre se recomienda la confirmación del diagnóstico por un psiquiatra. Segundo, sin haber sido evaluada por un especialista, le aplicaron el primer tratamiento de terapia electro convulsiva (TEC), es decir, electroshock.

La cuestión a determinar es si Perla tuvo un dictamen acertado que determine el uso del TEC. Mi opinión profesional es que no. Es por ello que te pido que busques ayuda, que muevas cielo y tierra. Los gallegos son ahora muy importantes para el país por lo que creo que aquí tendrán en cuenta algún tipo de interés de su parte en este caso.

Sugiero que se le pida al Gobierno Cubano que Perla sea examinada —en presencia de un especialista extranjero— siguiendo los dictámenes aprobados para la valoración de la esquizofrenia por la Organización Mundial de la Salud. Según este método, es necesario que dos de los cuatro principales síntomas que describen la sintomatología se hayan manifestado durante un mes para poder hacer un diagnóstico efectivo. En la visita a Perla hace quince días no pude percatarme de nada anormal. No entiendo porqué la enviaron a Mazorra.

Sabes que es muy difícil mandar faxes. Esto es una excepción. Volveré a comunicarme contigo por correo electrónico. Un amigo que resolvió una conexión de Internet me ha ofrecido el buzón para recibir correos; la cuenta es elsabroson@yahoo.es. Por si acaso, no menciones en los mensajes el nombre de Perla, llámala Pedro, tampoco uses la palabra electroshock, escribe caramelo.

Recibe·un abrazo fuerte de tu amiga,
María

PD: Puedo comprometer a un amigo si mencionas mi nombre en tus pesquisas, porque es posible rastrearlo a través mío, y tú sabes cómo son las cosas aquí. Yo estoy dispuesta a correr mis propios riesgos, pero no tengo derecho a tronchar su carrera. Es un joven brillante.

Luz sintió curiosidad por saber cuáles eran los efectos del electroshock. Leandro le explicó que fue una técnica que se empezó a aplicar en los años treinta; al principio las convulsiones llegaron a provocar fracturas de las vértebras; en la actualidad se emplea con anestesia y relajantes musculares.

—¡Pa' su madre! —comentó Luz.

La película *Alguien voló sobre el nido del cuco* provocó un rechazo popular al tratamiento, continuó Leandro. Lo cierto es que hay quienes todavía cuestionan su efectividad a largo plazo. Hemingway recibió un electrochock días antes de suicidarse. Es famosa la cita que escribió antes de quitarse la vida: *Ha sido una cura brillante, pero hemos perdido al paciente.* Luz tenía una visión muy práctica de la vida, por lo que cuando sospechó que el doctor Leandro iba a extenderse, lo cortó dulcemente, tomó los papeles y se dispuso a bajar los catorce pisos por las escaleras oscuras.

—Pa'bajo los santos ayudan. Espero que al regreso el ascensor funcione.

Luz dijo que volvería pasadas las dos de la mañana; Leandro debía esperarla si quería recuperar el papel original. La respiración agitada de María exudaba un nerviosismo inusual. Cuando Luz se fue, abrazó a Leandro. No era un apretón sensual, sino una necesidad de calor humano porque se sentía en total desamparo. Leandro se mantuvo en silencio y le acarició la cabeza, como se hace con los niños pequeños cuando despiertan asustados por un mal sueño. Fue un abrazo largo, reconfortante y silencioso. María se desprendió de los brazos de Leandro y le dio las gracias con un suave beso en la mejilla.

Esperaron la vuelta de la luz y de Luz, tomando media botella de vino casero de remolacha que un paciente le regaló a María. El vino era áspero y algo avinagrado aunque con un color rojo brillante. Leandro bromeó que con un poco de imaginación uno podía *hacerse el cráneo* de que era un Rioja. María rió y comentó que era necesario tener mucha fantasía para que aquello pudiera llegar a ser un buen tinto. No hablaron del pasado, tampoco del futuro, aunque al final surgió la inevitable interrogante.

317

—¿Qué va a pasar aquí Leandro? —preguntó casi con angustia.

—No sé.... pero no hay mal que dure cien años —contestó él con cierto aire reflexivo mientras miraba el rojo intenso del vino en su copa.

—Nosotros no vamos a durar cien años y... nos han robado la vida.

Llego la luz después de las dos de la madrugada. Las ventanas iluminadas les hirieron la visión por un instante. Se veían cara a cara luego de de estar conversando en la oscuridad de la pequeña terraza por varias horas. María quiso cubrirse el rostro y Leandro lo impidió.

—Sabes que eres muy hermosa —le susurró en el oído.

Rechazó la confidencia:

—Como el retrato de Dorian Gray.

Sintieron la llave en la puerta cuando de nuevo estaban medio adormilados. «Misión cumplida», anunció Luz al entrar.

Al otro lado del Atlántico, Toña llegó temprano a la oficina de «Modatodo». Le gustaba llegar antes de los demás empleados porque cuando empezaba la agitación del día, con los teléfonos timbrando sin parar y las constantes interrupciones, se dispersaba y le era difícil terminar lo más importante de la jornada. Oyó el zumbido del fax y lo leyó de inmediato, luego llamó a Charo y la puso al tanto de la novedad. No movilizaron al circuito de relaciones de Toña en el mundo de la moda y la farándula, ni al de Charo en el universo de la música, sino a una red mucho más solidaria: la de los gays y lesbianas. Charo requirió la ayuda de amigas que tenían otras amigas, las que a su vez contaban con más amigas en las más altas esferas madrileñas, y la rueda comenzó a girar con velocidad frenética.

Diez días más tarde, un español, asesor especial de Fidel para las nuevas inversiones en Cuba, se interesaba por el caso de Perla Guzmán Cepeda en la Oficina del Comandante. Al principio hubo rechazo y evasivas a tal interés. La reacción inmediata fue negar el asunto. Pero al recibir copia del Acta de Remisión de la Prisión América Libre se indignaron y presionaron para que no se inmiscuyeran en los asuntos internos. La petición de que fuera examinada por otro médico no cubano era sencillamente inadmisible.

El español no se dejo amedrentar; conocía que los cubanos son muy dramáticos y bocones, y siguió insistiendo. Negoció una solución: Perla saldría de Cuba hacia España, con el compromiso de no hacer declaraciones públicas acerca de cómo se logró su salida, ni lo ocurrido hasta entonces.

El funcionario de la Oficina del Comandante, después de recibir orientaciones, asumió otra táctica: se le haría la concesión que solicitaba con la advertencia de que se trataba de una excepción porque el médico de la prisión incurrió en un lamentable error en el diagnóstico, y también, por el inmenso aprecio que el Comandante sentía hacia el español. El asesor respondió que comprendía la generosidad y valoraba el gesto preferencial.

En un lugar de La Habana elsabroson@yahoo.es mandó un breve mensaje electrónico que decía: «A Pedro le quitaron los caramelos».

Perla no supo cuándo, cómo, ni por qué la sacaron del infierno. No recordaba. Amaneció una mañana en una habitación con sábanas limpias, mucha luz y un ramo de rosas rojas en la mesita al lado de la cama. Por la ventana, a pesar de los barrotes, podía ver una mata de siguaraya que le dio buen augurio.

Las comidas eran abundantes y variadas. Las enfermeras sonreían y le preguntaban con frecuencia cómo se sentía y si deseaba algo más. Un doctor muy simpático la visitaba de vez en cuando y le tomaba el pulso, medía los reflejos y miraba el fondo del ojo. «Todo va a salir bien. No tengas miedo», le decía el médico. Sin embargo, por alguna extraña razón, bastaba que le pidieran que no tuviera miedo para que Perla empezara a temblar. No sabe cuántos días pasaron hasta que comenzó a recordar a retazos todo lo acontecido. Una tarde vinieron a tomarle una foto y poco después se apareció el apuesto teniente. Perla empezó a temblequear y se le erizó la piel. Esta vez el teniente fue seco. No sonreía como otras veces. Se acercó en silencio y se sentó en una silla al lado de la cama.

—¿Te acuerdas de mí? —Perla asintió, aunque no emitió sonido alguno—. Fíjate bien lo que te voy a decir, en una semana te vas del país. Parece que te saliste con la tuya, pero escúchame bien —hizo una pausa y por primera vez se dibujó una sonrisa sardónica en el rostro del teniente—, si no quieres morirte de un accidente, y no estoy hablando de que te arrolle una guagua o de que te caigas de un rascacielos; un accidente puede ser... un infarto o un derrame cerebral —el teniente la miró fijamente y recalcando cada una de las sílabas como una serpiente sibilante se acercó y le susurró al oído—, no-so-tros-po-de-mos-ha-cer-lo —hizo otra breve pausa para estudiar el efecto de la amenaza—. No hables a nadie de tus relaciones pasadas o te mueres de un accidente. ¿Entiendes?

El teniente supo que Perla comprendió por su cara de espanto.

—Me alegra que nos entendamos. Otro detalle —le extendió un pequeño papel doblado—. Léelo —ordenó y Perla lo desdobló, luego leyó una dirección en Miami que hizo que comenzara a temblar otra vez—. Entiendes que cualquiera puede tener un accidente... ¿Comprendes Perla? ¿Estás de acuerdo en mantener silencio sobre tus relaciones pasadas? ¡Contesta!

—Sí, sí, sí, de acuerdo —sollozó aterrada.

El teniente le dio unas palmadas por la rodilla, que pretendieron ser un gesto afectivo.

—Me alegra, me alegra —se levantó, le dirigió una última mirada y volvió a insistir con rabia—: Puta de mierda, esto no es un juego —se alejó y cerró la puerta tras de sí.

Perla quedó temblando de espanto; lloraba bajito cuando una arcada la sorprendió, se inclinó en la cama y vomitó en el suelo. El papel desdoblado cayó al piso cerca del vómito, en él se leía la dirección de la mamá de Perla y del tío Julián en Miami.

Una semana más tarde, tal como le informaron, viajó en un vuelo de Iberia y desembarcó en el aeropuerto de Barajas donde la esperaban Toña y Charo. Ambas quedaron muy mal impresionadas por la expresión de desamparo con que arribó Perla. Charo, que se quejaba constantemente de lo difícil que era ser andaluza, porque de ella, que no era nada graciosa, siempre se esperaba algún cuento chistoso, quiso por primera vez en su vida tener el sentido del humor de sus compatriotas para alegrar a esa alma en pena.

A Perla no le permitieron visitar la tumba de Cacha antes de irse, ni recoger la vieja caja de zapatos con los únicos recuerdos que conservaba de Esperanza. Ni siquiera se llevaba consigo tres libros, aunque lo que aprendió en los cuatro últimos meses no lo leyó en ninguna parte. Fue una enseñanza atroz que quedó clavada para siempre, muy adentro del pecho, como una espina de las rosas locas. El mundo fue distinto desde que salió de la cárcel. Ya no podía ver el sol ni el mar de la misma manera; tampoco se sentía capaz de comprender el comportamiento humano. Nunca acostumbró a enjuiciar a otras personas, pero ahora guardaba reservas y prejuicios. El concepto del bien y el mal estaban turbios, disolutos, sin frontera precisa.

3
1998-2001

Julián y Antonio se hicieron buenos amigos. Ahora iban a todas partes buscando apoyo y entendimientos para los males de Cuba. Todo empezó cuando Antonio viajó a Miami para un seminario auspiciado por la Universidad Internacional de la Florida acerca de la aplicación de la justicia transicional en una Cuba post castro.

Antonio decidió abandonar la isla cuando le cerraron la última puerta que le permitía hacer algo en beneficio de su país. No estaba dispuesto a vegetar el resto de su vida estudiando sutilezas filosóficas. Bajo el amparo de Schindler, así le llamaban entonces al Ministro de Cultura, quien recogía bajo su ala protectora a algunos intelectuales apestados, logró que le otorgaran el permiso para trabajar en Uruguay, donde le habían ofrecido un contrato en una organización dedicada a la lucha contra el racismo y la homofobia en América Latina. Antes de irse ya tenía resuelto no volver. No lo dijo a nadie, ni siquiera a José Manuel, no porque le tuviera desconfianza, pero su padre envejecía día a día y a veces le trastabillaba la mente.

Llegó con mucho sigilo a Miami para participar en aquel seminario. A decir verdad, el propio Antonio guardaba prejuicios y le era difícil comunicarse con los «gusanos». Él mismo no se consideraba «gusano» ni traidor. En el evento estaban reunidos expresos políticos, exmiembros del Ejército Rebelde y del Movimiento 26 de Julio que dirigiera Fidel, y representantes de partidos políticos cubanos organizados fuera de la isla. él fue invitado como especialista en derechos humanos. Antonio había aprendido a escuchar y oyó relatos oprobiosos que siempre pensó que eran calumnias y patrañas inventadas por la contrarrevolución. Cuando se convenció de que tanta gente distinta no podía haber inventado esas historias de espantos que coincidían con tanto lujo de detalles, se sintió profundamente avergonzado de haber servido a semejante régimen, y su visión del mundo se ensanchó. Al finalizar el primer día del seminario, Julián lo invitó a comer.

Julián, junto con su hermana Leticia, eran los dueños de una cadena de restaurantes de comida criolla: Habana Azul. El primero estaba cerca de Coral Gables, en una vieja casona de techo de tejas. Cinco salones daban a una galería interior limitada con artificiosos balaustres de hierro. El corredor colindaba con un patio central cubierto de macetas de helechos, donde, como foco de atención, se alzaba una alta fuente de dos platos que dejaba escuchar el suave y relajante murmullo del agua.

Julián resolvió no inmiscuirse de nuevo en el mundo de la fotografía. Como estaba viejo y con la salud resentida, no se sintió con fuerzas para aventurarse como reportero gráfico. Además, ¡todo había cambiado tanto en los veinte años que pasó en la cárcel!, que no juzgaba posible actualizarse con tanta facilidad. Al principio, ni abrocharse los pantalones supo hacer, porque las prendas masculinas no usaban cremalleras cuando él entró en prisión. Cuando volvió al mundo de los vivos, todo era distinto: nacían seres humanos fecundados fuera de la madre, las computadoras se apoderaban de cualquier actividad humana, naves espaciales recorrían el planeta y ya la luna no era el único satélite de la Tierra.

El dinero para el negocio lo obtuvo de los intereses ganados durante veinte años por la cuenta de ahorro que abrió antes de infiltrarse en Cuba en aquel aciago viaje de 1960. Habana Azul se convirtió con rapidez en un éxito gratificante, aunque fue Leticia quien tomó toda la responsabilidad de convertir el restaurante en una cadena que se extendiera por todo Miami. Si hubiera sido por Julián, se habría quedado con un único establecimiento. él disfrutaba ver a la gente comer, a las familias compartir y también conversar con los comensales solitarios. Vivía modestamente; el único lujo que se concedió fue comprar un pequeño bote en el que partía todos los amaneceres de una marina cercana, siempre que el buen tiempo lo permitía. La cárcel le dejó una aversión permanente a los espacios cerrados, por lo que disfrutaba de la salida del sol en la inmensidad del mar.

Cuando Antonio llegó con Julián al restaurante, Perla estaba allí. Toña le advirtió que su hermano estaría de visita por Miami. Se abrazaron al verse, y otra vez Perla sintió que los huesos se le convertían en espuma. Cenaron los tres juntos. Así supo Antonio de la labor titánica de Julián denunciando por todo Estados Unidos y Europa los abusos del gobierno cubano, aunque muchas veces lo tildaban de mentiroso.

Pronto Antonio se percató también de que una parte de la izquierda era inepta para reconocer sus propios errores y fundamentalismos. Eran incapaces de llorar a las víctimas del socialismo. Antonio lo intentó una y otra vez, infructuosamente: estaban bloqueados para escuchar alguna crítica sobre la Cuba socialista, el faro luminoso de América Latina. Unos, no querían hacerle el juego a los «gusanos» ni al imperialismo, decían. Otros, no podían enfrentarse al hecho de que la Revolución que

323

había sido un símbolo inspirador en sus vidas fuera un gigantesco fraude. Reconocer esa verdad era tan duro como revelar a un pequeño que Papa Noel o los Reyes Magos eran pura ficción, una ilusión romántica de un mundo inexistente.

Julián consideraba que la violencia sólo engendra más violencia. Con sus denuncias no buscaba venganzas, ni exacerbar odios, tan sólo poner fin a los abusos y a la falta de libertades. Rememoró varios años atrás, durante una conferencia que dictó en una iglesia de New Jersey, y puso de ejemplo que Isidro Malatesta, el que fuera su interrogador, estaba de visita en Naciones Unidas al frente de una delegación del gobierno cubano, ¡proclamando por un mundo más justo! ¿Cómo semejante gobierno podía tener credibilidad? Dos jóvenes cubanos que llegaron de niños a Estados Unidos se le acercaron al final de la charla y le agradecieron sus palabras por haberles resultado inspiradoras.

Al cabo de una semana de la charla de Julián en New Jersey fue publicado en los cintillos del *New York Times* que una bomba colocada en el auto de Malatesta fue retirada por la escuadra antibomba de Nueva York. Como si fuera el mal guión de una película de equívocos, el periódico relataba que el chofer de Malatesta fue a tomar un buchito de café en la residencia del embajador cubano y al regresar vio debajo del vehículo algo parecido a una caja de zapatos —era tanto el peso del explosivo que la bomba adherida con un magneto, cayó al suelo—. Sin saber de qué se trataba, el chofer cruzó la calle con aquella misteriosa cajita, y la dejó frente a un comercio, pero pocos minutos más tarde, de la tienda salió un dependiente para barrer la entrada y colocó la pesada caja en uno de los cestos públicos de basura.

No mucho después, el camión recolector los vació y siguió su recorrido con la bomba a cuestas. Mientras todo eso ocurría el chofer de Malatesta llamaba al FBI para explicar la aparición de la sospechosa caja. La escuadra antibomba tuvo que recorrer medio Manhattan para localizar al camión y desactivar la bomba ante los azorados ojos de los obreros recolectores de basura.

Cuando los muchachos «inspirados por Julián» se justificaron que habían fallado esa vez, pero que en la próxima no habría errores, éste tuvo que hacer un esfuerzo muy grande para no mostrar su cólera.

—¿Quién les dijo que poner bombas es la solución?... Habrían muertos inocentes —los muchachos lo miraron perplejos, lo último que esperaban era un regaño. Julián intentando un tono conciliador, agregó como un ruego—: No podemos ser iguales que *ellos*, así no llegaremos a ninguna parte.

La mala experiencia hizo que Julián se cuestionara la efectividad de su labor. Tenía que haber otra manera de llevar un mensaje de reconciliación y paz a todos los cubanos. Al igual que Unamuno, pensó que debía buscar la solución mirando hacia el porvenir, porque al final, o aspiramos a ser sus creadores, o nos convertiremos en los eternos hijos y esclavos de nuestro pasado. La cena terminó tarde. Tanto Antonio como Julián se sintieron satisfechos de haber llegado a un entendimiento común. Se despidieron con efusión, e igual hizo Perla, aunque en su caso se añadían otras razones que no eran de índole puramente políticas.

Ya al final del seminario Julián y Antonio acordaron trabajar juntos. Era necesario buscar un acercamiento entre todos los cubanos. Aunque, primero deberían empezar dentro del propio exilio. Con paciencia de expresidiario y entusiasmo de excomunista fueron logrando que organizaciones y partidos de un gran abanico de tendencias llegaran a escucharse, respetarse y entenderse unos con otros. Emprendieron una laboriosa labor de hormigas y divulgaron conceptos de resolución de conflictos y reconciliación, hasta que llegaron a alcanzar una plataforma común que lanzó un mensaje esperanzador para todos los cubanos.

En uno de sus viajes con Antonio, Julián dijo en alta voz, aunque esta vez no se dirigía al mulato, más bien estaba hablando consigo mismo:

—Vivimos en la civilización de los síntomas.

Julián adquirió la costumbre de lanzar al vuelo frases concluyentes de sus pensamientos. Tal vez fue por los años de cárcel, donde sólo tenía por compañía sus propias ideas y reflexiones. Cuando de manera súbita decía algo así en público, la gente lo miraba con perplejidad y tenía que comenzar por explicarles el hilo conductor del razonamiento que lo hizo lanzar tal enunciado. Explicó a Antonio que siempre actuamos sobre las consecuencias y no sobre las causas. Acompañó su afirmación con varios ejemplos: para controlar las enfermedades se gastan millones en medicamentos, pero se invierte poco en promover un estilo de vida que las impidan. Con las guerras pasa otro tanto, una agresión tiene que responderse con otra agresión y con la producción de más armas; no se trata de llegar a un acuerdo con el adversario e intentar actuar sobre las circunstancias que los motivaron a recurrir a la violencia. Igual nos sucede con el medio ambiente, contaminamos hasta el cansancio y después se inventan tecnologías para limpiar los daños. «Sigue pensando», lo inquirió a apoyar su lógica, «¡el mundo está al revés!, actuamos sobre los síntomas y no atendemos el origen de los problemas», concluyó Julián.

Antonio disfrutaba la compaña del tío de Perla. Admiraba su filosofía de la vida y se asombraba de que no guardara odios escondidos a pesar de que le hubieran robado la mitad de su vida. ¿Hubiera él perdonado de igual manera de haber pasado por la misma situación?

Aunque a decir verdad, Antonio se deleitaba más hablando con Perla. Los dos sentían pasión por la historia y por la isla que les tocó en suerte nacer. Amanecían como adolescentes conversando en la casa de ella o sentados en la arena frente al mar. Perla vivía en un minúsculo estudio en la Avenida Océano, en Miami Beach. Prefirió menos espacio y tener al mar como vecino, sin guardarle rencores por haberse llevado a Esperanza; era una extraña manera de sentirla cerca. «El dolor por la pérdida de un hijo se enmascara; nunca desaparece», confesaba a Antonio.

La mutua atracción era casi irresistible para ambos, aunque él pensaba que Perla era lesbiana —sacó esa conclusión por ser amiga de Toña y no haberse casado nunca—, y Perla creía que él era *gay*. ¡Era tan perfecto que hasta sabía cocinar!

En una de esas madrugadas en que charlaban frente al mar, mientras a lo lejos se veían las luces de cruceros de recreo surcando las aguas, Perla preguntó:

—Dicen que en noches claras se pueden ver las luces de Cuba ¿Será verdad? —no esperaba una respuesta, creía que era uno de los tantos mitos que infla la nostalgia, y de improviso, por alguna razón desconocida inquirió— ¿cuándo decidiste irte?

Antonio le contó y concluyó diciendo algo inesperado:

—Creo que la primera vez que valoré la idea de marcharme fue la noche antes de que muriera la abuela Pancha. Justo antes de morir me dijo: «hijito, a veces la vida oculta el verdadero significado de las cosas, tal como uno más uno no siempre es dos, no lo olvides».

Perla palideció al escuchar lo mismo que Esperanza le dijera una vez de niña, aunque Antonio no se percató de su turbación y siguió:

—En ese momento no le di importancia y pensé que eran cosas de viejos. Cuando murió recordé sus palabras —hizo una pausa como si buscara en la memoria las conclusiones a las que arribó ese día—. Abuela tenía razón. A veces suponemos que conocemos algo al dedillo y de pronto un día nos sorprende un ángulo nunca visto. Como eso de uno más uno, no siempre es dos, que era como un acertijo hasta que encontré un ejemplo: cuando un espermatozoide fecunda a un óvulo nace un ser humano.

—O cuando una gota se une a otra gota, el resultado es una gota —comentó Perla y Antonio asintió admirado, y añadió tras un breve silencio:

—O cuando se habla de los cubanos «de la isla» y «los de afuera» como si fuéramos dos países distintos. Los de adentro y los del exterior somos uno solo: cubanos de una misma nación.

La conversación se prolongó y pasó a otros temas íntimos, lo que permitió a ambos percatarse de sus errores iniciales de percepción. ¡Aleluya! Ni Antonio era *gay*, ni Perla lesbiana.

Ninguno recuerda cómo una ráfaga de deseo, a modo de una gran ola que los hubiera envuelto en un mar de espuma, se apoderó de los dos. Las urgencias de la pasión no impidieron que fuera un intercambio lento y sensual, sin prisas de ningún tipo. Perla sintió que renacía del mundo de los muertos, y Antonio creyó descubrir lo que le quiso decir su abuela Pancha «a veces la vida oculta el verdadero significado de las cosas». Estaban tan eufóricos como asustados de haber aprendido que una mujer y un hombre podían convertirse en una pareja. Uno más uno no siempre es dos.

4
Un día cualquiera en el primer cuarto del siglo XXI

Toña llegó a La Habana acompañada de un gran cortejo de inversionistas europeos. Trajo consigo una donación de libros infantiles donde los personajes estaban trastocados. Aquellos protagonistas tradicionalmente malos adquirían visos de humanidad: un pirata honrado, un vampiro debilucho, un ogro bondadoso, o un lobo vegetariano; y los que por los siglos de los siglos representaron una pléyade de virtudes, los autores los acercaron un poquitín a la realidad con alguna imperfección: un hada mentirosilla, un príncipe feo, una urraca generosa, y el favorito de Toña, un soldado que ganó una guerra regalando panes y rosas.

—Hay que aprender que la vida no es en blanco y negro— declaró al arribar al aeropuerto.

Toña causó gran revuelo en la prensa porque pretendía invertir en la rehabilitación de algún viejo teatro para dedicarlo a shows de travestís. Estaba decidida a ayudar a sus viejos amigos de Santa Clara. Sólo faltaba por decidir entre varios edificios de La Habana, Varadero, o la misma Santa Clara.

Corría un tiempo de puertas y oídos abiertos. Se invitaron a celebridades cubanas de Miami, entre otros, al actor Andy García, a la cantante Gloria Estefan y al pelotero Orlando «El

Duque» Hernández. Venían con la intención de desmitificar la visión que se tenía en la isla de los cubanos que vivían en la ciudad floridana, donde por años se dijo que se escondía la mafia terrorista, se ubicaba al basurero de la historia, y siempre hubo un nido de traidores y «gusanos».

Mariflor fue al aeropuerto a recibir a Toña. Ahora trabajaba como asesora en una de las empresas encargadas de las microinversiones en la isla. Antaño, el gobierno cubano despreciaba a todo aquel que no viniese con ofertas millonarias. Era como jugar a la lotería para ganar el premio gordo. Ahora, aceptaban a pequeños, medianos y grandes.

En un lujoso ómnibus los trasladaron al Hotel Nacional, y una hora más tarde, en un salón junto a los jardines desde donde se veía el mar, Mariflor dio la bienvenida a los recién llegados y comenzó su exposición.

—Actualmente se es muy flexible en las inversiones —sentenció muy segura de sí misma— hay muchas posibilidades, aunque claro, algunas mínimas restricciones.

Expuso con un pormenor de detalles todas las oportunidades, riesgos y condiciones. Concluyó su intervención recomendando que estudiasen la carpeta que se les entregó a la llegada y presentó a cinco jóvenes que serían los responsables de coordinar las reuniones necesarias, según fuesen los intereses de los potenciales inversionistas. Por último los invitó a un ágape de recibimiento.

Pocos minutos después de finalizada la charla, Toña se acercó a su amiga de la infancia con un mojito en la mano. En medio de los acordes de un trío de guitarras la felicitó por su conferencia. «Sin redondeos innecesarios; clara y precisa», le dijo y prometió visitar el restaurante de Reinaldo del cual había oído muy buenas recomendaciones. Mariflor agradeció los elogios, y como si todo el nerviosismo hubiese estado escondido hasta ese momento, comenzó a hablar de manera incontenible. «Me siento libre y contenta», le comentó en medio de una verborrea incoherente. Toña la miraba con curiosidad.

—Sentirse libre es fundamental para el desarrollo —sentenció Toña en un momento en que Mariflor bebió un sorbo del trago que tenía en la mano.

Esa reflexión hizo que abriera la conversación hacia los peligros de introducir la economía de mercado sin plena libertad de prensa, asociación y expresión. Esa fórmula sólo conduce a una corrupción y nepotismo a escala insospechada, afirmó. Los que les vienen vendiendo el modelo chino no han dicho que allí los obreros son sobre explotados porque no tienen sindicatos independientes que defiendan sus derechos, se ha generado una destrucción ecológica incalculable porque nadie puede criticar lo que sucede y han ocurrido explosiones sociales y masacres de las que no habla ni la prensa occidental ni la china porque no conviene a sus negocios, alertó.

En un instante en que Toña hizo una pausa para tomar aliento, otro empresario que quería promover la venta de tecnologías energéticas alternativas, añadió:

—Sin libertad habrá crecimiento económico por algún tiempo, no mucho, porque Cuba no es China, pero no se alcanzara un desarrollo inclusivo y sustentable para todos.

—¡Y ojo con las piñatas! La nomenclatura pretende privatizar en favor suyo todo lo que antes administraba en nombre del Estado. Ya sucedió en Europa del este y sería triste que aquí no se hubiese aprendido la lección —advirtió Toña.

—Aquí será distinto, pero se le dará prioridad de inversión a los cubanos —indicó Mariflor.

—Todo cuanto deseé lo conseguí lejos de Cuba —se quejó Toña—. No tenía que haber sido así.

—Dicen que no hay profetas en su tierra —replicó Mariflor que de alguna manera quedó en un mutismo extraño, con los ojos fijos en el mar lejano, tal vez rememorando el pasado.

Toña, a su vez, recordó su llegada a Barcelona. No quiso que Charo la ayudara a abrirse camino, con que le ofreciera amor, casa y comida para reinventar su vida era más que suficiente. En Miami había aprendido las rudezas del capitalismo. De aquella ciudad le disgustó bastante la persistencia del racismo, a tal extremo que cuando se mudaba un negro a un barrio bajaba el valor de los bienes raíces colindantes. Luego en Barcelona reconoció que era muy difícil vivir del teatro. Actuaba gratis en una joven agrupación de la universidad, por puro amor al arte. Estuvo de camarera en un café de Las Ramblas por casi un año, y aunque ganaba para vivir no sentía que fuera el oficio con el que llegaría a la vejez.

Deambuló por un sinfín de empleos hasta que en víspera de Navidad recibió una postal de unas amigas uruguayas. La tarjeta en sí misma era un sobre de carta, más bien el dibujo de uno, que en vez de nombre y dirección, con un tipo de letra de imprenta que imitaba el de una vieja máquina de escribir decía: «Dentro están tus mejores anhelos. No te deseamos lo mejor. Te deseamos que los realices».

El mensaje la dejó pensativa por muchos días. Leyó muchos libros en ese tiempo y hablaba poco, hasta que una mañana le explicó a Charo un detallado plan de lo que quería hacer. «Vive lo que amas», le respondió la andaluza. Empezó una etapa de trabajo duro y mucha perseverancia. Venció el montón de dificultades con que tropezó en el camino con una creatividad inusual y un increíble coraje. Miedos y flaquezas fueron dominados con una fe absoluta en el éxito, aunque también las palabras reconfortantes de Charo la ayudaron en todo momento.

En el siguiente festejo navideño Toña se sintió feliz. Había logrado vender sus diseños de vestuario a varias cadenas de tiendas de moda. Pero ese no era el fin de su propósito: quería tener su propia boutique.

En Barcelona, aunque mucha gente vive de forma modesta, corre el dinero a mares con nuevos ricos que no se limitan en lujos y ostentaciones. Con un préstamo de un banco del que la andaluza fue garante, abrió una pequeña y colorida tienda apenas a tres calles del Barrio Gótico. En los primeros dos años, pese a trabajar más de diez horas al día, las ganancias eran exiguas, por lo que sólo se permitía algunos «puentes» de descanso de los tantos que a expensas de santos católicos y fechas patrióticas los españoles se las arreglaban para «construir» a lo largo del año.

La prosperidad llegó finalmente a sus puertas cuando una cantante de la compañía discográfica donde Charo trabajaba exhibió un diseño de Toña, en la foto de la portada de su último álbum. Toña decoró la vidriera de su boutique con una réplica del vestido y muchas fotos de la cantante luciendo el diseño. Llovieron los encargos y tuvo que contratar a más costureras porque ya no daba abasto. Cuando una famosa modelo negra le compró un traje de noche, creyó estar en la gloria. Tras la visita Toña comenzó a acariciar otra idea en su mente: montar una tienda con producciones limitadas de diseñadores famosos, una especie de «alta costura para el mundo», decía. Todas las ganancias que obtuviera las destinaría a ayudar a abrirse camino a los inmigrantes de Barcelona y a los enfermos del SIDA. Fue tal el triunfo de la empresa que Charo dejó su trabajo en la casa discográfica y tomó la dirección de «Todomoda», que fue como bautizaron a la compañía.

Una rítmica guaracha la devolvió a la realidad. Un camarero apareció a su lado con una bandeja plateada llena de mojitos, Toña dejó el vaso vacío y tomó otro. Miró el reloj y se contrarió, no le había avisado a su madre que ya estaba en La Habana. Pensó que el anuncio de la visita la excitaría mucho, y como estaba tan viejita no quería provocarle ansiedades; hacía más de veinticinco años que no se veían.

Poco después de la muerte de la abuela Pancha, Antonio «se fue» de Cuba, y en represalia, a Toña no le dieron el permiso de entrada a la isla. Cuando murió José Manuel, unos años más tarde, tampoco le permitieron ir a los funerales. El gobierno no le otorgó «el permiso de entrada» a su propio país. De esa manera se extendían los tentáculos del control a los cubanos allende los mares. «Portarse bien» era el requisito si se quería ver de nuevo a la familia. Volvió a echar un vistazo al reloj, y resolvió que era mejor esperar al día siguiente. Aunque se moría de ganas de verla, estaba temerosa de que la sorpresa le provocara un desmayo.

Estaba a punto de irse del banquete cuando oyó a sus espaldas a dos de los invitados mascullando entre risotadas que el principal riesgo de las inversiones en la isla era que los cubanos parecían ser unos gandules. Toña saltó ofendida, como si hubieran calumniado a su familia.

—¡Ustedes no saben lo que están hablando! Hay cientos de miles de cubanos en todo el mundo para demostrar lo contrario —los interrumpió tajante. Los hombres se cohibieron por la fiereza de Toña y esta a su vez recordó lo que Perla imaginaba que sería la solución a muchos problemas en la isla: aprender a escuchar al otro y respetar otras opiniones diferentes. Bajo la influencia del consejo de su amiga, endulzó la voz y les dijo que tenían derecho a pensar como quisieran. No obstante, ella consideraba que era la falta de motivación lo que provocó la holgazanería y la mediocridad de los cubanos en el socialismo; e inmediatamente pasó a contarles una historia.

Hacía cerca de diez años estaba Toña en Egipto, en las afueras de la meseta de Giza, y se disponía a visitar las pirámides Keops, Kefren y Micerinos cuando le llamó la atención un camellero que vociferante chapurreaba en italiano, alemán, inglés y francés: «Bella Signora! Prendere gli vostri cammelli qui! hier erhalten Sie Ihre Kamele! Hey lady! Get your camels here! Madame, achetez votre chameau ici!». A Toña le hizo gracia la insistencia del hombre y notó que era tal su chispa que conseguía clientes con facilidad. Cuando oyó que le decía a una anciana española: «¡Oiga mi vieja, su camellito aquí!», supo que era cubano. Enseguida se acercó a aquel singular taxista y confirmó su presunción. Llevaba cinco años en el oficio y le iba bien. Pese a que el trabajo era duro se sentía feliz. Se casó con una cairota y era padre de dos preciosas niñas; sacó las fotos y las mostró con orgullo. Terminó su presentación quejándose de que a veces sufría un poco de morriña por los amigos.

Toña le sugirió que participara en un concurso en cierne para determinar cuáles eran los trabajos más originales que los cubanos andaban ejerciendo por el mundo. A la competición se presentaron cazadores de cocodrilos en los pantanos de la Florida, buzos de torres petroleras en Campeche, cortadores de leña en los bosques de Siberia, criadores de serpientes en Texas, recogedores de nieve en Saskatchewan, cartománticas en Union City. Esto sin contar los artistas, cantantes, músicos, escritores, pintores, peloteros, diseñadores, científicos, ingenieros, médicos, ejecutivos y dueños de grandes y pequeñas empresas.

—¿Y quién ganó? —preguntó uno de los hombres de negocios al pensar que la historia acababa de esa manera.

—Ganó el camellero —respondió Toña.

Los inversionistas la escucharon ensimismados y algo abochornados. No tuvieron la intención de ofender y casi estaban a punto de esbozar una excusa cuando Toña los interrumpió nuevamente.

—Hace cerca de quince años que Fidel convocó a los jefes de las principales empresas del país a una reunión; quería discutir la ineficiencia económica y la falta de productividad —logró acaparar otra vez la atención de sus oyentes; hasta después de muerto Fidel fascina, cruzó por su mente aunque continuó su exposición sin que nadie se hubiese percatado de su disgregación—. En toda aquella multitud de administradores, una sola empresa mostraba una alta eficiencia y una producción de calidad. Fidel estaba contento de tener un ejemplo para demostrar que sí se podían obtener resultados y le pidió que explicara a todos la razón de su éxito. El hombre fue breve. Mientras abanicaba con el brazo en alto un cartapacio de papeles le dijo al Comandante: «Usted ve todo esto. Son trescientas cuarenta y cuatro directivas de ministerios, el sindicato y el partido. Para lograr la eficiencia he tenido que incumplirlas todas».

Un coro de ¡Oh, ya veo!, ¡joder!, ¡qué guasón!, siguió al final del relato de Toña. Ella demoró unos minutos para que metabolizaran la información, antes de agregar sentenciosa:

—Así que de gandules, nada. Lo jodido era el sistema. Buenas noches, señores — les dedicó una de sus abiertas sonrisas y salió del salón. Ya en el elevador reflexionó que no había seguido el consejo de Perla muy al pie de la letra, porque en realidad no permitió hablar a sus interlocutores. Bueno, será la próxima vez, se prometió a sí misma mientras abría la puerta de su habitación. Aprender a escuchar es muy difícil, concluyó mirando el mar a través de la ventana.

Capítulo 10

Ubuntu tropical

1

2002

La vida se desenvolvía entre la demencia y el delirio de grandeza, entre las barbaries que se amontonan, el presente agobiante y el futuro incierto, entre el melodrama y el choteo. Lágrimas y risas, amor y odio, chismes y discursos, rap y salsa, gallegos y yanquis, júbilo y angustias, italianos y canadienses, héroes y cobardes. Todo mezclado y confuso en un maremágnum incomprensible para el que no fuera cubano. Era tal el nivel de surrealismo que ni siquiera muchos nativos entendían su entorno.

María se despertaba cada mañana con la estación de radio más aburrida de toda la isla. Era una especie de acto de masoquismo que la obligaba a saltar enseguida de la cama. «Tic tac, tic tac, tic tac. Domm. Radio Reloj da la hora, cinco y cuarenta y cinco minutos. El presidente de la Asamblea Nacional Cubana dijo este miércoles ante una conferencia de prensa, haber recibido las firmas de más de ocho millones de cubanos que apoyan una iniciativa del gobierno para definir la actual Constitución socialista como inamovible e intocable».

María apagó la radio. La Constitución se declaraba inamovible, eterna. En una extravagancia legal se aprobaba que no se aprobaran más cambios. Hasta la eternidad. *Forever and ever. In nomine Patris et Filii et Spiritus Sancti. Amen.* Se pasó del materialismo dialéctico al fin de la historia; de Carlos Marx a Francis Fukuyama de un pestañazo.

En realidad ese exotismo jurídico que ni siquiera Stalin pudo concebir, no era sino una manipulada respuesta a la petición del

Movimiento Cristiano de Liberación que, confiando en la legalidad de la Revolución, con el aval de 11,020 firmas de ciudadanos presentó a la Asamblea Nacional la solicitud para convocar un referéndum que entre otros puntos, demandaba elecciones libres. Cuando en 1976 definieron —en la nueva constitución desde el triunfo de la Revolución— que se requerían diez mil firmas para solicitar un cambio a las leyes vigentes nunca imaginaron que tal cantidad de ciudadanos fuese capaz de semejante desafío. ¡Diez mil firmas! Ni soñarlo. Sin embargo, como cristianos dignos de los tiempos romanos, unos cuantos valientes, a puro pedaleo en las pesadas bicicletas chinas *Forever,* o caminando kilómetros y kilómetros bajo el ardiente sol, fueron recogiendo una a una las rúbricas requeridas. No contaban con un programa de radio, mucho menos de televisión, ni siquiera con un plegable impreso que explicara el proyecto. Era una labor de hormigas evangelizadoras, tocando de puerta en puerta.

Una de sus pacientes le explicó a María el plan, y le pidió que firmara, y pusiera en letra de molde su nombre completo, dirección y número del carné de identidad. La doctora no se atrevió a estampar su aprobación, temía perder lo único que le daba sentido a su vida: su trabajo. Pese al miedo, sin que se supiera con exactitud por qué, muchos lo vencieron y no sólo se llegaron a las diez mil firmas, sino que las sobrepasaron. Fue una labor tenaz que requirió mucha entereza y paciencia porque muchas veces la policía entraba en las casas de los activistas y despedazaba las listas, obligándolos a empezar de nuevo.

En medio de ese proceso, tres jóvenes negros secuestraron una embarcación para irse del país. Los capturaron al romperse la barca no muy lejos de la costa. A pesar de que tenían rehenes, no hirieron ni mataron a nadie, pero de todas formas los fusilaron tres días más tarde. La humilde madre de uno de ellos estaba reuniendo los quinientos pesos necesarios para la apelación —veinte dólares aproximadamente— cuando se enteró del fusilamiento. Un ministro del gobierno cubano declaró a la prensa extranjera que se trataba de un «escarmiento». Dicen que el motivo de la apresurada ejecución era mandar un «mensaje» a los potenciales balseros porque el presidente de Estados Unidos había hecho saber al gobierno cubano que un éxodo masivo como el del Mariel o el del año 94, sería interpretado como un acto de agresión. La potencia yanqui estaba enfrascada en la guerra con Irak y no se podía permitir distracciones con la islita de marras. La lógica de la gloriosa Revolución de los humildes, por los humildes y para los humildes fue ¿qué importan tres vidas más o menos en este mundo cuando la Historia está en juego?

La gente reaccionó con indignación al fusilamiento y los activistas cristianos llegaron a reunir 25 mil firmas después del «escarmiento». Era la primera manifestación masiva de petición de cambios pacíficos a la Revolución. El gobierno decidió guardar silencio e iniciar otro proceso semejante para declarar el socialismo y la Constitución inamovibles, mientras ocultaban el verdadero motivo de tal acción. Se dijo que era una respuesta a un discurso del presidente Bush en el que propuso fórmulas inaceptables para la isla, inmiscuyéndose en la soberanía nacional. Muchos firmaron, sin haber oído o leído el discurso del presidente estadounidense, porque todavía reinaba un fuerte espíritu nacionalista. Otros, como María, suscribieron el documento por miedo a las consecuencias de no hacerlo, aunque pensaban que aquello era un disparate legal y político. El miedo estaba clavado en sus corazones hasta convertirlos en piedras caminantes e impedía cualquier manifestación de audacia, solidaridad o firmeza.

María sintió un chubasco torrencial golpear las ventanas. Dicen que aquel que se moja con el primer aguacero de mayo se le cumple un deseo. ¿Qué deseo yo a esta altura de la vida? El pequeño sueño de viajar a Buenos Aires al lanzamiento de su libro publicado allá por su coautora, Patricia, fue tronchado por el plumazo de algún burócrata: no le otorgaron el permiso de salida. Tras todos sus sacrificios durante tantos años no se tenía confianza en ella para que visitara otro país. Se estaban «quedando» tantos médicos y profesionales, se rumoraba en las calles, que las autorizaciones para viajar eran cada vez más escasas. Estuvo tan entusiasmada con la visita a la ciudad porteña que, a través de Patricia se lo hizo saber a Perla en Miami, quien excitada, planificó acompañar a Antonio a Uruguay para así cruzar el Río de La Plata y ver a su amiga. María siempre soñó con pasear por las calles de Buenos Aires, recorrer el colorido barrio La Boca y escuchar tangos callejeros. Comenzó a canturrear *Corrientes tres cuatro ocho, segundo piso, ascensor. No hay porteros ni vecinos, adentro, cocktail y amor...*, y recordó que según Patricia, ahora esa dirección hoy es el garaje de un edificio de oficinas ¡Qué desencanto! Pocas veces las cosas son lo que aparentan. Suspiró con resignación. Perla supo de la prohibición y se sintió afligida por su amiga. Le envió un mensaje para que no se desesperara; algún día se cumpliría su sueño y bailarían juntas un tango en Buenos Aires.

Otra decepción que casi la hunde en una depresión permanente fue que no autorizaron la publicación del libro en Cuba; no lo consideraron apropiado. Su obra sería utilizada por muchos pedagogos latinoamericanos en cualquier esquina del continente, excepto en la isla caribeña. Eso le dolía más. Aunque se le permitía enseñar autonomía en sesiones de terapia con pequeños grupos, su labor no tenía repercusión más allá de su consulta; del mismo modo que eran toleradas ciertas jornadas humorísticas con chistes de «la situación», una vez al año en algún teatro. «La influencia de esas obritas es limitada», le confesó un policía del sector cultural. «Lo peligroso es el cine, la radio, la prensa y la televisión con un alcance masivo, por eso los controles son inflexibles en esos medios».

María trabajaba, mediante ejercicios participativos y discusiones, con adolescentes y niños pequeños. Era todo experimental, a muy pequeña escala, como las obritas de teatro a las que hacía referencia aquel policía de ideas.

—¿Se acuerdan del cuento de Martí que empieza con los cuatro ciegos que querían saber cómo era un elefante? —preguntaba María a un grupo de adolescentes.

—¡Ay doctora! ¡Martí me sale hasta en la sopa! —protestaba uno de los muchachos, mientras otro agregaba casi al mismo tiempo—: Cuanto se hace o se deja de hacer en este país se le echa la culpa al pobre José Martí. ¡Absolutamente todo!

—Muchachos, no es *muela*... ¿Se acuerdan? —insistía María, que intentaba inducir la confianza de sus pacientes usando el término con que el lenguaje callejero definía las monsergas ideológicas.

La psiquiatra con la ayuda de los jóvenes iba reconstruyendo el inicio del cuento. En la historia cuatro ciegos querían saber cómo era un elefante, y con la ayuda de un sultán, logran estar frente a un pequeño paquidermo. Entonces uno de los ciegos, que aguantaba al elefante por una pata, dijo que era grueso y redondo como una torre; el otro, que lo tocaba por la trompa, pensaba que era largo como un embudo; el tercero, que sujetaba la cola, opinaba que era como un badajo de campana; y el cuarto, que tenía agarrada un asa de la fuente donde estaba la comida del animal, afirmaba que todos los otros estaban equivocados y que el elefante era como un anillo.

—¿Y...? preguntaban a coro —¿cuál es el chiste?

—Martí termina diciendo: «así son los hombres, cada uno cree que sólo lo que él piensa y ve es la verdad» —concluía la doctora y abría el debate.

Con los más pequeños practicaba juegos de imaginación y rebuscadas enseñanzas. Mediante la ayuda de Cecilia, la mamá de Toña, consiguió semillas de cacao de los campos de Baracoa y empezaba la sesión preguntando a quiénes les gustaba el chocolate. Todos los chiquillos levantaban la mano al tiempo que gritaban a coro: «¡A mí!» Acto seguido, María les daba a probar un pedacito de las semillas de cacao crudo. «¡Qué amargo!» se quejaban los niños haciendo muecas. Entonces la doctora les explicaba brevemente la historia del cacao y trataba de conducirlos a conclusiones acerca de la falsa apariencia que tienen las cosas en este mundo, mientras los incitaba a que relataran sus propias experiencias. También los enseñaba a debatir con respeto al otro interlocutor. Una de las discusiones predilectas versaba sobre la posibilidad de que el dinero creciera en los árboles. Después que las criaturas exponían sus puntos de vista, casi todas apuntando a lo imposible del asunto, quedaban asombradas de que el cacao fuera dinero en el imperio azteca. Aunque los tópicos favoritos de María eran las paradojas que representaran un debate ético. Los niños se divertían de lo lindo en esas «clases», tan distintas a las de la escuela, y también, porque «la maestra» casi siempre terminaba la sesión regalando algunos bombones que compraba en el mercado negro con su propio salario.

María miró a través de la ventana; seguía lloviendo. Consideró que la lluvia espantaría a las cucarachas. Para ir al hospital donde ejercía de médica, caminaba cada mañana por el Callejón de los Protestantes, lateral al Cementerio de Colón, mientras miles de hambrientas y apestosas cucarachas corrían a guarecerse de la luz del día en las tumbas de la necrópolis más grande de América. Cuando regresaba tarde, el recorrido de los detestables insectos alados era en sentido inverso: invadían las casas colindantes al cementerio. Era inevitable pisarlas y sentir un asco indescriptible al apachurrarlas con un sonido crujiente y ver sus vísceras gelatinosas extenderse en el piso de cemento. La idea de que alguna lograse trepar por sus piernas la horrorizaba por lo que el recorrido era una carrera atolondrada.

A cada rato, cuando le soltaban la frasecita de que estaban sacrificándose por las futuras generaciones, María pensaba, «ya mi vida se fue y la de mi hija también. ¿De qué generación estamos hablando si cada vez estamos peores?» Los índices de suicidio, contra el pronóstico del Ministerio de Salud, seguían en aumento, aunque las verdaderas cifras no eran del todo reales porque parte de las defunciones eran camuflajeadas en las estadísticas como accidentes. Otros cientos se aventuraban a la huída por el mar en una apuesta suicida, semejante al juego de ruleta rusa. Así se perdió Esperanza y muchos de sus pacientes. Siempre recordaba a Marcos Molina. Cuando el muchacho no asistió más a la consulta fue a casa de sus padres a averiguar el motivo de la ausencia. Su madre, una prematura anciana, con el rostro cruzado de profundas arrugas, y manos callosas, endurecidas por su trabajo de fregadora de platos, le dijo con una sonrisa desdentada «Se fue, doctorcita. Todavía no ha escrito... usted sabe como son los varones». El corazón de María no era del todo de piedra y sufrió con la muerte de Marcos. Un muchacho que salvó del suicidio para que fuera a morir a las aguas del Estrecho de la Florida. Muchos padres no aceptaban la muerte de los hijos ahogados en aquellas desesperadas fugas y seguían esperando por años su milagrosa reaparición.

A veces se sentía perdida. El colmo de un psiquiatra es ser paciente de otro psiquiatra, se decía a sí misma buscando el buen humor en las situaciones sin salida. Se esforzaba porque los enfermos a los que atendía encontraran un proyecto que les permitiera vivir día a día. Estudiosa de Victor E. Frankl, el psicólogo austriaco que sobrevivió tres años en Auschwitz, el terrible campo de exterminio nazi, trataba de que sus pacientes, como aconsejaba el famoso psicoterapeuta, hallaran un propósito en la vida, un porqué al cual aferrarse para evitar que como náufragos perdidos se hundieran en la desesperanza. En realidad les proponía «curitas de mercuro cromo», porque no era posible actuar sobre el origen social de las depresiones. Sus consejos eran sencillos: «búsquense una mascota, cultiven una huerta, ayuden a alguien peor que usted». Muchos «mejoraban» pero no podía curarlos. Era la sociedad cubana la que estaba enferma.

María creía que el país vivía en el limbo. La mayoría de los cubanos llegó a la conclusión de que nada cambiaría hasta la muerte de Fidel, y que incluso habría que esperar también al deceso del hermano. Ni siquiera la visita del Papa Juan Pablo Segundo logró derribar al comunismo en la islita infeliz. Como describiera Frankl, estaban en el segundo estadio psicológico de los prisioneros de los campos de concentración: en la total apatía. Las energías se dedicaban a sobrevivir cada día y no podían mirar el mañana. No tenían esperanzas en llegar a ver un futuro diferente. Estaban condenados a vivir en un sistema en el que no creían y con sus firmas aprobaron eternizarlo.

Como en su niñez, María leía sin descanso. El refugio en la lectura constituía una suerte de autoterapia, aunque era inevitable que a la larga muchos autores la llevaran a hacer comparaciones. Toña le mandaba con frecuencia libros que enviaba con turistas españoles, y de esa manera pudo conocer la existencia de Amartya Sen y su teoría acerca del desarrollo. María coincidía plenamente con ese Premio Nobel.

La vida diaria le gritaba a cada paso que la falta de libertad tiene un costo económico. Era algo tan elemental y simple, que no entendía por qué no se le había ocurrido antes a otra persona. En esos mismos momentos, el Ministerio de Salud «recomendaba» a los médicos encubrir el diagnóstico de una enfermedad contagiosa que se extendía como plaga por toda la isla: el dengue. Se les daría el tratamiento adecuado a los enfermos sin mencionar el nombre de la dolencia. «Para evitar afectar al turismo», dijo la orientación verbal recibida en todos los hospitales. María pensó en la catástrofe de Chernobil, donde poco faltó para que las radiaciones devastaran a Europa en una nube mortífera de cruel veneno, mientras las autoridades soviéticas negaron por mucho tiempo el alcance de la calamidad. Algunos años más tarde no se sorprendió al oír las noticias de la lejana China, cuando ocultaron las proporciones de la epidemia del SARS que casi se convierte en una peste mundial.

María volvió a mirar por la ventana. La lluvia había cesado. ¡Maldición! Otra mañana de cucarachas.

2

2001-2006

Perla se inclinó ante el lavamanos. Las manos formaron un cuenco con el agua fresca que prorrumpía del grifo. Humedeció el rostro, repitió el movimiento un par de veces más y a la tercera dejó que el agua resbalara lentamente entre sus dedos. El sentido de las palabras se diluye como el agua, divagó. «Reaccionamos ante la realidad con viejas ideas y conceptos que siguen rigiendo nuestro raciocinio», rememoró de su reciente conversación con Antonio.

Cuando Perla expresó la idea de que era necesaria una nueva Revolución Cubana. Antonio le respondió que la verdadera Revolución es la del pensamiento. ¿Cómo revolucionar el pensamiento? Guerra y paz, crimen y justicia, seguridad y defensa, todo se funde sin que se encuentre un significado preciso y universal a cada concepto. ¡Qué ironía! En el mundo de hoy, con todos los avances tecnológicos, transformar el pensamiento aparentaba ser una tarea muy fácil, casi una perogrullada. Perla recordó haber leído sobre un experimento hecho con niños pequeños donde ante una calavera respondían: «¡Veneno!», o gritaban exaltados: «¡Piratas!», según estuviera la misma calavera enmarcada en una botella o en una pantalla de televisión. La calavera es con frecuencia un símbolo de muerte, sin embargo para los alquimistas representaba la resurrección. ¿Por qué dos personas casi siempre ven siempre algo diferente cuando miran la misma nube?

En el exilio los sentidos se afinan. Cientos de detalles insignificantes en la vida cotidiana, que antes pasaban inadvertidos, se abren como flores mañaneras delineando una identidad de la cual no se tenía conciencia. Perla tropezó en Miami, por primera vez, con la manera de pensar sobre otras culturas. Cuando compró el apartamento en la Avenida Océano tuvo que hacer algunas reparaciones eléctricas, y una amiga le sugirió a un pakistaní, Hassan. «Trabaja bien y barato», fue la recomendación. En efecto, Hassan fue eficiente y hacía todo sin crear regueros innecesarios. Al terminar, el pakistaní le recomendó hacer otros arreglos y le dio una lista de materiales por si decidía emprenderlas. Perla le preguntó casi por cortesía si conocía algún lugar con rebajas para comprarlos. Hassan le escribió una dirección y le aclaró que en ese comercio todo costaba casi la mitad del precio de otros establecimientos lo que provocó el reproche de Perla:

—Hassan, ¿no has visto que ya me he gastado cientos de dólares en materiales?, ¿por qué no me lo dijiste antes? —le preguntó realmente enfadada.

Con una lógica digna de los clásicos le respondió con tranquilidad: «No me preguntaste». Al ver el desconcierto en la cara de Perla, Hassan se sintió obligado a agregar: «Alá me impide mentir. Si me preguntas, tengo que decir la verdad, pero no tengo por qué dar consejos que no me piden». Esa no era la forma de pensar de un cubano que no sólo da el consejo no solicitado, sino que cree *saber* mejor que uno mismo lo que uno necesita.

Apenas unos días antes, en una tienda de pinturas, oyó decir en inglés con fuerte acento latino: «Ese no es el color que usted quiere. ¡De ninguna manera!». Silencio del otro lado de la conversación. El cliente, un anciano yanqui retirado, quería pintar el comedor de su casa y al dependiente cubano no le gustaba el color que el pobre hombre solicitaba. No le importó que el parroquiano se defendiera con cierta timidez explicando que estuvo más de un día consultando numerosos catálogos.

—¡No!, estoy totalmente seguro que a usted no le va a gustar ese color. ¡Es muy triste! —y mostró orgulloso un tono rosa-naranja—. ¡Este es el que usted necesita!

Tras una larga perorata el hombre salió con la pintura melocotón propuesta por el sabiondo empleado, y no con el gris-perlado que pidió al inicio. Es posible que más tarde hubiese devuelto el galón de pintura en otra tienda para cambiarla por el color de su deseo original, aunque lo más seguro es que el comedor del pobre gringo luzca hoy un brillante rosa-naranja.

Sus conversaciones con Antonio cubrían todo lo divino y lo humano. Por supuesto, el tema favorito era Cuba, aunque también se contaban mutuamente lo que les acontecía en el tiempo que estaban separados. Los compromisos de trabajo de Antonio le habían impedido mudarse a Miami, seguía viviendo en Montevideo, pero lo cierto es que ya compartían juntos varios meses del año. Antonio, a quien Perla entregó un juego de llaves de su apartamento, se aparecía de cuando en cuando para iluminar su existencia y el mulato se sentía rejuvenecer al compartir con esa mujer indomable, inteligente y dotada de una sensualidad sorprendente. A veces Perla se llegaba a asustar cuando él le respondía con toda naturalidad sobre algo que ella estaba cavilando en ese preciso momento, como si leyera sus más íntimos pensamientos. Dicen que esas telepatías sólo ocurren entre personas dotadas de una especial percepción extrasensorial o de matrimonios de muchos años.

Perla se secó la cara con suavidad y encendió el televisor. El gesto quedó paralizado en el aire cuando a través del canal de CNN vio lo que parecía una película de horror: la segunda torre de World Trade Center se desplomaba levantando un cataclismo de cenizas. El tema de Cuba pasó por un tiempo a un segundo plano.

En esos días evocaba a cada momento a los muertos y sobrevivientes de aquella masacre. ¿Siempre estaría rodeada de muertes? El acto barbárico fue respondido con dos guerras de una fiereza sin igual. Su mente se retorcía para buscar respuestas que no encontraba. ¿Terrorismo? ¿Qué es? Más que buscar una definición, quería conocer el porqué. ¿Qué podía motivar semejantes actos de odio? ¿Qué hacer ante ellos? Creía que las respuestas de los militares estaban atrapadas por obsoletas definiciones estratégicas aprendidas en las academias.

Perla no tenía una respuesta, aunque sí la certeza de que las guerras no eran una solución al problema. De las cenizas y las ruinas saldrían nuevos Bin Laden. Aplastar al enemigo nunca es una victoria. De un terror emerge otro terror mayor. El Primer Terror de la Revolución Francesa fue seguido luego por el Gran Terror y lejos de conjurarlo reforzaba el Terror Blanco de los realistas. Los soldados argelinos aplicaron a sus enemigos, radicalistas islámicos, las mismas torturas que antes sufrieran a manos del Ejército Francés. Las dudas eran infinitas.

¿Qué es el «enemigo»? Perla no creía en la guerra eterna entre el Bien y el Mal. El mundo no es blanco y negro. Maximiliano Robespierre era para muchos el Incorruptible, el intelectual de los ideales más claros de la Revolución Francesa; el defensor de la libertad, la igualdad y la fraternidad; uno de los autores de Declaración de los Derechos del Hombre y del Ciudadano. Para otros fue el primer dictador moderno, el que inauguró la política del terror. Para Robespierre «el terror no es más que la justicia rápida, severa, inflexible». ¿Quiénes, entonces, tenían la razón? ¿Es que acaso hay una sola respuesta válida?

El pensamiento no actúa como una cámara fotográfica. Hay demasiada información bombardeando nuestros sentidos. Es imposible apreciar la realidad en su totalidad. El cerebro tiene que actuar de manera selectiva, escoge algunos hechos e ignora otras evidencias y luego construimos con ellos paradigmas para organizar la información seleccionada e intentar entender el mundo en que vivimos. Pero Perla estaba convencida de que nada de lo aprendido en el siglo XX aportaba una interpretación capaz de lograr la definitiva erradicación del terrorismo.

Perla no creía en la justicia «rápida» de Robespierre. A su juicio, se hacía necesario cambiar la tradicional connotación de victoria y derrota, dando paso a la revalorización de algunos verbos usados por los considerados débiles en la historia de la humanidad: respetar, dialogar, negociar, reconciliar, concertar, pactar. Estas definiciones no podían ser equivalentes a cambiar de bando, capitular o renegar. El slogan del mundo moderno: «Yo gano, tú pierdes» tenía que cambiarse por el de «Yo gano y tú ganas también».

Lo cierto es que Perla lloró durante muchos días por las víctimas del 11 de septiembre, y luego, por los muertos del 11 de marzo en los trenes de Madrid. Abrumada y confundida participó a través de Internet en muchos debates apasionados donde germinaba como primera idea la venganza y florecían los sentimientos xenofóbicos. De todos los ardientes argumentos que abarcaban un frondoso ramaje de opiniones diferentes quedó grabado en su memoria un breve comentario de alguien que se presentaba como Smith, un estadounidense veterano de guerra:

Ninguna causa, ningún Dios puede justificar estos ataques, pero por qué nadie se ha preguntado ¿por qué lo hicieron?

Los controles en los aeropuertos y la activación de redes de espionajes son soluciones a corto plazo, que no impedirán nuevos ataques terroristas, tan sólo lo harán más difíciles de ejecutar.

«Vivimos en la civilización de los síntomas», decía a ratos su tío Julián. En esos días hablaba mucho con él. Hasta una mañana le acompañó a uno de sus paseos en bote. Desde que finalmente, casi por casualidad, resolvieron un equívoco de cuarenta años, su relación echó raíces para siempre. Fue en vísperas del nuevo milenio cuando Perla escuchó una conversación de su tío con un viejo amigo, de la cual captó varias frases al vuelo que la dejaron confusa. «A mi sobrina Perla le ocurrió algo parecido que a los niños en Camboya. Bajo el régimen de Pol pot los obligaron a denunciar, maltratar y reeducar a los "viejos" de su propia familia».

Fue entonces cuando aclararon aquel entuerto. Perla nunca denunció a Julián, como creyó su tío por un tiempo demasiado largo para guardarle rencor. Pero de alguna manera, cuando se abrazaron esa vez, Perla sintió el apretón como algo especial, mucho más cálido, y le pareció que su tío sollozaba. Poco después Julián falleció en uno de sus paseos matutinos. Un yate de recreo encontró el pequeño bote a la deriva. Lo hallaron muerto de cara al sol, reclinado en la popa con la mano todavía en el timón. En su rostro se dibujaba una expresión de paz. Siguiendo su voluntad lo cremaron, y guardaron sus cenizas en una urna hasta que fuera posible dispersarlas en la isla.

Desde que se aclaró la terrible confusión hasta el día de la muerte de Julián, se hizo costumbre, casi todas las tardes, que tío y sobrina dieran largas caminatas a la orilla de la playa, mientras sostenían larguísimas conversaciones rememorando sus vidas. Brotó una curiosa fraternidad de compinche entre ellos; cuchicheaban chismes y chistes; polemizaban sobre la invariable situación política del país; y reían, con frecuencia sin motivo alguno, como niños traviesos.

En ocasiones discrepaban, — pese a que Julián había perdonado, Perla guardaba un rencor sordo por la muerte de Esperanza—, aunque eran capaces de respetarse mutuamente. Perla extrañaba a su tío. Sintió que quedaron muchas cosas por decir. Aunque Julián le dejó al morir sus memorias inéditas, la abrumó la imposibilidad de hacerle el millón de preguntas que surgían de cada folio.

«Para mi queridísima sobrina. El primer paso de la ignorancia es presumir de saber. Muchos creerán que son invenciones de un viejo resentido. Eso puede doler pero ni siquiera es lo más importante. Lo que sería verdaderamente trascendental es que la historia no se repita. Me harás muy feliz desde el más allá si haces algo para evitarlo» había garabateado en la portada del manuscrito, con la letra minúscula, casi microscópica con la que se acostumbró a escribir mientras estaba en la cárcel. Perla leyó un montón de veces aquellas páginas sin que el horror la abandonara, y conocer los minuciosos detalles de la historia de su tío y de sus compañeros de infortunio fue el resorte para que regresara a estudiar Historia.

Dos años después de la muerte de Julián, Perla se graduó como profesora de Historia. Se presentó a los exámenes de la Florida y los aprobó con notas sobresalientes. Su madre la exhortó a trabajar en la compañía de restaurantes, pero ella prefirió estar cerca de adolescentes. Creía descubrir en cada rostro a Esperanza, aunque ya en su mente empezaba a desdibujarse el perfil de su hija. Ni siquiera tenía una fotografía de sus últimos años de vida. Leticia sólo conservaba unas pocas de cada cumpleaños de Esperanza cuando era niña.

Antonio llegaba esa noche. Perla echó un vistazo dentro de la nevera. Seguía sin ser una buena ama de casa: la despensa y el refrigerador estaban casi vacíos. Decidió salir a hacer unas compras y visitar a su mamá. Desde la muerte de su hermano, Leticia padecía una pena secreta que intentaba sepultar ufanándose en asuntos de trabajo de la compañía. Una gerente era ahora la encargada de todos los menesteres, pero su madre siempre metía las narices dándole consejos y opiniones. Esa tarde, madre e hija compartieron un café y unos pasteles.

Perla siguió su recorrido de diligencias. En el supermercado miró dubitativa unas cervezas que estaban en oferta. Una voz a su espalda le aconsejó:

—No compre esa cerveza. Hay una oferta en la Tropical de la 137 Avenida: coges una caja y te dan otra a mitad de precio. La venta dura toda esta semana.

Perla no contestó. Se volvió y encontró tras de sí a un hombre curtido por el sol, manos fuertes rematadas con gruesos dedos, posiblemente de trabajar la tierra; una naciente barriga cervecera se adivinaba debajo de la planchada camisa. En el rostro, un recortado bigote era el único signo de vanidad en una cara surcada por insipientes arrugas. La mente de Perla voló en cientos de pensamientos inacabados. ¡Cuánto aprenderían los académicos encerrados en sus bibliotecas si supieran observar con detenimiento la realidad! Podrían, al menos, llegar a comprender mejor la idiosincrasia del cubano. Ella no pidió ninguna opinión, sin embargo el hombre supuso que iba a comprar cerveza y le dio su ayuda de manera espontánea. Se trataba de algo endémico en Cuba: dar criterios de todo, sobre lo que se sabe, y también sobre lo que no se sabe. Y por supuesto, brindar apoyo no solicitado. Definitivamente, meterse en la vida de los demás era parte intrínseca de la naturaleza del cubano.

—El domingo viene todo el familión y vamos a asar un puerco en el patio. Aquí no se puede asar en *pua*, ¿tú sabes?, las regulaciones del condominio, —el hombre, con una semisonrisa y un guiño de ojo, terminó susurrando—: aunque nadie les hace caso.

Luego, le extendió un papel estrujado con su dirección y teléfono.

—Vaya el domingo. Sin pena. Es para celebrar la llegada del sobrino. Llegó el lunes —se refería a Cuba— más flaco que un güin, pero ya engordará. Ya está toda la familia aquí... Gracias a Dios —Perla dudó en aceptar el papel y el hombre insistió. Le contó toda la historia de cómo fueron llegando poco a poco, primero él con su esposa y dos hijos, él mayor tuvo que esperar diez años porque lo cogió la edad del servicio militar y tuvo que venir en balsa; después la hermana con su marido y tres sobrinos, más tarde sus padres. Ya tiene siete nietos. Mostró una foto donde le fue señalando los nombres y perfil resumido de cada uno de sus familiares, con detalles de sus virtudes y defectos. Terminó insistiendo—: No deje de ir, donde caben veinte caben treinta. ¿Tú sabes?

Perla asintió y el hombre le indicó la hora de la comida, aclarando que podía llegar cuando quisiera y llevar a quien le viniera en ganas. El guateque empezaba al mediodía y no tenía hora para acabar. Se despidieron con un estrechón de manos y luego, cuando Perla lo vio alejarse, gritó un estruendoso «¡Oiga!». El hombre se detuvo y dio media vuelta:

—¿Cuál es su nombre? —Perla acababa de conocer a toda aquella parentela y sus intimidades sin siquiera saber el nombre de quién le proporcionó toda aquella información no solicitada.

—Lázaro González, para servirle... ¡Te espero el domingo!—y se alejó con una sonrisa.

Perla no compró la cerveza. Siguió sumergida en sus reflexiones. Siempre oyó hablar de las lenguas muertas y las vivas. Su tío Julián fue quien se percató de cuánto puede evolucionar el lenguaje en el transcurso de veinte años. Al salir de la cárcel y llegar a Miami, reparó en que muchas palabras ya estaban en desuso, y circulaban otras nuevas cuyo significado tuvieron que explicarle. Escuchó chistes a los que no encontraba la gracia y expresiones que no comprendía. Y no se trataba de un argot pandillero, o limitado a un sector de la población; jóvenes y viejos usaban nuevos giros del idioma que a veces hacían sentir a Julián como un personaje del Quijote. Parecería que fue un siglo de aislamiento y no solamente veinte años. ¿Solamente? ¿Qué veinte años no es nada?, eso es sólo un tango de Gardel. Pregúntenles a todos los presos que gastaron la mitad de sus vidas en las cárceles de Fidel.

En Miami estaba además la influencia del inglés que creaba un nuevo dialecto: el *Spanglish*. El «¿tú sabes?», con el que se acostumbraba a cerrar una frase buscando aprobación, era una traducción literal del *You know?* Así como «Te llamo pa'tra'» era el equivalente de *I call you back*. Invertir el orden de las palabras era algo común al dar una dirección: «137 Avenida y 47 Calle».

Perla salió al parqueo. A la sombra de un álamo, un hombre, al lado de una camioneta Ford, anunciaba:

—¡Aguacates a peso!

En Miami el dólar se convertía en peso, milagro que ni Fidel pudo lograr, gracias a los giros idiomáticos de los cubanos. Perla compró dos grandes aguacates. En el supermercado estaban a $1.30. Se ahorró sesenta centavos. «Son buenísimos», le aclaró el hombre. «En una semana estarán maduros. ¿No quiere mameyes? Mire que bonitos». ¡Mameyes! *Esta fructa es en olor y sabor fructa de reyes,* aseguró Fray Bartolomé de las Casas hacía cuatrocientos años. Esa regia fruta fue una de las tantas cosas que desapareció con la Revolución. Perla rememoró con nostalgia el postre favorito de su niñez: el helado de mamey que hacía Cacha. Al llegar a Miami, ya ni se acordaba de que existía. Compró dos. Dicen que el mamey demora cincuenta años para florecer. ¿Cuándo habrá suficientes mameyes otra vez en Cuba? Ahora los importan de Santo Domingo para el turismo, al igual que la yerba buena ¡Le zumba importar yerba buena a un país donde crece silvestre!

—No te arrepentirás. Son una seda. Los más dulces de la tierra —y dale con los superlativos de los cubanos, se quejó Perla para sus adentros.

Se quedó conversando con el vendedor. Llegó a Miami unos doce años atrás y ya tenía su casita propia. Ahora quería ayudar al hijo más chiquito. La venta de aguacates era un extra: para «resolver».

Bendito verbo: resolver. Era un vocablo básico en el *lenguaje cubano*, en la cuarta acepción de la Academia: «Hallar la solución de un problema». Resolver, *en cubano,* era buscar solución al problema de la vida cotidiana; habría que agregar a la acepción castellana «sin importar los medios». Daba lo mismo envenenar a un pariente para quedarse con la propiedad de una casa, o que un joven se casara por dinero con una octogenaria, traicionar a un amigo, robar o engañar. Cualquier acto estaba permitido con tal de «resolver».

Perla subió a su auto y avanzó por la Avenida 107. Obtener la licencia de conducción le resultó fácil. Su instructor, un joven cubano de segunda generación, nacido en Miami, opinó que manejar con dirección automática era lo más fácil del mundo. «Como montar una bicicleta», recalcó. ¡Qué sabrá ese lo que es montar bicicleta! La luz roja de la intersección con la calle 88 le dio oportunidad de seguir cavilando.

La solidaridad no es un «logro» de la Revolución. Ser solidario estaba muy dentro del espíritu del cubano; la Revolución sólo se aprovechó de esa virtud. Lo demostraba la manera con que la comunidad cubana recibió año tras año a los familiares que vivieron bajo el comunismo y renegaron de la familia al otro lado del Estrecho de la Florida. La Revolución, como amante celosa, pedía exclusividad y no permitía compartir amores. No importaba por cuánto tiempo el recién llegado de la isla hubiera renunciado a tener algún tipo de contacto con la familia «gusana», casi todos los cubanos de Miami, sin llegar a comprender del todo por qué los parientes de la isla actuaron de tal manera, perdonaron el agravio y recibieron con los brazos abiertos a los nuevos inmigrantes. Poco a poco supieron que los recién llegados vivieron sin plena libertad de opciones.

Miró la pizarra del automóvil y se percató de que tenía poco combustible. Murmuró una maldición al comprobar el precio del galón en la gasolinera de la esquina. Decidió rellenar. La luz derecha del intermitente parpadeó rítmicamente en los controles. Realizó el giro con suavidad, pero no se percató de un auto que se aproximaba a su lado. Tuvo que torcer con brusquedad el timón en dirección contraria para evitar la colisión. El automóvil se alejó a toda velocidad dejando un eco que tronó en sus oídos: «¡Paragüera!». Ya con el surtidor en la mano recordó la primera vez que se abasteció de gasolina en Miami.

Aquella vez llenó el tanque y una vez sentada en el auto y encendido el motor, comprobó que la aguja que indicaba el nivel del combustible, no marcaba el máximo. ¡Me han robado!, fue su primera reacción. Creció en una sociedad donde el robo era parte de la vida cotidiana. Abundaban los hurtos de todo tipo, como sustraer naranjas durante la noche en algún sembrado dedicado a la exportación, matar una vaca ajena para vender su carne, sacar hojas y lápices de las oficinas, o robar la leche que se les repartía a los niños en las escuelas. Algunos de estos pillajes llegaron a ser antológicos, como el de la tubería clandestina desde una fábrica de ron hasta la cisterna de una casa fuera del perímetro de la industria. Aunque otros desfalcos de «cuello blanco» tenían tal grado de sofisticación que podían competir con las fantasías de la película *Misión Imposible*. Un cubano «de visita» en Miami, le contó a Perla el minucioso proceso de los fraudes perpetrados con el auxilio de complicados programas de computación para alterar los inventarios. Robos por doquier. La diferencia con Miami era que podía reclamar, y no iba a permitir que ningún ratero se apropiara de su dinero. Cuando aquel día fue a exigirle al dependiente de la gasolinera por el supuesto robo, este sonriendo le contestó:

—¡Mi'jita, ¿tú acabas de llegar?! ¿No sabes que en algunos autos demora en subir la agujita? Es electrónico, no mecánico como los carritos rusos de La Habana, ¿cómo se llaman?… ¡Ah sí, Ladas! ¡Da una vuelta a la manzana y ya verás!

Tras pedir excusas, Perla se fue ruborizada. Era inevitable tener tropiezos de todo tipo ante la exuberante sociedad de consumo estadounidense. En definitiva, ella creció sin tener la posibilidad de contar con muchas opciones para escoger. El hecho de decidir continuamente entre la profusión de productos, marcas y alternativas a veces llegaba a resultarle extenuante. Era ineludible cometer todo tipo de deslices. Un día de caluroso verano, parada ante el mostrador de una venta de helados, indagó con el dependiente qué sabores tenía, y recibió una ríspida respuesta:

—¿Estás ciega? ¡¿Mi'jita tú acabas de llegar?! ¿Tú no ves todos los sabores delante de ti? Esto no es Coppelia que ya nada más tiene vainilla y caramelo, o fresa y chocolate.

¿Tú acabas de llegar? Miami no estaba dividido por clases sociales sino por fechas de llegadas: los cubanos que arribaron en las décadas de los sesenta y setenta, Mariel en los ochenta,

Guantánamo en el 94. También por puntos de orígenes: La Habana, Sagua la Grande, Artemisa, o Santiago. O por centro de estudio: el preuniversitario de la Víbora, o la Escuela Lenin. Los ahora más ricos y los más pobres mantenían viejas amistades y compartían festejos según sus pasadas afinidades de otros tiempos en Cuba.

Perla miró el reloj de pulsera y decidió ir hasta la farmacia de Juanita, la hermana de Fidel. Le gustaba fisgonear a la anciana señora mientras revisaba estantes, además siempre tenía excelentes ofertas de perfumes. ¿Cómo dos hermanos pueden ser tan diferentes? Trataba de descubrir alguna semejanza. La miraba con disimulo mientras sostenía algún frasco en la mano. La oía conversar con los clientes habituales y le fascinaba su campechanía, a pesar de que en más de una ocasión alguien entraba a la farmacia y sin ton ni son le espetaba: «¡Juanita, tú hermano es un grandísimo hijoeputa!». Ella no contestaba la ofensa, quedaba callada con una mirada triste. Como tantas otras miles de familias cubanas sufría con la separación de sus hermanos, pero también ella se tuvo que ir «Tenía muchos ideales cuando el triunfo de la revolución, pensaba que las cosas iban a ser diferentes... una verdadera democracia». ¡No puede haber sido fácil la vida de esa mujer en Miami!

Perla escogió una colonia de agua de violetas y la propia Juanita le cobró y le devolvió la mercancía con una sonrisa. La farmacia de Juanita era un establecimiento con un peculiar eclecticismo cubano. Coexistían gomas de repuesto para cafeteras y ollas de presión al lado de los perfumes franceses. Aceites de culebra y de moscas compartían la repisa con analgésicos más usuales y frascos multicolores de vitaminas. Entre pomos de champús y suavizadores encontró, una crema restauradora de Mirta de Perales.

Miami era el renacimiento de la ciudad perdida. Como sacados del ayer aparecían productos y establecimientos que rememoraban La Habana prerrevolucionaria. Mirta de Perales era el nombre de una humilde cubana peluquera que desarrolló una exitosa carrera hasta hacerse de una compañía propia de cosméticos. Perdió todo, incluyendo una exclusiva peluquería del barrio de El Vedado cuando fueron nacionalizados los comercios privados. A cada rato Perla tropezaba con historias similares como fantasmas del pasado habanero: la Funeraria Rivero, restaurantes Rancho Luna, La Carreta y Río Cristal o la cafetería La Esquina de Tejas. Miami es una ciudad que emergió con luz propia en medio de las nostalgias.

Nuevos negocios despuntaron, y a los sabores cubanos se sumaron los nicaragüenses y mexicanos. A los tradicionales bongoes, maracas y voces entonando habaneras y baladas, se adicionaron merengues, cumbias y vallenatos junto a los estridentes acordes de raps y rocks. Resoplaron la trompeta de Arturo Sandoval en su Jazz Club y el saxofón de Paquito de Rivera, junto a otros grandes del jazz. Miami era la ciudad más bulliciosa de Estados Unidos, al menos la única urbe de la Florida en la que lo normal era hablarse casi a gritos… en español. Miami era el emporio estadounidense de la música y la comida latina, donde se podía encontrar en cualquier tienda un cartel anunciando que se hablaba inglés.

Perla añoraba a Antonio, y ya faltaban pocas horas para su llegada. Nunca pensó que después de la muerte de Esperanza encontraría sosiego otra vez. Con Antonio reinventaba el amor en cada encuentro, gozaban del sexo con incontables juegos eróticos, se divertían con bromas ingenuas y reían con frecuencia como diablillos pícaros. Perla, sin que tuviera conciencia de ello, empezaba a amar a Antonio porque él no intentaba ahogarla con el espíritu posesivo del macho. Se descubrió fantaseando un futuro junto a él. Ambos se sentían, ¿por qué no decirlo?, felices.

—Eres una gata salvaje —le susurraba Antonio al oído y ella reía por respuesta.

Lo cierto es que una vieja amiga que la conoció durante todos los años en que Perla trabajó en el almacén de la Habana Vieja, y que ahora vivía también en Miami, le comentó un día:

—Nunca te vi reír tanto en La Habana. Estás deslumbrante de alegría.

Perla suspiró. Iba a extrañar a la ciudad y los amigos. Había obtenido una beca de un año para la investigación de genocidios y su prevención, pero le fue otorgada en una universidad del estado de Nueva York.

Regresó al apartamento y preparó la pequeña cafetera. Minutos más tarde sorbía con placer un expreso humeante y sin mucha azúcar. Para el gusto popular de los mercadillos de café cubano que pululaban en cualquier calle de Miami hubiera resultado amargo. Se sentó en un mullido butacón de la terraza que daba junto al mar, sorbió el fondo de la taza y abrió un grueso libro. ¿Qué pasa cuando se manda a fusilar o deportar a *etcéteras*? ¿Quién define que es un etcétera? Perla leía una y otra vez el telegrama que Lenin envió el 9 de agosto de 1918 al presidente del soviet en Nizhni-Novgorod. *Implantar el terror de masas, fusilar o deportar a los centenares de prostitutas que hacen beber a los soldados, a todos los antiguos oficiales, etc.* ¿Cómo fusilar a un *etc.*? En latín, etcétera significa «y lo demás». ¿Quiénes fueron «los demás»? ¿Quién tomaba la decisión de determinar quiénes son los demás? ¿El presidente del Soviet? ¿El soldado que hace las redadas?

Al ganar la beca para investigar sobre la historia de los genocidios, empezó a leer ávidamente sobre los planes exterminadores de la Revolución Rusa. Desde que oyó una conferencia impartida por un conocido historiador, Perla quedó pasmada de cuán grande era su ignorancia sobre los crímenes del socialismo. Aunque sufrió en carne propia varios de los atropellos del régimen cubano, antes de oír al historiador pensaba que los crímenes en Cuba eran «fallas» de la implementación de una versión tropical del marxismo. Todavía no ponía en duda al sistema en sí mismo.

Antes, al pensar en genocidio, de inmediato venían a su mente imágenes del Holocausto; sin embargo, fue descubriendo despaciosamente, primero con cierta reticencia y luego con profunda tristeza, las evidencias incuestionables de que los nacional-socialistas alemanes no fueron los primeros genocidas del siglo XX. Mientras más leía, más horror sentía. Muchas de esas primeras investigaciones fueron realizadas con un limitado número de fuentes primarias de información, pero después de la desaparición de la Unión Soviética salieron a la luz, con estelas de consternación, muchísimas más evidencias de los abusos cometidos. No obstante, una parte de la izquierda no quería oír demasiado sobre aquello. ¡Otro paradigma que se desplomaba!

Muchísimos años antes, mientras le repasaba a Esperanza el capítulo sobre la Revolución Rusa para un examen de Historia, le resultaron muy molestas las burdas simplificaciones del libro de texto. ¡Ni siquiera se mencionaba a Kerensky! No es que la Universidad de La Habana contara con demasiados libros que polemizaran sobre «el gran despertar de la humanidad», pero al menos ella pudo conocer de las sublevaciones de campesinos, obreros y soldados que antes habían ayudado a derrotar el zarismo y luego se rebelaron contra el poder bolchevique.

Perla siguió leyendo otro telegrama fechado el 10 de agosto de 1918, *Es preciso dar un escarmiento. 1. Colgar al menos a cien kulaks, ricos y chupasangres conocidos. 2. Publicar sus nombres. 3. Apoderarse de su grano…Haced esto de manera que en centenares de lenguas a la redonda la gente vea, tiemble, sepa y se diga: matan y continuarán matando…*

¡Ahorcar por escarmiento! Los comunistas no fueron los primeros en asesinar para dar una advertencia pública, pero la promesa del comunismo —«la plena realización de cada ser humano, libre de todo tipo de explotación y alienación»— no sólo era incumplida, sino era una senda bañada de sangre, humillaciones y vejaciones. Perla, adoptó una posición similar a la del cacique Hatuey, a quién se le ofreció la conversión al catolicismo poco antes de ser quemado vivo por los conquistadores españoles. Ella no quería ir al cielo comunista. Desde 1956 los crímenes de Stalin no podían ser desmentidos. Pero todavía los fervorosos seguidores del comunismo justificaban toda evidencia como un mal necesario dadas las circunstancias, como una especie de accidente histórico. Perla quería demostrar en su tesis que Lenin y el socialismo ruso estaban desde un inicio anudados al terror y al genocidio. Stalin no fue un accidente. Antes que él, Lenin concibió y lideró el Terror Rojo. El socialismo totalitario es un sistema que propicia la total impunidad de los verdugos y aplasta la individualidad de los seres humanos. Perla terminó de leer el telegrama de Lenin:

PS: Encontrad gente más dura.

El atroz dilema de Perla es que cuando criticaba tan duramente al socialismo los oyentes sobreentendían que defendía al capitalismo. «¿Cómo se iba a sostener la Revolución de Octubre si no tenía una posición dura? La invadieron más de un decena de países, ¿qué querías?, ¿que los recibieran con flores? ¿Quién fue más cruel: el Terror Blanco o el Terror Rojo? Dime Perlita, ¿qué es mejor entonces, capitalismo o socialismo? ¿Y el genocidio capitalista por hambre implantado sobre los pobres de todo el planeta? ¿Cuál es tu opción? Tienes que escoger».

Perla tenía muchas críticas al capitalismo, a las políticas de Estados Unidos, al poder infinito de las transnacionales y a un montón de cosas jodidas en este mundo. ¡Ay Perlita!, a veces te sentías tan sola, tan incomprendida. Pero estabas convencida de que aquellas revoluciones no pudieron salvarse. Si sobrevivieron a la reacción y a la intervención extranjera, murieron en manos de los propios revolucionarios cuando desataron el terror contra todo tipo de disidencia. Estabas sola contra todas las banderas. ¿Por qué carajo tengo que estar contigo o contra ti? ¿Cómo revolucionar el pensamiento?, te martirizabas hasta el agotamiento sin tener respuestas claras.

Cerró el libro y se concedió unos minutos de descanso. Lo terrible de la investigación era que necesitaba hacer frecuentes pausas, porque la lectura de tanta crueldad la hundía en una insondable tristeza.

¿Cuándo empezó en Cuba la transformación de revolucionarios a tiranos?, te preguntabas con frecuencia. ¿Acaso los que hundieron a Cuba en la desesperanza no fueron jóvenes rebeldes con una leyenda de libertad con pan y pan sin terror? No era posible una sola respuesta. Hay quienes decían que todo comenzó antes del triunfo revolucionario, cuando durante la rebelión contra la dictadura del General Batista, Fidel no quiso compartir el mando de la insurrección, y de manera conveniente, y a veces sorprendente, algunos de los otros líderes que lo presionaban a democratizar su forma de dirección fueron apresados y muertos por la policía. ¿Simple coincidencia? ¿Mala suerte, quizás?

El socialismo cubano se ganó una infamante fama al establecer una desigual igualdad, una injusta justicia, una ilegal legalidad, una indecente decencia, una improductiva productividad, una eficaz ineficacia, una despiadada piedad, una inhumana humanidad, que hizo que los cubanos sufrieran una inexistente existencia y una infeliz felicidad por medio siglo. Todo provocado por una contrarrevolucionaria Revolución: un socialismo feudal en manos de un *Napoleón Caribeño*, escribió Perla en su cuaderno de notas.

3
Un día cualquiera en el primer cuarto del siglo XXI

«Radio Reloj da la hora. Domm. Seis de la mañana. Si es noticia la tiene Radio Reloj. Tic, tic, tic, tic. A continuación los últimos cintillos noticiosos. Crece el índice de turistas víctimas de hurto en las calles de La Habana. Se inaugura una clínica especializada en operaciones de cambio de sexo. El calentamiento global elevará 88 centímetros el nivel del mar en el año 2100, afirman expertos de...». María apagó el radio despertador de un manotazo.

«Somos animales de costumbres», pensó. Ya se había retirado pero la pensión apenas le alcanzaba para vivir. Firmó un contrato de asesora para el nuevo Ministerio de Educación instaurado por el gobierno de transición. Su libro sobre autonomía moral había sido publicado recientemente en la isla y ahora era reclamada sin cesar para dar conferencias y seminarios. Sus alumnos esta vez eran futuros profesores que multiplicarían los fundamentos para la formación de la autonomía y el pensamiento creador en los jóvenes.

El titular de la última noticia de Radio Reloj le quedó danzando en la cabeza, «se elevará 88 centímetros el nivel del mar», puede que después de todo, la maldición del barbudo acabaría haciéndose realidad «primero se hundirá la isla en el mar antes que dejar de ser comunistas», repitió Fidel hasta la saciedad a lo largo de toda su vida.

«¿Cómo fue posible que te hicieras comunista?», le preguntó incrédula en una llamada telefónica la prima nacida en Miami al leer los horrores cometidos todos esos años, que ahora se divulgaban a diario en la prensa y la televisión.

Muchos simpatizantes de Cuba se negaban a creer las evidencias, tal como ocurrió con la desaparecida URSS hacía más de medio siglo. Si en aquel entonces la izquierda del mundo se negó a aceptar lo que el propio Partido Comunista en la URSS denunció, ¿cómo creer ahora a reportajes televisivos de transnacionales informativas? Improvisadas balsas hundidas en alta mar con sacos de arena arrojados desde helicópteros. Intelectuales condenados a un montón de años en prisión por tener un manuscrito en una gaveta; originales que por el sólo hecho de haber sido escritos constituían una ofensa y, en ocasiones, provocaron la orden de quemarlos en hoguera pública como colofón inquisidor. Otros, a los que ni siquiera se molestaron en hacerles juicios y para sacarlos de circulación fueron encerrados en los sanatorios de SIDA sin estar infestados. La corrupción, las acciones corporativas en el extranjero hechas a través de testaferros y las cuentas bancarias en Europa. Los abusos en las cárceles.

«Yo no sabía», dijiste tartamudeando a tu prima en el teléfono. Sin embargo, sabías que la pregunta exacta que debías formularte era: ¿No sabías o no querías saber?; ¿hasta dónde sabías y te negabas a cuestionar, pensar o actuar? Uno siempre acaba sabiendo, aunque no quieras; y esa responsabilidad no puede ser evadida.

La conciencia no se pierde en un día, se corroe poco a poco en incontables pequeñas infamias. La primera acción oprobiosa es insignificante y prepara al alma para otras mayores, cada vez más miserables. En tu caso, la primera, al menos de forma deliberada —tal vez hubo muchas inconscientes—, fue simplemente no hacer preguntas. No indagar fue tu primer acto de complicidad. No investigar, no hacer nada. No era tu problema. En ese momento te condenaste a ti misma de forma irreparable, pero no lo sabías, y tranquilizabas tu conciencia con incontables justificaciones.

La memoria es equívoca, enmaraña los hechos, confunde el antes con el después, lo vivido con lo aprendido más tarde, lo visto con lo soñado. En una encuesta que hicieron en La Habana preguntaron si alguna vez habían visto una jirafa viva; más de la mitad contestó que sí, «por supuesto», afirmaron. «¿Dónde?» En el Zoológico Nacional, respondieron. Pero allí nunca hubo una jirafa. Al decírselo a los encuestados, estos insistían en haberla visto. «¡Se habrá muerto, pero yo la vi!», aseguraban, sin el más mínimo asomo de dudas. Puede que lo creyeran de veras, porque la memoria nos inflige esas jugarretas y también porque es muy difícil reconocer que nos equivocamos, más cuando se está entre cubanos.

Dentro de unas horas se realizaría la audiencia del Foro de la Verdad y la Reconciliación a la que fue citada a comparecer. Perla decidió acompañarla, aunque María insistió en que no era necesario. Tenía derecho a llevar a un testigo que hablara en su favor. Perla se ofreció a hacer pública la ayuda que recibió de María durante toda la vida, y en especial su gestión para sacarla del manicomio.

¡Ay María! Eras rehén de la historia nacional y de la tuya propia. En algún lugar recóndito de tu mente estaban sepultados los recuerdos más pueriles, y cuando fueron liberados de golpe y porrazo de las profundidades de la memoria, te produjeron un despertar súbito, como cuando se logra colocar todas las piezas de un enorme rompecabezas y por primera vez se aprecia la figura escondida en los mil pedazos de cartón. La citación abrió la caja de Pandora: la verdad insistía, terca, en emerger. Un hecho recordado hurgaba a fondo y traía a la luz una nueva memoria, aunque el tiempo todo lo difumina. Pero también es cierto que por mucho que se intenten esfumar desesperadamente los fragmentos irritantes de un recuerdo, nada se borra jamás por completo. Decidiste enfrentar tu pasado y aceptar la invitación de comparecer ante el Foro y enfrentar tu pasado.

Ensayando posibles respuestas a preguntas que no sabía cuáles pudieran ser, dijiste con voz solemne mirándote al espejo para estudiar el efecto de tu expresión: «Fui parte de una obra maquiavélica que se presentaba hermosa: una obra para los pobres y desposeídos». Ese era el comercial de la Revolución.

«Fui una tuerca en toda la maquinaria» ¿Podía una tuerca haber parado la máquina? ¿Una sola tuerca? ¿Muchas tuercas y engranajes... quién sabe? ¿Quién puede saberlo hoy? Para muchos cubanos las virtudes que creyeron ver en la Revolución terminaron justo a su arribo a Miami. Casi siempre la determinación de romper la achacaban a algún acontecimiento ocurrido poco antes de su llegada, a partir del cual «la Revolución había muerto». Nunca quisieron mirar atrás, ni reconocer su corresponsabilidad con todo lo acontecido antes de sus partidas. Muchos de ellos a veces se transformaban súbitamente en los más vociferantes exiliados. Necesitaban enmudecer sus conciencias. No hay que culparlos demasiado. Las promesas fueron bellas, justas; significaron un proyecto por el cual valía la pena vivir, esforzarse y sacrificarse: todo con tal de construir un paraíso en la tierra. Sin embargo, el sueño poco a poco se fue desvaneciendo y entró en franca controversia entre lo dicho y lo hecho.

María miró el reloj y se apresuró. No podía llegar tarde. El transporte público había mejorado, pero ella siempre fue puntual y precavida. Las audiencias se celebraban en un edificio cercano al antiguo Tribunal Supremo en la Habana Vieja. En toda la cuadra y en especial a la entrada de la edificación colgaban numerosos carteles: «¿Cómo pudo suceder?» «¿Pudimos evitarlo?» «¿Hemos hecho lo necesario para que nunca más suceda?» «Amnistía no es amnesia». «Conocerás la verdad y la verdad te hará libre». Otros pasquines, aunque eran los menos, no eran tan conciliadores: «Ni perdonamos, ni nos reconciliamos. Justicia sí; diálogo no». Tuvo suerte de que la citación era a las nueve de la mañana porque horas más tarde, un grupo iracundo vociferaba en un coro perpetuo: «Amnistía no; justicia sí».

¿Llegaría ahora la penitencia a quienes cayeron en el error de no impedir los errores?, se preguntó María. Sus agitados pensamientos fueron interrumpidos cuando se encontró con Perla en el vestíbulo. Una recepcionista, tras un viejo buró, chequeó la citación y les pidió una identificación. Firmaron en una abultada carpeta y las mandaron a pasar a una habitación del segundo piso.

La forma de proceder en el Foro fue inspirada por las comisiones de la verdad en Sudáfrica, una vez que fue abolido el *apartheid*. Ubuntu es en esencia una ancestral ideología africana basada en la lealtad y el vínculo universal entre los seres humanos. El arzobispo Desmond Tutu, apostaba a esa filosofía para el renacimiento de áfrica del Sur. Pero muchos se cuestionaban si resultaría acertado aquel exótico método en la ardiente e intolerante isla.

Entraron en el pequeño salón que les indicó la recepcionista. Una mujer y un hombre estaban sentados al fondo del recinto, frente a una larga mesa, y revisaban unos papeles. Al verlas, las invitaron a sentarse y comenzaron a explicarles la secuencia del proceso. Por su cerrado acento zetoso, María adivinó que la mujer no era cubana pero no supo identificar su nacionalidad ¿Argentina? ¿Chilena? ¿Española? Dijeron ser los facilitadores de la audiencia.

La adusta señora se presentó a sí misma como una socióloga y psicóloga con experiencia en varios procesos de reconciliación de América Latina. El hombre resultó ser un pastor protestante de Matanzas, pero no especificó a cuál iglesia estaba afiliado. La socióloga les hizo saber que primero «la víctima» expondría su acusación. Luego «el victimario» colaboraría en la reconstrucción de los hechos y revelaría las causas que motivaron su actuación.

Después su conciencia determinaría si debía pedirle perdón a la víctima. En este punto, tomó la palabra el pastor y citando a otro cristiano manifestó:

—Son muchos los que aspiran a vivir una vida de paz, pero se sienten incapaces de reconciliarse con su pasado —sus palabras retumbaban en el aposento como si se tratase del oficio en una iglesia, o al menos así lo sintió María, aunque el pastor no levantó la voz en ningún momento—. Antes de pedir perdón a los demás uno debe reconciliarse consigo mismo. Es necesario enfrentar sosegadamente los propios errores y comprender por qué fueron cometidos.

Luego la socióloga tomó la palabra y manifestó cómo los procesos de la búsqueda de la verdad nunca son fáciles, y no se deben seguir esquemas rígidos. Mencionó como ejemplo el caso en Guatemala donde algunos campesinos fueron víctimas para luego, obligados por los paramilitares, convertirse ellos mismos en victimarios contra otros compatriotas.

—En mi opinión personal los cubanos han sido víctimas y victimarios a la vez —concluyó la socióloga.

Con un nudo en la garganta María preguntó cuál era la acusación. Los facilitadores se miraron entre sí algo contrariados, si ni siquiera reconocía de que falta se trataba, se abrían dos posibilidades: o tenía la conciencia muy sucia y no quería entrar a discutir el pasado, o se trataba de alguna confusión.

El pastor tomó una hoja de un portafolio abierto ante sí, y enfatizó la gravedad del momento al leer con una elocuencia tal vez algo excesiva: «Eduardo Pérez Suárez acusa a María Quiñones González de complicidad en la muerte de Marcos Molina Ruiz y Julio Ramírez Sosa. Durante una salida clandestina del país en el año 1993, el acusador, junto a Marcos Molina y otros dos jóvenes fueron embestidos por un barco guardafrontera hasta que la pequeña embarcación en que iban quedó destrozada.

Marcos y Julio murieron ahogados por el oleaje generado por el barco que los circunvalaba sin prestarles auxilio. Eduardo junto con René, el otro sobreviviente, pudieron escabullirse entre las olas y nadar de vuelta a la orilla de la playa porque ambos eran instructores de natación.» El pastor carraspeó y siguió con la lectura. «La inculpación se basa en que la lancha estaba apostada a algo más de un kilómetro de la costa, en el punto exacto de la salida, como si tuvieran la información de antemano y los estuvieran esperando. Eduardo supo que Marcos había revelado a la doctora Quiñones su plan de abandonar el país». María sintió que los latidos de su corazón saltaban con un tamborileo irregular. Al mismo tiempo Perla palidecía y sufría un vahído. ¡1993 fue el mismo año en que murió Esperanza! ¿Sería posible que María...?

—¿No le dice nada esta acusación? —preguntó con firmeza la socióloga.

María explicó bajo la mirada cuestionadora de Perla que Marcos era su paciente, y que efectivamente, le contó de la salida, aunque no le dio detalles. Dijo que si la policía hubiera instalado micrófonos en su consulta, como llegó a sospechar en más de una ocasión, no habría podido tener la información porque Marcos no le dio ningún tipo de pormenores, y esa aventura era soñada por miles de jóvenes que, en su mayoría, nunca llevaban a cabo sus planes. Incluso ella quiso disuadirlo de la idea por considerarla peligrosa. María relató también haber visitado a la madre de Marcos cuando éste no volvió a la consulta.

Perla creyó en la sinceridad de su amiga, pero los facilitadores no estaban del todo seguros. Aunque lo cierto era que no tenían suficientes pruebas para corroborar una acusación de complicidad. ¿Estaba dispuesta a reiterar sus argumentos frente a Eduardo?

María accedió y repitió la historia en otro salón lateral donde Eduardo esperaba por la audiencia. Lo narró con una voz rajada y temblorosa, retorciendo un pequeño pañuelo blanco entre las manos. No supo si Eduardo la creyó, pese a que parecía aceptar sus explicaciones. Tal vez el relato de Perla sobre cómo su amiga se movilizó para sacarla del manicomio, contribuyó a que se confiara en su inocencia. Cuando al final María pidió decir algo más, todos los presentes la miraron con sorpresa.

—Yo sí soy culpable de complicidad, por quedarme callada ante un montón de cosas que consideré injustas —suspiró profundamente y continuó—. Soy culpable de no haber preguntado y averiguado la verdad. Soy culpable de... —la voz se volvió un hilo y comenzó a sollozar.

La dejaron llorar hasta que vaciara sus demonios interiores en aquel torrente de lágrimas y cuando al fin pudo hablar, expuso con congoja las razones de su cobardía. No sólo la cárcel era temida, el aislamiento social podía ser igual de cruel. Ver la vida transcurrir en derredor como si estuviese atrapada en una burbuja invisible a la que nadie se acerca era una pesadilla perenne. Podía convertirse en un fantasma viviente en medio de la calle; perder el trabajo, la posibilidad de estudiar, los amigos, arriesgarse a que los vecinos no devolvieran el saludo y a que nadie respondiera sus llamadas. El miedo a ser declarado *no persona* paralizaba.

Sin embargo, muchos cubanos no sólo fueron «culpables» de no hacer nada. Hubo millares que por disímiles razones «colaboraron» de forma más abierta. Hacía pocos meses que la presión popular había exigido abrir los expedientes «clasificados» sobre casi un millón de ciudadanos, que tenía en sus archivos la Seguridad del Estado. Pero para evitar venganzas iracundas, se decidió esperar cinco años para hacerlos públicos. No obstante, resultó inevitable que algunas informaciones se filtraran a la prensa. Más allá de la caracterización realizada por el oficial de turno acerca de las debilidades del individuo, lo más terrible era saber de las denuncias hechas por el vecino que se decía amigo, de la mujer contra su esposo, de la hija contra su padre, de la madre contra su hijo, del hermano contra su hermana, del sobrino contra el tío. En los últimos años de Revolución muchas denuncias se hacían de forma anónima, y la gente no llegaría nunca a identificar a quién debían sus sufrimientos.

Incluso los nombres de algunos cubanos que vivían «afuera» aparecían acusados en *blogs* publicados en Internet, y se reclamaba que respondieran ante sus acusadores si regresaban al país. Las revelaciones sacudían a la opinión pública y muchos comenzaron a cuestionarse su interpretación del pasado. Ni siquiera los muertos estaban limpios. El famoso mártir guerrillero, muerto en la Sierra, que tantas escuelas y hospitales llevaban su nombre, ametralló en un acto de ira a tres indefensos jóvenes soldados de Batista, prisioneros de guerra de las fuerzas rebeldes, cuando le fue dada la noticia de la muerte de su mejor amigo, torturado hasta desangrarse, en la Novena Estación de Policía de la Habana. «Los muertos también tenían que cargar sus faltas», declaró un miembro del Foro.

Al marcharse de la audiencia María estaba alelada, con los sentidos embotados. Perla consideró que su amiga necesitaba compañía para relajarse. Cruzaron el Parque Central en silencio. Un Testigo de Jehová repartía volantes y gritaba que el mundo se iba a acabar y debían salvar el alma antes de que fuera demasiado tarde. Ante la insistencia del orador María tomó uno de los panfletos. Perla negó con la cabeza e hizo un ademán con la mano rechazando el impreso.

—¿Sabes cuál es una religión que me revienta? —dijo Perla, para luego, ante el silencio de María, contestarse a sí misma—. Los Testigos de Jehová. Ellos creen en su verdad y no sólo quieren convencerte, insisten en salvarte. Tienen cierta similitud con los fanáticos que tratan de hacerte ver que estás «totalmente equivocado». Aspiran a sacarte de la oscuridad y de los terribles errores que estás cometiendo.

El comentario logró sacar a María de su mutismo.

—Creo que estás exagerando —protestó.

—Tal vez...un poco. La diferencia es que el Testigo de Jehová es pacífico. Pero el fanático cuando no lo logra a las buenas, no tiene ninguna duda de la necesidad de salvarte a las malas... El fin justifica los medios—insistió.

Cruzaron la ancha calle Prado y se sentaron en una mesa en el centenario portal del Louvre. Un raudo camarero les ofreció la carta y trajo dos vasos de agua helada. Ordenaron dos cafés. María seguía pensativa y jugaba con la circunferencia líquida que dejó el vaso sobre la mesa de mármol. Como saliendo de su letargo le dijo a Perla, casi en un murmullo:

—Creo que tienes razón. Todos tenemos algo de fanáticos —y continuó casi como si fuera un monólogo—. El fanatismo crece como la mala hierba entre los cubanos. Sí creo en algo, tengo que convencerte. Estoy obligada a hacerlo. No quiero decir que cualquiera que exponga apasionadamente sus opiniones pueda ser catalogado así. A lo que me refiero es que de forma consciente o inconsciente tomamos una actitud de superioridad, de creer saberlo todo, y somos incapaces de escuchar al interlocutor.

Perla asintió con la cabeza. El camarero llegó con la orden; y después de endulzar al humeante café, Perla le contestó a María:

—Los socialistas en Brasil se percataron de ese problema y durante muchos años han desarrollado la educación popular. Uno de sus principios es que no hay maestro ni alumno. Todos aprendemos de todos. Si siguen ese camino, aunque sea a paso de tortuga, llegaran más lejos que nosotros.

—Su éxito se lo deben a Paulo Freire. Ese fue el promotor inicial —asintió María, que ya estaba más animada, como si el brebaje o el tema la hubiesen sacado de su aturdimiento.

—Los principios de la educación popular son la antítesis del culto a la personalidad, y de la eterna búsqueda de un Mesías poseedor de la verdad absoluta —afirmó Perla con energía.

—Un Fidel —confirmó María bajando la voz por la fuerza de la costumbre.

—O un partido que pretenda saber y decidir lo que más le conviene a la gente—añadió Perla.

Luego recordó a María un bocadillo de *Galileo*, la obra de teatro de Bertolt Brecht, donde un personaje proclama:

—Apiádense del país que no tiene un héroe. Apiádense del país que necesita un héroe.

—¿Y cuál es tu solución? —indago María sin poder evitar un tono sarcástico.

—Ves, esa pregunta es una trampa —respondió de inmediato Perla—. Un socialista brasileño me dijo que tenían que aprender a hacer un proyecto colectivo sin aplastar los individuales. No hay una salida única. Nunca habrá una solución que satisfaga a todos por igual —precisó con firmeza —. Creo que hay que construir un camino integrado por muchas propuestas —y como para redondear la idea agregó—: Todos tenemos que dar unos pasos y ceder en algo para acomodar al otro que piensa distinto.

—Eso suena utópico —argumentó María.

—Seguro —admitió Perla— porque conceder parte de la razón a otros lo interpretamos como sinónimo de cobardía o derrota.

Quedaron en silencio y dirigieron una mirada al animado entorno. María jugueteaba distraídamente con dos sobrecillos de azúcar y vertió su contenido sobre la mesa formando dos minúsculos conos con el dulce granulado. Uno era blanco, y el otro, pardo.

—Mira, esta azúcar blanca es 99% pura —dijo María mientras miraba a la mesa.

Y siguió hablando sin que Perla supiera a dónde quería llegar. Es costosísimo llegar a ese nivel de pureza. Esta otra, la prieta, tiene sólo un 75% de azúcar. Hace veinte años era despreciada, se creía que el otro 25% eran «impurezas». Pero en la actualidad, los valores se han invertido. Hoy se sabe que la prieta es más rica y saludable: ese 25% tiene melaza, hierro y vitaminas. Es cierto que el sabor no es el mismo, sobre todo si estuviste toda la vida acostumbrada a la blanca; requiere tiempo acostumbrarse a algo distinto.

Perla seguía escuchando con atención a su amiga, sin interrumpir aquel extraño soliloquio, hasta que María concluyó su disertación:

—En Cuba quisimos ser azúcar blanca, pretendimos eliminar de nuestra sociedad lo que considerábamos «impurezas» y los «elementos extraños». Pero a la larga perdimos, porque esas mal llamadas impurezas eran las que nos daban la riqueza de la diversidad —y sentenció con resignación—: Estábamos equivocados. La azúcar prieta era mejor para todos.

Las dos amigas quedaron en silencio. Tal vez un pensamiento no acabado vibraba en sus mentes: ¿Hubiera podido ser de otra manera? Pero el bullicio circundante no permitía ese tipo de reflexiones. Desviaron su mirada a la algarabía que llegaba del Parque Central.

Juglares, músicos y bailarines lograban atraer la atención de los numerosos transeúntes que formaban varios círculos humanos alrededor de los artistas. Los acordes de rumbas, habaneras y guarachas se solapaban unos a otros, en un esfuerzo por hacer el mayor ruido posible. La esquina sur del parque hervía en acaloradas discusiones sobre Dios sabe qué tema. Estatuas humanas se sumaban a las erguidas palmas reales y al monumento central, de más de cien años, con la figura de José Martí, como parte del rígido diseño geométrico del parque. Dando la espalda a Martí, un mimo vestido de uniforme verde olivo, con un enorme habano en la mano, hacía una excelente parodia de un Fidel Castro en sus años mozos. Decenas de turistas esperaban en una larga cola para fotografiarse con el falso barbudo. Los exuberantes jagüeyes formaban una techumbre natural que protegía del implacable sol a los jugadores de ajedrez y damas, quienes sentados en los largos bancos de granito, parecían estar aislados del jolgorio que los rodeaba. Multitud de chiquillos corrían de un lado a otro buscando clientes para los incontables tours que partían del frente del Capitolio en ómnibus destechados, y cuando recibían alguna propina galopaban, casi volaban, hacia un camión rodante que vendía fritas, batidos y jugos en la esquina de Prado y Neptuno.

María y Perla se asombraron de la efervescencia. Era como si la ciudad renaciera en medio de los edificios en ruinas y del dolor de tantos años. Dice el refrán: «La Habana, quien no la ve no la ama». Perla parafraseó el dicho: «La Revolución, quien la vivió no la ama». Aunque se equivocaba; siempre habría en el mundo los que seguirían seducidos por ella.

Epílogo

La confesión

Un día cualquiera en el primer cuarto del siglo XXI

El remordimiento era para María una emoción nueva; cada vez más asidua. Se trataba de algo confuso e indeseado. Cuanto más luchaba contra él, más culpable y miserable se sentía. ¡Ay María! Con mayor frecuencia de lo que deseabas, recapitulabas tu vida, elucubrando cuántas cosas habías dejado de hacer por miedo a las posibles consecuencias de tus actos. Era una acción casi masoquista, porque mirar atrás no servía de nada. Lo que pasó, pasó, y ya no tenía arreglo. ¿No? Siempre actuaste en base al sentido común prevaleciente en el pasado, sin asumir riesgos, refugiándote en la cotidianidad y en la aparente seguridad que daba aquella regla de oro imperante en el país. «No buscarse problemas». Sin embargo, el hecho de haber tenido que declarar en el Foro de la Verdad y Reconciliación expuso tu existencia a interrogantes y perspectivas radicalmente diferentes. Como si hubieras girado el dial del radio de una estación donde se oyeran los suaves acordes de Schubert, a otra con el sonido estridente de una canción de Guns N' Roses.

Lo pensó una vez más y decidió llamar a Perla por teléfono. Le pidió conversar con ella a solas. Acordaron que se verían en su apartamento en un par de horas. Perla al llegar abrazó con fuerza a María, quien devolvió el saludo con inusual ternura y una emoción de estreno. Al principio hablaron trivialidades. Perla tuvo la intuición de que María quería decirle algo importante aunque no se atrevía. ¿Algo que no dijo en el juicio? En nombre de la amistad, que ya cumplía cincuenta años, la incitó a que no fuera tímida.

—Puedes decirme cualquier cosa, para eso somos amigas —la invitó Perla en un tono dulce, mientras tomaba las heladas manos de su amiga entre las suyas y las masajeaba con suavidad para que entraran en calor.

La frase y la caricia desarmaron a María. El desplome psicológico pudo apreciarse físicamente al ensombrecerse su mirada y encorvársele la espalda, como si cargara un saco de pecados. No pudo hablar. Le extendió una abultada carpeta que estaba sobre la mesa central de la sala y le pidió que leyera. Perla extrañada, sacó más de un centenar de hojas amarillentas, escritas a máquina.

La Habana, 30 de noviembre de 1960
«Año de la Reforma Agraria»
Co. Alejandro:
Tal como usted me pidió hice que mi hija María Quiñones continuara su amistad con Perla Guzmán Cepeda y estimulé las visitas a casa de ésta. Según lo que me ha dicho mi hija, Perla ha mencionado que considera una injusticia que su tío estuviese preso. Cree que es un error de la Revolución que en cualquier momento se aclarará. Según ella, su tío no es un hombre de armas. Usted ha insistido en que averigüe para qué fue que el tío se infiltró, pero parece ser cierto que la niña no lo sabe. La mamá de Perla, la señora Leticia Cepeda del Valle, se fue de la casa a vivir en un apartamento del Vedado, con sus padres (no sé la dirección, supongo que ustedes la sepan). Perla dijo que su mamá tomó esa decisión para no perjudicar a la familia, porque no estaba dispuesta a romper con su hermano, y parece que el compañero Enrique Guzmán, el padre de Perla, no aprueba que la Sra. Leticia lo visite.
El co. Guzmán mantiene una buena actitud, no ha faltado a ninguna guardia del CDR y ha asistido a todos los trabajos voluntarios.
Por lo demás, no sé qué otra cosa informar. Usted me dijo que cualquier detalle podía ser importante, aunque debería darme algún ejemplo de qué tipo de datos anda buscando. Por ejemplo, en la casa vive una empleada de la familia (de raza negra) que tiene creencias religiosas y ejerce una influencia negativa sobre Perla inculcándole oscurantismos del pasado.

Muchos compañeritos de la escuela dejaron de
hablarle a Perla cuando supieron que tenía un tío
contrarrevolucionario preso. Como usted indicó y
siguiendo su autorización, María siguió hablándole a
Perla, gesto que parece que ella agradeció. Hay otros
alumnos que también han seguido hablándole a Perla
¿Quisiera una lista?
   Otros detalles: le gusta el rock y desprecia la
música cubana. También usa ropa extravagante y
provocadora pese a su corta edad, además de estar
siempre hablando de sexo y cosas inapropiadas.
   En espera de nuevas orientaciones, se despide
revolucionariamente,
   Carmen González
   Presidente del CDR No. 15 Augusto César Sandino
   Municipio Playa

Durante la lectura, Perla miró a María en más de una ocasión
con expresión de auténtico escepticismo pero continuó leyendo
hasta el final. Hojeó otras páginas y todas iban dirigidas al «Co.
Alejandro», sólo las fechas y las informaciones cambiaban Ahí
estaban escritas conversaciones y pesares muy íntimos que
compartieron desde niñas. Perla dejó caer las cartas en su regazo
y lanzó una mirada de consternación a María. Tras un largo
silencio atinó a decir con voz ronca:

—¿Qué es esto? —todavía no daba crédito a lo que acababa de
leer.

María demoró en contestar, tomó aire y lo exhaló
fuertemente.

—A tu tío lo cogieron preso, porque yo lo delaté —Perla le
dirigió una mirada medusiana y quedó sumergida en un silencio
de muertos, como si una aguamala le hubiese quemado las
entrañas. María continuó trastabillando palabras con los ojos
clavados en el suelo, no se atrevía a mirar a Perla a la cara—.
Aquella tarde que entramos en la casa vacía, oí lo que hablaste
desde el rellano de la escalera… y esa misma noche se lo dije a mi
mamá. Ella, sin yo saberlo, llamó a la Seguridad del Estado.

María ya no pudo parar. Como un río desbordado habló sin poder detenerse, dando detalles de cómo un oficial de la Seguridad le propuso a Carmen que María fuera informante, aunque como era todavía una niña no podía tomarse el riesgo de una indiscreción, por lo que decidieron valerse de su madre, quién a su vez la usó a ella para obtener informaciones sobre Perla y su familia.

María terminó su oscura confidencia y Perla siguió hundida en un silencio viscoso, inaccesible; sólo se escuchaba la jadeante respiración de María, como el resuello agónico de un acordeón remendado. Desde la calle se oyó el aullido lejano de un perro. Perla, que abogaba por el perdón entre los cubanos, se enfrentaba a una situación en la que no sabía si sería capaz de otorgarlo. Siempre pensó en el perdón en abstracto, sin rostro, nunca supuso que la villanía viniera de alguien cercano y querido ¡María, su amiga de toda la vida! Recordó que su tío creyó por muchos años que su propia sobrina lo había delatado.

«¿Perdonarías al culpable de tus años de cárcel?», le preguntó Perla a su tío pocos meses antes de que muriera. Julián no le contestó ese día. «No sé», le dijo y se quedó meditabundo. Pocos días más tarde la invitó a dar un paseo en su bote. Allí, en medio del mar, le abrió su alma a la sobrina. Le habló como si fuera un testamento. Consideraba que no era posible definir a un único culpable, ni siquiera Fidel, que fue el director de la orquesta, podía cargar con todo lo sucedido. Culpables absolutos y víctimas absolutas son muy pocos. Los que luego fueron víctimas gritaron apasionadamente «paredón» en los primeros años. En realidad es una culpa compartida, despedazada en mil fragmentos: el que delató, el torturador, el juez, el carcelero, el chofer de la patrulla de policía, o el que vociferó en los actos de repudio. Todos compartían un pedazo de la responsabilidad en medio del delirio en que vivían. Hasta el más simple ciudadano que calló y no quiso saber, había comprometido su conciencia, por no importarle lo que le pasara a otro compatriota. ¿Quién era el culpable? No hay uno solo, concluyó Julián. «¿Los perdonarías?», insistió Perla. «Creo que sí. Era una guerra despiadada en la que la violencia era algo natural en nuestras vidas y no se consideraba al enemigo como un ser humano. Ambos lados compartían ese criterio, y cometieron crímenes bajo la perversa lógica de la guerra. En todo caso, lo que quisiera, más que perdonar o dejar de perdonar, es que no se repitiera otra vez otro ciclo de venganza y muerte». Perla parecía confundida. «¿Cómo lograrlo?», preguntó ansiosa la sobrina. «No lo sé. Lo que me gustaría es que algún día los cubanos de adentro y afuera de la isla nos pudiéramos llamar hermanos y que seamos capaces de abandonar cualquier ideología que exalte el odio», le contestó Julián.

Perla se acordó de las palabras de su tío, como si el expresidiario en ese momento compartiera uno de los butacones de la sala de María. Pero quien estaba frente a su mirada era la iniciadora de una sucesión de culpas y complicidades; la delatora que originó la cadena de infortunios de su tío: veinte injustos años de cárcel, robados para siempre de lo mejor de su vida, y el fusilamiento de su compañero de desventuras.

—Perla por favor di algo. Tu silencio me está matando —imploró María. La angustia había convertido su rostro en una pálida y doliente máscara del Teatro Noh.

Perla supo que la traición era amarilla, casi naranja, y luego se tornaba violácea con feos pespuntes negros; quemaba con un frío sólido que la hizo temblar, y al mismo tiempo, un calor sofocante le subía de las entrañas y sintió la cara arder, como si una llamarada hubiese explotado en su interior; y olía mal, a podredumbre de pantano. Y mordía como fiera rabiosa porque sintió cómo la despedazaba hasta dejarla convertida en minúsculos fragmentos, incapaz de moverse, y mucho menos de pronunciar palabra alguna. Siguió callada ¿un minuto?, ¿dos?, ¿cien? Era un silencio que aguijoneó con saña cada pedazo de piel a María. Pero Perla tenía la garganta cerrada, seca, como si hubiera tragado un saco de arena y ningún sonido salía de su boca. Su cabeza era un remolino de sentimientos que la devolvieron a aquella conversación con Julián. «¿Tío, y si hubiera sido yo quien te hubiese denunciado? ¿Me habrías perdonado?»

El tío sonrió y le dijo: «Tú eras una niña». María era una niña también cuando cometió la indiscreción que condujo a la captura y martirio del tío Julián. Perla todavía no sabía que decir y repitió las palabras del tío: «Eras una niña». María sonrió con mansedumbre. La sonrisa se desdibujo en una mueca cuando dijo:

—Hay más... Cuando fui electa joven comunista me reclutaron como informante de la Seguridad y me pidieron que informara directamente sobre ti. —A veces cuando hay verdades terribles que se dicen en pocas palabras el cerebro no tiene tiempo de digerirlas, tal vez esa fue la expresión de Perla porque María repitió—: Yo informé por varios años a la Seguridad del Estado todo lo que sabía sobre ti. Me chantajearon a perder la carrera. Fue culpa mía que tu novela fuese interceptada en el correo y que nunca llegara al concurso. Por mí supieron de tus amantes, tus disgustos y tus anhelos. ¡Todo! —María rompió en llanto, primero, fueron suaves sollozos entrecortados, y luego fue como un caudal de aguas subterráneas. Con una voz comprimida por las lágrimas, suplicó en un gemido gutural—: ¡Perdóname!

Perla recorrió toda su vida de golpe, igual que los relatos de algunos presos cuando se creyeron a un paso del pelotón de fusilamiento. María aparecía en ella, imagen tras imagen: en los juegos, fiestas, trabajos voluntarios, en las confesiones de amor, en el nacimiento y muerte de Esperanza, cuando la visitó en la cárcel, y en la correspondencia cuando se fue de Cuba. ¡María era parte de su vida! ¿Y tú Perla? ¿Y tú? ¿Estás tú libre de culpa? No, no lo estabas. Con extrema facilidad aceptaste no visitar a Julián a la cárcel porque «podías buscarte problemas»; fuiste la amante de un General, que si bien no estuvo implicado con la injusta condena de su tío, es posible que tuviese en sus manos la sangre de otros Julianes y otras Esperanzas, o de otros Pedros y Juanas; o, en todo caso, alguna actuación en hechos mezquinos y ocultos de la Revolución.

Entre hipos y sollozos María intentó justificarse explicando que cuando expulsaron a Perla de la universidad decidió informar sólo trivialidades, cosas sin importancia, por eso le insistió en tantas ocasiones que no le hablara de política. Lo dijo como si fuera un mérito. Por algún resorte de la mente esas palabras de arena hicieron que Perla rememorara a ciertos intelectuales que ahora mostraban orgullosos algunos de sus pasados escritos como supuestas pruebas de disidencia, para afirmar, completamente convencidos: «Ves, yo criticaba al gobierno». Sin embargo, cuando Perla leía esos artículos, sólo al cabo de la tercera o cuarta lectura, entre líneas y con un lenguaje oscuro, barroco, rebuscado y lleno de metáforas, encontraba algo, una frase o un corto párrafo, que podía llegar a interpretarse como una lejana crítica. Pero, ¿cómo perdonar a María si era la misma imagen de la traición? María, una verdadera Caína. Perla siempre consideró que Mariflor era oportunista y cobarde. Ahora resultaba que María llegaba a la infamia.

—¿Me perdonas? —suplicó María otra vez con voz queda.

Perla no contestó. Sentía a la vez una extraña mezcla de profundo desprecio y lástima por quien hasta unos minutos atrás consideró la mejor amiga de toda su vida.

—¡Ay, María! —se lamentó Perla, y sacudió tristemente la cabeza, como si hablara consigo misma, o como si tratara de negar lo que acababa de escuchar; y repitió con un profundo cansancio, en el mismo tono que usó Marlon Brando en *Nido de Ratas* cuando supo de la traición del hermano— ¡Ay, María! —la miró sin cólera, sus ojos sólo reflejaban una profunda decepción. No pudo decir más, dio media vuelta y se marchó. Al levantarse, todas las cartas amarillas que aún estaban sobre sus rodillas cayeron al suelo como hojas secas de un árbol en espera del invierno.

María no durmió esa noche. Por un lado, sentía un gran alivio por su confesión. Ningún secreto puede estar escondido para siempre; ahoga hasta cortar la respiración. Al menos tiene que ser revelado una vez para aliviar el alma. Por otra parte, sentía que con su desahogo pasaba toda la carga de su vergüenza a Perla. ¡Si al menos me hubiera escupido o injuriado! La penitencia del silencio de Perla era peor que cualquier insulto. La llamó varias veces al hotel y no recibió respuesta. Fue incluso a verla, pero no salió de su habitación. María sentía una pena infinita. ¿Habría hecho bien en confesarle sus miserias?

Transcurrieron otros cuatro días en los que María lloró a solas. Se quedaba por largas horas contemplando el mar en completo silencio; apenas sin pestañear. Canceló dos seminarios excusándose por enfermedad y llegó a sentir por primera vez sobre sus hombros la completa magnitud de su traición. Perla se iba a la mañana siguiente sin hablarle de nuevo tras la confesión de aquella noche. María aceptó finalmente el mutismo de su amiga. Tendría que aprender a vivir con su pasado como una criminal arrepentida.

No durmió esa noche. Estuvo pendiente del timbre del teléfono. Levantó el auricular un par de veces en la madrugada porque juró haber escuchado el repiqueteo del aparato. Pero al contestar, sólo oyó la sordina del tono de discar. Sabía que no conciliaría el sueño, por lo que decidió levantarse y colar café.

Asomada al balcón miraba el amanecer. Tomó el buchito de café acabado de hacer y leyó una vez más el enorme letrero en la acera de enfrente *Cuba con todos y para el bien de todos*. ¿Sería verdad esta vez? ¿Para los viejos, los enfermos, los negros, las putas, los hijos de puta, los oportunistas, los renegados, los cobardes, los paleros, los locos, los ambiciosos, los maricones — de culo y del alma, que no son iguales—, los santeros, las lesbianas, los ciegos, los raperos? ¿Para todos? ¿También para los comunistas y anticomunistas? ¿Para los anticastristas y exfidelistas? ¿Para las víctimas y los victimarios?

La ciudad fue tomando un reflejo rojo sangre que la estremeció. Un camión de Federal Express parqueó en los bajos del edificio, y pocos minutos después tocaron a su puerta. Extrañada, María abrió. Era un gran sobre dirigido a su nombre. Perpleja, firmó y desgarró la envoltura. Adentro encontró un pasaje aéreo de ida y vuelta a Buenos Aires, quinientos dólares y una nota de letra conocida que decía «Para gastos de bolsillo». El boleto incluía un tour con todos los gastos pagos por una semana en Argentina. Leyó el nombre del remitente: Perla María Guzmán Cepeda.

Nota de la autora
Mi propia confesión, agradecimientos y algo más

Paseaba hace ya algún tiempo —un día de mi cumpleaños— en el bosque colindante a mi casa en Canadá. Acababa de leer *Como llegó la noche* y estaba conmovida con el sufrimiento y coraje que narra Huber Matos en esas memorias. Fidel Castro lo condenó en 1959 a veinte años de prisión bajo el cargo de traidor. Eché un vistazo atrás a las últimas dos décadas de mi vida. ¡Qué terrible haberlos pasado enterrado en una celda! ¡Cuántos sucesos en veinte años!, ¡cuántas alegrías y desconsuelos!

Aquel día de cumpleaños le escribí una carta y le pedí perdón. Perdón por no haber preguntado y creer a pies juntillas lo que el gobierno cubano había dicho siempre sobre él. «Me siento culpable por haber aceptado verdades absolutas y haber sido una crédula incondicional», le escribí.

Pocos días más tarde, para mi sorpresa, recibí una llamada telefónica de Huber Matos. Fue una conversación breve, pero enjundiosa donde hablamos no del pasado, sino del futuro de Cuba. Matos no guardaba rencor, mucho menos odio. Sus preocupaciones se centraban en la necesidad de una educación en valores éticos universales para la Cuba del mañana. La lectura del libro y aquel diálogo encendieron una luz y emprendí el camino de desmitificar a los cubanos de Miami. ¡La mafia de Miami!, según escuché por décadas. Así conocí a muchos excelentes compatriotas como Pedro Pérez Castro, Siro del Castillo, René Hernández, Cristina Cabezas, Lino Fernández, Emilita Luzárraga, «Amadito» Rodríguez, María Cristina Herrera, quiénes, entre otros, compartieron sus dolorosas vivencias, sueños y esperanzas. Yo, timorata, al principio esperaba algún reproche. A fin de cuentas, creí y defendí al régimen que les robó la mitad de sus vidas y se las arrancó, ante el pelotón de fusilamiento, a muchos de sus amigos y hermanos. Tampoco en ellos encontré odio, ni aversiones. Así llegue a la conclusión de que es posible, muy posible, que los cubanos nos podamos llegar a entender, tolerar, y convivir unos con otros. Les agradezco infinitamente haberme contado sus experiencias e infortunios. A Pérez Castro, en especial, por permitirme asistir al seminario sobre reconciliación nacional que organizó en Puerto Rico. A todos, por facilitarme un montón de textos y documentos históricos que me sirvieron para descubrir otros testimonios desconocidos para mí hasta entonces.

Para la investigación de los atropellos cometidos en todos estos años fueron muchas las obras consultadas, aunque quiero referirme a aquellas que resultaron fundamentales: los informes de Amnistía Internacional y de *Human Rights Watch*; *El presidio político en Cuba comunista*, de ICOSOCV; *Cómo llegó la noche*, de Huber Matos; *La UMAP: el gulag castrista*, de Enrique Ros; *Cuba. Justicia y terror* de Luis Fernández Caubí; y *Cuba: clamor del silencio*, de Amado Rodríguez.

Al leer algunas obras recientes sobre la historia de Cuba, pensé saltar lo referido a la lucha insurreccional contra Batista. Eso, pensaba yo, me lo sabía al dedillo. ¿Para qué malgastar el tiempo? Un amigo me aconsejó no hacerlo: podía aprender mucho. Tenía razón. No conocemos el pasado de Cuba, sino sólo de las narrativas aprendidas, según el lugar que ocupamos en esta trama. Estructuramos nuestro pensamiento basándonos en «informaciones» que damos por ciertas y no cuestionamos. Necesitaríamos poner en claro lo que nos ha ocurrido desde una perspectiva plural, con todas las historias que sus portadores han tenido como únicas verdades hasta hoy. Espero que si algún lector se siente ofendido, antes de alzar una voz iracunda, lea y busque las verdades del otro lado del espejo. Esta no es una novela histórica, pero está basada en una tragedia real.

Nunca hay una sola verdad. Yo tampoco pretendo establecer ninguna.

M. M.
Ottawa
30 de septiembre de 2006

ÍNDICE

PRELUDIO
La citación   9

Capítulo 1
Las Cuatro Marías   15

Capítulo 2
Las dos caras de la luna   48

Capítulo 3
El terror   83

Capítulo 4
Sueños, sexo y socialismo   122

Capítulo 5
La locura   145

Capítulo 6
Las contradicciones   187

Capítulo 7
El derrumbe   226

Capítulo 8
La muerte   263

Capítulo 9
Dante entre rosas   297

Capítulo 10
Ubuntu tropical   337

Epílogo
La confesión   373

Nota de la autora   381

www.ingramcontent.com/pod-product-compliance
Lightning Source LLC
Chambersburg PA
CBHW020323180626
46812CB00001B/24